한국산문선 6

6

이천보 외

말 없음에 대하여

정민·이홍식 편역

한국산문선

6

이천보 외

말 없음에 대하여

민음사

책을 펴내며

조선 초에 정도전은 "해달별은 하늘의 글이고, 산천초목은 땅의 글이며, 시서예악은 사람의 글이다."라고 말했다. 해와 달과 별이 있어 하늘은 빛나고, 산천과 초목이 있어 대지는 화려한 것처럼, 시서와 예악의 인문(人文)이 있기에 사람은 천지 사이에서 빛나는 존재로 살아간다. 글은 사람에게 해와 달과 별이요 산천과 초목이다.

인문은 문화이자 문명이다. 글이 있어 문화가 빛나고, 글이 있어 문명이 이루어진다. 우리는 글로 인재를 뽑고, 글하는 선비가 나라를 이끈 문화의 나라, 문명의 터전이었다. 시대마다 그 시대의 인문이 글 속에서 찬연히 빛났다. 글로 자신의 위의를 지켰고, 세계에서 문명국의 대접을 받았다.

글로 빛나던 선인들의 인문 전통은 명맥이 끊긴 지 오래다. 자랑스럽게 읽던 명문은 한문의 쓰임새가 사라지면서 소통이 끊긴 죽은 글로 변했다. 오래도록 한문산문은 동아시아 공통의 문장으로 행세했다. 말을 전혀 못해도 필담으로 얼마든지 깊은 대화가 오갈 수 있었다. 국경과 언어 장벽을 넘어선 소통이 이 한문을 끈으로 이루어졌다. 이제 그 전통이 단절되었다 하여 해와 달과 별처럼 빛나고, 산천과 초목인 양 인문 세계를 꾸미던 명문의 전통을 없던 일로 밀쳐 둘 수 있을까?

한문으로 쓰인 문장은 오늘날 독자에게는 암호문처럼 어렵다. 그러나 그 안에 담긴 인문 정신의 가치는 현대라도 보석처럼 빛난다. 그 같은 보석을 길 막힌 가시덤불 속에 그냥 묻어 둘 수만은 없다. 이에 막힌 길을 새로 내고 역할을 나눠, '글의 나라' 인문 왕국이 성취해 낸 우리 옛글의 찬연한 무늬를 세상에 알리려 한다.

    삼국 시대로부터 20세기에 이르는 장구한 시간을 씨줄로 걸고, 각 시대를 빛냈던 문장가의 아름다운 글을 날줄로 엮었다. 각 시대의 명문장을 선택하여 쉬운 우리말로 옮기고 풀이 글을 덧붙였다. 이렇게 만나는 옛글은 더 이상 낡은 글이 아니다. 오히려 까맣게 잊고 있던 자신과 느닷없이 대면하는 느낌이 들 만큼 새롭다.

    상우천고(尙友千古)라고 했다. 천고를 벗으로 삼는다는 말이다. 한 시대를 살면서 마음 나눌 벗 한 사람이 없어, 답답한 끝에 뱉은 말이다. 조선 후기 장혼은 "백 근 나가는 묵직한 물건은 보통 사람이 감당하기 어렵겠지만, 다섯 수레의 책은 돌돌 말면 가슴속에 넣고 심장 안에 쌓아 둘 수 있으며, 이를 잘 쓰면 대자연의 이치를 깨달아 우주를 가득 채우리라."라고 했다. 글에서 멀어진 독자들과 다섯 수레에 실린 성찬을 조금씩 덜어 먹으며 상우천고의 위안과 통찰을 함께 누리고 싶다.

    책 엮는 일을 2010년부터 시작해 꼬박 여덟 해 이상 시간이 걸렸다. 여섯 명의 옮긴이가 세 팀으로 나누어 신라에서 조선 말기까지 모두 아홉 권으로 담아냈다. 먼저 방대한 우리 고전 중에서 사유의 깊이와 너비가 드러나 지성사에서 논의되고 현대인에게 생각거리를 제공하는 글을 선정했다. 각종 문체를 망라하되 형식성이 강하거나 가독성이 떨어지는 글은 배제했으며 내용의 다양성을 확보하고자 했다. 부드러우면서도 분명하게 읽히도록 우리말로 옮기고, 작품의 이해를 돕는 간결한 해설을 붙였다. 더불어 권두의 해제로 각 시대 문장의 흐름을 조감해 볼 수 있도록 했다.

    조선 초 서거정의 『동문선』 이후 전 시대를 망라한 이만한 규모의 산문 선집은 처음 기획되는 일이다. 글마다 한 시대의 풍경과 사유가 담기는 것을 작업의 과정 내내 느꼈다. 작업을 마치면서 빠뜨린 구슬의 탄식이 없을 수 없다. 그래도 일천 년을 훌쩍 넘긴 한문 산문의 역사를 이렇게 한 필의 비단으로 엮어 주욱 펼쳐 놓고 보니 감회가 없지 않다. 대방의 질정을 청한다.

2017년 11월

안대회, 이종묵, 정민, 이현일, 이홍식, 장유승 함께 씀

작가층의 저변 확대와 다층적 시선의 공존
영조 연간

6권은 조선 후기 숙종조에서 영조조에 이르는 시기에 활동한 작가들을 한데 묶었다. 신정하(申靖夏), 이익(李瀷), 정내교(鄭來僑), 오광운(吳光運), 남극관(南克寬), 조구명(趙龜命), 남유용(南有容), 이천보(李天輔), 오원(吳瑗), 황경원(黃景源), 신경준(申景濬), 신광수(申光洙), 안정복(安鼎福), 안석경(安錫儆) 등 14명 작가의 산문 총 59편을 소개했다.

 이 시기는 한층 경직된 주자학적 명분론의 고착으로 문장의 표정 또한 더욱 근엄해졌다. 특별히 영조조 문단의 주류를 형성한 대표 관각 문인(館閣文人)인 이천보, 오원, 남유용, 황경원 등의 산문은 이를 여실하게 보여 준다. 이들의 작품에는 다음 시기 실학파 문인들이 보여 주는 비판적이고 발랄한 사유를 찾아보기 어렵고, 법도에 맞고 우아함을 갖춘 건실한 문풍을 지향했다. 특별히 황경원 같은 이는 한 시대의 종장(宗匠)으로 일컬어져 300년 이래로 보지 못한 문장이란 극찬이 있었으나 고지식하고 답답하다는 평가도 있었다. 한 시대를 이끄는 원리로서의 도(道)에 대한 보편적 공감대를 바탕으로 이들은 유가의 도로써 세상의 질서를 재편하는 데 문학이 기여해야 한다는 신념을 가졌다. 이들의 문장은 짜임새가 있었고, 불필요한 수식이 없어 정통 고문의 틀을 벗어나지 않은 고품격의 글쓰기를 선보였다. 당연히 올바른 글쓰기의 태도에 대한 논의도 활발하게 이루어졌다.

　다른 한편으로는 조구명 같은 소론계 문사가 등장하여 이천보, 오원, 남유용, 황경원 등 영조조 한문 사대가의 관각 문학에 반발하여 문학의 독자성을 강하게 주장했고, 종국에는 문(文)과 도(道)를 분리해 문 자체의 존립을 긍정하는 데까지 나아갔다. 더욱이 불교와 도교의 이론까지 두루 섭렵하여 유교에 포섭된 문학의 경계를 확장시키려 노력하였다. 여기에 더해 신경준은 학술적 글쓰기의 모범적 사례를 보여 주었고, 신광수와 안석경은 민간의 이야기를 조직하여 이전에 보지 못한 새로운 인간상에 대한 관심을 촉발시켰다. 신분 계층의 폭도 넓어져 정내교 같은 중인 문사가 두각을 나타내기도 했다.

　신정하는 농암 김창협의 영향을 많이 받아 당송 고문을 학습했던 문인이자, 당시 유입되기 시작한 소품 문학에 적극 대응해 척독에서 선구적 성취를 이룬 작가이자 비평가다. 과작(科作)으로 지은 사론(史論)은 단단한 단락 전개와 논리 구성으로 자신의 정치관과 처세관을 명확하게 드러낸 수작이다. 짤막한 편지인 척독에서 보여 주는 절제된 표현과 유머 그리고 함축의 여운도 좋다. 자신이 소장한 회화에 대해 쓴 글에서는 예술론을 펼쳤다.

　이익은 폭넓고 속 깊은 학문을 바탕으로 간결하면서도 힘 있는 글쓰기를 보여 준다. 세상과 만나지 못해 파묻힌 인재에 대한 연민과 노비의 인권을 말하면서 주종 간에도 쌍방향적 도리와 책임이 뒤따름을 말한 글에서는 인간에 대한 깊은 존중이 엿보인다. 과학적인 글쓰기와 역사의 전거를 밝혀 영토 문제를 논한 글에서는 실학자적 면모가 뚜렷하다. 소박하고 검소한 경제 생활을 강조했지만, 학문의 길에서는 엄정한 태도를 강조했다.

정내교는 당시 문단에 한축을 담당할 만큼 비중이 커진 위항 문인을 대변하는 작가다. 천기론(天機論)으로 대변되는 새로운 문학론을 펼쳐 도(道) 중심의 문학에서 진(眞) 또는 진정(眞情)을 추구하는 문학으로 비중이 옮겨 가는 단초를 열었다. 여항인의 시선으로 여항인의 삶을 조명한 전 작품이 주목을 받았는데, 18세기 중후반 위항 문학의 번성에 기여한 바가 적지 않다.

남극관은 남구만의 손자로, 26세에 요절한 천재다. 이른 죽음으로 남긴 작품은 많지 않지만, 문학과 비평에서 남구만과 박세당의 성취를 충실히 이어받았다고 평가되는 작가다. 자신에 대해 쓴 「나는 미쳤다(狂伯贊)」란 짧은 글을 통해 그 대체를 엿볼 수 있다. 그는 유명한 독서광으로 「사시자(謝施子)」란 비망록을 따로 남겼는데, 영조조 소론계 문인의 정치관과 학문관, 문예관과 비평관 등이 잘 드러나 있어 일찍이 주목을 받았다.

오광운은 근기 남인 계열의 문인으로 여러 문체에 두루 능하다는 평가를 받았고, 당대 노론계 관각 문인과 그 명성이 나란하였다. 그러나 문풍은 아주 달라서 진한(秦漢) 고문의 풍격이 강하게 느껴지는 문장을 주로 썼다. 글 속에는 자기 독백의 언어도 있고, 시와 산문의 학습법에 대한 구체적 제시도 보인다. 여항 문인들의 시집에 서문을 써 주어 이들의 시 속에 담긴 천진(天眞)의 가치를 높게 보았다.

조구명은 소론 출신의 문인으로 평생 벼슬을 멀리하고 문학에만 몰두했다. 도교와 불교에도 열린 생각을 가져 거침이 없었다. 이 때문에 문단의 비난과 비판이 끊이지 않았다. 열녀 이야기를 끌어와 지식인들의 처신을 비판한 글은 풍자의 뜻이 깊고, 거울 속에 비친 자신의 얼굴을 보며 세상을 향한 답답함을 토로한 글에는 여운이 남는다. 질병에 대한 글은 문장가의 재치와 사유가 돋보인다. 가전(假傳)의 형식을 빌어 고양이를 묘사하면서 이단과 정도(正道)를 정면에서 논하였는데, 이를 다시 자신의 삶에 겹쳐 봄으로써 행간을 확장했다. 불교의 이치를 유가의 논의에 견줘 읽은 기문이나, 문과 도가 굳이 일치할 필요가 없고 문은 문대로 별도의 존재임을 개진한 글은 당대 많은 논란을 불러일으킨 문제작이다.

남유용은 영조조 한문 사대가의 한 사람으로 문명이 높았다. 그의 문집은 어명으로 교서관에서 간행되었다. 잔잔하고 온화한 문풍으로 기교를 멀리했다. 경술에 바탕을 둔 문장은 당대에 글쓰기의 모범으로 받아들여졌다. 화가 김명국을 그려 낸 글은 객관적 묘사만으로 인물을 입체화하는 솜씨를 보여 준다. 짧은 기행문이나 문집에 쓴 서문도 간결하면서도 핵심이 담긴 묵직한 내용을 담아 명성에 걸맞은 창작 수준을 보여 준다. 고양이와 쥐에 대한 우언적 글쓰기는 이야기 속에 삶의 철리를 담아내 현실에 대한 경계를 담았다.

역시 사대가의 한 사람인 이천보는 영의정까지 올랐던 관각 문인이다. 선조조 한문 사대가의 한 사람이었던 월사 이정귀의 5대손으로 노론 벌열가의 후예다. 그의 문장은 물 흐르듯 자연스럽고, 고리타분하지 않고 시원스런 기상이 담겨 있다는 평가를 받았다. 시에서 천기(天機)의 중요성을 강조했고, 위항 시인인 정내교를 후원했다. 다른 시집의 서문도 정통적 고문의 수법을 충실히 따르면서도 전개가 편안하다. 명성에 걸맞게 다른 사람의 요청을 받아 문집이나 그림에 써 준 글이 많다. 소품적 재치도 돋보인다.

오원 또한 사대가의 한 사람인데, 41세로 일찍 세상을 떴다. 수사에 힘 쏟지 않았으나 문장에 규범이 있었고, 글의 기세가 거침이 없고 분방한 점에서 다른 제가의 성취를 앞지른다는 평가를 받았다. 여행기는 일정을 따라 풍경과 풍물을 기록하였는데, 군더더기 없이 담백한 글에 은근한 멋이 담겼다. 그 또한 문학에 있어 천기와 무심(無心)을 중시했다. 그밖의 서문과 아버지와의 추억이 담긴 『소학』에 얽힌 사연을 적은 글은 기승전결의 구성이 명확하고, 사고의 전개가 명료해 대가의 면모에 손색이 없음을 느낄 수 있다.

황경원은 사대가의 끝자리를 차지하면서 당대 문단의 중심에 우뚝 섰던 인물이다. 그의 산문은 엄정하면서도 작가의 궤범을 잃지 않아 중국의 옛 대가에 견주어도 부족함이 없다는 평가를 받았다. 한편 박지원 같은 작가는 그의 근엄한 글쓰기가 주는 답답함을 비판하기도 했다. 기문은 정통 고문의 품격을 한껏 높여 보여 주는 글이고, 편지글에서는 문장의 도리를 비교와 대조의 방법을 써서 설득력 있게 개진했다. 죽은 아내를 그리며 지은 제문은 넘치는 정을 절제하여 소박한 가운데 깊은 슬픔을 펼친 수작이다. 그는 당대의 시대정신에 충실한 글을 많이 남겼다. 『사기』와 『한서』의 글에서 진수를 뽑아와 자신의 글 속에 녹여 냈다.

신경준은 깊은 학문과 해박한 지식으로 여타 작가들에게서 볼 수 없는 독특한 개성을 드러낸다. 국토의 경계와 영토 변화의 추이를 정리한 글에서는 그의 해박한 언어학적 감각과 고증적 태도를 보여 주고, 훈민정음에 담긴 반절의 원리를 설명한 글은 한글에 대한 깊은 통찰이 담겨 있다. 이 밖에 지도에 관한 글과 일본으로 사신 가는 이에게 써 준 글에는 역사에 대한 그의 해박한 지식이 유감없이 펼쳐진다. 와관(瓦棺)의 제도를 검토한 글은 사소한 관찰을 바탕으로 지식을 확장해 가는 실학적 지식인의 면모가 드러난다.

신광수는 61세 때 과거에 급제해 64세에 세상을 떴다. 몰락한 남인 가문에서 나고 자라 평생 높은 시명에 비해 불우한 삶을 살았다. 좌구명과 사마천의 문장을 익혀, 명나라 왕세정과 이반룡의 성취를 뛰어넘는 다는 평가를 받았다. 검승(劍僧)과 마 기사(馬騎士)의 이야기를 적은 두 편의 글은 임협(任俠)을 숭상한 당대의 풍기를 반영하는 동시에 답답한 현실에 대한 울분을 아울러 담아냈다.

안정복은 성호 이익의 문인이자 실학적 역사학자이다. 여러 분야를 얽매임 없이 폭넓게 섭렵했고 역학에 조예가 특별했다. 성호 이익을 위해 지은 제문에는 스승에 대한 곡진한 정회가 절절하다. 우리나라 국경과 영토에 관한 글은 앞서 신경준의 글과는 또 다른 풍격을 보여 준다. 풍부한 사료를 끌어와 설득의 근거를 대며 주장을 펼쳤다. 이어 세 편의 서문은 역사가로서 그의 면모를 잘 보여 준다. 수식이 없고, 사실에 바탕한 논리 전개가 힘 있다.

안석경은 재야의 문인으로 자세한 행적이 남아 있지 않다. 문장에 진부함이 없고, 허황된 허세가 없다는 평가를 받았다. 그는 특별히 사회 하층의 소수자에 대해 관심을 가져 인상적인 두 편의 전기를 남겼고, 웃음에 관해 쓴 긴 글은 수미 쌍관의 방식으로 독특한 구성을 취해 자신의 웃음관을 밝혔다. 이 밖에 문집에 서문으로 써 준 두 편의 글에도 핵심어를 잡아 문안(文眼)을 펼치는 힘이 있다.

문장에는 한 시대의 표정이 담긴다. 노론 집권기 사대가의 문장은 의리의 천명과 온유돈후한 풍격을 중시해서 한 시대를 선도했고, 다른 한편에서는 이 같은 온건함을 답답하게 여겨 뛰쳐나가려 한 조구명 같은 작가가 배출되기도 했다. 위항 문인들이 문단의 일각에서 제 목소리를 내기 시작한 것은 다음 시기 진정(眞情)을 추구하는 문학에도 자극을 주었다. 또한 학자들의 학술적 글쓰기도 해박한 식견과 폭넓은 독서를 바탕으로 이전 시기에 볼 수 없던 새로운 글쓰기의 전범을 보여 주었다.

차례

신정하 申靖夏

1681~1716년

본관은 평산(平山), 자는 정보(正甫), 호는 서암(恕菴)이다. 1705년 증광 문과에 병과로 급제해 예문관 검열, 설서(說書), 부교리, 함경북도 병마평사, 헌납 등의 벼슬을 거쳤다. 노소 분당기에 소론에서 노론으로 정치적 입장을 바꿨는데, 특히 1716년 유계(兪棨)의 『가례원류(家禮源流)』 간행을 계기로 촉발된 노소 갈등으로 유상기(兪相基)가 유배되자 상소를 올려 그를 구호하고, 권상하(權尙夏) 등을 무함한 이진유(李眞儒)의 죄를 청했다가 파직되었다. 이후 경신처분으로 노론이 실권을 장악했지만 참여하지 못하고 1716년 4월 6일 병으로 36세에 생을 마쳤다.

문장에 뛰어난 성취를 보여 농암(農巖) 김창협(金昌協)에게 인정을 받았다. 유고 『서암집(恕菴集)』 30권이 남아 있다. 이하곤(李夏坤)은 "평소 즐긴 것은 문장과 산수뿐이었다. 그래서 그는 평상시에 책을 읽고 시를 짓는 것 외에 다른 일에는 얽매이지 않았다.(平日所嗜好, 獨文章與山水耳. 故其平居, 讀書賦詩之外, 不以一事自累.)"라고 그의 평생을 술회했다. 송상기(宋相琦)는 만시(挽詩)에서 "높은 명망 얼음인 양 깨끗하였고, 맑은 글은 옥처럼 티가 없었지. 벼슬자리 외물처럼 가볍게 보고, 글 쓰며 생애를 지나 보냈지.(雅望氷同潔, 淸文玉絶瑕. 軒裳看外物, 篇籍作生涯.)"라 칭송했다. 이 외에도 김창흡(金昌翕), 김창업(金昌業), 이병연(李秉淵), 이덕수(李德壽) 등 당대를 대표하는 쟁쟁한 사대부 문사들과 홍세태(洪世

泰), 정내교(鄭來僑) 등 중인 문사들까지 앞다투어 그의 문학 재능과 성취를 높였다.

농암 김창협의 영향으로 일찍이 당송 고문을 지향했다. 경서, 특히 이학(理學)에는 비중을 두지 않았고 문학의 독자적 가치를 강조했다. 당시 조선으로 유입되기 시작한 소품 문학에 적극 대응해 척독 분야에서 선구적 성취를 이루었다. 비평 방면에도 재능이 있었고 장서가로도 이름 높았다. 문집 외에 시조 3수가 전한다.

나라를 망하게 한 신하, 범증

増不去項羽
不亡論 科作

논한다. 옛 임금 중에는 한 선비를 얻어 천하에 왕 노릇 한 사람이 있고, 한 선비를 잃는 바람에 천하를 잃은 사람도 있다. 무슨 말인가? 그 사람이 어짊을 길러 능히 어짊으로 임금을 교화해 임금의 마음이 모두 어짊에서 나오게 하고, 그 사람이 의로움을 행해 능히 의로움으로 임금을 인도해 임금의 일이 모두 의로움에서 나오게 한다면 그 사람의 거취에 천하의 득실이 관계된다는 것이다. 이것이 옛날에 말한 왕을 보좌할 인재라는 것이니 후세에 지모(智謀)를 갖춘 인사가 감히 바랄 수 있는 바가 아니다.

예전 소식(蘇軾)은 범증(范增)을 논하면서 그가 떠나지 않았다면 항우(項羽)는 망하지 않았을 것이라고 했다. 아! 이것이 어찌 그 사람을 제대로 논한 것이겠는가? 범증은 어떤 사람이었던가? 다만 지모가 좋았던 사람일 뿐이다. 평소에 익힌 것은 술법의 찌꺼기에 지나지 않았고 기약한 사업은 비루한 패업(霸業)의 공명과 이익에 지나지 않았다. 그는 어짊과 의로움이 무엇인지조차 몰랐으니 그가 임금을 섬긴 바를 통해 알 수가 있다. 그는 항우에게 복종해 섬길 때 구구한 지력(智力)으로 천하를 선 채 취할 수 있었지만 교활하게 속이고 이랬다저랬다 하는 계책으로 우물우물 소리나 질러 대는 권위를 조장해 기궤하고 괴이한 꾀로 사납고 교활한 도적의 형세만 부채질하고 말았다고 말할 수 있다.

범증은 항우의 천명이 이미 다했는데도 깨닫지 못했다. 항우는 인심을 이미 잃었건만 이 또한 몰랐다. 비단 깨닫지 못하고 알지 못했을 뿐 아니라 그 포악함을 도와 패망에 이르게 한 것이 어디를 보나 범증 때문이 아님이 없다. 그럴진대 초나라를 망하게 한 것은 범증이나 마찬가지다. 어찌 한 사람 범증이 떠나가지 않았다 해서 초나라가 망하지 않았겠는가? 초나라가 망한 까닭과 범증이 패망을 재촉한 잘못은 이제 와서 앉은자리에서도 손꼽을 수가 있다.

진나라 아방궁이 한 달간 불타자 무수한 백성의 원망이 들끓었고, 신안(新安)의 한 구덩이에서 십만의 군사가 흙이 되었다. 흉악한 위세와 포학이 인심을 잃기에 충분했건만 범증이 한 번이라도 말을 해서 그 어질지 못함을 바로잡았다는 말을 들어 보지 못했다. 목에 끈을 매고 지도(軹道)에서 항복한 왕을 죽이고 초나라 의제(義帝)를 내쫓아 강 한가운데에서 시해해 군신 간의 의리를 무너뜨렸으니 잔인하고 패역스러움은 천명을 끊기에 충분했다. 그러나 범증이 반 마디 말로라도 그 의롭지 못함을 바로잡았다는 얘기를 들어 본 적이 없다.

항우가 범증을 가까이 두고 믿은 것을 어찌 다른 여러 신하에 견주겠는가? 병법의 사이에서 함께 밤낮으로 계획하고 의논한 것이 모두 범증에게 달려 있었다. 무릇 항우가 한 번 얻고 한 번 잃은 것조차 범증이 간여하지 않은 것이 없었다. 지난날 항우가 행한 여러 잘못된 일들은 모두 그 몸을 망치고 나라를 멸망케 하기에 넉넉했다. 그런데도 도적질하고 노략질하는 일에 특히 뛰어났으니 범증이 어찌 수수방관한 채 멸망하기만을 기다리면서 일찍이 한마디 말도 하지 않았더란 말인가? 군신의 사이가 소원해지고 적의 계책이 승기를 타는 때가 되자 그제야 천하의 일이 정해졌다는 말을 하고서 벼슬을 그만두고 돌아가 버렸으니 범증의 계책은 여기에 이르러 다하였다고 할 만했다.

이로 말미암아 보건대 초나라가 망한 꼴은 범증이 떠나기 전에 벌써 이루어졌고 그저 항우가 그때껏 죽지 않은 것일 뿐이었다. 세상에서 항우를 논하는 자들은 이미 망한 자취만 볼 뿐 장차 망해 가는 형세는 살피지 않는다. 한갓 해하(垓下)에서 군색해지고 오강(烏江)에서 목이 베어져 멸망한 줄만 알았지 항복한 군사를 구덩이에 파묻어 죽이고 의제를 시해한 것이 멸망의 전조인 줄은 몰랐다. 그 견해가 참으로 얄팍하다 하겠다.

하지만 항우의 악함은 홀로 항우가 악해서가 아니라 범증이 그 악함을 조장했기 때문이다. 항우가 망한 것은 그저 항우가 패망을 취한 것이 아니라 범증이 그 패망을 재촉했기 때문이다. 항우로 하여금 악을 행하고서도 돌아보지 않게 한 것은 범증이었고, 항우로 하여금 패망을 취하고도 깨닫지 못하게 만든 것 또한 범증이었다. 결국 범증은 한 나라를 망하게 한 신하일 뿐이다. 어찌 범증이 있다 해서 초나라가 망하지 않을 수 있었겠는가?

아! 세상의 영웅호걸로 불우 속에 고생하다가 초야에서 떨쳐 일어나 그 임금과의 관계를 깊이 맺은 자는 진실로 장막 가운데서 계책을 세우고 잔치 자리 사이에서 절충해, 손바닥을 치며 서서 얘기하는 사이에도 능히 위기를 돌려 편안하게 만들고 이익을 내어 편승하게 하는 사람일 것이다. 하지만 마침내 성공하는 것은 어짊과 의로움에 바탕을 두지 않음이 없었고 그렇지 않으면 패망하지 않음이 없었다. 진시황이 망한 것은 지모가 짧아서가 아니라 어질지 않았기 때문이다. 속임수의 힘이 적어서가 아니라 의롭지 않은 데서 출발했기 때문이다. 그럴진대 진시황을 이어서 왕 노릇 하려는 자라면 어짊을 베풀어서 인심을 얻고 의로움을 행해서 천명에 따르면 그만이었다. 하지만 범증은 이로써 항우를 권면하지 않고 홀로 밤낮없이 항우에게 가르친 것이라고는 도리어 패공(沛公, 유방)을 죽이는 한 가지 계책뿐이었다. 범증은 진실로 옛날에 왕을 보좌하는 일을 바랄 수가 없고, 준걸이라는 칭호조차 받기 부끄러운 자이다. 소식이 범증 한 사람의 거취를 가지고 항우의 존망을 재단했던 것은 우활하다 하겠다.

아! 이윤(伊尹)의 어짊으로 하나라의 걸임금을 떠나지 않았다면 걸의 흥하고 망함은 알 수가 없었으리라. 백리해의 지혜로 우(虞)나라 임금을 떠나지 않았다면 우나라의 존망은 가늠할 수가 없었을 것이다. 이제 범증이 임금을 이끌어 도에 합당하게 함은 이윤에 미치지 못하고, 일이 생기기 전에 먼저 살핀 것은 백리해에게 부끄러운 점이 있다. 결국 항우의 존망은 범증의 거취와는 아무런 관계가 없음이 분명하다. 그러므로 소식은 초나라의 멸망이 범증이 떠났기 때문이라고 여겼지만 나는 초나라를 망하게 한 것이 범증이라고 말하겠다. 삼가 논한다.

해설

원제에 과작(科作)이라 했으니 과거 시험에 제출한 답안이다. 답변의 방향을 상세히 제시한 질문에 대한 논설문이자, 역사 인물 비평을 통해 자신의 정치관이나 처세관을 드러내는 사론(史論)이다. 초왕 항우의 책사 범증은 뛰어난 지략으로 항우가 패자가 되는 데 일조했다. 그러나 천하를 통일하지 못한 채 진평의 반간계에 걸려 팽성에서 쓸쓸한 죽음을 맞왔다. 범증을 잃고 싸움에서 패한 항우는 뒤늦게 후회했지만 대세를 돌이키지 못했고, 결국 한 고조 유방에게 천하를 내주고 말았다. 소식은 「범증론(范增論)」에서 범증이 떠난 것은 잘한 일이지만 "범증이 떠나지 않았다면 항우가 망하지 않았을 것(增不去, 項羽不亡)"이라고 평가했다.

쟁점은 범증의 진퇴가 항우의 존망을 갈랐다는 소식의 관점이 옳은가 그른가이다. 소식은 지식인의 거취 문제에 초점을 맞춰 범증의 행동을 긍정했다. 반면 신정하는 천명(天命)과 인의(仁義)라는 대의를 기준으로 범증의 행위를 비판했다. 소식은 범증이 항우를 떠나지 않았다면 그에게 죽임을 당했을 것임을 들어 범증에게 정당성을 부여했다. 신정하는 인의로 항우를 인도하지 못해 천명을 잃고 결국에는 천하를 잃게 되었다고 범증에 대한 비판의 강도를 높였다. 천하는 술수나 책략으로 얻을 수 없다. 왕좌(王佐), 즉 왕을 보좌할 수 있는 인재는 기이한 꾀나 교묘한 술책으로 왕을 이끌지 않고, 천명과 인의의 준거에 따라 천하를 이끈다. 그런 면에서 범증은 초나라 패망의 원인일 수는 있어도 그가 부재한 결과 패망으로 이어졌다고는 말할 수 없다.

신정하의 엄정한 역사 인식은 군더더기 없는 당송 고문의 논리 구성과 만나 더 강력한 메시지가 되었다. 이제현(李齊賢), 윤근수(尹根壽), 최유연(崔有淵), 이익(李瀷), 이천보(李天輔), 이헌경(李獻慶), 홍양호(洪良浩), 서영보(徐榮輔) 등 여타 문인들도 범증론을 남겼지만 신정하의 범증론이 특별히 인상적인 이유다. 이 같은 범증론의 이면에는 자신의 안위를 넘어 임금의 잘못을 인의로 바로잡고자 했던 처세관이 깔려 있다. 1716년 관직에서 쫓겨날 각오로 유상기를 구호하고, 권상하를 무함한 이진유의 죄를 청하는 소를 올린 과감한 행동에 비춰 봐도 그렇다.

술 한잔 먹세 　　　　　　　與車起夫

오늘 저녁 와서 묵어 가지 않겠는가? 몹시 기다리고 있다네. 간밤에 함
께 잔 후백(厚伯)이 잠버릇이 고약해서 함께 공부하는 이들을 마구 밟고
찼다네. 술 그릇이 온통 난장판이 되었지 뭔가. 아침에야 비로소 사태를
파악하고는 나더러 안 마셨다고 말하지 말라더군. 두건과 옷과 베개 이
불에 온통 술 냄새가 풀풀 났다네. 껄껄.

해설

신정하는 "마음을 털어놓고 산수를 이야기할 때에는 구양수나 소식의
척독처럼 간략해야 한다.(以爲道情素語山水, 則不可不用歐蘇之簡.)"라고 말했
다. 척독문에 큰 애정을 가져 힘을 쏟은 신정하는 몇 줄의 짧은 편지글
속에 함축을 머금어 척독의 진수를 얻었다.

　편지를 받은 벗 차기부(車起夫)는 차양징(車亮徵)으로, 신방의 기록에
따르면 대대로 신정하 집안과 세교가 있었던 모양이다. 술과 문장을 즐
겼으며 성명(星命)에 통달했고, 시를 잘 지었지만 관료로서 현달하지는
못했다고 한다. 신정하는 벗을 초대하면서 간밤 벗들과의 거나한 술판

을 자못 해학적으로 그려 냈다. 술 먹고 온통 난리를 친 친구가 아침에 일어나 겨우 한다는 말이 "너도 함께 마셨잖아!"이다. 오늘 밤 그대와도 이처럼 격의 없는 만남을 갖고 싶으니 당장 달려와 달라는 뜻이다. 후백은 누구인지 분명치 않지만 두 사람 사이에만 통하는 사연이 있을 것이다. 군더더기 없이 함축해서 짧은 편폭에 긴 사연을 담는 것이 척독의 정신이다. 길면 안 된다.

이백온을 위로하며 　　　　　與李伯溫

어제 강가 누각에서 불어난 강물을 보았는데 장관입디다. 십여 년 이래
이 같은 물은 못 보았습니다. 신사년(1701년) 가을에 이 아우가 형하고
명중(明仲)과 더불어 양화 나루에서 거나하게 술을 마시고 배를 탄 채
이곳을 지나다가 천 길 아득한 꼭대기에 자리 잡은 읍청루(挹淸樓)를 올
려다보았었지요. 어제는 강물이 읍청루 바로 아래까지 차올라 용과 뱀
과 물고기와 자라가 사람 사는 곳에 뒤섞였고 누대에 올라 보아도 아무
것도 보이는 게 없더군요. 그저 탁한 물결이 허공을 밀칠 뿐이었습니다.
백온(伯溫) 형과 함께 구경하지 못한 것이 유감이었습니다. 그래서 이 말
로 조금이나마 형의 적적함을 달래 드리려고요. 이만 줄입니다.

해설

홍세태는 신정하의 글을 두고 "평이한 데서 기이함이 나오고, 담담한 데
서 농염함이 생긴다.(平處出奇, 淡處生濃.)"라 평한 바 있다. 신정하 척독의
문예미를 잘 설명한 평가로 들린다. 척독은 짧고 평이한 표현 속에 깊은
정과 개성적 감성을 담아낼 수 있어야 한다. 신정하의 척독에는 시적 서

정과 생활의 정경이 녹아 있어 이런 특징에 걸맞다.

이 편지는 집에서 무료하게 혼자 있을 이위(李瑋, 1676~1727년)를 위로하기 위해 보냈다. 오래전 함께했던 읍청루 아래에서의 뱃놀이를 상기시킨 뒤, 홍수로 물이 불어나 아득히 높던 읍청루 바로 밑까지 강물이 차오르고 천지 사방이 온통 물에 뒤덮인 장관을 핍진하게 묘사했다. 같이 있었던 벗이 외따로 떨어져 적막하게 지내는 데 위로를 건네며 함께하고 싶은 격한 그리움을 넘치는 물결에 얹어 전했다. 짧은 편폭에 유기(遊記)의 흥취와 척독의 감성이 절묘하게 결합되어 묘한 미감을 만들어 낸다.

유송년의 「상림도」　　　論劉松年上林圖

선화(宣和) 연간(1119~1125년)의 화원 유송년(劉松年)이 그린 「상림도(上林圖)」 한 폭은 죽림(竹林) 왕 씨가 소장했던 것인데 지금은 내 집의 물건이 되었다. 포치(布置)가 가지런하여 엄숙하고 필의가 삼엄하다. 그림 속의 인물과 조수(鳥獸), 숲의 나무는 기운이 생동하여 참으로 진기한 볼거리였다. 다만 필획이 세밀하지 않아 그림을 아끼는 자가 취하여 감상하기에 현옹(玄翁)이 소장한 구십주(仇十洲)의 「상림도」만은 못했다.

구십주의 그림은 왕엄주(王弇州)의 소장품이었다가 지금은 현옹의 집안 물건이 되었다. 그려 놓은 인물이 많게는 수백 명이나 되는데 필획이 소털처럼 세밀하다. 내가 볼 때는 유송년의 그림을 부연해 그린 것이었다.

근래에 변량(卞良)이란 자가 자못 그림을 잘 그렸다. 내가 가지게 된 그림을 변량에게 보여 주자 그는 뒷사람이 이름을 가탁한 것이라고 의심했다. 내가 나무라자 그가 말했다.

"여기 흰 이리에게 활 쏘는 자를 보십시오. 활을 당겨 쏘려 하는데 시위에 건 화살이 이리의 머리 위로 벗어나 마치 허공에 대고 쏘는 것 같군요. 이로 보아 가짜임이 분명합니다."

내가 말했다.

"이건 말이지 먼 데 것을 쏘는 형세일세. 활 쏘는 법은 멀고 가까움에 따라 다른 것일세. 가까우면 반드시 살을 채워 곧장 쏘고, 멀면 반드시 손을 들어서 쏘게 되지. 이 때문에 활을 쏠 때는 두세 자쯤 위에다 겨냥한 뒤에 쏘아야만 맞힐 수가 있어. 만약 멀리 있는 것을 곧장 겨눈다면 살이 중간에 떨어지고 만다네."

듣던 사람들이 모두 크게 웃었다. 화가 변 씨도 머쓱해서 그렇겠다고 했다. 그림을 모르는 것은 괜찮지만 활쏘기를 모른대서야 되겠는가?

해설

자신이 소장한 유송년의 그림 「상림도」의 진위를 논한 글이다. 죽림 왕 씨를 거쳐 자신의 소장이 된 그림에 대한 자부를 담았다. 왕엄주가 소장 했다는 구십주의 「상림도」가 훨씬 정치했지만 인정하지 않았고, 그 그림 이 유송년의 그림을 부연해 그린 것이라고 폄하하기까지 했다.

도화서 화원 변량과의 대화에서 변량은 그림을 한 번 힐끗 보고 대뜸 가짜라고 잘라 말했다. 기분이 나빠진 신정하가 근거를 묻자 화면 속 흰 이리를 겨냥한 활의 각도를 들었다. 그러자 신정하는 그림만 알고 활쏘 기의 방법을 모르는 것이라며 원세(遠勢)와 근세(近勢)의 차이로 설명해 전문가인 변량의 승복을 받아 낸다. 마지막 한마디가 쐐기를 박는다. "그림을 모르는 것은 괜찮지만 활쏘기를 모른대서야 되겠는가?" 화가인 변량에게 건넨 말이어서 웃음을 유발한다.

당시 조선에는 실제로 중국 유명 화가의 안작(贋作)이 많이 유통되었다. 신정하가 소장한 그림이나 현옹이 소장한 그림도 그런 가짜 가운데 하나였을 것이다. 화가 변량의 눈에는 단번에 파악되었겠지만 소장자는 좀체 인정할 수 없었을 터. 신정하의 서슬에 변량이 짐짓 물러나고 말았지만 승복한 것으로는 보이지 않는다.

조선 후기의 화론은 크게 윤두서(尹斗緖)·조구명(趙龜命)·박지원(朴趾源) 등이 강조한 전신(傳神) 즉 정신을 표현하는 풍과 이익·이하곤·강세황(姜世晃) 등이 주장한 사실풍이 길항하며 풍성한 비평 문화를 이루었다. 이 시기에는 특히 그림의 개념과 효용뿐 아니라 화법, 재료, 감상법, 보관법, 작품의 고증에 이르기까지 회화에 대한 지식들을 다양하게 다루어 회화사 전개에 큰 영향을 끼쳤다. 서화에 안목이 있었던 신정하도 서화 평을 여럿 남겼다. 사실(寫實)에 입각해 유송년의 「상림도」를 비평하고 있는 이 글도 그중 하나다. 「평서화(評書畫)」라는 글을 읽어 보면 신정하 서화론의 대체를 알 수 있다.

배움의 짝, 가난

送鄭生來僑
讀書牛峽序

일찍이 세상에서 배움에 뜻을 두었으나 가난하다 보니 먹고사는 일에 바빠 능히 스스로 떨쳐 일어나지 못하고 그 학업을 포기하고 마는 자를 나는 보았다. 처음에는 그 사람의 궁함을 애석해해 마지않았으나 또한 그의 정성이 독실치 못함을 가만히 탄식했다. 가난이란 진실로 근심할 만한 것이다. 하지만 공부를 하고서도 가난에서 오는 근심을 능히 잊을 수 없다면 이른바 배움의 깊고 얕음을 이를 통해 들여다볼 수가 있다. 옛날에 학문하는 사람이 가난 탓에 배움을 폐했다는 말은 들어 보지 못했다. 진실로 배움을 좋아하는 마음으로 능히 가난을 미워하는 마음을 이길 수 있었기 때문이다. 그렇지 않다면 배움은 족히 말할 것이 못 된다.

정윤경(鄭潤卿, 정내교)이 배움에 뜻을 둔 지가 여러 해 되었다. 하지만 너무도 가난한지라 스스로 떨치지 못하고 학업을 포기하게 될까 염려했다. 장차 집안일을 버려두고 동학 몇 사람과 더불어 우협(牛峽)에서 독서할 작정으로 길을 나서는 날 내게 들러 말로 권면해 줄 것을 청했다.

아아! 그의 뜻은 용기 있다고 말할 만하다. 하지만 그의 낯빛을 보고 그 말을 들어 보니 안타깝게도 가난의 근심을 능히 잊지 못하는 듯했다. 나는 가난 걱정이 지나쳐 그가 마침내 배움에 독실할 수 없게 될 것을 염려한다. 정생은 경계할지어다.

공자께서는 "아침에 도를 듣는다면 저녁에 죽어도 좋다."라고 하셨다. 도가 내 몸에 다급하기가 이와 같음을 말씀하신 것이다. 이제 그대가 가난에 대해 근심하는 것은 몸뚱이의 봉양에 불과할 뿐이요, 심하게는 죽음을 미워하는 것일 뿐이다. 이른바 도와 배움에 대한 다급함은 보이지 않는다. 옛날에 배움을 좋아해 가난을 편안히 여긴 사람으로 안연(顏淵)만 한 이가 없다. 하지만 가난에 찌든 세상 사람들은 이렇게 말하곤 한다. "그는 오히려 대그릇의 밥과 표주박의 물이라도 있었다. 내 가난은 안 씨보다 훨씬 심하니 무슨 수로 내 마음이 흔들리지 않을 수 있겠는가?" 아! 이는 그저 안 씨가 대그릇의 밥과 표주박의 물을 지닌 것만 알고 그의 즐거움이 이 두 가지의 밖에 있었던 줄은 모르는 것이다. 대저 안 씨의 학문은 도 보기를 목숨보다 다급하게 여겼다. 그래서 입과 배를 채우는 데 마음 쓰지 않았다. 만약 안 씨에게 이 두 가지가 없었다 해도 그 즐거움은 진실로 똑같았을 것이다. 그렇다면 안 씨의 즐거움은 대그릇 밥과 표주박 물을 기다렸던 것은 아닌 셈이다. 그렇지 않다면 어찌 칭찬할 수 있겠는가?

아! 선비가 배움에 뜻을 두고서 안연처럼 하리라고 기약하지 않는다면 과연 배움에 대해 말할 수 있겠는가? 그대가 능히 이 점을 잘 살펴서 취하고 버릴 것을 안다면 그 근심을 조금이나마 덜 수 있을 것이다.

해설

우협으로 독서하러 떠나는 완암(浣巖) 정내교(鄭來僑)를 전송하며 써 준 글이다. 익숙한 소재인 안연의 안빈낙도를 끌어와 배움과 가난에 임하는 학인의 자세를 다잡고 있다. 먼 길을 떠나면서까지 가족의 생계 걱정을 놓지 못하는 정내교에게 분발의 의지를 불어넣어 주려는 글쓴이의 정이 진솔하게 담겨 있다.

예나 지금이나 배움과 가난은 늘 붙어 다닌다. 가난 때문에 배움을 포기하느냐, 가난을 딛고 배움을 성취하느냐는 자신의 마음가짐에 달렸다. 가난은 상대적이니 내 가난이 누구보다 더 심한가 그렇지 않은가는 크게 중요하지 않다. 배움을 이뤄 도를 깨달을 때 사람은 세상에 태어난 보람이 있다. 밥을 위해 배움을 내던지고 마는 것은 밥벌레의 삶에 지나지 않는다. 신정하는 정내교의 흔들리는 눈빛에서 그가 자칫 중도에 배움을 포기하고 말 것 같은 불안감을 느꼈다. 이에 안연을 예로 들어 그를 분발시키려 한 것이다.

정내교는 홍세태와 더불어 당대의 대표적인 여항 시인으로 꼽힌다. 신정하와 정내교는 1704년에 처음 만났다. 한 살 터울인 데다 시문으로 서로 통해 사대부와 여항인의 신분 차이도 잊고 두터운 우의를 나누었다. 신정하가 1705년 이후 본격적으로 벼슬길에 오른 것을 감안할 때 둘 사이의 교유는 남다른 점이 있다. 신정하의 문집에 남아 있는 시문 중 정내교와 주고받은 여러 작품에서도 상대에 대한 깊은 정이 물씬 풍겨 난다.

이익 李瀷

1681~1763년

본관은 여주(驪州), 자는 자신(子新), 호는 성호(星湖)다. 1706년 9월 둘째 형인 섬계(剡溪) 이잠(李潛, 1660~1706년)이 장희빈을 두둔하는 상소를 올렸다가 역적으로 몰려 옥사한 뒤, 과거에 응할 뜻을 버리고 평생 안산 첨성리(지금의 경기도 안산시 성포동)에 칩거한 채 학문을 닦았다.

성리학을 기반으로 하되 경직된 주자학의 굴레에서 벗어나 실학의 새로운 기치를 세운 그의 학문은 18세기 남인 학단에 지대한 영향을 끼쳤다. 특히 그는 토지를 바탕으로 정치·경제·사회 제 영역에서의 현실 개혁을 꿈꾸었다. 그의 사상은 이병휴(李秉休), 이맹휴(李盟休), 이중환(李重煥), 이가환(李家煥) 등 일문의 자손들과 윤동규(尹東奎), 신후담(愼後聃), 안정복(安鼎福), 권철신(權哲身) 등 여러 문인(門人)에게로 이어져 정약용(丁若鏞)에게까지 미쳤다.

그의 학문에 눌려 문학은 큰 평가를 받지 못했다. 『성호선생문집(星湖先生文集)』과 『성호사설(星湖僿說)』에 실린 많은 글은 그의 문학적 성취 또한 낮지 않음을 잘 보여 준다. 이익의 문학은 도문일치를 지향하고 육경을 중시한다는 점에서 다소 고리타분한 느낌이 있다. 다만 자주적이고 주체적인 문학, 즉 우리의 것과 우리의 사고와 우리의 문학 세계를 구축하고 세교(世敎)에 도움이 되는 현실 참여의 문학을 갈구한 점은 높이 평가할 만하다. 특히 당대 사회의 모순과 현실 문제를 명확히 인지하고 예리하게 성찰하여 올바로 비판하고자 했던 노력은 이후 후배 실학파 문인들에게 많은 영향을 끼쳤다. 도학과 문장이 근고(近古)의 유종(儒宗)이 된다고 말한 성재(性齋) 허전(許傳)의 평가는 학과 문을 고루 갖춘 그의 성취에 잘 어울린다 할 만하다.

이익은 학식이 넓고 깊었던 만큼 많은 저술을 남겼다. 주목할 만한 책으로는 『성호사설』, 『성호선생문집』, 『곽우록(藿憂錄)』, 『맹자』·『논어』·『중용』·『대학』·『소학』·『근사록』 등의 질서(疾書), 『사칠신편(四七新編)』, 『이선생예설(李先生禮說)』 등이 있다.

빈소 선생 조충남　　　　顰笑先生傳

빈소 선생은 완평 부원군(完平府院君) 상공(相公) 이원익(李元翼, 1547~1634년)의 친구다. 상공은 우리 인조 대왕을 보좌하여 난을 진정시키는 통치를 이루었다. 그 요령은 어진 자를 등용하고 어리석은 자를 내치는 것에서 벗어나지 않았다. 나는 이것이 틀림없이 어떤 사람의 도움을 받아 얻은 결과이지만 그 자취가 드러나지 않았음을 잘 알고 있다.

당시에 사위였던 미수(眉叟) 허목(許穆) 선생이 집안에서 늘 함께 지냈기에 그 사실을 잘 안다. 그의 말은 이렇다. "상공이 함께 말하고 의논한 자는 승지(承旨) 강서(姜緖, 1538~1589년)와 인의(引儀) 조충남(趙忠男) 두 사람뿐이다. 강서는 미친 체하고 조충남은 벙어리인 척했지만 모두 거짓으로 속여 세상과 어긋났던 분들이다."

선생은 말을 하지 않았지만 마음은 환하였다. 그가 사람을 평가함에 있어 어진 자는 웃어 주고 그렇지 않은 자는 찡그렸다. 뒤에 모두 그대로 징험되었다. 상공이 인재를 취한 것은 대개 이렇게 해서 한 것이었다. 그러고 보면 한 번 찡그리고 한 번 웃는 사이에서 상공이 인재를 등용하고 물리치는 잣대가 결정되었던 것이다. 아무런 자취조차 없었다면 무엇으로 그 사람을 지적하였겠는가? 그래서 마침내 그를 한 번 찡그리고 웃는다 하여 '빈소 선생'이라 일컫게 되었다.

아! 선생은 과연 벙어리일 뿐이었는가? 선생은 바로 정암(靜菴) 문정공(文正公) 조광조(趙光祖) 형제분의 후손이다. 일찍이 도산(陶山)에 가서 이황(李滉) 선생을 뵙고 문정공의 행장을 부탁했는데, 이황 선생이 또 시를 지어 부지런히 찾아온 뜻에 화답하였다. 그 시는 『퇴계집(退溪集)』에 들어 있어 살펴볼 수 있다.

나는 고금에 재주가 출중하고 학업에 매진한 선비가 이름을 감추고 초야에 살다가 인멸되어 일컬어지지 않는 자가 많음을 슬퍼한다. 그래서 이를 써서 「동방일사전(東方一士傳)」 뒤에다 붙인다.

해설

출중한 재주와 고상한 뜻을 지니고도 세상에 쓰이지 못한 채 초야에 묻혀 산 빈소 선생 조충남(趙忠男)의 삶을 안타까워하며 쓴 짧은 전이다. 그의 생몰년과 행적이 자세하지 않아 이원익·허목·이황 등 명망 있는 인물의 평가에 기대어 서술했지만, 몸을 깨끗이 하여 더럽히지 않았으며(潔身不汚) 고상한 행실을 갖추고도 세상에 은둔했던(有高行而隱於世) 그의 삶을 빈소(矉笑)의 의미 속에 압축해 잘 담아냈다.

빈소란 마음에 안 들면 인상을 찡그리고 괜찮으면 빙긋 웃는 행동에서 취해 온 이름이다. 조충남은 벙어리가 아니면서 벙어리 행세를 하며 한세상을 건너갔다. 세상에서 특별히 기대할 것이 없다고 여겼기 때문이다. 다만 이원익의 식객으로 있으면서 찾아온 손님에 대한 평가를 표정 하나로 대신했다. 이원익이 재상의 지위에 있으면서 어진 이를 등용하고 못난이를 내치는 안목을 발휘할 수 있었던 것이 모두 조충남이 표정으로 일러 준 덕분이었다고 했다. 특별히 이원익의 사위인 허목의 증언을 통해 진술의 신뢰성을 높였다.

이 글은 『성호집』 권68에 「동방일사전」과 나란히 실려 있다. 「동방일 사전」 또한 선비로 세상에 살면서 시대와 만나지 못해 사람과 세상을 피해 숨어 새, 짐승과 무리를 이뤄 살다가 파묻혀 잊힌 인재를 안타까 위한 내용이다. 뜻 높은 선비가 세상을 등진 채 벙어리 행세로 한세상을 살아가게 만든 사실에서 지은이는 그 시대의 슬픈 자화상을 본다. 이는 작가 자신의 또 다른 투영이기도 하다. 일사(逸士)에 대한 슬픔과 자신에 대한 연민이 동시에 깔려 있다.

노비도 사람이다　　　　　　祭奴文

　우리나라에서 주인과 노비의 관계는 비교하자면 임금과 신하의 의리와
한가지다. 하지만 임금은 신하에게 벼슬을 주어 귀하게 해 주고 녹봉을
주어 먹여 살리니 은혜가 이미 크다. 따라서 그 은혜 갚기를 생각하지
않는 것은 죄다. 반면에 주인은 노비에게 추위와 배고픔을 면하게 해 주
지도 못하면서 온갖 고역을 다 시키고 성이 나면 형벌을 내리지만 기쁠
때는 상을 주지 않고 조금만 잘못해서 뜻에 어긋나면 불충하다며 꾸짖
는다. 왜 그런가?

　신하 된 사람은 마음속으로 벼슬을 간절히 원해서 어깨를 비집고 뚫
고 나아가 구차하게 영예와 이익을 도모한다. 하지만 노비는 그렇지 않
다. 도망갈 데가 없어 어쩔 수 없이 매여 있는 신세다. 신하가 윗사람을
섬기는 것은 명령에 따라 분주히 일하면서 계획을 짜는 것에 불과하다.
하지만 노비가 주인을 섬김은 진창과 잿더미 속을 들락거리며 매 맞고
욕먹는 일이 다반사이니 실은 원수나 다름없다. 임금이 죽으면 신하는
머리를 풀지 않지만 종은 반드시 머리를 풀어 처자와 같이 한다. 신하가
죽으면 임금이 조문하고 제문을 보내는 예가 있지만, 노비가 죽으면 주
인은 한 번 슬퍼하지도 않고 제사상에 술 한 잔 부어 주는 일조차 없다.
왜 그런가?

내 전장(田庄)을 관리하던 노비가 있었는데 죽은 지 벌써 몇 해가 되었다. 우연히 지나다가 물어보니 무덤에 제사를 지내지 않은 것이 오래라고 했다. 그래서 글을 지어 제를 올린다.

"아무 달 아무 날에 성호 일인(逸人)은 옛 노비 아무개의 무덤에 제사지낸다. 아! 나라의 옛 풍속에 주인과 노비의 관계를 임금과 신하에 비겼다. 임금이 어질어 신하가 보답하는 것은 당연하지만, 주인이 박대하면서 노비에게 충성을 바라는 것이 도대체 무슨 이치인가? 너는 한평생 부지런히 윗사람을 받들었으니 내가 실로 네 덕을 많이 보았다. 어찌 차마 잊겠는가? 네 자식이 불초하여 내가 일찍이 훈계하였더니 지금 과연 살 곳을 잃어 떠도느라 집에서 제사도 못 지내고 네가 죽어 무덤에 풀이 우거졌는데도 벌초할 생각조차 않는다. 살아서 노동하느라 고달팠는데 귀신이 되어서도 늘 굶주리니 어찌 슬프지 않으랴? 내 우연히 여기에 들렀다가 애달픈 마음이 들어 떡과 과일을 대략 갖춰 네 외손을 시켜 가져가 제사를 지내게 한다. 급하게 몇 마디 말로 네 무덤 앞에 향을 사르고 고하노라. 네 비록 문자를 알지 못하지만 귀신은 이치로 감통하니 정성이 있다면 반드시 알 것이다. 너는 흠향할진저."

남들이 이 일을 보면, 반드시 나를 비웃을 것이다. 그러나 인정이 여기에 있으니 아마도 이렇게 함이 옳을 것이다.

해설

몇 해 전에 세상을 뜬, 자신의 전장을 관리하던 노비의 묘에 들렀다가 황폐하게 버려진 모습을 보고 안타까워 지어 준 제문이다. 임금과 신하의 관계와 주인과 종의 관계를 대비시켜 일방적이고 폭력적이며 착취뿐인 주종 관계의 실상을 고발하는 것으로 서두를 열었다.

주인이 부리던 노비를 위해 제문을 쓰는 일은 당대에 매우 이례적인 일이었다. 그가 자신의 어려운 가계를 돕느라 평생 애쓴 노고를 기억하며 남의 시선을 의식하기에 앞서 자신의 진솔한 마음과 깊은 연민을 솔직하게 드러내 보였다. 이익의 사회사상이 현실과 진실에 바탕을 두고 있음을 잘 보여 주는 좋은 예다.

글은 제문인데 내용은 오히려 논(論)에 가깝다. 주인과 노비의 관계는 임금과 신하의 의리 관계와 같아야 함에도 불구하고 실은 원수나 다름 없는 일방적 착취의 관계다. 이익이 신분제의 해체를 주장했던 것은 아니다. 다만 사회적 약자인 노비를 하나의 인격 주체로 대우해 주인이 죽은 노비를 위해 직접 제문을 지어 제사를 올려 주는 행동은 실로 파격적인 행동에 해당한다.

특히 주인과 노비의 관계는 비록 주종 관계이지만 의(義)에 기초해 서로의 도리와 책임을 다해야 할 쌍방향적 관계임을 역설한 점이 주목할 만하다. 주인이 자신의 도리와 책임을 회피하면 노비는 언제든 떠날 수밖에 없고, 노비가 떠나가면 더 이상 일방적인 주종 관계는 존재하지 않는다. 서로가 원수로 여길 수밖에 없는 삭막한 착취의 관계는 이후 거대한 사회 문제의 출발점이 된다. 오늘날 고용자와 피고용자의 입장에서 읽더라도 참신하게 읽을 수 있다.

지구의 중심

地毬

지구의 위와 아래에 사람이 살고 있다는 설은 서양 사람에 의해 비로소 자세하게 되었다.

근세에 어떤 사람이 이시언(李時言)을 천거하여 장수의 재주가 있다고 하자 하담(荷潭) 김시양(金時讓)이 이렇게 말하였다. "내가 들으니 이 아무개는 서양의 학설을 높이고 믿는다고 한다. 이 사람은 서양의 학설이 잘못된 줄도 모르는데, 하물며 적을 살펴 변화에 대응할 수 있겠는가?" 하담은 평소 명석하고 지혜로워 추측한 것이 잘 들어맞는다고 일컬어졌는데, 이 점은 오히려 그런 줄 몰랐으니 그 식견이 깊지 않았음을 짐작할 만하다.

참판 김시진(金始振)도 그 설을 깊이 비난했는데, 남극관이 글을 지어 이렇게 변증했다. "여기에 알 하나가 있는데 개미가 껍데기 위에 올라가 두루 다녀도 떨어지지 않는다. 사람이 지구의 표면에 사는 것도 이것과 무엇이 다르겠는가?"

나는 말한다. "남극관이 김시진을 나무란 것은 그릇된 것으로 그릇된 것을 공격한 것이다. 개미가 알에 붙어서 떨어지지 않는 것은 개미의 발이 찰싹 달라붙어 있기 때문이다. 이제 어떤 벌레가 벽을 타고 오르면 발을 헛디뎌 문득 떨어진다. 그러니 어찌 사람을 깨우치겠는가? 이것은 지심론(地心論)을 따르는 것이 맞다. 한 점의 지심(地心, 지구의 중심)으로 상하 사방이 모두 안쪽을 향해 집중된다. 지구가 크게 매달려 있는 것으로 보여도 중앙에 있어서는 조금도 움직이지 않으니 이것으로 추측할 수 있다. 알은 지구의 한쪽 면에 있으므로 알도 땅에서 벗어나는 순간 문득 아래로 떨어지고 만다. 알의 아래쪽 면이 붙어 갈 수 있겠는가?

해설

조선 후기에 수용된 서학(西學)은 천주교뿐 아니라 천문, 역법, 수학, 측량, 지리 등 다양한 분야에 영향을 끼쳤다. 이 글은 특히 18세기 초 조선 지식인의 서학 인식 수준을 가늠케 해 주는 의미 있는 텍스트다. 이익은 서학의 신앙적 요소를 배제하고 자연 과학과 기술을 적극적으로 수용했다. 이 글에서 그 일단이 엿보인다.

이익은 이 글에서 둥근 지구의 위아래에 사람이 살 수 있는 이유를 지심론으로 설명했다. 사람이 지구의 표면에 개미처럼 매달려 있는 것이 아니라 지심을 향하는 힘에 의해 떨어지지 않고 붙어 있을 수 있다고 보았다. 일종의 중력과 인력의 개념을 설명하고 있는 셈이다.

글은 서양의 학설을 한 줄로 말하고, 이를 받아들인 이시언에 대한 김시양과 김시진의 맹목적 비난을 소개했다. 이를 다시 남극관의 반론으로 받아치고, 자신이 다시 남극관의 주장을 비판해서 점층의 방식으로 단락을 펼쳤다.

다만 그의 설명은 여전히 요령부득의 지점이 있다. 지구를 우주의 중심에 두고 지구의 자전 사실을 제대로 이해하지 못하는 한계를 노정한다. 실제로 이익은 천문 영역에서 자기 모순적인 주장을 많이 펼쳤다. 어떤 글에서는 지구의 자전설을 제시했다가 다른 글에서는 지구의 자전설을 부정하는 식이다. 이러한 모순적 인식은 조선 후기 천문학 이해의 단계적 변화를 보여 주는 것으로 평가되기도 한다.

울릉도와 독도는 우리 땅

鬱陵島

울릉도는 동해 가운데 있는데 우산국이라고도 한다. 칠팔백 리쯤 떨어져 있다. 강릉이나 삼척 등지의 높은 곳에 올라가 바라보면 세 봉우리가 어렴풋하게 보인다.

신라 지증왕 12년(511년)에 그곳 사람들이 강한 형세를 믿고 복종하지 않자, 하슬라주(강릉의 옛 지명)의 군주 이사부(異斯夫)가 나무로 만든 사자로 위압하여 정복하였다. 고려 초에 와서 특산물을 바쳤다. 의종 11년에 김유립(金柔立)을 우릉도(羽陵島, 울릉도의 다른 이름)에 보내 살피게 했는데, 산마루에서 바다까지 동쪽으로 일만여 보, 서쪽으로 일만 삼천여 보, 남쪽으로 일만 오천여 보, 북쪽으로 팔천여 보였다. 마을 터 일곱 곳과 석불과 철종과 석탑이 있었지만, 암석이 많아 거주할 수가 없었다. 그렇다면 이때에 이미 빈 땅이었던 것이다. 그러다가 우리 왕조에 이르러 도망친 백성이 많이 들어가 살았다. 태종과 세종 때 들어가서 모두 수색하여 사로잡아 돌아왔다. 『지봉유설』에는 다음과 같이 기록되어 있다. "울릉도는 임진년(1592년) 이후 왜구의 노략질로 다시 인적이 끊어지게 되었다. 근래에 왜구가 의죽도(礒竹島)를 점거했다고 들었는데, 혹자는 의죽도가 바로 울릉도라고 한다."

왜구가 어부 안용복(安龍福)이 국경을 침범한 일로 와서 따질 때, 『지봉유설』과 예조의 회답 문건에 있는 '귀계(貴界)'와 '죽도(竹島)' 따위의 말로써 근거를 삼았다. 조정에서 무신 장한상(張漢相)을 파견하여 살피게 하니 이렇게 보고했다. "남북으로 칠십 리 동서로 육십 리입니다. 나무로는 동백나무·붉은박달나무·측백나무·황벽나무·홰나무·유자나무·뽕나무·느릅나무가 있고 복숭아나무·오얏나무·소나무·상수리나무는 없습니다. 금수로는 까마귀와 까치, 고양이와 쥐가 있습니다. 물고기로는 가지어(嘉支魚, 강치)가 있는데 바위틈에 살며 비늘은 없고 꼬리가 있습니다. 몸통에 네 개의 다리가 있지만 뒷다리가 아주 짧아서 육지에서는 잘 달리지 못하고 물에서는 나는 듯이 빠릅니다. 어린아이 울음소리를 내고, 그 기름으로는 등불을 켤 수 있습니다." 이에 조정에서 누차 서신을 왕복하여 겨우 무마시켰다.

그러나 내 생각으로 이 일은 담판 짓기가 어렵지 않다. 당시에 왜 이렇게 말하지 않았는가? "울릉도가 복속된 것은 신라 지증왕 때부터다. 당시 귀국은 계체(繼體) 6년(512년)이었는데 위덕이 멀리까지 미쳤다는 사실은 들어 본 적이 없다. 역사책에 상고할 만한 특별한 기록이 있는가? 고려 시대에 이르러 특산물을 바치기도 하고 그 땅을 비우기도 했지만 역사에 기록이 끊이지 않는다. 천여 년이 지난 오늘에 와서 무슨 이유로 갑자기 이러한 분쟁을 일으키는가? 우릉도든 의죽도든 어떻게 부르든 간에 울릉도는 우리나라에 속한 것이 백번 명백하다. 그리고 그 옆에 딸린 섬 또한 울릉도에 속한 섬에 불과하니 귀국과는 아주 멀리 떨어져 있다. 틈을 타 몰래 점거했으니 마땅히 부끄러워해야 할 일이지 자랑할 것이 못 된다. 설령 중간에 귀국이 함부로 빼앗았다 할지라도 양국이 화친을 맺은 뒤에는 옛 영토를 서둘러 돌려주는 것이 마땅하다. 하물며 귀국에 속한다는 기록이 전혀 보이지 않는데 말해 무엇 하겠는가? 이미 우리 강역이니 우리 백성이 물고기를 잡고 사냥하기 위해 왕래하는 것은 당연한 일이다. 귀국과 무슨 관련이 있단 말인가?" 이렇게 했다면 저들이 비록 교묘하게 잔꾀를 부릴지라도 장차 다시는 그 입을 열지 못했을 것이다.

안용복은 동래부의 전선에 예속된 노군(櫓軍, 노를 젓는 병사)이었다. 왜관에 출입하여 왜어를 잘하였다. 숙종 19년 계유년(1693년) 여름에 표류하여 울릉도에 정박했는데, 왜선 일곱 척이 먼저 와 있었다. 당시 이미 왜인들이 섬을 다투는 분쟁을 일으키고 있어서 안용복이 왜어로 분별하여 따지니 왜인들이 노하여 잡아가 오랑도(五浪島)에 구금하였다. 안용복이 그 도주에게 "울릉도와 우산도(지금의 독도)는 본디 조선에 속한 섬이다. 조선에서는 가깝고 일본에서는 먼데 무슨 까닭으로 나를 구금하여 돌려보내지 않는가?" 하고 말하자, 도주가 백기주(伯耆州, 호키주)로 송치하였다.

백기주의 도주가 손님의 예로 대접하고 많은 은을 주었지만 사양하고 받지 않았다. 도주가 "그대는 어떻게 하기를 바라는가?"라고 묻자, 안용복이 전후 사정을 말한 뒤에 "침략하여 소란 피우는 짓을 금하여 교린의 예를 두텁게 하는 것이 내 소원이오."라고 하였다. 도주가 이를 승낙하고 에도 막부에 보고한 뒤 관련 문서를 발급해 주고 마침내 돌려보냈다. 장기도(長崎島, 나가사키섬)에 이르자 도주가 대마도(對馬島, 쓰시마섬)와 작당하여 그 문서를 탈취한 뒤 대마도로 압송하였다. 대마도주가 그를 구금한 뒤 에도 막부에 보고하자, 막부에서 다시 서계를 보내 울릉도와 우산도를 침략하지 못하게 하고 호송하게 하였다. 그런데 대마도주가 다시 그 서계를 빼앗고 오십 일 동안 구금한 뒤 동래 왜관으로 압송했고, 왜관에서 다시 사십 일 동안 억류되었다가 동래부로 이송되었다.

안용복이 모두 고했지만 동래 부사가 보고하지 않고 국경을 침범한 죄를 물어 이 년 형벌을 내렸다. 을해년(1695년) 여름에 안용복이 울분을 참지 못해 장사하는 승려 다섯 명과 사공 네 명을 거느리고 다시 울릉도에 이르렀다. 우리나라 상선 세 척이 먼저 도착하여 물고기를 잡고 대나무를 베고 있는데 왜선이 마침 이르렀다. 안용복이 여러 사람을 시켜 포박하려 했지만 두려워하며 따르지 않았다. 그러자 왜인들이 "우리들은 송도(松島, 다쓰시마로 독도의 일본식 이름)에서 물고기를 잡다가 우연히 이곳에 이르렀다."라고 말하고는 바로 물러갔다. 안용복이 "송도는 본디 우리나라의 우산도다."라고 말하고는 다음 날 우산도로 쫓아갔다. 그러자 왜인들이 돛을 올리고 달아났다. 안용복이 이를 쫓다가 표류하여 옥기도(玉岐島, 오키섬)에 정박했다.

돌아서 백기주에 이르니 도주가 정성을 다해 맞이하였다. 안용복이 스스로 '울릉도 수포장'이라 칭하고는 가마를 타고 들어가 도주와 대등한 예로 대하였다. 전후의 일을 소상히 말한 뒤에 또 이렇게 말했다. "우리나라에서 해마다 쌀 한 석에 열다섯 두씩, 면포 한 필에 서른다섯 척씩, 종이 한 권에 스무 장씩을 실어 보냈다. 대마도에서 떼어먹고 '쌀 한석에 일곱 두씩, 면포 한 필에 스무 척씩, 종이는 뚝 잘라 세 권씩 보내왔다.'라고 보고하고 있다. 내가 장차 관백(關伯, 막부의 수장)에게 바로 전달하여 그가 속이는 죄를 다스리도록 하겠다." 동행한 사람 가운데 문자를 조금 아는 자가 있어서 소장(疏章)을 지어 도주에게 보여 주었다. 대마도주의 아버지가 이 소식을 듣고는 백기주의 도주에게 애걸하여 일이 마침내 마무리되었다. (백기주의 도주가) 위로한 뒤 환송하면서 "섬을 가지고 다툰 일은 모두 그대 말대로 하겠다. 약속을 어기는 자가 있으면 마땅히 무겁게 처벌할 것이다."라고 하였다.

이해 가을 팔월에 양양으로 돌아왔다. 방백이 장계를 올려 보고하고 안용복 일행을 잡아 서울로 보냈다. 이들이 진술한 내용이 한결같자 조정에서는 국경을 침범하여 분쟁을 일으킨 죄를 물어 목을 베려 하였다. 오직 영돈령부사(領敦寧府事) 윤지완(尹趾完)만이 이렇게 말하였다. "안용복이 비록 죄를 지었지만 대마도가 이전부터 사기를 친 것은 우리나라가 에도 막부와 직접 통하지 못했기 때문입니다. 이제 다른 길이 있는 줄을 알았으니 형세상 반드시 두려워할 것입니다. 그러니 안용복을 죽이는 것은 좋은 계책이 아닙니다." 그러자 영중추부사(領中樞府使) 남구만(南九萬)이 이렇게 말했다. "대마도의 속임수는 안용복이 아니었다면 모두 드러나지 않았을 것입니다. 그 죄의 유무는 잠시 접어 두고 섬을 두고 다툰 일을 이번 기회에 명백히 따져 통렬히 물리쳐야만 합니다. 대마도에 서신을 보내 '우리 조정에서 장차 별도로 막부에 사신을 파견하여, 그간의 허실을 직접 살펴보겠다.'라고 하시면, 대마도에서는 반드시 크게 두려워하여 죄를 자복할 것입니다. 안용복의 일은 그런 뒤에 천천히 경중을 따져도 늦지 않을 것입니다. 이것이 상책입니다. 그렇게 하지 않으려거든 동래 부사로 하여금 대마도에 서신을 보내게 하되, 먼저 안용복이 마음대로 글을 지어 올린 죄를 말하고, 이어서 대마도에서 울릉도를 죽도(竹島)라 가칭하고 공문을 탈취한 잘못을 따진 뒤에 회답을 기다려야 합니다. 그리고 안용복을 죄줄 뜻은 결단코 서신 속에 드러내서는 안 될 것입니다. 이것이 중책입니다. 만약 대마도에서 간교하게 속인 죄상을 따지지 않고 안용복을 먼저 죽여서 그들의 마음을 유쾌하게 해 주면, 저들은 반드시 이것을 구실 삼아 우리를 업신여기고 겁박할 것입니다. 장차 어떻게 이를 감당하겠습니까? 이것은 하책입니다." 이에 조정에서 중책을 쓰니, 대마도주가 과연 자복하고 전 도주에게 죄를 돌렸다. 그리고 다시는 울릉도에 왕래하지 않았다. 조정에서는 안용복의 죄를 감하여 유배를 보냈다.

내가 살펴보건대 안용복은 참으로 영웅에 짝할 만한 사람이다. 일개의 미천한 군졸로서 만 번 죽을 계책을 내어 나라를 위해 강한 적에 대항하여 간사한 마음을 꺾고 누대의 분쟁을 불식시켜 한 주(州)의 땅을 회복하였다. 부개자(傅介子)와 진탕(陳湯)에 비겨도 더 어려운 일이니, 영웅이 아니고서는 불가능하다. 그런데도 조정에서는 상을 주지 않았을 뿐 아니라 죽이려다 유배를 보냈다. 겨를도 없이 그 기상이 꺾이고 말았으니 슬픈 일이다.

울릉도는 대체로 땅이 척박하다고들 말한다. 대마도 또한 몇 조각의 땅도 없지만 왜인의 소굴이 되어 대대로 근심거리가 되어 왔다. 한번 혹 빼앗기게 되면 또 하나의 대마도가 더해지는 것이다. 앞으로 닥칠 화를 어찌 다 말할 수 있겠는가? 이것으로써 논하건대 안용복의 공은 다만 한 대의 공이 아니다. 고금에 장순왕(張循王)의 화원노졸(花園老卒)을 영웅이라 일컫는데 그가 힘쓴 것은 큰 장사치로 재산을 불린 것에 불과하다. 나라를 위한 계책에서는 특별히 뛰어난 것이 없다. 안용복 같은 자를 국가의 위기 때 대오에서 발탁해 장수로 등용하여 그 뜻을 펼칠 수 있게 했더라면 그 공이 어찌 이 정도에 그쳤겠는가?

해설

이익은 종래의 주관적이고 의리와 시비 위주인 역사 인식 태도에서 벗어나 객관적이고 비판적이며 실증적인 태도를 지향했다. 문헌에 대한 충분한 고증과 비판 없이 억측만으로 역사를 기술하는 것을 경계했다. 이 글에도 그러한 역사 인식이 잘 반영되어 있다. 신라 지증왕 이후 조선 숙종 대에 이르기까지 울릉도와 독도 관련 역사 기록을 소상히 파악하고 논리적으로 배치하여, 울릉도와 독도가 우리 땅임을 설득력 있게 피력하였다.

독도는 그냥 우리 땅이 아니다. 40년 통한의 역사가 새겨져 있는 역사의 땅이다. 1905년 일본의 한반도 침탈 과정에서 가장 먼저 병탄되었던 비운의 땅이자, 광복 70년이 지난 지금까지도 분쟁에 휘말려 있는 아픔의 땅이다.

이런 점에서 울릉도와 독도의 역사를 통시적으로 고찰하여 우리 땅임을 만천하에 공표하고 있는 이 글의 의의는 민간인으로 일본으로 건너가 울릉도와 독도가 우리 땅임을 천명하고 분쟁 문제를 말끔히 정리하고 돌아온 안용복의 공만큼이나 크다. 특히 "우릉도든 의죽도든 어떻게 부르든 간에 울릉도는 우리나라에 속한 것이 백번 명백하다. …… 이미 우리 강역이니 우리 백성이 물고기를 잡고 사냥하기 위해 왕래하는 것은 당연한 일이다. 귀국과 무슨 관련이 있겠는가?"라고 펼친 이익의 주장은 상쾌하다.

이 글의 중심 소재에 해당하는 안용복의 삶은 이후 원중거(元重擧, 1719~1790년)의 「안용복전」과 근대 계몽기의 여러 기록 등에서 다양하게 수용되어 입전되었다. 근대 이전에는 강역 의식의 일환으로, 근대 전환기에는 애국 계몽 운동의 일환으로, 일제 강점기에는 민족 해방 운동의 차원에서 다양한 방식으로 소환되고 기억되었다. 그의 애국적 행위에 주목하고 민족이란 이름 아래 새롭게 의미를 부여하고 있는 이상의 기록들은 독도 문제에 대응하는 우리의 자세를 가다듬게 한다.

콩죽과 콩나물　　　三豆會詩序

부귀는 외물(外物)이다. 사람은 세상에 태어날 때 지위도 재물도 없다. 이 때문에 "천자의 원자(元子)도 선비와 같다."라고 말하는 것이니 사람은 빈천을 바탕으로 삼는다. 사람의 인생에서 지위는 반드시 얻는 것이 아니고 재물이 다 떨어지면 틀림없이 죽는다. 재물이란 것은 땅에 근원을 두고 힘으로 이룬다. 땅의 힘이 아니면 또한 둘 곳이 없다. 옛날에는 봉록을 정해 땅을 나눠 주어 군자는 직분을 맡고 소인은 땅에서 나는 것을 먹었다. 각자 그 생업을 편안히 여기고 그 삶을 즐거워했다. 성왕(聖王)의 시대가 멀어지자 백성들은 일정한 생산이 없어져 하루아침에 형편이 기울어 무너져서 떠돌며 위태롭게 되었다. 비록 경대부의 자손이라 해도 그 집안이 대대로 청렴결백하면 따로 먹고살 도리가 없다. 그러니 이 점은 밝은 지혜를 지닌 사람이라면 유념해야만 한다.

지금 호적에 편입된 선비는 바로 벼슬 없는 일반 백성일 뿐이다. 어려서부터 배워 익힌 것이라곤 책자 위의 문자에 지나지 않는다. 농사나 장사 일을 해도 힘이 감당하지 못한다. 그런데도 오히려 날마다 두 그릇의 밥을 먹고 해마다 홑옷과 겹옷을 바꿔 입는다. 쌀 한 톨 실 한 올조차 모두 자기가 직접 마련한 것이 아니다. 다만 편안히 앉아서 남이 해 주기만 기다리니 어진 사람이라면 경계하고 두려워함이 마땅하다. 맹자가

"백성은 항심(恒心)이 없으면 방탕하고 치우치며 사치하고 분수에 넘치는 짓을 한다."라고 했는데, 사치와 분수에 넘는 짓을 어찌 가난한 백성이 할 수 있다고 말한 것이겠는가? 진실로 터럭 하나라도 분수에 맞지 않으면 검소하지 않은 것이다. 검소하지 않은 것이 사치한 것이니 사치하면 넘치게 되고 넘치면 죄에 빠지고 만다. 그 형세가 반드시 그렇게 되어 있다. 이런 것은 마치 군대가 궁지에 몰려 적에게 제압되고, 낯빛이 검게 되어 병의 빌미가 되는 것과 같으니 그때 가서 후회한들 미칠 수 있겠는가? 슬프다.

『주역』에서는 "쓰는 것은 검소함을 지나치게 해야 한다."라고 했다. 대개 사치하기는 쉽고 검소하기는 어렵기 때문에 지나치게 하려고 마음먹어야만 겨우 중도에 맞게 된다. 이를 천하와 국가의 일에 미루어 보더라도 모두 그렇지 않음이 없다. 하물며 선비가 생활하는 집이야 말해 무엇 하겠는가? 일용하는 음식과 의복에서부터 혼인과 상례와 제례, 손님 접대의 일에 이르기까지 소용되는 집기는 마땅히 지나치게 검소한 것으로 절도를 삼아 항상 자기만 못한 사람에 견주어야 바야흐로 안심이 된다.

검소함에도 여러 층이 있다. 높고 귀한 집안에서는 닭 잡고 돼지 잡는 것을 검소하다 여기니 먼 지방의 진귀하고 기이함이 없기 때문이다. 뒷골목의 잘사는 사람은 쌀밥 짓고 생선 굽는 것쯤은 오히려 사치스럽지 않다고 말한다. 단출하고 빈한한 집안에서는 또한 모두 흉내를 내 보려고 하지만 다만 미치지 못함을 부끄럽게 여긴다. 사방에 벽만 서 있고 아무것도 없는데도 눈앞의 통쾌한 뜻만 위하느라 애쓰면서 뒷날에 닥쳐올 어려움은 헤아리지 않는다. 심한 경우 가을에 봄을 잊고, 아침에 저녁이 있는 줄도 모르니 어찌할 수 있겠는가?

곡식 중 중요한 것이 세 가지인데 벼와 보리와 콩이 그것이다. 이 중

콩은 천하게 보지만 굶주림을 구하는 데 콩만 한 것이 없다. 『춘추(春秋)』에서 벼와 보리를 거두지 못할 때 기록을 남긴 것은 근심해서이다. 서리에도 콩이 죽지 않으면 이를 적었는데 다행으로 여겨서이다. 벼가 다 떨어졌는데 보리마저 없다면 봄에 무엇으로 먹고 살겠는가? 보리가 말라 죽고 콩마저 없게 되면 가을에도 기댈 데가 없다. 그러니 콩은 가난한 집이 살아갈 꾀인 셈이다.

먹는 방법도 여러 가지인데 죽이 가장 일반적이다. 죽은 넉넉지 못한 데서 생겨났다. 맷돌로 갈아서 가루 내어 물을 넣고 끓인다. 양이 늘어나기를 바라서다. 많고 적음을 가늠하면 셋에 하나가 더해져서 스무 날 먹을 양식으로 한 달을 살 수 있다. 도움이 전혀 없다고 말할 수 없다.

내 몸이 천하다 보니 반드시 천한 사물을 가려서 일삼게 된다. 하루는 마을 안의 종족들을 맞이해서 집 식구에게 상을 차리게 했다. 음식은 누런 콩 한 종류를 벗어나지 않았다. 누런 콩은 콩의 별명이다. 콩죽 한 사발에다 콩나물 김치 한 접시, 된장국 한 그릇을 내어 이름하여 '삼두회(三豆會)'라 했다. 어른과 젊은이가 모두 모여 다들 배불리 먹고 파하였으니 음식은 박해도 정의 두터움에는 문제 되지 않았다.

그래서 장난삼아 이렇게 말하였다.

"그대들은 이것이 공자 집안의 가법인 줄을 아는가? 옛날 정고보(正考父)가 세 차례 명을 받았는데 점점 더 공손해져서 담장을 따라 달아나 피하고는 그 솥에다 '여기에다 된죽과 묽은 죽을 끓여 내 입에 풀칠하리.'라는 글을 새겼다. 이는 지위가 없고 녹이 없는 자의 분수다. 공자는 중유(仲由)가 가난을 상심하는 것을 비루하게 여겨 '콩을 마시고 물을 마셔도 부모를 지극히 기쁘게 하면 그게 바로 효다.'라고 했다. 콩은 마실 수 있는 물건이 아니니 죽이 아니라면 무엇이겠는가? 그렇다면 이 모임은 성인께서 남기신 뜻이니 기름지고 단 음식에 물린 자와 함께하더라도 부끄럽지가 않다. 장차 겉으로 드러내어 후손에게 남겨 주려는 것은 그들로 하여금 우리가 이처럼 검소함을 잘 지켰음을 알게 하려 함이다. 뒤에 비록 창고에 남은 곡식이 있다 하더라도 또한 모름지기 정하여 법식으로 삼아 일 년 사이에 한 차례씩 이 모임을 열고 혹 보름이나 열흘 또는 아침저녁으로 해서 이를 전해 후세의 규범으로 삼아 폐하는 일이 없기를 기약한다."

이에 시를 지은 것이 시축(詩軸)을 이룬지라 마침내 서문을 쓴다.

해설

삼두회의 시축에 붙인 서문이다. 삼두회를 결성하게 된 계기와 경위, 의미와 목적을 차례로 간단히 기술하되, 글의 전반부에 사치를 버리고 검소한 삶을 살아야 한다는 주장을 논리적으로 펼침으로써 논(論)의 양식적 특징이 가미된 한 편의 서문을 완성하였다. 사람들이 사치하는 이유를 밝히고 검약하는 방법을 자세히 설명한 「입검설(入儉說)」과 짝이 되는 글이다.

삼두회는 이름 그대로 이익이 직접 기르고 수확한 콩으로 삼두(三豆), 즉 콩죽과 콩나물과 된장을 마련하여 친족들과 나눠 먹던 모임이다. 공식적으로는 1753년(72세)에 처음 결성되었다고 한다. 이 삼두회는 이익 말년에 갑자기 만들어진 모임은 아니다. 그는 몸에 밴 검약의 정신으로 철저한 자기 점검과 절제의 경제를 가꾸었다. 그에게 콩은 검약의 상징이자 빈민 구제의 매개물이었다. 따라서 이 삼두회는 사치를 멀리하고 검약을 실천했던 이익의 생활 철학뿐 아니라 가난한 백성을 구제하려한 애민 정신이 녹아든 모임이었다. 단순히 음식을 나누는 데 그치지 않고 시문 수창을 통해 검약의 정신을 환기한 것도 인상적이다.

주자도 의심하라 孟子疾書序

질서(疾書)란 무엇인가? 생각이 떠오를 때 바로 적는 것이니 돌아서서 잊을까 염려해서이다. 익숙지 않으면 잊고 잊으면 생각이 다시 나지 않는다. 이 때문에 익숙해지는 것을 귀하게 치고 빨리 적는 것을 그다음으로 여기는 것은 또한 익숙해지기를 기다려서이다.

내가 『맹자』에 힘을 쏟은 지가 오래되었다. 예전에 처음 이 책을 읽다가 문득 '적어 두지 않으면 기억할 수가 없다.' 하고, 이에 붓과 종이를 몸에 지니고 다니면서 견해가 있을 때마다 반드시 적어 두었다. 때마침 아들의 오른손을 잡고 이름을 지어 주는 경사가 있었으므로 '맹(孟)' 자를 내려 주어 이것으로 기쁜 뜻을 삼았는데 올해 다섯 돌이 되었다. 아이가 책을 들고 왔다 갔다 하며 이따금 나와 함께 뜻을 깨우치곤 한다. 하지만 내가 이 책을 다듬어 정리하는 것은 바람 부는 뜰에서 낙엽을 쓰는 것과 같아서 보이는 대로 쓸었지만 여태껏 손을 놓을 수가 없어 애만 썼지 아직 미숙하다. 진실로 질서의 방법이 아니었다면 그마저도 대부분 잊고 말았으리라. 들으니 주자께서도 "초학자는 반드시 공책을 옆에 두고 거기에 자신이 얻고 본 것을 기록해야 한다."라고 했다 한다. 이분이 어찌 속였겠는가?

반드시 『맹자』로부터 시작해야 하는 것은 어째서인가? 공자께서 세상을 떠나자 『논어』가 이루어졌다. 증자가 조술하여 『대학』이 드러났고 자사가 전수받아 『중용』이 전해졌으며 맹자가 변론하여 일곱 편의 『맹자』가 지어졌다. 세대로 보면 나중이지만 뜻으로 보면 훨씬 자세하다. 후대이고 보니 가깝고 상세한지라 의미가 드러나 있다. 그래서 "성인의 뜻을 구하려면 반드시 『맹자』로부터 시작해야 한다."라고 말하는 것이다.

그러나 제자백가의 책을 두루 살펴보니 『맹자』는 흔히 사람들의 존숭을 받지 못했다. 순경(荀卿)은 비난했고 왕충(王充)은 헐뜯었으며 풍휴(馮休)는 잘라 냈고 사마광(司馬光)은 의심하였으며 소식은 이를 변정하였다. 이태백(李泰伯)의 「상어(常語)」와 정후숙(鄭厚叔)의 『예포절충(藝圃折衷)』 같은 글에 이르러서는 비난하고 매도하기까지 했으니 어찌 다 말할 수 있겠는가? 한 씨(韓氏, 한유(韓愈))와 여 씨(余氏, 여윤문(余允文))의 무리가 입만 열면 지지하고 변호하여 시동과 축관이 종묘사직의 제사를 받들듯이 하였지만 간혹 대체를 높였을 뿐 정밀함에는 미치지 못하였고 은미한 말을 분석했으면서도 그 실상을 밝히지는 못했다. 주자의 『집주(集註)』가 나오자 무수한 말들이 마침내 평정되었고, 해외에까지 전파되어 모두 궤를 같이하여 논의가 한결같게 되었으니 성대하도다. 하지만 여러 사람들이 펼친 주장이 덤불숲이나 망망한 바다와 같아도 반드시 다 맞지는 않는다. 그러다가 영락(永樂) 연간에 호광(胡廣)의 무리가 하찮은 학문으로 몸을 일으켰지만 취사에 근거가 없어 주석을 달고 풀이한 뜻이 혹 파묻히거나 잘못됨을 면치 못하였으니 『질서』 짓는 일을 어찌 그만둘 수 있겠는가?

아! 주자는 맹자를 높였고 후인은 주자를 존숭한다. 후인이 주자를 존숭함은 거의 주자가 맹자를 높인 것보다 더 심하다. 현인이 성인 되기를 바라고 선비가 현인 되기를 바라는 것은 자연스러운 형세다. 현인은 지혜가 능히 미치므로 맹자의 기상이 미진한 부분에 대해서는 일찍이 독실히 존숭한다 하여 감추지 않았다. 선비는 곤궁하게 아랫자리에 있는지라 『집주』에 대해 시비를 일삼지 못하니 이는 이른바 "스스로를 믿지 못해 믿을 만한 것을 믿는다."라는 격이다. 이것이 비록 배우는 자의 바른 법도이나 독실하게 믿는다 해도 의심이 풀리지 않는 것은 강학하여 익힐 때 드러내거나 개인적으로 메모를 남겨 간직해 두어 어리석음을 깨치기에 이르기를 구하는 것은 또한 그만둘 수가 없다. 그런데도 사람들은 문득 윗사람을 비난한다는 구실로 얽어매기만 하니 얽어매는 것이 진실로 뜻이 있는 것 같지만 준열한 법과 가혹한 형벌을 어찌 공자의 문하에다 쓴단 말인가? 그래서 나는 "지금의 학자는 유가의 신불해(申不害)와 상앙(商鞅)이다."라고 말한다. 사정이 이렇다 보매 다만 답습하는 풍조만 자라나고 궁구하여 살피는 습속은 사라져서 점차 학문이 없어지기에 이르렀으니 지금 학자들의 잘못이다.

『예기』에서는 "스승을 섬김에 숨김이 없어야 한다."라고 했다. 대개 의심하여 논란하는 것을 금하지 않은 것이다. 아래에서 나아가려 하면서 문득 스스로 의심이 없다고 말하는 것은 바보가 아니면 아첨하는 것이니 내가 실로 부끄럽게 여긴다. 이 때문에 정전(井田)을 구획하고 정삭(正朔)을 세우는 종류에 대해 망령되이 한 가지 주장을 내세워 미진한 뜻을 채웠으니 모두 주자가 일찍이 의심을 두었던 문제다. 의심을 둔 것은 언로를 열어 둔 것이다. 말을 했는데 맞지 않으면 말한 자에게 죄가 있는 것이지 『집주』에야 무슨 해가 되겠는가? 주자가 저승에서 다시 살아난다고 해도 반드시 장차 그 진전을 구하려는 마음을 애처롭게 여겨 말이 맞지 않는다고 나무라지는 않을 것이다.

세상에 전하기를 『맹자』에는 일실된 편이 있다고들 한다. 『순자』에 실린 것은 맹자가 제나라 왕을 세 번 만났어도 말을 하지 않으므로 제자가 이에 대해 묻자 "나는 우선 그의 사특한 마음을 친 것이다."라고 했다는 내용이다. 양웅(揚雄)의 책에 실린 것은 맹자가 "무릇 뜻을 지니고도 이르지 못하는 자는 있어도 뜻이 없는데 이르는 자는 없다."라고 말한 대목이다. 순자와 양자가 거짓말을 하지는 않았을 테니 모두 전해지지 않은 것은 애석하다. 조빈경(趙邠卿)은 『외서(外書)』 네 편이 능히 심오하지 않다고 했는데 이제 또한 이마저도 보이지 않으니 순자와 양자가 예로 든 것이 혹 『외서』에 나오는지는 알 수가 없다. 이제 함께 채록해서 부기해 둔다.

해설

『맹자』 주석서인 『맹자질서(孟子疾書)』에 붙인 서문이다. 이익은 1713년 『맹자』를 시작으로 『대학』, 『논어』, 『중용』, 『주역』, 『서경』, 『시경』 등에 차례로 주석을 달아 『질서』 시리즈를 완성했다. 유교 경전에 대한 이익의 학문 태도와 방법 및 수준 등을 명확하게 볼 수 있어 그의 대표작으로 꼽는다. 그중에서도 『맹자질서』는 유교 경전에 대한 개방적이고 적극적인 탐구 자세와 철저한 역사 문헌 고증에 바탕을 둔 해석과 분석 태도를 분명히 보여 주어 특히 더 주목을 받았다.

이러한 학문 태도와 방법은 이 서문에 압축적으로 잘 드러나 있다. 『맹자질서』가 『질서』 시리즈의 첫 작품인 까닭에 '질서(疾書)'의 의미를 정의하는 것으로 말문을 열었지만, 칠서 가운데 『맹자』를 가장 먼저 선택할 수밖에 없는 이유를 설명하는 데 보다 더 할애하였다. 그리고 이어서『맹자』주석의 역사와 그 한계를 면밀히 검토한 뒤에 질서 작업의 필요성과 그 의미에 대해 기술했다. 마지막『맹자』의 일실편을 다룬 단락은 사족이다.

이 글에서 이익이 가장 힘주어 말한 것은 바로 실천지학(實踐之學)으로서의『맹자』의 가치다. 또한 권위에 굴하지 않고 적극적으로 의심하고 탐구하는 학문의 자세다. 특히 경전의 본문도 틀릴 수 있고 주희의 학설에도 오류가 있을 수 있다는 과감한 생각이 성호 경학의 입각점이다. 학문의 본질은 의심하는 데 있다고 주장하며 주희와 유교 경전을 상대화하고 철저한 역사 문헌 고증에 바탕을 둔 입증으로 결국 그 권위마저 허물고 만 것이 바로 이『질서』시리즈다.

『맹자질서』는 그의『질서』연작의 출발점일 뿐 아니라 이 같은 학문 태도와 방법이『질서』전체를 관통한다는 점에서 이 서문은『맹자질서』의 서문인 동시에『질서』전체의 서문이 된다.

정내교

鄭來僑

1681~1757년

본관은 창녕(昌寧), 자는 윤경(潤卿), 호는 완암(浣巖) 또는 현와(玄窩)다. 1717년 식년시 생원시에 합격한 뒤 이문학관(吏文學官), 인의(引儀), 찰방(察訪), 제술관(製述官) 등을 역임했다. 신분적 제약으로 인해 청요직에는 오를 수가 없었고, 1722년에 터진 임인옥사(壬寅獄事) 때는 가족을 이끌고 계룡산의 완암으로 들어가 숨어 살기도 했다. 완암이란 호는 이때 스스로 붙인 것이다.

그는 신정하와 여항 시인 홍세태의 문인으로 문명이 높았으며 김창협, 김창흡, 이병연, 조현명(趙顯命), 어유봉(魚有鳳), 김재노(金在魯) 등 당대의 명사들과 교류했다. 강개하고 호방한 성격이 잘 드러나는 그의 문집 서문에 이천보(李天輔)는 이러한 평을 붙였다. "윤경이 시에만 능했던 것은 아니다. 문장의 기세와 곡절에도 자못 작가의 운치가 있었다. 논자는 혹 문장이 시보다 낫다고도 말한다. 하지만 내 생각에 윤경의 시와 문장은 한결같이 천기에서 나온 것일 뿐이다.(潤卿非獨工於詩, 其文善俯仰折旋, 頗有作者風致. 論者或曰: '文勝於詩.' 余以爲潤卿之詩與文, 一出於天機而已.)"

여항인의 삶에 특별히 관심이 많아 당대의 뛰어난 중인 예술가의 삶을 여섯 편의 전으로 남겨 놓았고, 시조를 지었을 뿐 아니라 김천택의 『청구영언(靑丘永言)』에 서문을 남기기도 했다. 문집 『완암집(浣巖集)』이 있다.

관직에 취하면   雜說

술을 좋아하는 자가 있었다. 밖에 나가 무리를 따라 크게 취하여 저녁 때 돌아오다가 집을 못 찾고 길에 벌렁 눕더니, 제집으로 생각해서 미친 듯 소리치고 토하며 인사불성 제멋대로 굴었다. 바람과 이슬이 몸을 엄습하고 도둑이 틈을 노리며 수레나 말에 치이고 사람들에게 밟힐 줄도 모르고 있었다. 지나는 사람들이 괴이하게 여겨 그를 비웃고 마치 기이한 꼴이라도 본 듯이 했다.

아! 어찌 이것만이 유독 이상하다 하겠는가? 오늘날 벼슬아치들은 급제해 벼슬에 오르거나 벼슬해서 현달하게 되면, 깊이 도모하고 곰곰이 따져 보아 시대를 구하고 나라를 이롭게 할 생각은 않고, 오로지 승진하기만을 끊임없이 바라며 욕심 사납게 얻는 데 싫증 내는 법이 없다. 그러다가 원망이 쌓여 화가 이르니 남들은 위태롭게 여기지 않는 이가 없는데도 정작 자신은 여전히 우쭐대며 오만하게 군다. 참으로 심하게 취했다 하겠다. 아! 술 마신 자는 취해도 때가 되면 깬다. 하지만 벼슬하는 사람이 취하면 재앙이 닥쳐와도 깨는 법이 없다. 슬프다.

해설

다섯 편의 짧은 글로 구성된 「잡설(雜說)」의 첫 번째 작품이다. 우리나라에서는 한유의 「잡설」에 영향을 받아 진일재(眞逸齋) 성간(成侃, 1427~1456년) 이후 많은 작가들이 '잡설'이란 표제로 글을 지었다. 잡설은 우언적이고 설명적인 요소가 강한 설체 산문 가운데서도 잡문의 성격이 강한 글이다. 하나의 표제 아래 여러 작품이 함께 묶인 경우가 많다.

정내교는 술에 대취해 부끄러운 줄도 모르고 해괴한 짓을 일삼는 술 주정뱅이의 상을 통해 소인배들을 통렬히 비판한다. 이들은 관직에 취해 온갖 못된 짓을 하면서도 그 위태로움을 보지 못한 채 화를 당한다는 것이다. 일상의 일에서 촉발된 생각을 발전시켜 인생의 이치나 자연의 질서를 논하는 잡설의 성격이 잘 드러나 있다. 누구에게나 꼴불견일 사실을 느닷없이 다른 것과 병치하는 방식으로 자기주장을 강화하는 수법이다.

거문고 명인 김성기 金聖基傳

거문고 연주자인 김성기(金聖基)는 처음에는 상의원(尙衣院)에서 활 만드는 사람이었다. 음률을 좋아하는 성품이라 작업장에 있으면서도 활 만드는 일은 않고 남을 따라 거문고를 배웠다. 정밀한 솜씨를 얻고는 마침내 활을 버리고 거문고를 전문으로 했다. 솜씨 좋은 악공들이 대부분 그 문하에서 나왔다. 곁가지로 퉁소와 비파도 다룰 줄 알았는데 재주가 모두 지극히 오묘하여 능히 새로운 곡조를 지어 낼 수 있었다. 김성기의 악보를 배워서 이름을 날린 자가 많았다. 이에 서울에서는 그의 새 악보가 유행하게 되었다. 인가에서 손님을 모아 잔치할 때는 아무리 여러 광대가 집에 가득해도 김성기가 없으면 흠으로 여겼다.

하지만 김성기는 집이 가난해 떠돌이 생활을 했으므로 처자가 굶주림과 추위를 면치 못했다. 만년에는 서호(西湖) 가에 세 들어 살았다. 작은 배를 사서 도롱이를 걸치고 낚싯대 하나를 들고 왕래하며 고기를 낚아 먹고살며 조은(釣隱)이라 자호했다. 매일 밤 바람이 자고 달빛이 밝으면 노를 저어 중류로 나가 퉁소를 끌어 서너 곡 연주했다. 슬프고 원망하는 듯한 해맑은 소리가 구름 위 하늘까지 사무쳐 강둑 위에서 듣느라 서성이며 돌아가지 못하는 자가 많았다.

궁노(宮奴)인 목호룡(睦虎龍)이란 자가 급변을 고하여 큰 옥사가 일어났다. 높은 벼슬아치들이 도륙을 당하고 저는 공신으로 군(君)에 봉해져 기염을 토했다. 한번은 그의 무리들이 크게 모여 술을 마시다가 말에 안장을 채우고 예를 갖춰 거문고 악사 김성기를 청했다. 김성기는 병으로 사양하며 가지 않았다. 심부름하는 자 여럿이 왔는데도 굳게 누워 꼼짝도 하지 않자 목호룡이 몹시 성이 나서 위협했다.

"오지 않는다면 내가 장차 너를 크게 욕보이리라."

김성기가 마침 손님과 더불어 비파를 연주하다가 이 말을 듣더니 몹시 성을 내며 비파를 심부름꾼 앞에다 내던지고 욕했다.

"돌아가 목호룡에게 말해라. 내 나이가 일흔이다. 어찌 너 따위를 두려워하겠는가? 너는 고변을 잘하니 나도 고변해 죽여 보아라."

그러자 목호룡이 기가 질려 모임을 파하고 말았다.

이후로 김성기는 도성 안에 들어가지 않았다. 남들 앞에서 자신의 솜씨를 펴는 일도 드물어졌다. 마음에 맞는 사람이 강가로 찾아오면 퉁소를 불며 기뻐했지만, 몇 곡만 하고는 그만두고 거나하게 놀지는 않았다.

내가 어려서부터 거문고 악사 김성기의 이름을 익히 들었다. 한번은 친구 집에서 그를 만나 보았는데 수염과 터럭이 온통 흰 데다 어깨는 솟고 뼈는 각이 져 있었다. 입에서는 쿨럭거리며 기침 소리가 끊이지 않았다. 하지만 억지로라도 비파를 잡아 영산회상(靈山會相)의 변치(變徵)의 음을 연주하게 하면 좌객 중에 구슬피 한탄하며 눈물을 흘리지 않는 이가 없었다. 비록 늙어 죽을 때가 되었는데도 오묘한 손놀림은 이처럼 사람을 감동시킬 수 있었으니 한창때에는 어떠했을지 알 만하다.

사람됨은 정성스럽고 개결했다. 말수가 적고 술을 즐기지 않았다. 궁하게 강가에서 살면서 마치 그대로 몸을 마칠 것같이 했으니 이 어찌 지킬 것이 없어 그랬겠는가? 하물며 분개하여 도적 목호룡을 꾸짖을 때는 늠연히 범할 수 없는 기상이 있었다. 아! 그는 또한 뇌해청(雷海淸)과 같은 부류가 아니겠는가? 세상의 사대부로 거취에 지조가 없어 제 자취를 바르지 않은 사람에게 더럽히는 자가 김성기를 본다면 부끄러운 줄을 알게 될 것이다.

해설

숙종 대에 활동한 거문고 명인 김성기의 삶을 기록한 전(傳)이다. 김성기의 자는 자호(子瑚), 호는 낭옹(浪翁)·어옹(漁翁)·어은(漁隱)·조은(釣隱)이다. 영조 때의 유명한 가객인 김중열이 그에게 거문고와 퉁소를 배웠고, 남원군 이점도 그로부터 거문고를 익혔다. 당시 연주한 김성기의 음악은 『어은보(漁隱譜)』와 『낭옹신보(浪翁新譜)』에 남아 이제껏 전한다.

여항인의 삶을 기록한 터라 사대부의 전에 흔히 보이는 가계나 이력은 과감히 생략하고, 사람됨과 음악적 성취를 도드라지게 할 수 있는 일화만 담았다. 전해 듣거나 직접 목도한 사건이 중심이 되어 눈앞에서 그 사람을 직접 보는 듯한 느낌이 든다. 거문고 외에도 비파와 퉁소에 조예가 깊었고, 가난 속에서도 음악을 즐겼으며, 불의한 권력 앞에 비굴하지 않았기에 사대부들에게도 귀감이 되는 김성기의 모습을 잘 그려 냈다. 남유용(南有容)과 성해응(成海應) 등의 글에도 김성기 관련 기록이 보이지만 인물의 형상화와 서술의 구체성은 이 글이 가장 낫다.

남극관

南克寬

1689~1714년

본관은 의령(宜寧), 자는 백거(伯居), 호는 사시자(謝施子)·몽예(夢囈)다. 회은(晦隱) 남학명(南鶴鳴, 1654~1722년)의 아들이자 소론계의 거두였던 약천(藥泉) 남구만(南九萬, 1629~1711년)의 손자이다. 1708년 사마시(司馬試)에 생원 2등으로 합격하여 성균관에 들어갔지만 이듬해에 괴질(怪疾)에 걸려 6년을 고생하다 요절했다.

투병 생활로 정상적인 활동이 어려웠던 그는 짧은 생을 오로지 독서와 사색으로 일관했다. 당대의 최신 서적을 신속하게 입수하고 이를 폭넓게 섭렵하여 학술과 문예의 장에서 개성적인 입론을 펼쳤다. 관심 영역이 다양해 주자학의 울타리를 벗어났다. 천문과 역법, 언어와 동사(東史) 인식 등에서 개성적인 면면을 엿볼 수 있다.

그는 26세로 세상을 뜨기 한 해 전인 1713년에 자신의 유고를 직접 편집하여 『몽예집(夢囈集)』이라고 명명했다. 몽예는 잠꼬대란 뜻이다. 꿈속 잠꼬대 같은 소리를 모았다는 의미다. 하지만 폭넓은 독서와 진지한 사색의 결과물인 그의 글들은 결코 잠꼬대에 그치지 않고 18세기 초 조선 지식인의 학문 수준과 문예 성취를 가늠케 하는 잣대가 된다. 요절하여 더 많은 글을 남기지 못했지만 그는 단 한 권의 책 속에서 어떤 깨어 있는 사람보다 가치 있고 뜻깊은 목소리를 냈다.

동계 조구명은 애사(哀辭)에서 "과거 고문(高文)과 대책(大冊)으로 국가의 성대함을 울리고 사문(斯文)의 쇠미함을 일으킬 것으로 기대했던 사람이 지금 어찌 쓸쓸하게 남은 원고 몇 편뿐이란 말인가?(向之期以高文大冊, 鳴國家之盛, 而起斯文之衰者, 今焉寂寥數篇之殘藁而已矣.)"라며 안타까워했다. 부친 남학명 또한 묘표에서 "오직 전적에 탐닉하여 침식을 잊을 정도였다. 학식이 넓고 지극한 데다 정밀하고 자세하여 패연히 자득함이 있었다. 모의로 논찬(論撰)한 것은 일가의 말을 이뤄 후세에 남을 만했으나 미치지 못하고 말았다.(惟耽典籍, 忘寢食. 博極精微, 沛然有自得. 擬論撰爲一家言, 以垂後而未及.)"라고 아쉬워했다.

나는 미쳤다 　　　　　　　　　　　　狂伯贊

우리나라에 어떤 사람이 있는데 어려서 미친병에 걸렸다. 낫지 않아 십수 년 만에 마침내 죽게 되었다. 이전 병들지 않았을 적에는 달리 좋아하는 것이 없고 책만 좋아했다. 병이 오래되자 천지(天地)와 일월(日月)을 물어도 알지 못하였다. 하지만 낡은 책을 가져다가 눈에 가까이 대면 환하게 열렸다가 아스라이 감기고 무너지듯 잊어버리는 것이 마치 황하의 물길이 터지고 장강이 협곡을 벗어나며 얼음이 봄을 맞아 녹거나 못에서 헤엄치는 피라미가 그 즐거움을 알지 못하는 것과 다름없었다.

죽기 몇 해 전에 이렇게 말했다.

"옛사람의 얼굴은 알 수가 있으니 한갓 그 마음만 알아서는 안 된다. 옛사람의 말은 행할 수가 있으니 그저 외우기만 하면 안 된다. 천하는 다스릴 수가 있으니 내 마음을 다스리면 된다. 천하를 다스리려 하면서 마음에 바탕을 두지 않는 자는 모두 미친 것이다."

듣던 사람들이 크게 웃으며 미친 말로 여겼다. 「광백찬(狂伯贊)」을 짓는다.

옛날의 미친 자 중에
역이기(酈食其)와

개관요(蓋寬饒)와 두보(杜甫)와 한유(韓愈)가 있으니

이들은 모두 광(狂)의 찌꺼기를 얻었을 뿐이어서

제나라서 팽(烹)당하고

한나라서 목 베이고

촉(蜀) 땅에서 떠돌며

양산(陽山)과 조주(潮州)로 쫓겨났다.

하물며 그 정수를 뽑고 진액을 짜낸 자이겠는가?

오호라

천년만년 사이에

내가 광백(狂伯)이 되었으니

앞선 네 사람은

내 곁에서 시중을 들지어다.

해설

남극관이 자신에 대해서 쓴 자찬문(自贊文)이다. 스스로를 광백(狂伯), 즉 '미친 자의 우두머리'라 일컬으며 역이기와 개관요, 두보와 한유 등 역대의 미치광이 독서광들을 자신의 발아래에 두었고, 그들의 시중을 받는 상상을 하고 있다. 길지 않은 생을 광적인 독서로 일관했던 자신에 대한 강한 자부가 작품 전체에 짙게 깔려 있다. 짧지만 독특한 감성을 자극하는 글이다.

남극관의 독서광으로서의 진면목은 여러 글들을 통해 확인이 가능하다. 그는 죽기 1년 전인 1713년 7월 1일, 한 가지 의미 있는 일을 시도했다. 눈병과 심장병으로 고통받던 그는 한 달 동안 책을 읽지 말자고 다짐하고 일기를 쓰기 시작했다. 이렇게 해서 탄생한 것이 바로 「단거일기(端居日記)」다. 한시적 일기인 셈인데 애초의 다짐은 물거품이 되고 말았다. 한 달 중 책을 읽지 않은 날은 고작 닷새뿐이었다. 책을 읽지 않기 위해 쓴 일기는 결국 독서 일기가 되고 말았다. 이러한 열정이 그의 죽음을 재촉해 결국 이듬해에 생을 마감하고 말았다.

그는 자신의 죽음을 예감한 듯 1713년 12월에 자신의 유고를 직접 편집하여 『몽예집』을 엮고 자서(自敍)를 지어 자신이 저술을 통해 드러내고자 하는 바를 분명히 했다. 겉으로는 자신의 글을 하찮은 잠꼬대에 비겼지만 폭넓은 독서와 진지한 사유의 결과물임을 천명하여 광백으로서의 자기 정체성을 다시금 확인하였다. 「광백찬」과 짝을 이루는 글인 만큼 아래에 소개한다.

나는 약관의 나이에 기이한 병에 걸려 천지 만물을 살피지 못하고 오직 낡은 책만 읽었다. 마음의 길이 잠깐씩 열려 간혹 와 닿은 것이 있으면 말로 펼쳐 냈으니 거의 잠꼬대 수준이다. 왕희지(王羲之)가 "미치광이가 어찌 성덕(盛德)의 일에 참여하겠는가?"라고 했는데, 아! 그 말뜻을 알겠구나. 계사년(1713년) 섣달 그믐날 밤에 쓰다.

幽憂于弱歲, 有奇疾, 不省天地萬物, 獨殘書在眼. 心路乍開, 間有所觸, 發之言語, 殆夢囈也. 王右軍曰: "顚何預盛德事耶." 嗟乎! 其知之矣. 癸巳除夕書.

76

오
광
운

吳
光
運

1689~1745년

본관은 동복(同福), 자는 영백(永伯), 호는 약산(藥山), 시호는 충장(忠章)이다. 1719년 증광 문과에 병과로 급제한 뒤 대사헌, 대사간, 예조 참판, 개성 유수 등 요직을 두루 거쳤다. 특히 영조 초기 이인좌의 난과 탕평 정국을 맞아 청남(淸南)의 영수로 활동하며 탕평론을 적극 지지하였다. 의리론에 기반을 둔 노론의 준론(峻論) 세력과 지속적으로 대립했다.

문명(文名)이 빼어나 당대의 사관(史官)이 "문장이 일세에 추앙을 받아 국외인(局外人)으로서 문형권(文衡圈)에까지 들어 있었으니 그를 소중하게 여김이 이와 같았다.(文章爲一世所推, 以局外人, 至入文衡圈, 其見重如此.)"라고 평할 정도였다. 그의 문집에 발문을 붙인 심재(深齋) 조긍섭(曺兢燮, 1873~1933년)이 "그의 문장은 온갖 체를 두루 갖추었으니, 한나라 문장의 전칙(典則)과 육조 문장의 농려(穠麗), 당나라 문장의 정변(正變)과 송나라 문장의 순아(醇雅)의 정수를 모두 꿰뚫어 감당하지 못한 바가 없다.(其爲文, 衆體俱備, 兩漢之典則, 六朝之穠麗, 三唐之正變, 二宋之醇雅, 悉能採掇其精英, 而無所不當焉.)"라고 평한 것은 결코 과장이 아니다.

다만 그는 허목과 이익의 문(文)과 학(學)을 이어받아, "육경이 이하 선진(先秦)과 양한(兩漢)의 문장을 전범으로 하여 작가의 신기(神氣)와 시대의 본색을 배우되 자구를 모의하는 데 빠져서는 안 된다."라는 근기남인의 공통된 문장론을 견지하였다. 그런 까닭에 그의 문장은 이천보, 오원, 남유용, 황경원 등 당대 노론계 관각 문인의 평이하고 원숙한 글에 비해 선진 양한의 고아한 문장 풍격을 강하게 풍긴다. 이는 한유와 구양수 문장의 정맥(正脈)을 이으려 했던 당대 노론계 문인들의 문장 풍격과 분명하게 대비되는 점이기도 하다.

그는 희암(希菴) 채팽윤(蔡彭胤, 1669~1731년)과 국포(菊圃) 강박(姜樸, 1690~1742년)과 더불어 문학과 예술을 통해 사회 개량을 시도했던 18세기 초 근기남인의 대표 문인으로 일컬어진다. 실학의 비조인 유형원(柳馨遠)의 『반계수록(磻溪隨錄)』에 붙인 서문과 위항 시집 『소대풍요(昭代風謠)』에 붙인 서문은 조선 후기 문학 지형도에서 그가 차지하는 위치를 상징적으로 보여 준다. 지은 책으로 『약산만고(藥山漫稿)』가 있다.

글로
지난 삶을 돌아보다

藥山漫稿引

거백옥(遽伯玉)은 나이 오십에 지난 마흔아홉 해가 잘못된 것을 알았으므로 후세가 칭찬한다. 하지만 어이 굳이 나이 오십에만 그러하겠는가? 해마다 생각해 보면 지난해가 잘못되었지만 이듬해에는 다시 되풀이한다. 날마다 생각해 봐도 어제가 잘못인데 내일이면 또 반복하고 만다. 천하의 의리는 다함이 없고 이 마음이 잘못을 아는 것 또한 끝이 없다. 하지만 사람의 목숨은 끝이 있으니 잘못을 아는 것도 끝이 있게 마련이다. 아! 탄식할 만하다.

인생의 지극함을 일컬어 백 년이라 한다. 나이 오십은 백 년을 절반으로 나눈 경계이다. 인생이 뉘 능히 백 년을 채울까마는 지나간 날은 멀고 장차 올 날은 짧으며, 올라가는 기세는 더디고 내려오는 기세는 빠르게 마련이다. 날마다 뉘우쳐도 잘못은 떠나가지 않고, 해마다 깨달아도 선함은 회복되지 않는다. 이에 이르러 늙음까지 닥치고 보면 장차 어느 날에나 선해지겠는가? 이것이 지혜가 늘어갈수록 깨달음은 더 분명해지고, 날이 짧아질수록 뉘우침은 한층 절실해지며, 힘이 쇠할수록 두려움은 점점 깊어지는 까닭이다. 두려워 제 몸을 어루만지며 느끼는 것이 지난날에 느꼈던 바에 그치지 않는다.

거백옥의 마음은 오직 그 경계를 디뎌 본 자만이 알 수가 있다. 아!

선하여 스스로 잘못되었다고 여기지 않아도 오히려 잘못됨에 빠지거늘, 하물며 잘못하고도 잘못하지 않았다고 여겨 잘못 속에서 삶을 마치는 경우야 말해 무엇하겠는가? 인생은 늘그막의 절개를 귀하게 여기니 경계하지 않을 수 있겠는가?

간혹 야기(夜氣)가 몹시 신통해서 목침을 베고 잠 못 들거나 거처에서 맑은 대낮에 향을 사르며 혼자 앉아 있을 때, 애석하고 안타깝고 부끄럽고 부족했던 일을 앞에다 잡다하게 펼쳐 놓으면 잘못을 고쳐 분연히 만년을 도모할 수 있을 것만 같다. 하지만 그러다가 외물이 찾아오면 여기에 빠져서 까맣게 잊어버리는 데 이르지 않는 경우가 거의 없으니 이를 경계해야 한다. 이것이 글을 지어 의궤(倚几)의 송훈(誦訓)으로 삼는 까닭이다.

나는 글 짓는 것을 귀중하게 여기지 않아 매번 원고를 쓰고 나면 먼지 쌓인 상자에 던져두고 다시 살피지 않았다. 총명함이 한창때로 돌아가지 못하고 뜻과 기운이 처음 먹은 마음에서 달라지게 되매 개연히 세상에 알려지지 않아도 또한 그뿐이란 탄식이 있게 된 뒤에야 비로소 상자에서 꺼내 늘어놓았다. 그 속에 담긴 성정과 언론, 입신의 본말 등은 역력히 지나온 마흔아홉 해가 잘못되었음을 대략 엿볼 수가 있어 의궤의 송훈에 해당할 만하였다. 이에 산삭함을 더하고 차례를 매겨 나이 오십 이전에 지은 시문에서 끊으니 각 체별로 스물다섯 권이다. 사람을 시켜 베껴 쓰게 하고 자리 곁에 놓아두고서 애오라지 나의 잘못을 떠올리며 때때로 살펴 반성코자 한다. 어떤 사람은 하늘의 신령함에 기대어 만년을 수습했다고 하였다. 무오년(1738년) 일월 상순에 약산이 쓴다.

해설

50세 나던 1738년 정초를 맞아 그동안 지은 시문을 각 체별로 묶어 25권의 문집으로 정리하고, 한 차례 글을 살피며 떠오른 감회를 적은 글이다. 거백옥이 50세 되던 해에 문득 돌이켜 보니 지나온 49년을 모두 잘못 살았다는 것을 알았다고 한 고사를 문안(文眼)으로 끌어와 글을 펼쳤다.

이전까지 그는 세속의 명예나 성취뿐 아니라 지은 글을 갈무리해서 정리하는 일에도 아예 무심했다. 그러다가 막상 자신이 나이 쉰에 이르고 보니 거백옥의 말이 가슴 깊이 와 닿는 것을 느꼈다. 일거수일투족이 조심스러워지고 말 한마디도 더욱 살피게 되었다.

어찌해야 지난날의 잘못을 그대로 되풀이하지 않을 수 있을까? 그 방편으로 그는 예전에 쓴 글을 한자리에 모으기로 작정했다. 지난 글을 거울 삼아 비추어 앞으로 남은 삶을 바르게 가다듬어 가겠다는 뜻에서였다.

누구나 인생에는 마디가 있게 마련이다. 단계마다 매듭을 제대로 지어 두지 않으면 늘 똑같이 되풀이하며 향상 없는 삶에 정체되고 만다. 오광운은 자신의 오십 인생을 돌아보며 문집을 엮고 나서 특별한 자부보다 내밀한 자기반성의 뜻을 내비쳤다. 이를 바탕으로 더 나은 삶을 꾸려 가리라는 다짐을 담았다.

시를 배우는 법   詩指

오언고시는 질박하고 높으며 뜻이 아득한 것을 높이 친다. 이 때문에 한
나라와 위나라 때의 시를 배운다. 이것을 잘하지 못하면 완적(阮籍)과
좌사(左思)와 포조(鮑照)와 사령운(謝靈運)이 되고, 이마저 능하지 못하
면 도연명과 위응물(韋應物)이 되며, 이조차 능하지 못한 뒤에 두보와 한
유가 된다. 칠언고시는 기풍이 화려하고 재주가 빼어난 것을 높인다. 그
래서 이백(李白)과 두보를 으뜸으로 삼고, 고적(高適)과 잠삼(岑參)과 왕유
(王維)와 이기(李頎)로 보좌를 삼는다. 오언절구는 현묘한 것을 상쾌하고
명랑한 것보다 윗길로 친다. 그러므로 왕유를 취하고 이백으로 짝을 삼
는다. 칠언절구는 표일한 것이 완곡하고 부드러운 것보다 낫다. 이 때문
에 이백을 표준으로 삼고 왕창령(王昌齡)을 그다음으로 하되, 두보는 금
하고 경계한다. 오언율시는 신묘한 경계를 위주로 한다. 따라서 두보를
모범으로 삼되, 흥취는 왕유와 맹호연(孟浩然)을 친다. 칠언율시는 격조
를 중시한다. 그래서 왕유와 이기와 고적과 잠삼을 기준 삼되 기골(氣骨)
은 두보를 참고한다. 배율은 두보를 밀어 도목수로 삼은 뒤라야 웅혼(雄
渾)하고 장려(壯麗)하며 청담(淸談)하고 한원(閒遠)하여, 벼슬아치의 기상
과 은자의 기운을 잃지 않게 되어 잗단 작가의 나쁜 길로 떨어지지 않
는다.

자신이 배울 시와 작가가 정해지면 그 아래로 중당(中唐)과 만당(晚唐)의 여러 시인과 송·원·명의 작가에 이르기까지 모두 그 장점을 취하고 정수를 가려내어 이로써 자신의 재질에 바탕을 삼고 필력을 갖추어야 한다. 하지만 전기(錢起)와 유장경(劉長卿) 이전(중당 이전)은 유념해서 그 전체를 취하고, 원진(元稹)과 백거이(白居易) 이후(만당 이후)부터는 염두에 두지 않고 취사를 살피는 것이 좋다. 소식과 황정견(黃庭堅)과 진사도(陳師道)와 육유(陸游)는 취향이 서로 가깝다. 하지만 정(情)과 성(聲)과 색(色)은 사실을 말하는 데 가려져서 비루한 데로 흐르고 말았다. 하경명(何景明)과 이몽양(李夢陽)과 이반룡(李攀龍)과 왕세정(王世貞)은 성색(聲色)은 닮았으나 정취는 격률에 얽매이는 바람에 가짜가 되고 말았다. 비루한 것과 가짜는 시도(詩道)가 따라가서는 안 된다. 서곤체(西崑體)는 부채의 양면이 서로 합치되듯 자구를 안배했다. 그래서 강서시파(江西詩派)가 치우치고 생경한 것으로 바로잡았지만 시의 격조를 허물고 우아함을 손상시켰으니 그 잘못이 더욱 심하다. 모두 취할 만한 것은 적고 버릴 것이 많다. 또 내려가 진소석(秦小石)과 장타유(張打油)와 유절양(劉折楊)은 속인이 박수 치고 장사가 씩 웃는 것처럼 한결같이 한통속이 되고 말았으니 다시는 더불어 시를 말할 수가 없었다.

　대저 시에는 여섯 가지 요소가 있다. 격(格)과 조(調)와 정(情)과 성(聲)과 색(色)과 취(趣)가 그것이다. 여섯 가지 중 하나만 빠져도 시가 아니다. 격은 명당(明堂, 천자가 정교를 베푸는 곳)의 제도와 같게 해야 하고, 조는 방울 소리가 가락에 맞는 것처럼 해야 한다. 정은 하늘과 땅 사이에 기운이 가득하여 온갖 화초들이 꽃을 피우듯 해야 하고, 성은 큰 종이 우렁차게 울리고 거문고의 소리가 느릿하여 여음이 있듯이 해야 한다. 색은 상서로운 햇살에 비친 구름과 환한 달빛 속 성근 별처럼 해야 하고,

취는 한낮에 향을 사르고 새가 울고 꽃이 떨어질 제 거문고를 안은 채한가로운 구름 속을 느릿느릿 나는 학을 보는 것과 같이 해야 한다.

시에는 여섯 가지 경계가 있으니 이속(俚俗)과 초급(噍急), 유괴(幽怪)와섬세(纖細), 다인사(多引事)와 희영물(喜咏物)이 그것이다. 여섯 가지 중 한가지만 범해도 시가 아니다. 이속은 아녀자가 조잘대며 산업에 대해 말하고 아첨꾼이 침을 튀기며 명리에 대해 말하는 것과 같고, 초급은 길거리에서 노는 아이들이 주먹을 쥐고서 사람들에게 욕하고 천한 사람이눈을 흘기며 싸우는 격이다. 유괴는 오래된 성채에 반딧불이가 날고 그늘진 벼랑에서 도깨비가 춤추는 것과 같으며, 섬세는 거미줄과 벌레의소굴에서 지렁이와 매미가 우는 것과 같다. 다인사는 귀신의 장부를 뒤지고 수달이 물고기를 제사 지내는 유이며, 희영물은 시의 편장이 늙은유자와 나이 많은 기생과 같고 시의 구절이 물가의 새가 머리를 까딱거리는 것과 같은 종류이다. 고사를 인용하고(引事) 사물에 대해 읊조리는것(咏物)은 각 체 가운데 없을 수 없는 것이지만, 소재로 신운(神韻)을 얽어매거나 작은 기교로 풍아(風雅)의 도를 해쳐서는 안 된다. 더욱이 세상의 많은 사람들이 의(意)를 정(情)으로 여기고 미(味)를 취(趣)로 알고있는데 이는 잘못이다. 정(情)은 허하지만 의(意)는 실하고 정(情)은 맑지만 의(意)는 탁하다. 취(趣)는 심원하지만 미(味)는 천근하고, 취(趣)는 고상하지만 미(味)는 속되다. 그러니 분별하지 않을 수 없다.

해설

원제인 「시지(詩指)」는 좋은 시를 쓰려면 반드시 지켜야 되는 지시 사항을 적은 글이라는 뜻이다. 모두 네 단락으로 나눠 첫째 단락에서는 시체(詩體)에 따라 중점을 두어야 할 사항과 대표 시인을 제시하고 둘째 단락에서는 역대 시단의 흐름을 개관했다. 이어 시에서 반드시 갖추어야 할 여섯 가지 요소와 경계로 삼아야 할 여섯 가지 문제를 단락을 나눠 정리하였다.

먼저 각 시체별 특징을 요령 있게 파악해 그 같은 풍격을 잘 구현한 시인들을 꼽아 시를 배우는 후학들이 공부의 기준으로 삼을 수 있도록 제시했다. 한위(漢魏)와 성당(盛唐)의 시를 시학의 표준으로 삼은 관점이 드러난다. 이어 중당과 만당, 송·원·명의 시 중에서도 좋은 것을 가려 취해 바탕을 다질 것을 주문했다. 하지만 중당 이전과 만당 이후에 차등을 두고, 다시 송과 명으로 내려오면서는 비루하다거나 가짜라고 평가하여 배워서는 안 된다고 보았다. 세대가 내려올수록 시학의 수준이 낮아졌다는 세급설(世級說)의 관점을 지녔음을 알 수 있다.

또 그는 시가 반드시 갖춰야 할 육물(六物), 즉 여섯 가지 요소를 격(格), 조(調), 정(情), 성(聲), 색(色), 취(趣)로 꼽았다. 격은 모든 글자가 제자리에 놓여 삼엄한 질서를 유지함을 말한다. 조는 시의 리듬이 조화를 얻은 상태다. 정은 사물과 시인의 마음이 소통하는 것이며, 성은 여러 악기가 저마다의 성질에 따라 제 소리를 내되 전체의 조화를 얻어 여운을 끌어내야 함을 강조했다. 색은 농담과 강약의 조화를, 취는 형상을 넘어 마음으로 건너오는 운치를 말했다. 이 여섯 가지 중 어느 한 가지만 빠져도 좋은 시라 할 수 없다고 보았다.

오광운

이어 시에서 금기시하는 육계(六戒), 곧 여섯 가지 주의점을 살폈다. 이속(俚俗), 초급(噍急), 유괴(幽怪), 섬세(纖細), 다인사(多引事), 희영물(喜咏物)이 그것이다. 이속은 시상이 속되고 저급한 것이다. 초급은 감정이 정제되지 않고 날것 그대로 내뱉듯 말하는 것이다. 유괴는 듣도 보도 못한 이상한 말을 즐겨 쓰는 것이고, 섬세는 너무 잗달아 신기함만 추구하는 것을 말한다. 전거를 많이 끌어와 이를 모르고는 시의 의미를 이해할 수 없는 지경에 이르는 것이 다인사이고, 희영물은 시시콜콜히 사물의 묘사에 지나치게 몰두하는 것이다. 끝에서 의(意)와 정(情), 미(味)와 취(趣)가 비슷하면서도 전혀 다른 개념임을 설명해 이 둘을 잘 갈라 분별하는 것이 시학의 묘경에 이르는 중요한 분기점임을 강조했다.

그의 말대로 다 실천하려면 거의 시를 쓸 수가 없겠지만, 대단히 명쾌하고 논리적으로 시 학습의 요령을 설명한 것은 다른 글에서 쉬 찾기 어렵다. 시학에 대한 그의 깊은 이해를 보여 준다.

여항인의 시집　　　　　　　昭代風謠序

풍(風)이 천하에 유행하자 사람에게 주어서 울게 한 것이 요(謠), 즉 노래다. 천진(天眞)으로 우는지라 사람의 성정과 시대의 오르내림이 거울처럼 비친다. 한 번이라도 인공이 섞이면 천진스러움은 사라져 버리니 또 어찌 비추겠는가?

　하지만 풍이 천하에 유행하는 것은 변천이 일정치가 않다. 주나라 때는 풍이 기호(岐鎬)와 강한(江漢)의 사이에서 나왔고, 한나라와 당나라의 풍은 견위(汧渭)와 이락(伊洛)에 모여들었다. 변송(汴宋)이 남쪽으로 내려오자 그 풍도 남쪽으로 내려와 오초(吳楚)와 민월(閩越)이 빛났다. 명나라가 일어나자 발갈(勃碣)의 사람이 명성을 떨치고 문장을 꾸며 천하에 으뜸이 되었다. 어찌 임금 된 자의 도읍이 반드시 천지 풍기(風氣)가 모여드는 바여서가 아니겠는가? 인물이 영향을 받아 보고 느끼는 것 또한 사방에 달리 견줄 수 있는 바가 아니다.

　하지만 주나라의 풍은 모두 백성에게서 나왔으므로 그 천진함이 온전하다. 한나라 이후로는 사대부에게서 많이 나왔기에 그 천진함은 온전치가 않다. 내가 한나라와 위나라의 시 중 고시십구수(古詩十九首)와 기타 고악부(古樂府) 가운데 무명씨의 여러 작품을 읽어 보니 『시경』 「국풍(國風)」의 언외지지(言外之旨)가 분명히 있었다. 비록 조식(曹植)의 풍골로도 아득하여 미칠 수가 없었으니 하물며 나머지 사람들이겠는가?

내 생각에 여항에서 부르는 노래로 자연스러움에서 나온 것은 국풍의 시와 잘 어울린다. 하지만 한 번이라도 따져 생각을 거치기라도 하면 자연스러움은 사라지고 만다. 우리나라는 연도(燕都, 북경)와 더불어 기수(箕宿)와 미수(尾宿)의 분야에 해당하니, 세상에서 말하는 '운한말파(雲漢末派)'다. 명나라의 풍이 발해와 갈석산으로부터 일어났으므로 우리나라가 진실로 이미 먼저 그 영향을 받았다. 이제 천하는 모두 이미 오랑캐의 땅이 되었기에 발해와 갈석산의 풍이 강을 건너 옮겨 와 한 구역 문명의 나라에서 성숙하고 고무되었다. 그러니 또 그 풍이 성한 곳을 찾는다면 한양이 바로 그곳이다.

무릇 삼각산과 한강의 빼어나 아름답고 담백하고 온화한 기운이 개벽이래로 서리고 이어져서 한 번도 소대(昭代, 태평한 시대)의 문화가 새어나간 적이 없다. 하지만 또 기수와 미수가 운한(雲漢)의 끝자리가 되므로 사대부들이 능히 홀로 감당하지 못하고, 여항의 한미한 집안에 종종 신령한 기운이 모여들었다. 또 후세의 사대부들은 애써 과거 공부에만 힘을 쏟아 더더욱 그 천진함을 능히 보전하지 못했다. 이 밖의 것은 먼 변방의 산택(山澤)과 방외의 고절(孤絶)한 말에 지나지 않아 아득히 왕화(王化)와는 상관이 없다. 그러니 또 어찌 풍이 될 수 있겠는가?

오직 우리나라의 여항 사람만은 나라의 제도에 제한을 받아 과거 공부로 마음을 번거롭게 하지 않았다. 서울에서 태어났으므로 또 방외의 고절한 병통도 없어 시사(詩社)로 한가로이 노닐며 문화를 노래할 수 있었다. 크게 된 자는 옛 작가를 좇아 우뚝이 일가를 이루었고, 그보다 못한 자도 곱고 아리따운 가락을 이루었다. 요컨대 그 천성을 보전하고 천기(天機)를 펼쳐 탄식하며 읊조리기를 절로 그만둘 수 없었던 것은 실로 주나라 국풍의 남은 뜻이었다.

어떤 사람이 채희암(蔡希菴, 채팽윤)이 선한 『소대풍요(昭代風謠)』를 가져와 내게 보여 주며 서문을 구하였다. 대부분 서울 이항(里巷)의 작품에서 벗어나지 않았다. 아! 시를 보고서 시대의 풍기를 보아 채택하는 법이 없어지고부터 풍요(風謠)가 세상에서 끊어진 지가 오래되었다. 지금에 비로소 이를 보게 되니 이는 왕화(王化)의 단초라 하겠다. 일반 백성에게서 나왔다 하여 어찌 소홀히 여길 수 있겠는가?

천하의 풍은 강한으로부터 이락으로 이락에서 강좌(江左)로 이어지고, 강좌로부터 연갈(燕碣)로 연갈에서 동방의 한양으로 이어졌다. 한양은 바로 마한과 백제가 험지에 의거하여 말 달리던 땅이다. 그 습속은 순박하고 굳세며 그 풍은 투박하다. 소대에 크게 변하여 이러한 문아(文雅)의 습속과 가요의 융성함을 이루게 될 줄을 누가 알았겠는가? 풍에는 일정한 소리가 없고 백성에게는 정해진 정이 없다. 한결같이 교화와 더불어 움직이니, 이남(二南) 이후 다시는 이남의 풍이 없다는 말을 나는 믿지 않는다. 어느 날 국가에서 시를 채집하여 백성의 풍속을 살피고 이남의 융성함을 회복시키고자 한다면 그 채집은 반드시 이 책으로부터 시작해야 할 것이다. 그러니 그 관계된 바가 어찌 적겠는가? 이 글을 써서 악관(樂官)의 살핌에 대비한다.

해설

이 글은 오광운이 『소대풍요』에 써 준 서문이다. 『소대풍요』는 1737년(영조 13년)에 간행된 위항 시인들의 시집이다. 9권 2책에 모두 162인의 시

685수를 수록했다. 채팽윤(蔡彭胤)이 시를 선별해 고시언(高時彦)이 편집했고 오광운이 간행을 도왔다. 위 글은 조선 초기부터 숙종 대에 이르는 위항 시인의 시를 정리한 특별한 기획의 소산이었다. 이 책에 수록된 시인은 중인과 서리를 포함하고 의원과 역관, 상인과 하인 출신까지 망라되어 있다. 이 책은 당시에 상당한 반향을 일으켰다. 60년 뒤인 1797년(정조 21년)에 『풍요속선(風謠續選)』 7권 3책이 간행되고, 2주갑이 되는 1857년에 『풍요삼선』까지 간행된 것으로도 알 수 있다.

오광운은 풍요(風謠)의 뜻풀이로 글을 열었다. 풍은 『시경』의 「국풍」이니 각 지역에서 불리던 민간 가요다. 풍요는 「국풍」을 노래로 부른 것이다. 통치자는 이 노래를 보고 그 지역의 민심을 읽고 통치에 반영했다. 고대에 이른바 채시관(採詩官)을 두어 각 지역의 풍요를 채집한 것은 그 노래 속에 담긴 정서에 거짓이 없어 거울처럼 그 시대 사람의 정서가 꾸밈없이 떠오르기 때문이다.

위항 시인들의 풍요를 한자리에 모은 일에 특별한 의미를 부여하기 위해 오광운은 특별한 논리를 끌어왔다. 주나라 이래로 왕조가 바뀔 때마다 풍요의 중심 지역은 계속 바뀌어 왔다. 그리고 그곳은 각 나라의 도읍이 있던 곳이라는 공통점이 있다. 하지만 명나라의 멸망 이후 천하는 오랑캐의 땅이 되고 말았기에 온전한 국풍의 정신은 중국 땅에서 사라져 버렸다. 풍요의 정신은 이제 오직 조선의 한양에만 남아 있다.

또 한 가지 국풍의 기본 정신은 천(天), 즉 꾸밈없는 천연(天然) 또는 천진(天眞)의 정신에 있다. 그런데 이 천진은 백성에게서 나온 것이라야 온전하지 사대부의 인위적 식견이 끼어들면 사라지고 만다. 주나라의 국풍은 천진 그 자체이고 한나라와 위나라 때의 고악부에도 그 유풍이 그대로 살아 있다. 이 점은 왕공귀인의 시가 도저히 미칠 수 없는 지점이다.

오늘날 천진에서 나온 백성의 노래로는 여항의 시가가 있다. 오광운이 꼽은 여항 시인의 조건은 과거 시험에 대한 압박이 없어 천진함을 간직해야 하고, 왕화(王化)의 그늘을 벗어나지 않아야 한다. 그래야만 천성을 보전하고 천기를 펼칠 수 있게 된다. 그런 뜻에서『소대풍요』에 수록된 위항 시인들의 시야말로 국풍의 정신이 조선에 온전히 살아남아 있고 임금의 교화가 널리 행해지고 있다는 명백한 증거가 아니겠는가?

이 글은 사회적으로 자신들의 활동 영역을 활발히 확장해 가고 있던 위항 시인들의 문학에 사대부 지식인이 당당한 위상과 의의를 부여한 글이다. 동시에 신분적 굴레에서 결코 자유로울 수 없어 제한적 평가밖에 얻을 수 없었던 모순적 상황을 담은 아이러니한 글이기도 하다.

역대 문장에서 배울 점 文指

문장을 짓는 것은 육경을 가지고 바탕으로 삼는다. 바탕을 세우고 이치에 통달한 뒤에야 곁으로 제자를 참고하고 백가를 포괄할 수가 있다. 육경은 만고 문장의 조종이다. 『주역』 「계사」의 생동감과 『서경』의 전아하고 법도 있는 것은 또 주장을 세우거나 사건을 서술하는 글의 조종(祖宗)이 된다. 『중용』은 「계사」와 몹시 닮았으니 공자 집안의 문체가 이와 같다. 『악기』는 누가 지은 것인지 알지 못하나 또한 「계사」와 『중용』의 문체다.

좌구명은 옛날과의 거리가 멀지 않았으므로 『서경』의 전아하고 법도 있음을 깊이 얻었다. 후세의 사령(辭令)의 글은 마땅히 좌구명으로 조종을 삼는다.

『국어』는 표현은 화려하나 알맹이가 적고 잔뜩 펼쳐 놓아도 힘은 부족하니 그 논의를 세움에 있어 이리저리 늘어놓는 것이 싫어할 만하다. 『예기』의 여러 편이 흔히 이와 더불어 서로 비슷하니 대개 주나라 말년에 문체가 승하여 그러한 것이다.

정이 있으나 형상은 없어 사람이 능히 말하지 못하는 것을 『맹자』는 형상으로 그려 내니 영롱하되 평이한 말을 벗어나지는 않았다. 다른 작가들이 천 마디의 말로도 능히 다 하지 못하는 것을 『예기』의 「단궁(檀

弓)」에서는 한 구절로 꼭 맞게 표현하였다. 하지만 그 자르고 줄인 자취는 보이지 않으니 이것이 문장의 길에서 중요한 수단인 셈이다.

『장자』를 읽는 자는 그 언어와 생각의 밖에서 활발한 기미를 얻는다. 마음을 그려 냄이 민첩하고 오묘하여 그 응함이 다함이 없으나 잘 배우지 못하면 우습게 된다. 이를 배움은 어찌해야 할까? 한유와 소동파(소식)와 같이 하면 된다.

『전국책』과 『한비자』는 모두 이해(利害)에 대해 말하였으나 『전국책』은 그 기운이 넘쳐흐르고 『한비자』는 그 기미가 각박하였다. 『전국책』에서 얻은 것은 소씨 집안의 부자이고 『한비자』에서 얻은 것은 조조(晁錯)이지만, 모두 훌륭한 분들에게서 병통을 지적받았다.

사마천을 읽는 사람은 먼저 그 노니는 용의 신묘한 변화를 보고 그다음으로는 그 기운의 웅장함을 살핀다. 그다음은 그 빛깔의 깨끗함을 보고 그다음으로 안개 낀 물결이 담담하게 펼쳐진 것을 본다. 하지만 그 도리에 어긋난 것은 아끼기는 해도 그 나쁜 점을 알지 않으면 안 된다. 유종원은 사마천 문장의 깨끗함을 얻었지만 노니는 용과 같은 신묘한 변화는 얻지 못했다. 구양수는 그 안개 낀 물결 같은 아득함을 배웠지만 노니는 용의 신묘함과 웅장한 기운, 깨끗한 빛깔에 있어서는 모두 얻지 못하였다. 전한(前漢)은 풍기가 웅장하고 질박하여 문장 또한 이와 같다. 이백 년간의 고문과 대책은 진실로 사마천에서 다하였으니, 그 뼈대와 힘은 후세 사람이 바랄 수 있는 바가 아니다.

하지만 반고와 『한서』가 아니라도 절제하여 마르고 가르는 묘에 이른 뒤에는 반고를 알게 된다. 만약 하늘이 낸 재주라면 굳이 반고를 섬길 것이 없겠지만 여기에 못 미쳐 인공으로 이루려는 자는 반고에게서 말미암지 않을 수 없다.

오광운

동중서는 순박함에 가까웠지만 글을 늘어놓아 산만하고, 양웅은 기이함에 힘을 써서 글이 뻑뻑하고 막혔으니 모두 가의의 웅장하고 빼어남만 못하다.

한유는 얽매이지 않은 점에서는 사마천 이후에 단 한 사람이다. 하지만 그 용이 노니는 듯한 기운과 빛깔은 크게 차이가 난다. 능히 순박함에 미치지 못함은 동중서와 비슷하나 기운의 빼어남은 그보다 낫다. 재주는 반고와 양웅보다 낫지만 시대에 국한되어 뼈대와 힘은 끝내 한나라만 못하였다.

유종원은 『좌씨전』과 『국어』와 『한비자』에서 얻었으나 「비국어」를 지었으니 거의 도둑이 주인을 미워하는 격이라 하겠다. 구양수는 한유의 적전이 되어 온화하고 겸손함에 능하여 일창삼탄(一唱三嘆)의 뜻이 있지만 강한 쇠뇌의 끄트머리 기운이라 이따금 지치고 피곤한 기색이 있었다. 후세에 재주가 약한 자는 구양수를 배우면 실수는 적지만 기운이 부족해서 높은 경지에 이르기는 쉽지 않다.

소동파는 제멋대로 하여 거리낌이 없는 점은 유종원보다 낫지만 고고한 점에 있어서는 그만 못하다. 활발한 움직임이 부족하지 않음은 구양수보다 낫지만 우아하고 방정함은 부족하였다. 문호를 개척하여 가락이 호방하고 빼어난 점은 자신의 부친보다 더 나아갔어도 아마득함은 미치지 못하였다. 요컨대 앞서 말한 여러 군자는 그 필력이 조화에 참여하기에 충분하고 그 광염(光燄)과 기개가 천하를 뒤덮기에 넉넉하니 참으로 백대에 닳아 없어지지 않을 문자이다.

이고(李翱)의 깔끔함과 증공(曾鞏)의 질박하고 실다움, 왕안석(王安石)의 씩씩하고 거칢, 소철(蘇轍)의 시원스러움 또한 우익(羽翼)이 되기에 충분하다.

명나라 이백 년 동안에는 방효유(方孝孺)와 왕수인(王守仁), 두 사람을 얻었으니 모두 근본이 있는 글이다. 하지만 방효유는 순박하고 두텁기는 해도 정채로움은 부족하였고 왕수인은 기발하기는 하나 역량은 가벼웠다. 대저 소동파의 뒤로 문장은 끊어지고 말았다.

왕세정은 가짜로 베껴서 옛것이라 하고 잔뜩 늘어놓는 것을 풍부함으로 여겨 천하를 오도하였으니 참으로 문장의 죄인이다. 비유컨대 야랑왕(夜郞王)이 누런 천막집과 깃발로 참람하게 구는 것이 참으로 가소로운 것과 같으니 그 금은과 주옥은 부유하지 않다 말할 수는 없지만 그를 우두머리로 삼는 것은 섬 오랑캐가 아니면 장사꾼일 뿐이다.

당순지(唐順之)와 왕신중(王愼中), 귀유광(歸有光) 등은 문로가 비교적 가깝지만 어떤 이는 작은 집안의 생활을 담고 어떤 이는 시골 서당의 기상을 지녔으니 어이 족히 꼽을 수 있겠는가?

모곤(茅坤)은 힘써 왕세정을 꾸짖고 스스로 문로(門路)의 정도라 우뚝이 자처했다. 하지만 내가 보건대 그는 채색에 힘쓰고 소리를 과장했으니 옛 도를 몰랐던 것은 한가지다. 왕세정은 구속된 모곤이고, 모곤은 부화한 왕세정이다. 재주와 능력을 논할 것 같으면 모곤 또한 왕세정의 안에 있다.

전겸익(錢謙益)의 전기(傳奇)는 천품일 뿐이다. 간혹 광경을 묘사함에 창광(猖狂)하여 또한 절로 문장에 빠른 기세는 있지만, 문로가 비루하고 추하며 사특한 마귀가 잡다하게 나와서 끝내 고아한 군자에게는 견줄 수 없다. 천하에 붓을 잡고 글을 쓰는 자는 왕세정에게서 한 번 죽고 전겸익에게서 두 번 죽으니, 이 또한 천지 인문의 재난이다. 어느 대의 어떤 사람이 헤아릴 수 없는 능력으로 미친 물결을 조정할지 모르겠다.

황정견이 소동파에게 글을 짓는 방법에 대해 물으니 소동파가 말하기를 "「단궁」을 익숙하게 읽으면 저절로 알 수 있을 것이네."라고 하였다. 소동파의 문장은 떠가는 구름과 흐르는 물과 같아서 간결하고 엄정한 「단궁」과는 서로 비슷하지 않은 듯하다. 그런데도 그렇게 말한 것은 그 문종자순(文從字順, 문맥이 미끄럽고 글자가 적절한 것)을 얻기 위함이니 진실로 유하혜(柳下惠)를 잘 배운 노남자(魯男子)의 격이다.

대개 주·한 때부터 당·송에 이르기까지 걸출한 자는 모두 신기(神氣)를 이어받아 전하였는데, 구두(句讀)와 색상(色相) 안에는 있지 않았으니 문장을 짓는 자가 몰라서는 안 된다. 그러나 주는 절로 주였고 한은 절로 한이었으며 당은 절로 당이었고 송은 절로 송이었으니, 그 시대의 본색은 또한 가릴 수가 없다. 일찍이 바닷가 사람에게 들으니, 용이 승천하는 것을 여러 번 보았는데 어룡(魚龍)은 짧고도 넓어서 물고기의 형상을 다 벗지 않았고 사룡(蛇龍)은 길고도 좁아서 뱀의 형상을 다 벗지 않았다고 했다. 변화하여 용에 이른 것은 지극하지만 오히려 본색에서는 벗어날 수 없었던 것이다. 무릇 지금 사람의 훈도되어 익숙한 성기(聲氣)를 한번 변화시켜 옛사람의 법도를 따르고자 한들 또한 어렵다. 그러나 사람의 신령함은 용보다 더 낫다. 더욱이 문장은 마음의 소리로 형질(形質)과는 다르다. 혹자는 용에게 나아가지만 변화의 무궁함은 알지 못한다. 비록 설령 용에서 그칠 뿐이라 하더라도 그것이 물고기와 뱀이 되지 않으면 온전할 것이다. 어찌 호랑이의 위세를 빌린 여우와 분칠한 여인과 더불어 같이 말할 수 있겠는가.

해설

중국 역대의 대표 문장을 품평하여 작문의 바른 길을 제시한 글이다. 육경에서부터 제자백가를 비롯해 선진 양한과 위진 및 당송과 명나라의 문장을 망라하여, 좋고 부족한 점을 하나하나 지적하여 구체적인 학습 방향을 제시하였다.

서두에서 오광운은 육경을 바탕 삼아 제자백가를 참조하여 문체별로 근본이 되는 글을 익히는 문장 학습의 경로를 제시하고, 『주역』과 『서경』과 『중용』을 문장의 조종으로 제시했다.

이어 육경의 문체를 이어받아 후대 문장의 표본이 된 제자백가의 글을 제시하였다. 『춘추좌씨전』과 『국어』, 『맹자』와 『장자』, 『전국책』과 『한비자』를 위주로 했는데, 육경과 달리 문체의 특성과 장단점을 핵심을 잡아 설명했다. 사건 기술은 생동감 넘치되 전아하고 법도 있는 표현을 중시했고, 사령의 글 또한 전아하고 법도 있음을 중시하였다. 논의를 펼칠 때는 화려한 표현보다는 알맹이를 강조했고, 장황한 표현보다 핵심을 찌르는 짧지만 꼭 맞는 표현력을 강조하였다.

전한의 문장으로는 사마천의 『사기』를 가장 높였고 반고의 『한서』를 그다음으로 쳤다. 전자는 타고는 재주를 가진 사람만이 이룰 수 있는 경지라 했고, 후자는 특별히 노력하여 이룰 수 있는 문장으로 평가했다. 하지만 동중서의 문장은 다소 산만한 데서 잃었고, 양웅은 너무 기이함을 추구하다가 글이 어려워진 점을 지적했다.

사마천 이후 가장 뛰어난 문장가로는 단연 한유를 꼽았다. 또 유종원이 선진 양한의 문장에서 힘을 얻은 점과, 구양수의 문장이 한유에 비해 기운이 달리는 점을 지적하는 한편, 소동파의 경우는 우아하고 방정한 기운이 부족함을 제가와의 비교를 통해 설명하였다. 이 밖에 이고와 증공, 왕안석과 소철 등 당송 팔대가의 문장 특색을 설명하였다.

명대의 문장가로는 방효유와 왕수인을 높이 보았다. 왕세정의 문장은 그 모의의 풍조를 배격하였고, 당송파 고문가인 당순지와 왕신중, 귀유광의 이름을 거론하였지만, 높이 보지는 않았다. 모곤과 전겸익을 명대 문장의 마지막 거장으로 꼽았지만 그 한계를 분명히 하여 잘못을 답습하지 않도록 했다.

그리고 마지막 단락에서 육경 이하의 여러 문장을 배우는 올바른 방법을 어룡(魚龍)과 사룡(蛇龍)의 비유를 통해 명확히 제시하였다. 그 요는 육경 이하 선진과 양한의 문장을 전범으로 삼아 작가의 신기(神氣)와 시대의 본색을 배우되 자구를 모의하는 데 빠져서는 안 된다는 데로 귀결된다. 이것은 당대 근기남인이 공통으로 견지한 문장론으로, 18세기 초 문단을 주도했던 당송 고문가들과는 분명한 차이를 보이는 대목이다.

조구명

趙龜命

1693~1737년

본관은 풍양(豊壤), 자는 석여(錫汝)·보여(寶汝), 호는 동계(東谿)·건천자(乾川子)다. 재종형 조문명(趙文命, 1680~1732년)의 딸이 진종(眞宗)의 왕비로 간택된 소론 벌열가 풍양 조씨 가문에서 태어났다. 하지만 현달했던 종형제들과 달리 정치에 큰 관심이 없었다. 음직으로 동몽교관(童蒙敎官), 공조 좌랑(工曹佐郞), 시직 익위(侍直翊衛) 등의 말직을 잠깐 맡았을 뿐 평생 문학으로 자처했다.

18세기 초반 영조 대에 주로 활동했다. 이 시기 팔대가 중 한 사람으로 특히 황경원(黃景源, 1709~1787년)과 쌍벽으로 일컬어졌다. 어릴 적부터 병약했던 탓에 독서에 벽이 있었는데, 성리학의 테두리에서 벗어나 도교와 불교 관련 서적까지 두루 탐독했다. 문학적으로는 소식의 의기(意氣)를 사모했고, 사상적으로는 도교와 불교에 관대했던 까닭에 당대의 문사들로부터 이단으로 지목되기도 했다.

그의 글을 두고 귀록(歸鹿) 조현명은 "노자와 불가의 설에 넘나들어서 일체의 세상일에 담박했으니, 마치 그 마음을 구속하는 것이 없는 듯했다. 그러나 그의 말과 의론은 평정하고 온후했으니, 윤리에 뿌리를 두었기 때문이다."라고 평했고, 후학인 경산(敬山) 송백옥(宋伯玉, 1837~1887년)은 "성리학을 궁구하고 불가와 도가의 학설을 두루 섭렵했으며, 간간이 좌구명의 풍부하고 고움과 사마천의 고결함 사이를 출입했다."라고 평했다.

조구명은 18세기 초 소론을 대표하는 문장가로, 농암
김창협 이후 문단의 주류를 형성했던 노론 중심 문학
에서 벗어나 소론 특유의 문학론을 펼친 것으로 평가
된다. 도학(道學)과 구분되는 문장의 독자성을 강조하
는 그의 도문분리론(道文分離論)은 이를 특징적으로 보
여 준다. 저서로 『동계집(東谿集)』이 있다.

분 파는 할미와 　　　賣粉嫗玉娘傳
옥랑의 열행

내가 옛글을 읽다가 "선비는 자기를 알아주는 사람을 위해 죽고, 여자는 자기를 사랑해 주는 사람을 위해 화장을 한다."라는 대목에 이르러 일찍이 책을 덮고 눈물을 흘리지 않은 적이 없었다. 종자기가 죽자 백아는 죽을 때까지 다시는 거문고를 타지 않았다. 한 사람의 죽음으로 인해 천고의 오묘한 소리가 사라지고 말았으니 그가 허여한 바가 깊었기 때문이다. 이 때문에 선비는 황금을 곁들인 뇌물은 사양하면서도 한마디의 허락에는 죽기까지 한다. 어째서 그러는가? 은혜에 감격함을 가볍게 보고 자기를 알아줌을 무겁게 여기기 때문이다.

예전 섭정(聶政)은 엄중자(嚴仲子)와 평소에 서로 신의가 도타운 붕우의 아취가 있지 않았고 여관방에서 들은 소문으로 알고 있었을 뿐이다. 그런데 갑자기 술잔을 들어 축수를 하면서 원수를 갚아 달라는 책임을 맡겼으니 그 바람은 성글어 이루어지기 어려웠다. 섭정도 이미 그 황금을 사양하여 자신의 몸을 감히 남에게 허락하지 못함을 알려 주었다. 그렇다면 비록 아무 말 없이 그대로 있었다 한들 천하에서 누가 그를 나무랐겠는가? 그런데도 강개하게 칼을 집고 엄중자를 따라 백 년의 목숨을 결단하여 남이 흘겨 째려본 작은 분함을 통쾌하게 갚았던 것은 그가 자기를 깊이 알아주고 평소 마음을 허락했기 때문이다.

죽고 사는 것은 큰일이지만 사람의 욕망은 오직 남녀 간의 정욕이 가장 강하다. 비첩(婢妾)이나 속됨 없는 사람도 능히 감격하고 분발하여 제 몸을 내던질 수 있고, 매운 선비와 곧은 신하도 간혹 은밀한 은혜에 뜻을 꺾곤 한다. 이 때문에 소무(蘇武)는 양을 쳤지만 그에게는 흉노족 부인이 있었고, 방형(邦衡)은 구사일생하고서도 오히려 여천(黎倩)의 보조개를 아꼈던 것이다. 하물며 뒷골목의 백성 중에서 어리석고 무지한 부인과 여자는 말할 것도 없다. 내가 들은 분 파는 할미 같은 사람의 일은 기이하다 할 만하다.

분 파는 할미는 경성(京城) 사람의 여종이었다. 젊었을 때 자색이 있었으므로 이웃집 아들이 그를 좋아해서 유혹하려다가 따르지 않자 협박까지 했다. 할미가 사양하며 말했다. "내가 비록 신분이 천해도 담장을 뛰어넘고 담에 구멍을 뚫어 사통하는 일은 죽어도 하지 않겠어요. 제 부모님이 계시니 그대가 나를 버리지 않으시겠다면 제 부모님께 청하셔요. 제 부모님이 허락하셔야 일이 해결되리이다." 이웃집 아들이 물러나 폐백을 갖추어서 할미의 부모에게 나아가 청했다. 할미의 부모가 허락하지 않자 이에 사모하는 정이 마음에 꽉 맺혀서 병이 되어 죽고 말았다. 할미가 이 소식을 듣더니 울면서 말했다. "이는 내가 그를 죽인 것이나 같다. 게다가 나는 그에게 비록 몸을 허락하지는 않았지만 실로 마음으로는 그를 허락했다. 그가 죽었으니 내 마음을 고칠 수 있겠는가? 남이 나를 사모하고 좋아해서 죽음에 이르렀으니 내가 그를 저버리고 다른 사람과 즐거움을 도모한다면 개돼지가 내 똥조차 먹지 않을 것이다." 이에 스스로 시집가지 않겠다 맹세하고 화장품을 파는 일로 늙을 때까지 직업을 삼았다. 지금은 이미 일흔여 살이나 된다.

옥랑은 종성(鍾城) 사는 여자로 내시(內寺)에 속한 종이었다. 함경도에는 미인이 많기로 소문났는데 옥랑은 그중에서도 빼어난 미모로 이름났다. 성품이 책을 좋아하고 집안이 부유해서 모아 둔 책이 아주 많았다. 평소에 양옆에 붉은 비단으로 꾸민 책갑을 물고기 비늘처럼 늘어놓고 그 속에서 생활하며 문밖으로 나가지 않았다. 그 고을에 젊은 유생이 있었는데 문사에 능해 한번은 가사(歌詞) 한 편을 지어서 시험 삼아 그녀에게 던졌다. 옥랑이 그의 재주와 마음을 흠모하여 화답 시를 지어 답장했다. 마침내 서로 시를 주고받은 것이 오래되었다. 유생이 가만히 인연 맺으려는 뜻을 비치자 옥랑이 한숨을 내쉬고 탄식하며 말했다. "이 사람을 얻었으니 죽을 때까지 몸을 맡기기에 충분하다. 다시 누구를 구하겠는가?" 마침내 부모에게 알려 혼인을 약속했다. 하지만 날짜가 되기 전에 유생이 갑자기 죽고 말았다. 옥랑은 상심하여 그를 위해 수절했고 유생의 친척을 대접함에도 아내의 도리를 다했다.

이재로(李載老)는 함경도 사람이다. 직접 그 일을 보고 나를 위해 이처럼 얘기해 주었다. 비록 애초에 몸가짐을 바르게 하지 못한 것은 분 파는 할미의 반듯함만 못했지만 그녀 또한 자신이 선택한 사람을 따를 줄 알았다. 대저 두 지아비를 섬기지 않는 것은 열녀의 극치이다. 마음으로 나눈 약속을 지켜서 인륜의 무거움을 폐한 사람이 옛날에도 있었는지는 모르겠지만 지금 이 세상에는 두 사람이 있다. 양반들은 아녀자가 곧아 신의 있고 음란하지 않은 것을 칭찬하곤 하지만 어찌 선비의 풍기가 본디 그러해서이겠는가? 옥랑은 마음이 곱고 절개가 깨끗했다.

외사씨(外史氏, 사관이 아닌 사람)는 말한다.

오나라 계찰(季札)이 상국으로 사신 가면서 도중에 서(徐)나라에 들렀다. 서나라의 임금이 계찰의 보검을 탐내자 계찰이 마음으로 그것을 알아차렸다. 사신 갔다 돌아오니 서나라의 임금은 이미 죽고 없었다. 이에 그 검을 풀어 무덤 앞의 나무에 걸어 두고 왔다. 그러자 따르는 사람이 물었다. "서나라의 임금은 죽었거늘 대체 누구에게 주신 것입니까?" 계찰이 말했다. "그렇지 않다. 애초에 내가 마음으로 이미 주려고 했으니 어찌 죽었다고 해서 내 마음을 저버리겠느냐?" 후세에는 모두 계찰이 신의를 중시하고 보검을 가볍게 본 것을 아름답게 여겼다. 아! 사람이 보배로 여길 만한 것이 어찌 고작 검 하나뿐이겠는가? 이에 죽은 사람에게 이를 주고서도 아까워하지 않았으니, 외로운 절개를 안고서 늙어 죽는 것이 어찌 어려운 일이 아니겠는가? 내가 이 일이 매월 옹(梅月翁) 김시습(金時習)이나 하서(河西) 김인후(金麟厚)와 유사함이 있음을 슬피 여긴 까닭에 글로 짓는다.

해설

화장품을 파는 할머니인 매분구(賣粉嫗)와 함경도 종성 노비 옥랑의 열행(烈行)을 기록한 조구명의 대표적인 전(傳) 작품이다. 이 매분구와 옥랑의 일화는 연경재(研經齋) 성해응(成海應)의 「매분구옥랑유씨첩유분(賣粉嫗玉娘柳氏妾有分)」이란 글에 실리고 장지연(張志淵)의 『일사유사(逸土遺事)』에 수록될 정도로 당대 지식인들에게 꽤나 알려졌던 얘기다. 동계는 이 글을 통해 이들 천민의 열행을 기리고 나서 김시습과 김인후의 절의에 견주기까지 했다.

전 문학의 기본 형식을 충실히 따르고 있는 이 글은 특히 조선 후기에 열(烈) 윤리가 계층을 떠나 사회 전반으로 확장되는 사정을 보여 주는 자료다. 임진왜란과 병자호란을 거치면서 조선의 열 윤리는 두 가지 중요한 질적 변화를 겪게 된다. 그중 하나는 수절(守節)에서 순절(殉節)로 열의 개념이 바뀐 것이고 다른 하나는 열 윤리가 사대부 여성에게만 국한되지 않고 북쪽 변방의 노비 및 하층민까지 급속히 확장되었다는 점이다. 이 글은 후자를 증언하는 대표 작품이다.

열 윤리의 질적 변화로 17세기 중반 이후 조선에서는 남편을 잃은 수많은 여성들이 열녀가 되기 위해 자결했고, 천민의 열행까지도 열녀전이란 이름 아래 수집되고 관리되기에 이른다. 조선 후기 전 계급의 여성들에게 열은 거부할 수 없는 죽음의 그림자였다. 구한말 매천(梅泉) 황현(黃玹)이 앉은뱅이 거지 아내의 열행을 기록한 「벽열부전(躄烈婦傳)」이라는 작품을 쓰고, 1904년에 심재덕(沈載德)의 처 서흥 김씨가 한글 유서를 남기고 자결한 것은 결코 우연이 아니다.

끝에서 김시습과 김인후의 이야기를 슬쩍 끌어와 벼슬하지 않아 임금을 향한 절의를 지키지 않아도 되는데도 끝까지 이를 지켜 귀감이 된 두 사람의 사례에 견줌으로써 단순한 열녀 이야기가 아니라 지식인 사회를 향한 미묘한 풍자의 뜻까지 머금고 있음을 밝힌 대목이 인상적이다.

거울을 보며   臨鏡贊

멀리서 바라보면 곱기가 부귀한 사람 같은데 다가가서 살피면 비쩍 말라 산택(山澤)에 숨어 사는 파리한 사람 같다. 이마와 광대뼈는 시비와 영욕의 처지를 잊은 듯하고 낯빛은 온화해서 사람을 상하게 하거나 사물을 해칠 뜻이 없는 것 같다고들 한다. "광대뼈의 솟은 기세가 하늘을 찌른다."라고 한 것은 민 사문(閔斯文)이 내 관상에 대해 말한 것이고, "눈동자의 정채가 사람을 쏜다."라고 한 것은 조 학사(趙學士)가 내 모습을 표현한 것이다.

약해서 말조차 타지 못하건만 사람들은 내게서 진(晉)나라 정남대장군(征南大將軍) 두예(杜預)를 기대하려 든다. 용모가 세상을 움직이지 못할 뿐인데도 사람들은 나를 『태현경(太玄經)』을 지은 한나라 양웅(揚雄)처럼 본다. 내가 두 손을 모으고 천천히 보폭을 짧게 해서 걷는 것을 본 사람은 염락(濂洛)의 어진 이(주돈이와 정호·정이 형제)를 본뜬다고 의심하고, 내가 형상을 잊은 채 멍하게 앉은 모습을 본 사람들은 장자(莊子)와 열자(列子)의 현묘함을 엿보려는 것으로 의심한다.

아! 내 일곱 자의 몸뚱이를 아는 사람은 몇 명 있지만 한 치 되는 내 마음을 아는 자는 누가 있을까? 위로는 하늘이 나를 알고 아래로는 내가 나를 안다. 벗으로는 덕중(德重) 임상정(林象鼎)이 나를 칠팔 분쯤 알고 선배 중에서는 치회(稚晦) 조현명이 나를 오륙 분쯤 안다. 노자는 "나를 알아주는 자가 드물면 내가 귀하다."라고 했다. 아! 한 사람 조구명을 아는 사람이 너무 많은 것 아닌가?

해설

20대 초반인 1713년에서 1714년 즈음 자신의 모습을 거울에 비춰 보며 쓴 글이다. 한 사람을 알기란 얼마나 어려운가? 내가 보는 나와 남이 보는 나는 같은가 다른가? 세 단락으로 이루어진 짧은 글에서 지은이는 먼저 자신의 외모를 객관화한다. 같은 사람인데도 멀리서 볼 때와 가까이서 보는 느낌은 완전히 다르다. 이마와 광대뼈의 골격이 주는 분위기와 얼굴빛에서 풍기는 느낌도 보는 사람마다 같지 않다. 민 사문은 그의 관상을 보고 기상을 높였고 조 학사는 눈빛을 통해 그 안에 깃든 정신을 읽었다. 민 사문과 조 학사가 정확히 누구를 가리키는지는 알 수 없다.

두 번째 단락에서는 때로 장군의 기상으로 또는 학자의 풍채로 자신을 기대하는 상이한 시선들을 말했다. 같은 학자로 보는 시선 속에서도 그의 학문 경향을 유학 또는 노장(老莊)으로 보는 시선이 엇갈린다. 대수롭지 않은 듯 말하는 어투 속에 스스로에 대한 자부가 은근하다. 하지만 그는 여전히 자신에 대한 외부의 평가가 만족스럽지 않은 눈치다. 그들이 보는 나는 구체적이지만 피상적이다. 잘 아는 것 같지만 겉만 보았다.

세 번째 단락에서 그는 피상적 이해를 넘어 진정으로 자신을 알아줄 만한 사람으로 임상정과 조현명 두 사람을 꼽았다. 그나마도 흡족한 것은 아니다. 끝에서 『노자』의 한 구절을 인용하며 이 두 사람만 꼽더라도 오히려 자신을 알아주는 사람이 너무 많은 것 아니냐며 글을 맺었다.

　자신을 제대로 알아주지 않는 세상을 탄식하고 지음(知音)을 향한 강렬한 욕망을 드러낸 글이다. 스스로 밝혔듯 조구명의 삶과 문학은 당대에 제대로 조명을 받지 못했다. 병약한 몸과 세사(世事)에 대한 무관심은 그의 삶을 세상과 분리시켰고, 도보다 문 자체를 중시한 개성 있는 문학 주장은 당대 문단에서 이단시되었다. 뇌연(雷淵) 남유용(南有容)과 강한(江漢) 황경원이 그의 문집에 노불(老佛) 관련 글이 많고 유도(儒道)의 근원에 미치지 못한 채 주장을 펼쳤다면서 문집에 서문을 지어 달라는 요청을 거부했을 정도다.

　지은이의 언사는 겉으로 담담해 보여도 자신을 알아주지 않는 세상을 향한 답답함이 담겨 있다. 젊은 시절의 치기도 느껴진다. 26세 때인 1718년에는 꿈에서 본 초미금(焦尾琴)에 대해 글을 남겼는데, 꼬리 부분이 불에 타 사람들이 대수롭지 않게 보는 거문고에 자신을 빗대기도 했다.

내가 병에 대해
느긋한 이유

病解 二

내가 병을 지니고도 홀로 느긋한 것은 세 가지 이유 때문이다. 대저 천지 일원(一元)의 수(數)는 십이만 구천육백 년이니 이것은 긴 시간이라 할 만하다. 하지만 달관한 사람은 오히려 이마저도 순식간으로 여긴다. 그 사이를 살아가는 사람으로 장수했다고 일컫는 자도 팔구십에 지나지 않으니 앞서의 긴 시간에 견주면 순식간이라 하기에도 또한 심하다. 게다가 만약 질병으로 아파하고 근심으로 괴로워하기까지 한다면 또한 얼마나 잔인한 일인가? 이것이 홀로 느긋한 첫 번째 이유다.

　팔진미는 오직 가난한 사람이 먹을 때만 그 맛이 기이한 줄을 안다. 부유한 집안의 자제들은 입에 익어 특별하게 여기지 않는다. 맛이 특별한데도 특별하게 여기지 않는다면 이는 실로 천하의 맛을 알지 못하는 것이다. 저들 강건한 사람도 마찬가지다. 다만 평생 아파 괴로운 것이 없는지라 저들은 도리어 강건한 데 길들여져 그것이 참으로 기뻐할 만한 일이라고 말하는 법이 없다. 이제 병에 걸린 사람은 일 년에 혹 하루만이라도 강건함을 얻거나 하루에 혹 한때라도 기운이 소생하면 바야흐로 그렇게 소생하여 강건할 때에는 온몸이 개운하고 손발이 편안해 홀연 제 몸마저 잊게 되니 그 기쁨이 더할 나위가 없다. 이 같은 좋은 경계를 어찌 강건한 자가 능히 알겠는가? 이러한 때 바람 없는 저녁이나 비

오지 않는 아침에 두세 벗과 지팡이를 짚고 소요하다가 동편 두렁에서
는 꽃구경을 하고 서쪽 동산에서는 달구경을 한다. 돌이켜 지난날 괴롭
고 힘들어하던 모습과 견줘 보면 대낮에 신선이 되어 하늘로 오르는 것
도 이 같은 통쾌함에 견주기에는 부족할 것이다. 어찌 강건한 사람이 능
히 이를 깨달을 수 있겠는가? 비록 남들이 지니지 않은 괴로움을 지녔
지만 또한 남들이 갖지 못한 즐거움을 가졌으니 이것이 홀로 느긋한 두
번째 이유이다.

　천하 사람이 삶을 기뻐하고 죽음을 미워한 것이 오래되었다. 내게 다
만 이 몸이 있는 까닭에 이 병이 있는 것이니 몸이 없고 보면 병이 장차
어찌 붙겠는가? 그런 까닭에 삶은 진실로 즐길 만하고 죽음 또한 편안
하다. 마음이 삶과 죽음의 사이에서 얽매이고 말고 할 것이 없다. 대저
사람이 병으로 근심하는 것은 그것이 사람을 죽게 만들기 때문이다. 죽
음을 미워하지 않는다면서 병을 근심거리로 여긴다면 어찌 미혹한 것이
아니겠는가? 이것이 홀로 느긋해하는 세 번째 이유다. 이를 적어 「병해
이(病解二)」로 삼는다.

해설

평생 자신을 따라다닌 병마에 대한 생각을 담은 두 편의 연작 가운데
두 번째 글이다. 조구명은 글쓰기에서 특히 깨달음(解悟)과 참 앎(眞知)
을 중시했다. 글이 평이해도 그 안에 스스로 얻은 깨달음과 지식을 담는
다면 그것으로 충분하다고 생각했다. 이 글에서 그는 오랜 병마와 함께
지내면서 얻은 세 가지 깨달음을 나열했다.

질병은 늘 죽음의 공포로 사람들을 고통스럽고 우울하게 만든다. 어려서부터 병약해 평생 병을 달고 살았던 조구명도 예외는 아니었다. 살면서 많은 것을 포기해야 했고 그로 인한 우울은 좀체 가시지 않았다. 그러던 어느 날 "질병이 없다면 사람은 분수를 모르고 욕망에 끌려 살다가 파멸로 치닫는다. 질병은 욕망의 극대화를 제어하는 일종의 제동장치다. 그러니 고마워해야지 원망해서는 안 된다."라는 벗 임상정의 위로를 받고 중요한 깨달음을 얻는다. 그리고 쓴 글이 이 글이다.

긴 우주의 시간으로 볼 때 사람의 한평생은 길고 짧음을 비교하는 것이 허망하다는 것이 첫 번째 깨달음이고 질병을 통해 건강의 가치를 소중하게 여기게 된 것이 두 번째 깨달음이다. 또한 질병을 통해 삶과 죽음의 간격을 좁혀 죽음을 더 이상 공포의 대상이 아닌 동반의 벗으로 여기게 된 것이 세 번째 깨달음이다.

깨달음은 대상에 대한 인식의 근원적인 갱신을 가져온다. 늘 자신을 짓누르던 병마와의 싸움에 주눅 들어 있던 그의 삶이 이 글을 통해 활짝 펴지는 느낌이다. 그는 고작 45년의 짧은 삶을 살다 갔지만 소론계를 대표하는 문장가로 큰 발자취를 남겼다.

고양이의 일생　　　　　　烏圓子傳

오원자(烏圓子)는 성이 묘씨(苗氏)다. 역사에는 그 이름이 사라져서 그가 어디 출신인지는 알지 못한다. 어떤 사람은 산군(山君, 호랑이의 별칭)의 후예라 하고 어떤 이는 요임금 때 포악한 부족인 삼묘씨(三苗氏)의 남은 종자라고도 한다. 관상 보는 사람이 이렇게 말했다. "이는 범의 머리라 후한 때의 명장인 정원후(定遠侯) 반초(班超)와 비슷하니, 마땅히 고기를 먹고 제후에 봉해지리라."

젊어 도적 떼가 되어 마을 사이에서 온갖 못된 짓을 하며 겁박하고 약탈하였다. 오원자가 비록 금수의 행실을 지녔지만 성품은 순해서 사람을 잘 따르므로 사람들이 또한 아껴서 보살폈다. 이때 자씨(子氏, 쥐를 가리킴) 종족이 난을 일으켜 담벼락에 구멍을 내서 창고의 물건을 훔쳐 가므로 천하 사람이 이를 괴롭게 여겼다. 황제께서도 진노하여 장차 관리에게 명하여 함정을 놓고 덫을 놓아 잡게 했다. 하지만 자씨 족속은 제나라 경공(景公)의 병법을 배운지라 밤중에만 행동하고 낮에는 숨어 있으므로 종내 그 요령을 얻지 못했다. 황제께서 오원자가 조아(爪牙)의 재주가 있다는 말을 듣고 그를 뽑아 그로 하여금 이를 토벌하게 하였다.

오원자가 기뻐 이리저리 펄쩍펄쩍 뛰면서 말했다.

"이것은 제 소임입니다."

평소에 고기를 즐겼으므로 이때 이 같은 명이 있었던 것이다. 오원자가 분연히 말했다.

"예전에 악비(岳飛)는 술 마시기를 즐겼으나 모든 군사와 약속하여 황룡새(黃龍塞)에 이르러 승리한 뒤에 실컷 마시자고 하였습니다. 저 또한 자씨 족속을 섬멸하여 피를 뿌린 뒤에 고기를 먹겠습니다."

마침내 나아가 크게 싸워 그 족속을 모조리 죽였다. 황제가 크게 기뻐하며 조서를 내려 이렇게 말했다.

"황제는 승상어사에게 조서를 내리노라. 근자에 자씨가 횡행하여 그 무리가 실로 번성하였다. 어두운 밤 방비가 없는 틈을 타서 주머니를 뒤지고 상자를 털어 도처에서 도둑질을 해 대니 천하가 소란스러웠다. 남자들이 농사를 짓고도 곡식을 얻지 못하고 여자들이 길쌈을 하고도 옷을 짓지 못했다. 이에 묘(苗) 아무개가 이를 갈고 눈을 부릅떠서 저들을 고깃덩이로 보았다. 처음에는 모습을 감추고 있다가 마침내 용맹을 떨쳐 태사(太師) 상보(尙父, 강태공)처럼 떨쳐 일어나 일거에 저들의 괴수를 붙잡고 두 번 만에 그들의 소굴을 소탕했다. 나머지 것들은 놀라 떨며 조수(鳥獸)와 함께 흩어져 버렸다. 짐이 이제야 밤중까지 옷을 벗지 못하며 지내던 근심에서 놓여나고 백성들은 일찍 자고 늦게 일어나게 되었다. 닭이 울고 개가 짖는 경보도 없어지매 짐이 몹시 흐뭇하다. 『시경』 「기보(祈父)」에서는 조사(爪土)를 칭찬했고, 「강한(江漢)」에서는 호신(虎臣)을 찬미하였기에 짐이 매우 사모하였노라. 묘 아무개에게 집금오(執金吾)의 벼슬을 제수하고 대사구(大司寇)의 일을 맡게 하며 오원자라는 작위를 내려 관내후(關內侯)와 나란히 서게 하라. 그가 포로로 잡은 것은 모두 그에게 내려 그 고기를 먹고 그 가죽을 깔게 하여 그 마음을 통쾌하게 하라. 아! 사나운 짐승이 산에 있으면 명아주와 콩잎을 따러 가지 못하니 도둑이 없다 하여 도둑을 못 잡는 신하를 기르지는 않는 법이다. 너는 오히려 예기(銳氣)를 축적하고 위세를 떨쳐 네 조상 삼묘씨가 그랬던 것처럼 완악하고 사납게 굴어서는 안 될 것이다."

이때 한로(漢盧, 한나라 때의 명견 이름)라는 자가 있었다. 또한 군대의 공을 세워 이름이 드러나 오원자와 더불어 같은 반열이었다. 오원자가 공을 다투어 상대의 능력을 인정하지 않았다. 면전에서 그를 꺾어 "자네의 공이란 강아지의 것이로군."이라 하였다. 하지만 오원자는 예우를 받음이 특별해서 전상(殿上)에 오를 때도 종종걸음으로 걷지 않게 하였다. 그가 세상을 뜨자 납일에 제사를 지내 주었다.

오원자는 기후를 잘 관측했다. 늘 눈동자를 열고 닫아 오전 오후의 시간을 구분했고, 코의 차고 따뜻함으로 추위와 더위가 오는 것을 알아 맞히곤 했다. 타고난 자질이 이처럼 보통 사람과 확연히 달랐다. 성품은 검소하여 갖옷 한 벌만으로 죽을 때까지 바꿔 입지 않았다. 다만 음적(陰賊, 은근히 남을 해치려는 마음을 품고 있는 것)이 마음에 드러나면 마침내 날카롭게 쩌려보곤 했으므로 항상 단단히 꿰맨 모자를 눌러 써야 했다. 사람들이 이를 단점으로 여겼다.

태사공은 말한다.

"오원자는 산군에다 대면 형체는 갖추었지만 미약한 자이다. 하지만 그가 수염을 치켜세우고 한바탕 소리치면서 호피(虎皮)를 뒤집어쓰고 먼저 올라가면 쥐새끼처럼 도둑질하던 자들이 모두 쓰러졌으니 얼마나 장한가? 하지만 세상에서는 승헌(乘軒)의 학이나 개부(開府)의 매와 더불어 똑같이 나무라며 원망한다. 게다가 당나라 때 간신이었던 이의부(李義府)의 음적(陰賊)이라 하여 이묘(李苗)라고 불렀으니 그 공은 줄이고 그 허물은 부풀렸다. 윤리를 가지고 하지 않았다고 보는 견해가 많다."

저선생(楮先生)은 말한다.

"오원자는 전쟁에서 세운 공은 우뚝했지만 금수 같은 행실이 있었으므로 사신(史臣)이 이를 낮추었다. 다만 조제(詔制)를 기술할 때는 당나라 때 대장군 위청(衛靑)과 곽거병(霍去病)의 전례를 썼다. 공을 기리고 실질을 기록하려는 뜻에서 몹시 어긋난다. 이제 군사(軍事)의 주문(奏文)으로 적어 그 대강을 보인다."

주문은 다음과 같다.

신 아무개는 아뢰나이다. 신은 폐하의 위엄과 신령하심에 의지하여 병사와 무기를 정비하여 도중에 추호의 범함도 없이 지름길로 곧장 적의 지경으로 달려갔습니다. 적이 신의 위엄과 명성을 듣고는 무기를 거두고 굴속에 숨어서 통로가 깊고 좁은 것만 믿었습니다. 목석을 운반해 그 통로의 입구를 막아 버리고 신은 통로 밖에 주둔하며 티끌을 날리고 무위를 떨치며 몸소 나가 꾸짖자 적은 더욱 숨어 버려 그림자도 안 보이고 메아리조차 들리지 않았습니다. 신이 가만히 헤아려 보니 만약 겹겹의 적지로 깊이 들어가 뒤져 잡아 섬멸하려 해도 지형이 익지 않을 뿐 아니라 계곡이 으슥하고 어두워 창졸간에 공격하기 어려운 데다 내달아 숨기는 쉽다고 생각되었습니다. 게다가 통로 입구가 몹시 좁아 큰 무리를 들여 넣기 어려워 진퇴에 불편하니 진실로 낭패의 근심이 있었습니다. 차라리 꾀어 내어 그 소굴을 벗어나게 한 뒤에 사로잡는 것이 병법의 기미에 맞을 듯하였습니다. 이런 까닭에 예봉을 거두어 거짓으로 군대를 물리는 체하며 말에게 재갈을 물리고 방울을 떼어 매복을 두어 기다렸습니다.

도적들이 처음에는 의심하여 보루에 올라 사방을 바라보았습니다. 이윽고 양식이 떨어지자 몰래 나와서 노략질을 하기 시작했습니다. 신은 그들이 대비하지 않을 때를 틈타 폭풍처럼 달려가 번개처럼 제압하고 직접 그 수괴를 붙들어 군대의 진 앞에 엎드린 채 묶었습니다. 이어 그들이 어지러이 흔들리고 무너지는 틈을 타서 곧장 소굴을 쳐서 가짜 아내 안씨(晏氏)와 가짜 태자 해(奚)를 사로잡았습니다. 그 나머지 무리들은 모두 손을 모으고 엎드려 슬피 울부짖었습니다. 신은 다만 짐승의 마음이 사납고 속임수가 많아 끝내 본색을 바꾸지 않는다고 보아 그들로 하여금 종자를 바꿔 길이 창궐하지 못하게 하려고 그 새끼까지 아울러 모두 없애 남기지 않았습니다. 고혈이 낭자하더니 요사스러운 먼지가 맑고 깨끗해졌습니다. 신이 크게 싸우지 않고 담판을 지어 승리를 거두었으니 며칠 안에 도적의 목을 바치겠나이다. 군사와 병장기는 잃은 것이 없습니다. 이 모든 것이 폐하의 가르침에 힘입은 것이라 사직의 큰 복이옵니다. 신 아무개는 죄과를 면하게 되었으니 진실로 황공하옵니다. 삼가 표문을 받들어 올리나이다.

해설

고양이의 일생을 전기 형식으로 서술한 가전(假傳)이다. 조구명은 세 편의 가전을 남겼다. 당나라 한유(韓愈)의 「모영전(毛穎傳)」을 응용한 「모영지명(毛穎之命)」은 붓을 의인화한 모영을 관성후(管城侯)에 봉하고 중서령(中書令)에 제수할 때 내린 황제의 칙서를 가정해 쓴 글이다. 전의 형식을 벗어나 개성이 돋보이는 가전이다. 꽃을 의인화한 「화왕본기(花王本紀)」도 있다. 이 또한 전기가 아닌 본기(本紀)의 형식을 취했다. 글은 미색과 사치와 부귀에 대한 경계로 일관하는 다른 「화왕전(花王傳)」과 달리 이단과 정도의 문제를 정면에서 논한 독특한 작품이다. 그리고 나머지 한

편이 바로 고양이를 입전한 이 글 「오원자전(烏圓子傳)」이다.

이 글은 조구명이 나이 39세 때인 1732년에 지었다. 글의 구성이 여타의 가전과 달리 특별하다. 주인공을 같은 고양잇과의 동물인 호랑이의 후예로 설정하고, 요임금 때 반란을 일으켰던 삼묘씨의 후예로 설정했다. 그도 젊은 시절에는 온갖 못된 짓을 일삼고 남의 물건을 훔쳐 먹던 도둑고양이에 불과했다. 하지만 사람들의 보살핌과 사랑을 받으면서 유순하게 변했다. 이때 마침 쥐 떼가 일어나 물건을 훔쳐 가자 황제의 명으로 쥐 떼 토벌의 책임을 맡아 나서게 되면서 힘이 아닌 지혜로 큰 품을 들이지 않고 쥐 떼를 섬멸하는 큰 전과를 올렸다.

황제가 이에 조서를 내려 그 공을 크게 치하하고 높은 벼슬을 내렸다. 임금 앞에서도 종종걸음으로 보폭을 짧게 걷는 것을 면해 줄 정도로 큰 사랑을 받았다. 같은 반열에 있던 개와의 다툼에서도 조금도 지지 않았다. 그는 여러 가지 역량이 있었고 생활 태도도 검소했지만 가끔씩 음험한 마음이 일어나면 저도 모르게 상대방을 째려보곤 하여 사람들이 이를 그의 단점으로 여겼다.

이어 그는 태사공과 저선생의 평을 달았다. 핵심 내용은 고양이가 나라를 위해 대단한 공이 있는데도 모함을 받아 공보다 허물을 부풀려 실질을 기록하지 않아 제대로 된 대접을 받지 못하고 있다는 데로 모아진다. 끝에 고양이가 황제에게 올리는 표문(表文)을 실어, 전쟁을 승리로 이끈 구체적 전략과 승전 내용 및 전후 처리 과정을 직접 설명하게 했다.

일반적인 가전이 대상의 일생 묘사에 대부분을 할애하고 끝에 가서 짧은 평으로 마무리 짓는 데 반해 이 글은 후반부의 평을 두 가지나 제시하고, 그 끝에 당사자의 글로 끝맺게 함으로써 가전체 산문의 기본 형식을 과감히 깨뜨렸을 뿐 아니라 주제 의식 또한 더 강화했다. 이는 같은 고양이를 주인공으로 한 유본학(柳本學)의 「오원전(烏圓傳)」이 일반적 관례를 따른 것과 확연히 구분된다.

가전의 주인공인 고양이의 삶은 여러모로 작가 자신의 삶과도 겹쳐지는 느낌이 든다. 젊어서는 거칠게 행동하고 과격한 주장을 펼쳐 비방을 많이 받았다. 타고난 성품을 이기지 못해서 그랬다. 하지만 사람들의 사랑과 보살핌을 받아 임금이 자신에게 일을 맡겨 준다면 어떤 어려운 일도 충분히 감당할 수 있는 지혜와 역량이 있다. 하지만 자신에 대한 사람들의 평가에는 늘 편견이 있어서 장점보다 허물만 들춰내려 하는 점은 애석하다. 간추리면 이런 자기 고백의 맥락으로도 읽힌다.

무설헌기 　　　　　　　　　　　無說軒記

석가여래는 장광설을 드러내어 아승기겁에 온화하고 우아한 소리를 펴고 바닷물을 먹물로 삼아도 다 쓸 수 없는 법문을 강론하였다. 그 입은 마치 문이 빗장 없이 항상 열려 닫히지 않는 것 같았고, 말은 물이 근원이 있어 언제나 흘러 멈추지 않는 듯이 하였다. 천하 사람 중에 자기주장을 펼친 사람으로 여래보다 더한 사람은 마땅히 없으리라. 하지만 그 가르침은 무설(無說), 즉 주장을 내지 않는 것을 위주로 했다. 어째서 그런가?

그 이유는 이렇다.

"내가 말하는 무설이란 주장이 없는 것이 아니라 설상(說相), 즉 주장하려는 아상(我相)이 없는 것이다. 주장하려는 아상이 없는 것이 아니라 설념(說念), 즉 주장하려는 생각이 없는 것이다. 장자는 이렇게 말했다. '무언(無言)에 대해 말하자면 한평생 말을 해도 일찍이 말한 적이 없고, 죽을 때까지 말하지 않아도 말하지 않은 적이 없다.' 그런 까닭에 말에 뜻이 있을진대 비록 말을 하지 않아도 말한 것과 다름이 없다. 말에 뜻이 없다면 팔만 사천 금강보살의 머리 위에 저마다 입을 하나씩 갖추어 동시에 설법을 하게 한다 해도 오히려 설법한 적이 없게 되는 것이다.

대저 무념(無念)의 소리와 무념의 글을 가지고 허공 속의 바람이나 허공에 그린 그림에 비유한다면, 생각이 있는 것은 굳이 소리를 내지 않고 글로 쓰지 않더라도 그 자취가 이미 진흙 속의 짐승이 싸우는 것과 같다. 환한 거울은 형상을 비추나 그렇다고 거울에 형상이 있다고 말하지는 않는다. 깊은 골짜기는 메아리를 울리지만 그렇다고 골짜기에 소리가 있다고 말하는 법은 없다. 어째서 그런가? 거울의 본체는 본디 텅 빈 것이어서 형상을 비출 생각조차 없고, 골짜기의 실체는 본시 적막해서 메아리를 울릴 마음마저 없다. 바로 이 거울과 골짜기 같은 것이 바로 불보살의 도리이다.

이 점은 우리 유가에서도 또한 마찬가지다. 작위하지 않고 하는 것이 의(義)가 되고, 작위로 하게 되면 이(利)가 된다. 증자와 민자건의 효성과 이윤과 주공의 충성에 진실로 터럭만큼의 작위하는 마음이 있었다면 의라고 할 수가 없다. 이런 까닭에 공자께서는 네 가지를 끊으셨으니, 사사로운 마음이 없었고 기필함이 없었으며 집착하지 않았고 아집이 없었다. 『주역』에서 괘(卦)에 이름을 붙임에 함괘(咸卦)는 거심(去心), 즉 마음을 버리는 것에 있으니, 이리저리 왔다 갔다 하는 사사로움을 경계하려는 까닭이다. 이것이 어찌 무상(無相)과 무념(無念)의 분명한 징험이 아니겠는가?"

산음(山陰) 땅의 지곡사(智谷寺)에 속한 암자 중에 영자전(影子殿)이란 곳이 있다. 사문 현정(玄挺)의 유상을 모셔 두고 교사(敎師) 성안(聖眼)이 기거한다. 설법을 강함에 장소가 따로 없다는 의미로 집을 얽어 무설헌(無說軒)이라 이름 짓고는 사람을 시켜 내게 기문을 청하였다. 나는 진작 성안과는 면식이 없었으므로 시험 삼아 이처럼 글로 써 보았다. 대저 말하였지만 아무 말한 것도 없다면 글을 썼어도 또한 글이 없는 것과 한가지일 것이다. 이야말로 허공의 그림으로 허공의 바람을 그리자는 것이다.

또 집에 집이 있는 것이 마치 신기루와 비슷하지 않고, 성안에게 성안이 있는 것을 공중의 꽃에 견주지 못함을 그 누가 알겠는가?

게송을 덧붙인다.

스님이 무설(無說)이라 말씀하시면
범음(梵音)이 우레처럼 터져 나오리
천관(天官)은 놀라 꺾여 자빠질 테고
대지는 쪼개져서 갈라지겠네
스님이 유설(有說)이라 말하신다면
그 설법 자세히 볼 길 없으리
마침내 그 자취를 찾는다 해도
거북이의 털이요, 토끼 뿔일세
무설이니 유설이니 말하는 이것
제불(諸佛) 여래의 가르침일세
유설로 망설을 말하게 되면
묘법은 온통 모두 악취가 나리
무설로 참된 설법 말씀하시면
연꽃이 그 입에서 피어난다네
저기 저 무설을 듣는 사람들
손가락 따르느라 달을 잊누나
무문으로 무설을 찬송하노니
듣는 즉시 그 소리를 벗어나시게

해설

산음은 지금의 산청 땅이다. 지곡사는 신라 때 응진 스님이 창건했다는 사찰로 현재는 터만 남아 있다. 이곳에 성안 스님이 무설헌을 짓고 현정의 유상을 모셔 놓았다. 성안 스님의 청에 따라 기문을 지으면서 건물의 이름인 '무설(無說)'의 뜻풀이에 많은 공을 들였다. 불가 문자라 여느 기문과 달리 끝에 불교의 게송을 덧붙인 것이 특이하다.

이 글은 『동계집』 권8에 '논선제편(論禪諸篇)'이란 편목 아래 실려 있다. 논선제편은 불교에 대해 논한 여러 글을 모아 둔 것이다. 이 글 외에 불도의 근원을 파고든 「원불(原佛)」과 송나라의 장천각(張天覺)이 지은 「호법론(護法論)」을 논박한 「박장천각호법론(駁張天覺護法論)」, 정혜 선사(定慧禪師)와 태우 선사(泰宇禪師) 등 당대의 제 선사와 주고받은 편지 등을 실었다. 선취(禪趣)가 다분한 「정체(靜諦)」란 글도 포함되었다. 황경원과 이천보, 남유용 등은 이 같은 불교 계열 산문을 핑계로 조구명이 이들에게 한 문집 서문 요청을 거절했다. 정통 유학자의 관점에서 볼 때 그는 이단적 사유에 물든 인물로 비쳤던 것이다.

글에서는 유불도 3교의 관점을 포괄하여 무설의 의미를 풀이했다. 불교의 무념과 도교의 무위(無爲), 유교의 거심(去心)을 한데 엮어 무설의 뜻을 설명했다. 조구명은 도불(道佛)을 비판적으로 수용하여 3교를 하나의 체계 속에 통합하려는 사상적 지향을 지녔던 인물이다. 18세기 초 소론 지식인의 탈주자학적 성향이 분명하게 드러나 있다.

도와 문은
일치하지 않는다

復答趙盛叔書

구명은 아룁니다. 다시금 편지로 수천 마디의 말을 거침없이 쏟아 내신 것을 받아 보았습니다. 대략 문(文)과 도(道)를 하나로 보셔서 제가 따로 갈라서 본 것을 나무라셨군요.

게다가 사마천과 반고, 한유와 유종원이 이윤과 주공, 공자와 맹자의 두각을 덮어 버리고 이윤과 주공, 공자와 맹자의 웃는 모습만 답습한 것은 배우 우맹(優孟)이 손숙오(孫叔敖)를 흉내 낸 것과 같다고 하셨습니다. 잘 모르겠습니다만 우맹이 손숙오를 흉내 낼 적에 능히 그 심성까지 빼앗을 수 있었던가요? 아니면 다만 그 의관과 말투와 웃음만 흉내 낸 것입니까? 심성은 비유하면 도이고, 의관과 담소는 문에 해당합니다. 우맹은 진실로 손숙오의 심성은 능히 얻지 못했고, 사마천과 반고, 한유와 유종원 또한 공자와 맹자의 도를 능히 깨닫지는 못했습니다. 더욱이 노담이나 장주, 열어구의 무리가 어찌 이윤과 주공, 공자와 맹자의 두각을 덮고 이윤과 주공, 공자와 맹자의 웃는 모습을 답습했겠습니까? 하지만 그 글은 넓고 크고 기이하여 육경과 더불어 나란히 빛납니다. 불씨(佛氏)는 서방 오랑캐의 땅에서 나와 일찍이 중국 성인의 가르침에 한 번도 통하지 못한지라 그 이치는 더욱 어그러지고 그 주장은 한층 괴이했습니다. 하지만 『원각경(圓覺經)』의 간결 오묘함과 『능엄경(楞嚴經)』의 기이한 변론, 『유마경(維摩經)』의 웅장함은 곧장 진한(秦漢)의 글을 뛰어넘으려 하니 이야말로 이른바 이치를 벗어나서도 할 수 있다는 것이 아니겠습니까? 그런 까닭에 글은 이치와 무관하다고 말한 것입니다.

집사께서는 또 정자와 주자가 하나하나 분석하는 데에 뜻을 오로지 쏟아 바람을 좇고 태양까지 도달하는 재주 같은 것은 우습게 보았고 또한 할 겨를도 없었다고 보셨습니다. 대저 바람을 좇고 태양까지 도달한다는 것이 이치로는 정말 어찌해 볼 수 없는 것입니까? 그만둘 수 없는데 그만두는 것은 이치에 어긋나는 것이요, 그만둘 수 있어서 그만둔다면 이것은 이치에 합당한 것입니다. 정자와 주자를 두고 이치에 맞는다고 해야 합니까? 아니면 이치에 어긋난다고 해야 합니까? 이미 "이치가 지극하면 글은 절로 훌륭해진다."라고 하셨지만 정자와 주자의 경우 이치야 지극해도 문장만큼은 훌륭하지 못한데 이것은 어째서입니까? 그래서 저는 이치가 문사와는 무관하다고 말한 것입니다.

대개 문장의 오묘함은 온천이나 한염(寒焰), 결록(結綠)과 지남철처럼 저만 지닌 기질을 갖추고 또 반드시 직접 터득한 견해로 이를 펼쳐야 하는 것이니 굳이 이윤과 주공, 공자와 맹자의 공변되고 보편적인 이치가 필요한 것은 아닙니다. 이제 고라니와 사슴은 풀을 먹고 지네는 뱀을 좋아하며 올빼미와 까마귀는 쥐를 즐깁니다. 이는 진실로 천하의 바른 맛을 잃은 것이지만 배를 채워 주고 몸을 살찌우는 것만큼은 한가지입니다. 정자와 주자 두 분 선생은 다만 문장으로 자임하지 않았으나, 불행하게도 말이 번다한 세상에 살면서 얻은 것은 또 천하의 보편된 이치였습니다. 보편된 이치를 번다하게 풀어낸 까닭에 기이한 점이 보이지 않습니다. 베와 비단, 콩과 조는 진실로 사람에게 특별하게 보이지 않는 법입니다. 대저 뭇 이치가 가득한 가운데로 뛰어들어 재빠르게 휘두르고 마음대로 늘어놓아 찢고 가르며 삼키고 토해 천천히 직접 터득한 것을 가지고 옆으로 제가의 주장까지 질정한다면 도에 나아가게 될 것입니다. 어찌 문장만을 족히 말하겠습니까? 또한 정자와 주자의 보편적 이치로 돌아갈 뿐입니다. 어째서 그렇습니까? 보편적인 것이 아니면 이치가 지극하지 않기 때문입니다.

그대의 지켜 냄은 묵자보다 낫고 나의 공격은 공수반(公輸般)에 미치지 못하는지라, 편지가 오가며 서로 다투는 사이에 다만 갈등만 커졌으니 이 때문에 부끄럽습니다. 이만 줄입니다.

해설

33세였던 1725년에 화곡(華谷) 조이창(趙爾昌)에게 보낸 두 번째 편지다. 문장에는 문장의 길이 있고 도학에는 도학의 길이 따로 있다는 취지의 이 글은 당시로서는 대단히 파격적인 주장이었다. 조구명은 편지글에서 "이치(理)가 지극하면 문장(文)은 저절로 훌륭해진다."라는 전통적 도문일치론(道文一致論)을 반박했다. 도와 문의 위치 설정을 놓고 벌어진 두 사람의 도문 논쟁은 전통적 도문일치론의 자장에서 벗어나 도학으로부터 문학을 해방시키려는 흐름과 맞물려 문학사적으로 매우 흥미로운 장면에 해당한다.

조구명은 조이창의 비판에 대해 두 가지 근거를 들어 자신의 문학 독립 주장을 펼쳤다. 전통적 도문일치론에 따르면, 모든 문학은 도학의 하위에 있을 뿐 아니라 도덕적 완성을 이루고 나면 저절로 얻어지는 것이었다. 최고의 문장은 육경 이하 정주의 문장일 수밖에 없고 문장가들은 이단을 배제하고 문학 아닌 도학을 최우선에 두어야 했다. 조이창이 문사(辭)와 이치(理)가 유관하고 도와 문이 일치한다고 주장한 것도 모두 이 같은 논리에 바탕을 둔 것이다.

하지만 조구명은 문장의 관점에서 노장서와 불경이 지닌 글맛이 육경에 못지않고, 도문일치를 이루었다는 정주의 문장은 밋밋하여 특별히 볼만한 것이 없음을 지적해서 반박의 근거로 삼았다. 도덕적 완성이 중요하지만 이것은 문장의 완성도를 담보해 주지 못한다. 문장을 위해서라면 이단의 글도 배워 익히는 대상으로 삼아야 한다고 그는 주장했다. 문학이 도학의 굴레 안에서 억압받아서는 안 된다는 선언인 셈이다.

조구명은 한 걸음 더 나아가 문사와 이치가 완벽하게 일치하는 것으로 간주된 정주의 문장을 훌륭한 것으로 인정하기를 거부한다. 음식의 비유를 들어, 그 문장이 당연한 이치(常理)와 바른 맛(正味)에 해당하지만, 동물이 저마다 기호하는 음식이 달라도 그것으로 배를 채워 살을 찌우듯이 저마다 얻은 깨달음을 자기만의 방식으로 표현할 수 있어야 참으로 좋은 문장이라고 주장했다. 조구명의 이 같은 문학 주장은 당시로서는 실로 파격적이어서 많은 비난을 각오하지 않고는 쓸 수 없는 글이었다.

조이창과 조구명 사이에 벌어진 이 도문 논쟁은 10년 전에 이미 조구명과 조현명·임상정 사이에서도 벌어졌고, 이후 유한준(兪漢雋, 1732~1811년)과 박윤원(朴胤源, 1734~1799년)의 논쟁으로 이어져 18세기 초 하나의 담론으로 자리 잡는다. 이후 문학의 독자적 가치를 적극 인정한 공안파 문학의 수용과 소품문 정착의 내적 토대를 마련하는 데 일조하게 된다.

남유용

南有容

1698~1773년

본관은 의령(宜寧), 자는 덕재(德哉), 호는 뇌연(雷淵)·소화(小華), 시호는 문청(文淸)이다. 대제학 남용익(南龍翼)의 증손자로 도암(陶菴) 이재(李縡)를 사사했다. 1721년에 진사가 되어 형조 좌랑과 영춘 현감 등을 지냈다. 1740년에 알성 문과(謁聖文科)에 급제한 뒤 대제학과 형조 판서 등 요직을 두루 거쳤다. 1767년에는 봉조하(奉朝賀)로 기로소에 들어갔다.

그는 영조 대에 문형을 역임한 대표적인 관각 문인이다. 육경을 근본으로 한유와 구양수의 정맥(正脈)을 이어 순정한 고문(古文)을 지으려 했던 인물이다. 노론 벌열가의 자제로 어려서부터 교유하며 영조 때 번갈아 문형의 자리에 올랐던 이천보·오원·황경원 등과 함께 사가(四家)로 통칭되었다. 특히 황경원과 더불어 남황(南黃)으로 병칭될 정도로 문장가로 이름이 높았다.

정조는 그의 문집 『뇌연집(雷淵集)』을 교서관(校書館)에서 간행하게 하고 서문을 지어 다음과 같이 평하였다. "그 문사(文辭)는 아름답고 기운은 순정하며 법도가 정연하고 조화로운 데다 그 논리가 언제나 경(經)을 위주로 하여 도에 어긋남이 없다. 그리하여 온화하고 화락한 맛이 있을 뿐 기교를 부리거나 겉만 화려한 말이 없다. 그 글을 읽어 보면 그의 사람됨을 알 수가 있다. 참으로 그는 불후의 업적을 남긴 셈이다.(其辭婉, 其氣醇, 其法整而融, 其議論常依於經, 而不悖於道. 有雍容豈弟之趣, 無纖巧浮麗之語, 讀其書, 有足知其人者. 信乎其爲不朽之

業.)"당송 시대의 고문을 숭상하고 경술에 바탕을 둔 의리의 문장을 추구한 남유용의 문학을 가장 적실하게 평가한 문장이라 할 만하다. 순암(醇庵) 오재순(吳載純, 1727~1792년)의 다음 평가와도 통한다. "도가 쇠한 이래로 문장과 도가 분리되어 둘이 되었지만 공은 문장에서 마음에 간직한 도로 말미암아 나아갔다.(自道之衰, 文與道爲二而離, 公則於文, 由其所存而推.)"

지은 책으로 『뇌연집』과 『명사정강(明史正綱)』 등이 있다. 시와 문장뿐 아니라 글씨에도 능했는데 단양에 있는 우화교비(羽化橋碑)와 해백윤세수비(海伯尹世綏碑)에 그 필적이 남아 있다.

미친 화가 김명국   金鳴國傳

김명국(金鳴國)은 화가다. 그의 그림은 옛것을 본받지 않고 오로지 마음으로 얻은 것이다. 인조 때 내전(內殿)에서 황견(黃絹)으로 만든 빗접(빗 보관함)을 내려 명국에게 그림을 그리게 했다. 열흘 뒤에 바쳤는데 그림이 아예 그려져 있지 않았다. 인조가 화가 나서 그를 벌하려 하자 명국이 이렇게 말했다.

"신은 진실로 그렸습니다. 다른 날 절로 아시게 될 것입니다."

다른 날 공주가 새벽에 머리를 빗는데 이 두 마리가 머리카락 끝에 붙어 있었다. 손톱으로 눌러도 죽지 않으므로 자세히 살펴보니 그림이었다. 이에 명국의 그림이 사방에 이름이 났다.

그러나 성품이 소탈하고 호방하며 해학을 잘하는 데다 술을 즐겨 한 번 마셨다 하면 몇 말을 마실 수 있었다. 그림을 구하는 자들은 대부분 술상을 차려 내니 주량에 흡족한 뒤에야 그림을 그렸다. 크게 취하지 않고는 그림을 그리지 않았으므로 그의 그림에는 기이한 기운이 많다.

영남의 승려가 베 쉰 필을 명국에게 예물로 주고 「지옥도(地獄圖)」를 청했다. 명국이 몹시 기뻐하며 그 베를 모두 주모에게 보내고는 이렇게 말했다.

"내 멋대로 가져다 마실 테니 없단 말은 말게."

이윽고 스님이 와서 그림을 구하자 명국이 욕을 하며 말했다.

"자네는 잠시 가 있게. 내가 뜻을 아직 못 얻었네. 뜻을 얻어야 그리지."

이같이 한 것이 세 번이었다. 이에 술을 실컷 마셔 크게 취하더니 옷을 다 벗고 펄쩍펄쩍 뛰면서 다급하게 붓을 잡고 비단 앞에 앉아 귀왕(鬼王) 하나를 그렸는데 기운이 서늘해 사람을 놀라게 했다. 승려가 크게 기뻐하였다. 이윽고 칼과 불, 솥과 가마 같은 일체의 형구(刑具)와 앞쪽에 무릎을 꿇은 수백 명의 형도(刑徒)를 그렸는데, 모두 머리 깎은 사미승들이었다. 승려가 크게 놀라 손을 휘저으며 말했다.

"이런이런. 공께서 저를 죽이시려는 겝니까?"

명국이 다리를 쭉 뻗고 앉더니 이렇게 나무랐다.

"지옥이 없다면 그뿐이나 만약 있다면 너희 무리가 들어가지 않고 누가 들어갈 수 있겠느냐?"

또 웃으며 말했다.

"다만 시장의 술을 더 받아 오면 내가 네 일을 그르치지 않겠다."

승려가 어찌해 볼 도리가 없자 급히 시장에 가서 술을 받아 왔다. 명국이 잔이 철철 넘치게 따라 다 마셔 버리더니 몽당붓 한 자루로 한번 쓱쓱 붓질을 하자 까까머리가 모두 송송 머리칼이 돋았다. 또 크게 웃더니만 이렇게 말했다.

"이만하면 네 일이 흡족한가?"

또 잔을 가득 채워 마시며 자약하였다. 그 그림이 이제껏 남아 있는데 여러 승려들이 전해 베끼며 보배로 여긴다. 명국이 죽자 그 문도가 그림으로 이름난 자가 많았지만 모두 그 신운(神韻)을 얻지는 못했다 한다.

의양자는 이렇게 말한다.

"내 일찍이 남의 집에서 명국이 그린 「취령절강도(鷲嶺浙江圖)」를 보았는데 지극히 웅건하고 호방했다."

아아! 명국은 죽지 않았다. 그 그림을 보면 명국이 거기에 있다.

해설

남유용은 비록 노론 벌열가의 자제였지만 여항의 문인 예술가들과 교유하기를 꺼리지 않았다. 그리하여 여항의 음악가인 김성기(金聖基)와 여항의 시인인 임준원(林俊元)의 생애를 입전했을 뿐 아니라 1716년에는 여항의 문인 고시언(高時彦, 1671~1734년)의 문집 『성재집(省齋集)』에 서문도 써 주었다. 그리고 이 서문에서 지위의 높고 낮음으로 사람의 재주마저 판단하는 당대 사대부들을 비판하기까지 했다. 남유용이 번다하지 않은 교유 관계 속에서도 여항인들과 친근하게 지낼 수 있었던 데는 신분의 높고 낮음을 가리지 않고 벗을 사귄 집안의 교유 풍조에 영향을 받은 바가 크다.

「달마도」로 유명한 화가 김명국의 삶을 입전한 이 글 또한 이런 맥락 위에서 창작되었다. 그런데 남유용은 인물의 가계와 출생에서부터 생평과 죽음에 이르기까지 순차적으로 서술하는 일반적인 전과 달리 두 개의 예화에 짧은 평을 덧붙이는 방식으로 간결하게 전을 완성했다. 완암 정내교로부터 전해 들은 내용을 바탕으로 간결함 속에 함축적 의미를 담아냈다.

남유용은 김명국의 화가로서의 면모와 그림의 풍격을 보다 입체적으로 드러내기 위해 자세한 설명 대신 예화를 통한 보여 주기 방식에 집중했다. 짧은 도입 직후 곧장 이어지는 첫 번째 예화는 옛 법을 배우지 않고 자신만의 독창적인 세계를 완성한 김명국의 화가로서의 자부심과 능력을 드러내고, 그다음 예화는 호방하고 해학을 즐기며 술을 좋아했던 태도가 그의 화풍에 어떤 영향을 미쳤는지 잘 보여 준다. 통음한 뒤 옷을 다 벗은 채 일필휘지로 미친 듯 붓을 휘두르는 김명국의 모습이 눈앞에 생생하게 떠오르는 것은 군더더기 없는 묘사 덕분이다.

끝에서는 자신이 직접 본 「취령절강도」를 통해 김명국의 가치를 재평가하는 것으로 전체 글을 마무리했다. "명국은 죽지 않았다. 그 그림을 보면 명국이 거기에 있다."라는 평가 속에 남유용이 말하고 싶었던 바가 고스란히 담겨 있다. 조선 후기 미술 평론가 남태응(南泰膺, 1687~1740년)은 「청죽화사(聽竹畵史)」에서 김명국을 이렇게 평했다. "김명국 앞에도 없고 김명국 뒤에도 없는 오직 김명국 한 사람이 있을 따름이다."

서호 유람의 흥취　　遊西湖記

이의숙(李宜叔, 이천보)의 집은 서호(마포 서강)에 있다. 그의 종형인 사수(士受, 이정보)에게 편지를 보내 삼월 삼짇날에 서호를 유람하기로 약속하였다. 사수가 이천보의 편지를 가지고 우리 형제에게 함께 가기를 청했다.

이에 술 두 병을 가지고 도화동(桃花洞)을 나와서 외족이 살고 있는 강가를 방문했다가 급히 내달려 현석강(玄石江)에 이르니 제군들은 벌써 모두 배 안에 있었다. 사수는 술병 하나를 들었고 황중원(黃仲遠)은 술 두 통을 들고 나중에 왔다. 이계화(李季和, 이정섭)는 빈손이었고, 사아(士雅, 남유상)는 큰 술잔 두 개를 가져왔다. 두 사람에게 벌을 주려 했으나 끝내 벌을 주지는 않았다. 이계화가 제일 먼저 온 데다 황중원이 가지고 온 것이 아주 좋았기 때문이다. 선택(先澤) 김여술(金汝述)이 큰 물고기 두 마리를 삶아 안주로 내놓았다. 이계화로부터 술을 돌려 내게서 끝이 나니 나이순에 따랐다. 이의숙이 배 안에 밥을 준비해 두어 각자 한 그릇씩 먹었다.

마침내 수현정(守玄亭)을 지나 배를 대고 올라가 조망하였다. 대개 사아가 앞장서고 나와 의숙이 뒤를 따랐다. 나머지는 따라오지 못했다. 시인 윤치(尹治)가 강 언덕에 살고 있어서 사람을 보내 청했지만 만나지 못했다. 선유봉(仙遊峯) 아래에 이르러 황중원이 술병을 두드리며 노래를 불렀다. 여술이 이에 화답하니 제군들이 술을 들어 서로 권하며 즐거워하였다.

이후로는 술에 취해 기억이 나지 않는다. 대개 소악루(小岳樓)에 나아가 배를 대고 행주까지 가고자 했지만 황중원이 술을 이기지 못해 작은 배를 타고 달아났고 날까지 저무는 통에 마침내 배를 돌렸다고 한다.

해설

이천보, 이정보(李鼎輔), 남유상(南有常), 황중원, 이정섭(李廷燮), 김선택(金先澤) 등 여러 벗들과 함께 마포 서강을 유람하고 남긴 기문이다. 유람 시점은 정확히 알 수 없지만 이 자리에 참여했던 남유상이 1728년에 죽은 것으로 보아 그 이전에 가졌던 젊은 날의 유쾌한 뱃놀이를 기록한 내용이다.

일반적인 유기(遊記)와 달리 길이가 짧고 여정이나 견문 따위도 전혀 보이지 않는다. 시공간을 일정하게 순차적으로 펼쳐 놓은 뒤 경물을 묘사하고 정취를 드러내는 일반적인 유기의 특징이 전혀 보이지 않는다. 오히려 산수 속에서 느끼는 독특한 감성과 흥취, 인상적인 활동을 부각하여 짧은 편폭으로 서술하고 있을 뿐이다. 선유(船遊)가 어떻게 시작되었는지 그 동기를 간략히 소개하고 선유하는 공간의 풍경과 그 속에서 느낀 일체의 감흥을 생략한 채 툭툭 던지듯 속도감 있는 짧은 문장으로 뱃놀이의 과정을 묘사했다. 그럼에도 놀이의 광경이 눈에 그릴 듯 떠오른다.

수현정과 선유봉 등 좋은 승람처가 있었음에도 장소에 대한 정보는 고스란히 다 빠져 있다. 그리고 술기운으로 기억나지 않는 귀갓길을 짧게 소개하는 것으로 글을 마무리했다. 이전 유기에서 보기 드문 결말 처리 방식이다. 단양을 여행하고 남긴 「동유소기(東遊小記)」란 글에서도 이 같은 특징은 동일하게 확인된다. 이 글에서도 남유용은 여정을 과감히 생략한 채 병산(屏山)과 학암(鶴巖)과 옥순봉(玉笋峯) 등 공간을 중심으로 서술했고 서술의 편폭도 대폭 줄였으며 이념을 제거한 채 감성만을 드러내고 있다.

이는 18세기 초반 변화된 산수 유기의 한 패턴을 보여 주는 것으로 특히 소품체(小品體) 유기와 상응하는 바가 있다. 남유용이 비록 한유와 구양수의 당송 고문을 지향했던 것은 분명한 사실이지만 그렇다고 해서 그들의 문장을 답습하는 데만 머물지는 않았다. 문학의 변화에 대응하며 자기 색깔을 드러내려 했던 만큼 일부 텍스트에서는 새로운 변화가 읽히기도 하는데 이 변화가 가장 잘 드러나 있는 텍스트가 바로 이 유기 작품이다.

원대한 글쓰기 　　　　　　　酌古編序

도가 행해지면 군자는 그 시대에 경영하여 사업을 완성하고, 도가 행해지지 않으면 군자는 옛날의 일을 서술하여 글을 짓는다. 이 두 가지는 처음부터 서로 맞물려 있지 않음이 없으니 글을 짓는 것은 의미심장하고 원대한 일이다.

내 친구 연성(延城) 이의숙은 배움이 넓고 옛것을 좋아한다. 문장을 지으면 시원스럽고 기이한 기운이 넘쳐 그의 사람됨과 자못 닮았다. 특히 옛사람의 득실에 대해 논하는 것을 좋아해 문을 닫아걸고 글을 쓴 지 십여 년 동안 그 힘을 오로지 쏟고 생각을 몰두하였으니 내가 말한 바 글 짓는 사람이라 하겠다.

그런데 어찌 그 말이 많아지면 많아질수록 더 곤궁해진단 말인가? 예로부터 뜻이 있는 선비들은 곤궁한 경우가 많았고 곤궁한 뒤에야 능히 말을 할 수 있었으니 그 말이 반드시 백 년 천 년을 기다린 뒤에 전해졌다. 그러나 그가 글을 지은 뜻을 살펴보면 대개 모두 발분(發憤)하여 지어진 것이니 그 시대에 마음이 없다고 말할 수는 없다.

의숙은 강개하여 세상일에 대해 말하기를 좋아한다. 천하의 일을 살펴 그의 뜻에 차는 것이 하나 없지만 또한 하기가 어렵지 않다고 말하곤 한다. 눈썹을 치켜 한바탕 가슴속의 기이함을 토해 내고자 하나 아무 이익이 없고 세속에서도 믿지 않는다. 이 때문에 답답하게 뜻을 얻지 못했다. 옛사람의 진부한 자취를 빌려 일에 빗대어 주장을 세워 지금 시대에 견줘 상벌과 포폄을 거리낌 없이 하였다. 내가 이 때문에 의숙의 뜻이 괴롭건만 알아주는 자가 적음을 슬퍼하고 또 내가 슬퍼하는 까닭을 아는 자가 더욱 적음을 슬퍼한다.

금년 구월에 내가 아계(鵝溪)로 돌아가 농사를 지으려 했는데 의숙이 가릉(嘉陵)의 산중으로 들어가면서 글 몇 편을 꺼내 나를 위해 읽어 주고는 내 글로 서문을 써 달라고 했다. 아! 의숙은 그 말을 스스로 귀하게 여겨 다른 사람에게 경솔하게 내보이는 법이 없다. 하지만 이제 다 꺼내 보이고도 조금도 아까워함이 없다. 도를 끝내 행할 수가 없는지라 의숙이 또 장차 숨으려는 것이 아니겠는가?

노장의 도는 그 근원이 허유와 무광에서 비롯되었지만 허유와 무광은 책을 쓰지 않았고 노장은 책을 썼다. 후대에 노장을 높이는 자들이 그 책을 외우고 익히면서 허유와 무광의 뜻이 또한 이를 통해 전해졌다. 나는 둔하고 어눌하여 다른 사람들과 말을 잘 나누지 못한다. 글 짓는 것은 더더욱 좋아하지 않는다. 매번 의숙이 쓴 글을 얻어 보면 통쾌하게 한번 웃고 그의 의론이 열에 여덟아홉 나와 부합됨을 기뻐했다. 그러니 나의 뜻은 장차 의숙으로 인해 전해질 것이다. 또한 그와 같은 시대에 살고 있어 백 년이나 천 년 뒤에 알아줄 사람을 기다리지 않아도 되니 행운이다. 그래서 말한다.

해설

이천보의 『작고편(酌古編)』이란 책에 붙인 서문이다. 작고(酌古), 즉 '과거를 헤아린다'는 제목에서 알 수 있듯이, 이천보가 과거의 일을 논하여 지금의 세상을 엿본 작품들을 묶어 놓은 책이다. 남유용이 「진암집서(晉菴集序)」에서 "하루는 처자식을 이끌고 가릉의 산중으로 들어가 해를 넘기고서야 돌아왔는데 …… 얼마 안 있어 과거에 급제하고 명철한 임금의 지음을 입었다.(一日載妻子入嘉陵山中, 踰年而歸. …… 未幾登上第, 受知明主.)"라고 한 것을 보아 『작고편』은 이천보가 알성 문과에 을과로 급제한 1739년(42세) 이전에 지은 작품을 모아 엮은 책이다.

남유용은 이 책의 가치와 그 속에 투영된 이천보의 마음을 제대로 드러내기 위해 '작고'의 의미로부터 글의 실마리를 열었다. 이천보가 술이부작(述而不作)하는 군자의 입언(立言)을 실천한 행간을 내보임으로써 『작고편』의 가치를 드러냈다.

더하여 도가 행해지지 못해 과거에 빗대어 현재를 논할 수밖에 없던 이천보의 처지를 이해하고 그런 그의 마음을 알아보지 못하는 세상을 슬퍼했다. 끝에서 그의 글이 남유용 자신의 생각과 마음까지도 대변하고 있음을 표했다. 자신이 이천보와 동시대에 살고 있기에 백 년이나 천 년 뒤에 자신을 알아줄 사람을 기다릴 필요가 없게 되었다는 마지막 말은 최고의 찬사이자 이 글의 결론이다. 이천보에 대한 남유용의 애정과 진심의 깊이가 생생히 전해진다.

이 글은 앞서 살펴본 유기와 달리, 고문(古文)의 글쓰기 양식을 거스르지 않고 서문의 형식을 제대로 준수하여, 책 속에 투영되어 있는 이천보의 마음을 정확히 읽어 내고 평가한 글이다. "법도가 정연하고 조화로운 데다 그 논리가 언제나 경(經)을 위주로 하여 도에 어긋남이 없다."라고 한 정조의 평가에 잘 어울린다. 일체의 기교나 수사를 배제하면서도 간결한 가운데 핵심을 찌르는 글의 전개가 4대가의 명성에 조금도 부족함이 없다.

선택하고 집중하라　　與兪生盛基序

내가 오히려 그대 집안의 두 분 상서(尙書)에 대해 말할 것 같으면 큰 어른은 도탑고 두터우며 둘째 어른은 단정하고 선량하여 스승으로 삼을 만한 분들이셨다네. 물러나 그 자제들과 교유해 보니 또한 모두 벗으로 삼을 만한 사람이었지. 아! 어찌하여 자네 집안에는 어진 사람이 이리도 많단 말인가? 자네가 비록 젊지만 독서를 좋아하고 어른을 섬기는 데 민첩하니 듣고 본 데서 얻은 것이 많음을 내가 알겠네.

그런데 재주를 가지고 덕을 헤아려 보면 재주가 남음이 있고, 문으로 질을 비교하면 질이 부족한 듯싶으이. 이것이 어찌 늦게 태어나 두 공의 풍모에서 감화를 받은 것이 적어서가 아니겠는가? 두 분은 이미 돌아가셨고, 수보(守父)와 성보(成父)와 산보(山父) 또한 앞뒤로 세상을 떠서 공(恭)과 장(章)이 모두 하협(河峽)의 사이에서 쓸쓸할 것일세. 그대가 이에 막막해서 향할 데가 없어 책을 싸 가지고 나에게 와 배움을 구하니 그 뜻이 또한 슬퍼할 만하네.

옛날에는 도(道) 한 가지뿐이었는데 지금은 갈라져 셋이 되어, 도 외에도 이른바 고문(古文)과 시문(時文)이란 것이 있다네. 고문은 그래도 도에 기대어 행하는 것이지만, 시문은 도를 속여서 하는 것이라 할 수 있지. 그래서 군자가 병통으로 여기는 것일세. 무릇 학업을 닦는 사람은 뜻이

전일하지 않은 것을 싫어하는 법일세. 지금 사람이 하고자 하는 것에 과거(科擧)보다 심한 것이 없다네. 그래서 시문을 짓는 데 급급하곤 하지. 하지만 또 고문을 못해서 시문에 미치지 못할까 근심하여 곁가지로 고문을 배우곤 한다네. 이 때문에 시문을 지어도 우활하여 잘하기가 어렵고, 고문을 지어도 고루해서 기이함이 없게 된다네. 마침내는 두 가지 모두 그 공을 이루는 데 방해가 되어 낭패하여 이룸이 없게 되니 참으로 탄식할 만한 일일세.

돌아보건대 나는 다른 사람을 가르치기에 부족한 사람일세. 만약 내게 묻는 사람이 있다면 반드시 오로지 몰두하라고 대답하겠네. 오로지 몰두한다는 것은 이 세 가지 중에 선택해서 굳게 붙들어 지키는 것을 말하네. 선택하는 것이 좋고 나쁘고는 그대에게 달려 있지. 하지만 도를 속이면서 잘된 사람은 있지 않았네.

해설

1731년 남유용이 34세 때 유생 유성기(兪盛基)에게 공부하는 자세와 마음가짐에 대해 설명한 글이다. 앞에서 유성기의 집안 내력을 잠깐 말하고 곧이어 배움의 세 가지 방향과 한 가지 방법에 대해 논하여 유성기에게 가르침을 내리는 형식을 취했다. 증서(贈序)의 일반적인 형식에서 벗어남이 없으나 군더더기 일절 없이 논지를 펼치는 힘이 느껴진다.

이 글은 당대 문학에 대한 달라진 시선을 보여 준다. 이전까지의 문이 도를 싣는다는 문이재도(文以載道)의 논리가 아니라 문이 도에 기대 행한다는 의도이행(依道而行)의 논리로 도에 대한 문의 독립성을 강조했다.

또한 도를 속여 행한다는 궤도이위(詭道而爲)의 논리에서는 도와 분리된 예술(문학)의 존재까지 인정했다. 특히 도와 고문과 시문 가운데 어느 하나를 선택한 뒤에 한 가지에만 집중하면 된다는 논리가 그렇다.

유성기는 상서에 추증된 유석(兪晳)의 손자이자 통덕랑(通德郞) 유명득(兪命得)의 아들이다. 유명득은 유석의 서자로 공조 판서 유명웅(兪命雄, 1653~1721년)과 이조 판서 유명홍(兪命弘, 1655~1729년)의 아우다. 유명홍이 남유용의 장인이니 두 사람은 인척간이 된다. 본문에 나오는 수보(守父) 등은 유명홍의 아들 유수기(兪受基) 등으로 일찍 생을 마감한 유성기의 사촌들이다.

고양이와 쥐에 대한 단상

猫說

내 집에서 쥐가 난폭하게 구는 것을 괴롭게 여겼다. 큰 쥐 한 마리가 특히 방자하여 두 개의 구멍을 맞뚫어 의지한 채 동쪽에서 몰아치면 서쪽으로 달아나고 서쪽에서 잡을라치면 동쪽으로 달아났다. 그 행동이 하도 민첩해서 보이지도 않을 정도이니 하물며 잡을 수 있겠는가?

집 사람이 이것을 매우 병통으로 여겨 흙으로 두 구멍을 막아 버리고 이웃집에서 고양이를 빌려다가 겁을 주었다. 혼자 생각에 쥐의 난폭함은 이제 다시 염려할 게 없다고 여겼는데 아침에 살펴보니 구멍 두 개를 또 뚫어서 처음처럼 휑하였다. 게다가 고양이는 배가 부른 데다 장난치기만 좋아해서 쥐 따위에는 아무 생각이 없었다. 하지만 그래도 쥐는 밤낮 옷 방에서 살면서 함부로 나오지 않았다.

쥐가 처음에는 두렵고 움츠러들어 구멍 안에서 엿보다가 고양이가 가면 사납게 굴고 고양이가 가지 않으면 자취를 숨겨 감히 나오지 못한 것이 여러 날이었다. 이윽고 엿보기가 점차 익숙해져서 다른 이상이 없음을 깨닫고는 고양이가 정말로 아무것도 하지 않는다고 여겨 마침내 잠깐씩 구멍을 나와서 공공연하게 돌아다녔다. 고양이 또한 거들떠보지 않았다.

수십 일이 지나 쥐가 동쪽 구멍에서 나와 옷상자 속으로 들어갔다. 고양이가 노려보다가는 급히 일어나 동쪽 구멍으로 내달려 크게 소리를 내더니 다시 서쪽 구멍으로 달려가 웅크렸다. 쥐가 그제야 크게 놀라 동쪽 구멍에 변고가 있는 줄로 여겨 옷상자 아래로 난 길을 따라 서쪽 구멍으로 들어가려 하니 고양이가 이미 입을 쩍 벌리고 이를 맞이했다. 쥐가 기운이 빠져서 능히 돌아갈 수 없었다. 조금만 움직여도 재빨리 이를 막아서므로 발을 웅크리고 숨을 죽였지만 마침내 어찌해 볼 수가 없었다. 하지만 쥐가 몹시 살지고 튼튼했으므로 고양이가 힘으로는 대적하지 못했다. 위협을 계속 주어 핍박한 후 기운이 꺾인 뒤에 삼켜 버렸다.

내가 처음에는 한동안 마음이 좋지 않았다. 나중에는 탄식하며 이렇게 말했다. "저 쥐란 놈이 자청한 것이다." 대저 사람에 기대어 사는 것은 집을 훼손하지 않고, 사람을 통해 먹이를 해결하는 것은 사람의 재물을 축내지 않는 법이다. 또 사람을 해치는 것이라도 간혹 사람을 이롭게 하는 수도 있다. 이제 이 쥐란 놈은 사람의 집에 기대어 살면서 벽에 구멍을 뚫고 사람의 곡식을 먹으면서 옷까지 상하게 했다. 훔치고 구차하게 굴어 지극히 미천한 생명으로 누차 사람에게 미움을 받아 즐겨 위기에 처하고도 변할 줄을 몰랐다. 이는 그 종류를 모조리 죽이고 그 소굴을 다 엎어 버려 한 마리도 남김이 없게 함이 마땅하니 또 어찌 가엾게 여기겠는가?

내가 일찍이 『당지(唐志)』를 읽으니 소숙비(蕭淑妃, 당나라 고종의 애첩)가 죽음에 임하여 무씨(武氏, 무측천)를 욕하며 이렇게 말했다. "다른 생에는 내가 고양이가 되고 너는 쥐가 되어 대대로 네 목을 움켜쥐겠다." 매번 원통하게 독을 품고 분해 욕하는 모습을 떠올리면 안타깝지 않을 수가 없어 가만히 그 뜻을 슬퍼하였다. 이제 고양이가 쥐를 잡는 것을 보다가 문득 그 말이 생각났다. 다만 고양이가 사납지 않아서 쥐가 달아

날까 걱정이지만 이 때문에 웃고 즐거워하니 이 또한 한 가지 통쾌한 일이다.

무릇 하나의 일이지만 이익을 좋아하는 자들을 경계하고 살생을 즐기는 자들을 두렵게 할 수 있으니 어찌 기록하지 않을 수 있겠는가?

해설

우언 형식의 설체(說體) 산문이다. 이규보(李奎報)의 「슬견설(蝨犬說)」 이후 숱한 문장가들이 이런 종류의 글을 많이 남겼다. 서사 중심의 우언을 먼저 배치한 뒤에 그 속에서 삶의 의미를 끌어내는 방식이다. 서사를 끌어가는 힘과 통찰력의 결합에서 글의 완성도가 결정된다.

큰 틀에서 이 글 또한 설체 산문의 기본을 충실히 따랐다. 특별히 고양이를 풀어 쥐를 잡는 대목의 서술이 다른 어떤 글보다 생동감이 넘친다. 사람의 손을 피해 이리저리 도망 다니던 쥐가 갑자기 등장한 고양이를 경계하지만 결국에는 주의를 풀고 나다니다 잡아먹히는 과정이 짧은 단락 속에 속도감 있게 기술되어 있다. 간결하고 군더더기 없는 서술로 서사의 효과를 극대화하였다.

끝에서 이익만을 좇다가 자신에게 닥친 위기를 알아채지 못하는 사람들에 대한 경계를 펼쳤다. 쥐와 고양이의 이야기로 바로 마무리하는 대신 『당지(唐志)』에 나오는 소숙비와 무측천의 일화를 한 번 더 끌어와 지나치게 난폭하여 다른 사람의 원망을 사는 것도 함께 경계하는 뜻을 부쳤다.

쥐에 쏠려 있는 시선을 고양이에게로 돌림으로써 사고의 전환을 가져왔고 글의 형식에도 변화를 주었다. 이런 서사 배치와 그에 담긴 안목 덕에 이 글은 한층 더 풍성하고 재미있게 읽힌다. 그리고 마지막 문장에서 말했듯 이 글을 지을 수밖에 없었던 남유용의 의도가 십분 공감 되는 이유도 바로 여기에 있다.

이천보 李天輔

1698~1761년

본관은 연안(延安), 자는 의숙(宜叔), 호는 진암(晉庵), 시호는 문간(文簡)이다. 1739년 알성 문과에 을과로 급제해 교리, 헌납, 장령 등 언관직을 두루 거친 뒤에 1749년 이조 참판에 올랐다. 이후 이조 판서, 병조 판서 등을 거쳐 1761년에 영의정이 되었다. 장헌 세자(莊獻世子, 사도 세자)의 평양 원유 사건(遠遊事件)으로 인책을 받아 음독 자결로 생을 마감했다.

이천보는 월사(月沙) 이정귀(李廷龜)의 5대손으로 남유용, 오원, 황경원 등과 함께 사가(四家)로 일컬어졌다. 이들은 나이가 비슷한 노론 벌열가의 자제로 어려서부터 교유했다. 시회(詩會)를 함께 열었고 영조 때 번갈아 문형의 자리에 올랐다. 따로 김원행(金元行), 원경순(元景淳), 원경하(元景夏), 남유상, 남유용, 황경원과 함께 관동팔문장(館洞八文章)으로 일컬어지기도 했다.

그의 문장에 대해 남유용은 "글을 쓸 때 굳이 애를 써서 탐색해 찾지 않고 각각 그 뜻을 얻으면 때에 맞춰 펴서 글이 되었다. 시원스럽고도 간결하다.(於書未嘗刻意究索, 而各得其趣, 及發而爲文, 踈宕簡潔.)"라고 했으며, 이정보(李鼎輔)는 "그의 문장은 다독에서 얻은 것이 아니었다. 어려서부터 말로 펴는 것이 놀랍고 빼어나 비범하였다. 시가 맑고도 굳셌는데 글 또한 이와 같았으니 천재였다.(蓋其文, 非多讀而得之. 自幼時, 發於言者, 驚絶出凡. 詩旣淸遒, 文亦如之, 天才然也.)"라고 칭송했다. 타고난 재능과 기상으로 호방하고 간결한 글을 잘 썼음을 보여 준다.

실제 이천보의 문집을 보면 이기(理氣)나 성정(性情)에 대한 고리타분한 철학적 논의는 찾아보기 어렵다. 정조는 "자못 시원스러워 자기만의 기상을 볼 수가 있으니, 마땅히 근세에 으뜸이다.(頗疏宕, 可見自家氣像, 當屬近世第一.)"라는 평을 남겼다. 『진암집(晋庵集)』은 정조의 책상 위에 늘 놓여 있던 책이기도 했다. 남긴 저서의 분량은 그다지 많지 않아 『진암집』 8권 4책이 전한다.

시는 천기다　　　　　　　　浣巖稿序

대저 시란 천기(天機)다. 천기가 사람에게 깃들 때 굳이 처지를 가리는 것은 아니나 세상 이런저런 일에 담박한 자만이 능히 이를 얻는다. 위항의 선비는 다만 궁하고도 천한지라 세상에서 말하는 공명이나 영리가 그 바깥을 흔들거나 그 마음속을 어지럽힘이 없다. 그래서 그 천기를 온전히 하기가 쉽고 하는 일에 있어서도 즐기면서 전념하게 되니 그 형세가 그런 것이다.

　근세의 시인 중에 창랑(滄浪) 홍세태가 바로 그런 사람이다. 홍세태를 이어 또 완암 정윤경이란 사람이 있다. 그의 이름은 내교다. 당시의 학사와 대부들이 그와 허물없이 지냈는데 이름을 부르지 않고 자로 부르면서 혹 집에 데려가 그 자제를 가르치게 하였다. 사람됨은 여윈 학처럼 맑고 깨끗했는데 그 생김새만 바라봐도 그가 시인인 줄을 알 수 있었다.

　살림은 몹시도 가난해서 집에는 덜렁 벽 네 개뿐이었다. 시사(詩社)의 여러 사람들이 좋은 술이 있으면 반드시 그를 청해 맞이하곤 했다. 윤경이 주량껏 실컷 마셔 거나하게 취기가 오른 뒤에야 비로소 운자를 불러 시를 짓게 하면 높게 기대앉아 먼저 노래했다. 그가 지은 시는 호탕하면서도 아득하여 시인의 태도를 얻은 것이었다. 그러다가 이따금씩 소리의 가락이 강개해지면 마치 연나라와 조나라의 축(筑)을 치던 선비와 더불어 아래위로 내달리는 것만 같았다. 대개 그 연원이 홍세태로부터 나온 것이긴 해도 천기에서 얻은 것이 많았다. 그의 가슴속에 진실로 외물에 유혹된 바가 있어도 즐기지 않고 마음 쏟지 않았으므로 그의 성취가 능히 이와 같았던 것이다.

윤경이 시에만 능했던 것은 아니다. 문장의 기세와 곡절에도 자못 작가의 운치가 있었다. 논자는 혹 문장이 시보다 낫다고도 말한다. 하지만 내 생각에는 윤경의 시와 문장은 한결같이 천기에서 나온 것일 뿐이다. 어찌 굳이 길고 짧음을 논하겠는가?

윤경은 곁가지로 거문고도 잘 타고 장가(長歌)도 좋아해서 모두 수준이 대단히 높았다. 술이 얼큰해지면 직접 거문고를 타면서 화답해 노래하곤 했는데 시원스러워 누가 거문고를 타고 누가 노래를 하는지 잊어버릴 지경이었다. 듣던 자에게 평을 하게 하면 이렇게 말했다. "한 가지만 잘하고 한 가지를 못하면 틀림없이 윤경에게 비웃음을 당할 게야." 세상에서 윤경의 시문을 논하는 것도 또한 이와 다를 게 없다.

내가 윤경과 사귄 것은 약관 시절부터다. 내가 승문원(承文院)의 책임자가 되었을 때 윤경은 제술관(製述官)의 녹을 먹고 있었다. 윤경이 눈병 때문에 사직하므로 내가 말했다. "윤경은 오늘날의 장적(張籍)입니다. 마음이 눈멀지는 않은 사람이니 눈은 감고 입으로 불러 승문원의 일을 처리하기에 충분합니다." 하지만 끝내 허락되지 않았다. 가끔 공적인 일로 나를 찾아오면 내가 하인에게 명해 부축해서 당에 오르게 하고는 지은 시에 대해 묻곤 했다. 그러면 윤경은 목청을 돋워 낭랑하게 읊조렸다. 득의한 대목에 이르면 저도 모르게 모자까지 벗어 던진 채 미친 듯이 소리를 질렀다. 내가 이에 윤경이 늙고 병들었어도 그 기상만큼은 쇠하지 않았음을 알았다.

윤경이 죽자 학사 홍자순(洪子順)이 그의 시문을 가려 뽑고 상서 홍익여(洪翼汝)가 비용을 대서 세상에 간행하려 한다. 내가 한마디 말이 없을 수 없어 마침내 그를 위해 서문을 쓴다.

해설

18세기를 대표하는 여항 문인인 정내교의 문집에 붙인 서문이다. 20대부터 인연을 맺어 그를 속속들이 알았던 이천보는 정내교의 삶과 문학을 천기(天機)로 규정하고 이를 증명하는 것을 서문의 주된 내용으로 삼았다. 여항의 시인으로 삶은 비록 고달팠으나 공명과 명리에 흔들리지 않아 온전한 천기를 보전했기에 홍세태를 이어 여항 시인으로 우뚝 설 수 있었음을 말하였다. 문장을 잘 짓고 거문고 연주에 뛰어나며 장가(長歌)를 잘 불렀던 다재다능함도 천기의 소산으로 보았다. 말년(1745년, 65세)에 안질(眼疾)로 인해 승문원 제술관직을 사직한 뒤에도 시 창작을 멈추지 않았던 일화를 덧붙여 그 삶 전체가 천기로 일관되었음을 천명했다.

천기는 17세기 이후 관습적으로 사용되어 오다 김창협과 김창흡을 거치며 시학의 핵심 개념으로 자리매김하게 되었다. 이후 홍세태와 정내교로 이어져 조선 후기 여항 문학이 발전할 수 있는 내적 토대가 되었다. 천기의 개념은 시대와 작가마다 조금씩 다르게 사용되었지만 대체로 성정지진(性情之眞), 즉 심성(心性)의 본원적 순수성으로 정(情)의 가치를 긍정한 개념으로 사용되었다. 당대에 시인으로서 이름이 높았던 이천보도 김창흡과 인연을 맺으면서 천기에 눈을 뜨고 이를 시학에 적극적으로 끌어들여 창작에 임했다.

시인 윤여정　　　　　　　　　　玄圃集序

해평 윤여정(尹汝精)이 시를 잘 짓는다는 명성이 있기에 내가 다른 사람을 통해 그의 시를 얻어 보았지만 그를 직접 만나 보지는 못했다. 지난 임인년(1722년) 봄에 내가 남호(南湖)로 놀러 갔다가 여정의 집이 강가에 있단 말을 듣고 바로 찾아갔다. 여정은 내가 왔단 말을 듣더니 한참을 뚫어지게 보고는 웃으며 말했다. "이상하다! 내가 그대의 얼굴을 전혀 알지 못했는데 간밤 꿈에 그대와 시를 논하였소. 지금 보니 그대가 과연 꿈속의 그 사람이구려." 마침내 친구가 되었다.

　내가 정자를 사들여 여정과 이웃이 되고 나서는 더욱 친해져서 거리낌이 없었다. 내가 시를 지으면 반드시 여정에게 먼저 물어보곤 했다. 여정의 안목을 거치지 않은 것은 남에게 보여 주지 않았다. 여정은 거문고 연주를 잘했으므로 내가 일찍이 「청금(聽琴)」이라는 시를 지었다. 강가의 여러 사람이 창랑정(滄浪亭) 아래에 배를 띄우고 여정에게 청해 거문고를 연주케 했다. 여정이 거문고를 당겨 청을 돋워 노래했다. 노래를 마치고는 인하여 내가 지은 거문고 시를 외웠는데 좌중에서 내 시를 헐뜯은 자가 있었다. 여정이 마침 거나하게 취했던지라 버럭 화를 내며 욕을 했다. "이 시는 속된 인간이 의논할 수 있는 것이 아니야!" 그러고는 거문고를 들어 그를 치려 했다. 그가 나를 독실하게 믿는 것이 대개 이와 같았다.

여정은 시를 지을 때 법을 취함은 반드시 높은 데서 구했고 뜻을 정함은 틀림없이 오묘한 데서 찾았다. 바야흐로 생각을 엮어 갈 적에는 깊은 우물을 파는 듯이 하여 근원을 만나지 않고는 그만두지 않았다. 시가 되어 나올 때에는 시원스럽기가 땅속으로 흐르던 물이 격렬하게 쏟아져 나오는 듯해서 막을 수 없을 것만 같았다. 여정은 집이 몹시 가난해 늘 하루에 한 끼만 먹었는데도 오직 문을 닫아걸고 시만 읊조렸다. 처자가 혹 집안일을 묻기라도 할라치면 문득 손을 저어 막으며 말했다. "내가 좋은 시구를 얻었으니 너희는 잠시 떠들지 마라." 대개 그 성품이 담박해서 그런 것이지 단지 시 짓는 데 온통 몰두해서 그런 것만은 아니었다.

여정은 문장에는 그다지 힘을 쏟지 않았다. 하지만 내 문장을 몹시 좋아했다. 한번은 내게 한유의 문장을 읽을 것을 권하며 이렇게 말했다. "그대의 재주라면 한유를 충분히 배울 수 있네." 내가 장난으로 말했다. "옛날에 매성유(梅聖兪)는 구양수가 스스로 한유에 비기려 한 것을 비웃고는 마침내 자기는 맹교(孟郊)로 여긴 일이 있었지. 이제 그대가 스스로를 맹교에 견주려고 굳이 나를 한유로 허락하는 겐가?" 인하여 서로 보며 한바탕 웃었다.

여정이 자기가 평생에 지은 시를 나더러 산정해 줄 것을 부탁해 왔다. 내가 삼백여 편을 얻어서 돌려주었다. 여정이 아들 없이 죽는 바람에 내가 그 아우 윤침(尹沈)에게서 다시 만년에 지은 작품 일백여 편을 얻었다. 마침내 서문을 써서 윤침에게 부쳐 주며 말했다. "여정의 시는 전할 만한 것일세. 자네가 잘 보관해서 훗날을 기다리게." 현포(玄圃)는 곧 여정의 자호이다.

해설

윤치(尹治)는 18세기 초반에 활동한 시인으로, 본관은 해평(海平), 자는 여정, 호는 현포다. 이 글은 그의 문집 『현포집(玄圃集)』에 써 준 서문이다. 처음 만나는 장면이 대단히 인상적으로 묘사되어 있다. 두 사람은 서로의 존재를 익히 알고 있었다. 이천보가 그의 거처로 찾아가자 윤치는 간밤 꿈에 만나 시를 토론하던 사람이 찾아왔다며 반겼다. 서로 한눈에 마음이 통해 둘은 급속도로 가까워졌다.

두 번째 단락에서는 한강 가 창랑정 아래에서 뱃놀이를 할 때 사람들이 윤치의 거문고 연주를 들으려고 초대했다가 이천보의 시에 대한 평가를 두고 벌어진 작은 소동을 소개했다. 이를 이어 윤치의 작시에 임하는 태도와 생계에 초연한 채 시작에만 몰두했던 삶을 기렸다.

끝에서 매성유와 구양수 사이에 있었던 일화를 바탕으로 허물없이 마음을 나누었던 두 사람의 사이를 설명한 후 예전 자신이 정리해 준 300여 편에다 만년에 지은 작품 100여 편을 더해 『현포집』으로 묶게 하고 미리 서문을 써 주며 훗날 문집을 간행할 때 얹을 것을 주문한 사연을 적었다. 하지만 끝내 『현포집』은 세상에 빛을 보지 못했고 이 서문만 남았다.

이천보는 1722년(25세)에 남호(南湖, 지금의 용산 부근 한강)를 여행하다가 그 근처에 살던 윤치와 처음 만났다. 이후 근처에 정자를 마련하게 되면서 두 사람은 더욱 가까워졌다. 시를 지을 때마다 질정을 구했을 뿐 아니라 생전에 그의 시를 직접 산정하고 사후에 문집의 서문을 지을 정도로 그의 시를 아끼고 높였다. 이천보 외에도 오광운, 남유용, 남유상 등 당대의 쟁쟁한 문인들과 시를 주고받으며 교유했을 만큼 시명(詩名)

이 높았던 인물임은 분명하다. 이덕무는 『청비록(淸脾錄)』에서 윤치의 시를 소개한 후 "매우 맑고 날카로워서 속태를 벗었다.(甚淸刻拔俗.)"라고 평하기도 했다.

말 없음에 대하여   題默窩詩卷後

해평 윤여정은 세상을 근심하는 사람이다. 말 때문에 낭패를 보았으므로 묵와(默窩)라 자호하였다. 어떤 이가 내게 이렇게 물었다.

"시란 성정을 펼쳐 말로 하는 것입니다. 여정은 시 짓기를 좋아해서 거의 모든 일을 걷어치운 채 시만 짓습니다. 무릇 먹고 마시거나 잠을 잘 때에도 어디서건 시를 짓지 않을 때가 없습니다. 어딜 가도 시가 아님이 없는 것은 어딜 가나 말하지 않음이 없다는 것이지요. 그렇다면 천하에 말 많은 사람으로 여정보다 더한 사람은 없을 겁니다. 그런데 지금 자신을 묵(默) 자에다 내맡긴다니 누가 믿겠습니까?"

내가 말했다.

"그대는 깊은 골짜기에서 나는 소리를 못 들었는가? 그 소리는 혼자서는 소리가 되질 않고 반드시 사물을 기다려야만 한다네. 그래서 소리가 골짜기에서 난다고 해도 틀리고 소리가 골짜기에서 나지 않는다고 해도 또한 틀린 것이지. 오직 소리를 의식하지 않았는데 소리가 절로 들린 것이라네. 옛날의 지인(至人)이 어찌 일찍이 말이 없었겠는가? 말은 했지만 말하는 것을 의식하지 않았던 것일 뿐일세. 그래서 그 말은 하늘에 오르기라도 할 듯이 높아 사람이 감히 그 높이를 의심하지 못했고, 땅속으로 들어갈 것처럼 깊어서 사람이 감히 그 깊이를 의심치 못했지. 이것이 모두 침묵의 도일세. 여정이 배우기를 원하는 것이라네."

　가만히 살펴보니 여정이 시를 짓는 것은 경계를 따라 정이 생겨나고 정에 따라서 말이 이루어지니, 또한 다만 시에 뜻이 없는 것일 뿐이라고 말한다. 대저 말을 의식하지 않았는데 말이 되어 나온 것은 천하의 참된 말이다. 시를 의식하지 않았는데 지어진 시는 천하의 진짜 시다. 여정의 말이 이미 묵와란 이름에 거리낄 것이 없거늘 하물며 그 시야 말해 무엇 하겠는가? 여정이 예전에 「묵와기(黙窩記)」를 내게 지어 달라고 부탁했지만 지을 겨를이 없었다. 이제 그의 시를 읽고 나자 끝내 침묵만 하고 있을 수 없는지라 마침내 그 책에 쓴다.

해설

윤치의 『묵와시권(黙窩詩卷)』에 붙인 제발문(題跋文)이다. 텍스트에 대한 비평과 감상을 주로 싣는 제발문의 일반적인 특징과 조금 거리가 있다. 그는 윤치의 시적 성취를 찾아내어 높이는 대신에 묵와(黙窩)라는 호에 담긴 의미를 드러내는 데 더 공을 들였다. 이는 「묵와기」 같은 기문(記文)을 쓸 때 주로 사용하는 방식인데 이천보는 제발문에 활용하여 색다른 느낌이 나는 글을 완성했다.

　'말 없음(黙)'을 지향한다면서 많은 시를 지어 말을 쏟아내는 것은 모순이 아니냐는 혹자의 질문을 매개로 하여 이를 반박하는 방식으로 글을 엮었다. 묵(黙)의 의미를 새롭게 규정하여 윤치를 옹호하고 이를 토대로 윤치의 시가 지향하는 바를 포착해 냈다. 즉 '말 없음'은 그저 입을 다문다는 뜻이 아니라 말속에 의도와 목적을 배제한 투명성을 추구하겠다는 것임을 들어 시를 통한 말하기가 그의 집 이름 '묵와'와 모순되지 않음을 증명했다. 이 또한 정감의 조작이 아닌 천기(天機)의 생동과 성정(性情)의 발로를 추구했던 그의 시학 정신의 지향을 명확히 보여 준다.

제목에 '제후(題後)'라 해 놓고 기문 비슷한 느낌의 글이 된 것은 본문에서 얘기했듯 윤치가 자신에게 「묵와기」를 써 달라고 했던 부탁을 아울러 지키려 했기 때문이다. 앞서 읽은 「현포집서」에서 윤치가 평생 지은 시 300여 편을 산정해 돌려준 일을 말했는데 『묵와시권』이 이때 산정한 책에 붙인 이름으로 보인다. 정작 시인의 삶과 작품은 사라지고 없는데 두 편의 서문이 남아서 그의 시 세계를 증언하고 있다. 기록의 중요성을 새삼 실감케 한다.

너 자신을 알라　　　　　自知菴記

사람의 근심은 남을 모르는 데 있지 않고 자신을 모르는 데 있다. 오직 자신을 알지 못하므로 남이 기리면 기뻐하고 남이 헐뜯으면 슬퍼한다. 대저 천하의 색은 내가 내 눈으로 보기에 남의 눈을 빌리지 않는다. 천하의 소리는 내가 내 귀로 직접 들어 남의 귀를 통하지 않는다. 이제 내 눈을 감아 남이 본 것에서 찾고 내 귀를 닫아 남이 들은 것에서 구하니 이것이 대체 무슨 이치인가? 소리와 색깔은 밖으로부터 오는 것이다. 하지만 내가 보고 들은 것은 그 가늠이 내게 달려 있지 남에게 달려 있지 않다. 하물며 내가 나를 몰라서 쩔쩔매며 남의 입만 올려다본다면 어찌 병통이 없을 수 있겠는가? 그런 까닭에 옛날의 군자는 홀로 서서 굽히지 않았다. 어지러이 남들이 취하여 높여도 더 나대지 않았고 갑작스레 남에게 버려져도 더 위축됨이 없었다. 스스로를 너무나 잘 알았기에 내가 나 되는 것이 어느 경우든 한결같았다.

　내 친구 기계(杞溪) 유태중(兪泰仲)은 젊어서부터 기특한 뜻이 있었다. 지금 사람과 더불어 어울리는 것을 부끄럽게 여겨 하루아침에 과거를 내던지고 바닷가에 은거하였다. 사람들이 그 까닭을 물으면 태중은 씩 웃으며 말하지 않았는데 그는 자신이 사는 집에다 자지암(自知菴)이란 이름을 붙였다. 아! 태중 같은 사람은 자기를 믿고 남에게서 구하지 않는 자라고 말할 만하다. 대저 하늘에서 얻은 것은 사람에게서는 잃게 되고 옛날에 맞던 것은 지금과는 어그러지게 마련이다. 태중은 다만 자기 자신을 스스로 알았던 것뿐이어서 남이 알아주지 않는 것에 대해서는 괴이하게 여기지 않는다.

어떤 사람이 이렇게 말했다.

"태중은 저서를 좋아해서 그가 쓴 글이 수만 언입니다. 후세 사람 중에 어찌 그 책을 읽고서 그 사람을 알아주는 자가 없겠습니까?"

내가 말했다.

"양자운(揚子雲, 양웅)은 『태현경(太玄經)』을 지어 훗날의 양자운을 기다렸다지요. 내가 일찍이 말하기를 『태현경』을 명산에 보관하든 학관(學官)에 늘어놓든 양자운에게 영광이 되기에 부족하고, 불사르거나 없애버려도 양자운에게 욕이 되기에 충분치 않습니다. 또 자운은 자운일 뿐 어찌 후세의 자운이 있겠습니까? 그럴진대 유태중이 이미 스스로를 알았다면 그 글이 전하고 안 전하고가 또 어찌 반드시 태중의 길이라 하겠습니까?"

이것으로 암자의 기문을 삼는다.

해설

태중은 유언길(兪彦吉, 1695년~?)의 자로, 언관(言官)을 지내면서 남인의 축출에 앞장섰던 유명일(兪命一, 1639~1690년)의 손자다. 1717년에 진사시에 합격한 이후 과거를 포기하고 은거한 채 시를 지으며 살았으므로 생애 사실은 알려진 것이 별로 없다. 이천보가 남긴 「유태중만(兪泰仲輓)」

과 「유태중시권서(兪泰仲詩卷序)」 같은 산문이 남아 있어 그 대강을 가늠해 볼 뿐이다.

이 글은 유언길의 자지암에 붙인 기문이다. 이 글에서 이천보는 암자의 이름인 '자지(自知)'의 철학적 의미를 탐색하고 자신의 벗 유언길이 그 이름에 걸맞은 삶을 살고 있음을 밝혀 혹자의 의심을 일소하는 것으로 글을 마무리했다. 지난 명성을 버리고 과거를 포기한 채 사는 삶이 양웅처럼 후대의 지기(知己)를 기다리기 위함이 아니라 스스로를 잘 알아 주체적으로 선택한 삶이며 그렇게 지은 시도 후대에 전하기 위함이 아니라 지으려는 의도 없이 완성된 진시(眞詩)임을 명확히 드러내었다.

3단으로 구성된 이 글은 기문의 양식을 충실히 따랐다. 자신을 제대로 아는 삶이야말로 진정 의미 있는 삶임을 꼬리 물기 식의 논법으로 군더더기 없이 전달했다. 이천보는 글을 지음에 있어 억지로 형식을 꾸미는 대신 뜻이 움직이는 대로 시원스럽고 간결하게 쓰기를 즐겼다. 남유용의 평가와도 맞물리는 이천보 특유의 글쓰기의 전형을 이 글이 잘 보여 준다.

그림을 배우는 법   鄭元伯畵帖跋

세상에서 그림을 논하는 자들은 반드시 정선의 그림과 삼연 김창흡의 시를 짝지우곤 한다. 대개 우리나라의 그림은 정선에 이르러서야 비로소 그 변화가 지극해졌다. 하지만 정선의 그림이 나오고 나서 세상에서 정선을 배우는 자들이 정선 같은 필력은 없으면서 한갓 그 방법만 훔쳤으므로 그림이 쇠하게 된 것은 반드시 정선으로부터 비롯되었다고 하지 않을 수 없다. 내가 일찍이 이렇게 말했다.

"지금 시를 짓는 자들이 삼연을 본떠 따르지 않으면 사람들이 다투어 괴이하게 여긴다. 하지만 삼연의 학식은 없으면서 그 기이함만 배우기 때문에 그저 그 병통만 배우게 될 뿐이다. 시가 쇠하게 된 것은 삼연이 또 그 책임을 사양하지 못할 것이다. 내가 삼연을 따르지 않는 것은 아니나 세상의 무리들이 삼연이 되는 것은 미워한다."

이 말을 들은 사람이 모두 미친 말로 여겼다. 이제 정선의 그림을 보고서 이를 써서 정선을 배우는 자들을 경계한다.

해설

겸재 정선의 화첩에 붙인 짤막한 제발문이다. 일반적인 제발문의 문체 특징에 맞게 작품 감상에 초점을 맞추는 대신 정선을 잘못 배운 사람들에게 남기는 경계의 말로 글을 채웠다. 자신이 본 화첩이 어떤 내용인지는 정작 한마디도 언급하지 않았다.

형식이 아닌 정신을 배워야 한다는 이천보의 문예 이론과 18세기 초중반 시가사와 회화사의 동향을 살피게 해 주는 흥미로운 내용이다. 특히 18세기 초중반 조선의 한시와 회화가 김창흡과 정선에 의해 일변했다는 평가가 주목되는데, 이는 백악시단(白岳詩壇)의 존재를 통해서도 입증되는 사실이다.

정선은 18세기 초 진경산수의 기치를 내걸고 등장한 화가이다. 과거 중국의 상상 속 산수가 아니라 지금 조선의 실제 산수를 화폭에 담아낸 그의 새로운 화풍은 당대를 풍미했던 인기 높던 그림이었다. 그의 진경산수 화풍은 이후 여러 화가들에게 영향을 주어 흔히 말하는 18세기 진경 시대(眞景時代)를 열게 된다. 심사정(沈師正), 이인상(李麟祥), 강세황, 정수영(鄭遂榮), 김홍도(金弘道), 이방운(李昉運) 등 18세기를 대표하는 여러 작가들이 그의 화풍에 영향을 받아서 진경 화풍의 꽃을 피웠다.

후반부에서 오늘날 시가 쇠미해진 것은 김창흡의 책임이고 그림이 시들해진 것은 정선의 탓이라고 말하는 어법이 참신하다. 두 사람이 이룬 성취가 워낙 높아서 그 이후로는 이 둘의 아류밖에 없게 되었다는 말을 이렇게 돌려서 했다. 짧지만 감칠맛이 나는 소품이다.

오 원 吳瑗

1700~1740년

본관은 해주(海州), 자는 백옥(伯玉), 호는 월곡(月谷), 시호는 문목(文穆)이다. 김창협의 외손이자 권상하(權尙夏)의 손서(孫壻)이며, 도암(陶庵) 이재(李縡)의 처질로 그의 문하에서 수학했다. 1728년 정시 문과에 장원으로 급제한 뒤 이조 좌랑·부제학·승지·공조 참판 등의 벼슬을 역임했다. 사람됨이 정직하고 성실하며 온후하고 총명한 데다 임금에게 직언을 아끼지 않아 '진정한 유신(儒臣)'이라는 평가를 받았다. 1729년 정언으로 재직 당시 영조의 탕평책을 비판하다 삭직된 일은 그의 사람됨을 상징적으로 보여 준다.

일찍부터 문명(文名)이 있어 1740년 1월 이덕수(李德壽)의 추천으로 문형의 자리에 올랐다. 노론 벌열가의 자제로 어려서부터 교유하고 영조 대에 번갈아 문형의 자리에 올랐던 남유용·이천보·황경원 등과 더불어 사가(四家)로 통칭되었다. 1740년 10월 10일 병으로 41세에 세상을 떴다. 육경을 근본으로 당송의 고문을 이으려 했던 영조 대 노론계 관각 문인의 한 성취를 잘 보여 준다.

이에 이양신(李亮臣)은 "문장과 덕망이 무리에서 빼어났고, 옛 글을 많이 읽어 의리를 꿰뚫었다.(吳某文華雅望, 招出流輩, 多讀古書, 洞見義理.)"라고 했고, 이민보(李敏輔)는 "문장을 지음에 온후하고 깨끗하기가 그 사람과 같았고, 수식을 능사로 여기지 않았지만 저절로 규범이 있었다. 동시대에 남유용, 이천보, 황경원 공이 큰 명성이 있었는데, 필세가 넉넉하고 통달하며 분방함에 이르러서는 모두 월곡을 추대하여 미칠 수 없다고 하였다.(淳潔如其人, 不以彫繪爲能, 而自有典則. 同時南雷淵李晉菴黃江漢諸公有盛名, 而至於筆勢贍鬯奔放, 則皆推公爲不可及.)"라고 평하였다.

그가 비록 젊은 나이에 세상을 떴지만 평소 자신의 시문을 꼼꼼히 정리해 둔 까닭에 비교적 많은 글을 남겼다. 평이하면서도 원숙함이 돋보이는 그의 글은 유고집인 『월곡집(月谷集)』에 남아 전한다.

월곡으로 가는 길 　　　　　　衿陽遊記

무신년(1728년) 오월 초하루에 월곡(月谷)으로 길을 떠났다. 족형인 국보 (國寶) 씨와 서제(庶弟)인 무(斌)가 같이 갔다. 노량진을 건너 정제(定齋) 박 태보(朴泰輔) 선생의 사당에 참배하니 이곳은 선생이 세상을 떠난 곳이 다. 오월 닷새가 선생의 기일이어서 사람들이 굴원(屈原)이 멱라수(汨羅水) 에 몸을 던져 죽은 것에 비긴다. 내가 온 때가 마침 이달이라 더욱 슬펐 다. 내 할아버지께서도 선생이 돌아가시고 이틀 뒤에 돌아가셨다. 아! 기 사년의 일(기사환국)은 천년이 지나도 오히려 눈물을 흘리게 할 것이니, 하물며 나의 마음이겠는가?

　노강 서원(鷺江書院)은 강에 임해 있어 눈앞의 경계가 특히 아름다웠 다. 다만 집과 지붕이 몹시 황량하고 퇴락하여 사림(士林)의 수치라 할 만 했다. 그 서쪽은 사육신의 사당인데 새로 보수하여 아주 깔끔했다. 우러러 배례한 뒤에 길가에 줄지어 선 세 무덤을 보니 격렬한 생각과 강 개한 마음이 일어나 그칠 줄을 몰랐다. 예전에는 작달막한 돌에 '성씨지 묘(成氏之墓)', '이씨지묘(李氏之墓)'라고 써 두었는데 지금은 그마저 볼 수 가 없다. 허목과 남구만이 지은 묘비가 있지만 허목의 글은 사육신이 원 통함을 씻기 전에 지은 것이라 감히 드러내 놓고 표장하지 못하고 '의총 비(疑塚碑)'라 했다. 그 사람과 문장이 쓰기에 부족하고, 남구만은 또 장릉(莊陵)에 관한 논의를 극구 막았으니 사육신이 그의 문장을 즐겨 받겠는가? 선친이신 정랑공(正郎公)께서 일찍이 건물을 관리하는 일을 맡았을 때 선배에게 비문을 구하여 그 일을 이루려 했는데, 글이 미처 나오기 전에 선친께서 자리에서 물러났고, 또 얼마 뒤 세상을 떠나셔서 일이 마침내 중단되었다. 아! 지금의 군자로 여태도 이 일을 생각하는 자가 있겠는가?

자하동(紫霞洞)을 찾아가 삼막사(三幕寺)에서 자려고 길에서 만난 사람에게 절로 올라가는 길을 물었다. 그가 길 왼편의 한 골짜기를 가리키며 말했다.

"이것이 바로 삼막사로 가는 길이지만 험하고 가팔라서 가기가 어렵습니다. 금천읍(衿川邑)을 거쳐 송현(松峴)을 넘어서 가면 길이 자못 평탄하여 말 타고도 갈 수가 있습니다."

그의 말대로 금천읍으로 가는 길을 택했다. 날이 오래 가물어 보리가 말라 있었다. 고개를 돌려 산마루를 보니 구름 기운이 있었다. 내가 말했다.

"우리가 오늘 만약 비에 젖을 수 있다면 참으로 다행이겠습니다."

그러자 국보 씨가 말했다.

"온몸이 다 젖는대도 어찌 꺼리겠는가?"

말이 채 끝나기도 전에 비가 흩뿌렸다. 사방 산이 수묵화처럼 흐릿해지더니 숲의 나무는 어느새 자옥하게 빛깔이 되살아났다. 내가 말했다.

"농부에게 단비가 될 뿐 아니라 우리가 유람하는 흥취에도 큰 도움이 되는군요."

이윽고 비는 차츰 거세져 일행이 모두 비옷을 입었다. 국보 씨도 비옷을 입더니 이렇게 말했다.

"온몸이 다 젖어도 꺼리지 않겠다는 말은 공연한 빈말이었군그래."

서로 보며 한바탕 크게 웃었다.

정오가 지나면서 배가 고파서 말채찍을 빨리 놀려 읍에 있는 주막에 들어갔다. 국보 씨가 말했다.

"막 지나온 숲과 계곡이 은은하여 기이함이 있는 듯하니 우리가 벌써 자하동을 지나쳤을까 걱정이오."

주막 주인에게 물어보니 과연 그랬다. 우리는 다만 자하동이 삼막사 가는 길에 있는 줄만 알았지 험한 길을 따라 들어가야 자하동에 이르게 될 줄은 몰랐던 것이다. 점심을 먹고 길을 나서니 비가 잠깐 흩뿌리다가 그치곤 해서 산이 점점 더 아름다웠다. 내가 말했다.

"배부른 뒤에 경물을 보니 그제야 좋은 점을 알겠습니다. 이제부터는 굳이 말을 타고 유람을 나설 게 아니라 그저 집에서 밥을 배불리 먹기만 하면 그곳이 바로 좋은 경치인 게지요."

모두 깔깔대며 크게 웃었다.

송현을 넘자 바위 골짜기의 경치가 점점 아름다워졌다. 산중에 길 물을 사람이 없어서 멀리 산등성이를 바라보니 수풀이 울창하여 그 아래에 틀림없이 절이 있으리라 짐작되었다. 한길을 따라 계속 올라가니 과연 삼막사였다. 앞쪽 누각이 서해에 임해 마치 연못과 같았다. 화창하게 갠 날에는 장관일 듯했다. 다만 해묵은 나무가 그 앞을 가로막아 잘라 내고 싶었다. 동쪽 요사채에서 잠을 자는데 밤새 비가 내렸다.

아침밥을 먹고 산을 내려오니 비가 조금 그쳤다. 계곡 물이 세차게 앞다투듯 흘러 말에서 내려 자주 쉬었는데 옷이 젖는 괴로움은 느끼지 못했다. 안양 쪽 길을 택해 월곡에 도착하자 날이 이미 저물었다.

해설

29세 때인 1728년 족형과 서제를 동행 삼아 세 사람이 함께 말을 타고 노량진을 거쳐 금천(衿川, 지금의 시흥) 길로 관악산 삼막사로 가서 하룻밤을 묵고 안산(安山)의 월곡까지 간 1박 2일의 짧은 여행기이다.

앞부분에는 노량진에서 박태보의 사당에 참배하게 된 일을 계기로, 1689년 장희빈의 득남으로 경신대출척 때 몰락했던 남인이 정치 전면에 나서면서 일어난 기사환국(己巳換局) 당시를 회고하는 소회를 적었다. 박태보와 오원의 조부인 오두인(吳斗寅)은 인현 왕후의 폐위를 반대하다가 고문을 당해 유배 도중 죽었다.

박태보를 모신 노강 서원의 퇴락한 모습과 그 곁 사육신 사당의 멀끔한 겉모습을 견주고 무덤에 작은 빗돌마저 사라진 현실을 부끄러워했다. 또 남인인 허목과 남구만의 비문이 격에 맞지 않게 새겨져 있는 것을 개탄해 노론의 시각을 명확히 드러냈다.

이어지는 글은 일정의 소개로 이어진다. 두 개의 에피소드를 끼웠다. 가물어 바싹 마른 보리를 보고 비를 바라는 말을 했다가 온몸이 젖을 만큼 많이 오자 비옷을 꺼내 입으며 앞서 비를 바라던 마음이 빈말이었다고 웃는 얘기와, 배가 고파 길을 서두르다 자하동을 놓치고 배가 부른 뒤에야 경물의 아름다움이 눈에 들어온 사연을 적어 배가 불러야 좋은 경치도 눈에 들어온다고 웃는 내용이 그것이다.

글에 군더더기가 없어 담백한 행문의 솜씨를 보여 준다. 의리의 준절함을 환기하면서도 유머를 잃지 않았다.

무심한 나의 시 題詩稿後

덕이 높은 사람은 무심한 법이다. 하지만 무심을 기필한다면 진정한 무심은 아니다. 저절로 없어지면 무심이고 우연히 있게 되면 유심한 것이야말로 진정한 무심의 경지다. 나는 천성이 산을 좋아하고 벗을 좋아하며 술을 좋아한다. 시도 좋아하나 까닭 없이 짓지는 않는다. 산에 오르고 물가에 임하면 시를 짓고, 벗을 보면 시를 지으며, 술이 있으면 시를 짓는다. 많이 지으려 들거나 잘 지으려 하지도 않는다. 바야흐로 흥이 모이고 생각이 떠올라 무심히 편 것을 일찍이 유심하게 하지도 않았고, 유심히 이룬 것을 굳이 무심하게 하려 들지도 않았다. 이 때문에 이렇게 해서 좋은 것도 있고 좋지 않은 것도 있었다. 좋은 것은 굳이 기록해 두고 좋지 않은 것 또한 버리지는 않았다. 보려 하는 사람이 있으면 굳이 숨기지 않았고 좋다고 칭찬하면 기뻐했다. 좋지 않은 점을 지적하면 기꺼이 따랐다. 빼어난 재능도 기이한 기운도 없는데 그 마음 씀마저 이렇고 보니 사람들이 진실로 귀하게 여기지 않을 테고 나 또한 자신하지는 못하겠다. 천기(天機)의 자연스러움을 아는 이는 알 것이다.

해설

191자로 된 짤막한 글이다. 자신의 시고(詩稿)를 묶고 그 뒤에 소감 대신 쓴 글이다. 키워드는 무심(無心)이다. 무심은 작위함이 없는 마음이다. 반대말은 유심(有心)일 텐데 글쓴이는 유심이니 무심이니를 따지는 구분 자체가 무심과 거리가 있다고 말한다. 유무의 분별 자체에 연연하지 않는 것이 그가 말하는 진정한 무심이다.

오원은 자신의 시가 흥을 만나고 생각이 떠오를 때 자연스럽게 흘러나온 것이라고 했다. 그것을 한마디로 압축하면 끝에서 말한 '천기(天機)의 자연스러움'이다. 잘 지으려는 욕심도 없고 나쁘다고 버리지도 않는다. 보여 달라면 보여 주고 칭찬을 들으면 기뻐하며 잘못을 지적하면 기꺼이 따른다. 끝에서 아는 이는 알 것이라는 말로 자신의 시작에 대한 은근한 자부를 비쳤다.

말은 마음의 소리다   無言齋記 丁未

내 친구 홍순보(洪純甫)는 사람됨이 깨끗하고 명민하여 나아가 행하는데 재빠르다. 거처하는 방에 '무언재(無言齋)'란 이름을 내걸고는 뜸을 들이더니 내게 이렇게 말했다.

"내 병통은 침묵하지 못하는 것일세. 내가 내 방에 이것을 이름으로 삼은 것은 또한 옛사람이 무두질한 가죽을 차고 다니며 경계했던 것과 같다네. 자네가 글로 권면해 주겠는가?"

내가 그러마고는 했지만 여태 짓지 못했는데 늦장을 부린 것이 아니라 순보의 생각을 얻지 못했기 때문이었다.

대저 말이란 마음의 소리다. 정신과 생각은 말이 아니고는 통하지 못하고 선악과 시비는 말이 아니면 드러낼 수가 없다. 도덕과 인의도 말이 아니고는 드러나지 않는다. 이것이 숙손표(叔孫豹)가 세 가지 썩지 않을 사업인 삼불후(三不朽)를 논하면서 이른바 입언(立言)을 입공(立功)과 입덕(立德)과 나란히 일컬었던 이유다. 이제 사람으로 하여금 그 입에 아교칠을 하고 그 혀를 묶어 우물거리게만 한다면 또한 어찌 이 사람이 하는 것을 쓰겠는가?

옛날 공자께서는 무언(無言)하고자 하셨다. 대개 하늘이 깊고 고요해도 사시(四時)와 만물이 그 도를 얻는 것처럼 성인의 과화존신(過化存神)

하는 덕은 말을 기다리지 않고도 행하여진다. 이 같은 경지는 공자께서도 못 하셨다. 순보는 아직 부족한 초학이거늘 어찌 감히 이 문제를 의논하겠는가? 옛사람은 말하는 것을 꺼려 세 번 입을 봉한 금인(金人)과 입을 막은 노자처럼 각별히 경계한 일이 있었다. 하지만 이 또한 온몸으로 근심을 피하려는 데서 나왔고 개인의 사사로움에 치우치고 말았으니, 성인의 중도에 맞는 지극히 바른 법도는 아니다.

순보가 장차 벼슬길에 나가 세상을 위해 쓰여 국가를 위해 충성과 지모(智謀)를 다하게 되면 또 여기에서 무엇을 취하겠는가? 그렇다면 순보의 뜻은 과연 어디에 있는 걸까? 이미 생각하여 그 주장을 얻고 나면 사람은 진실로 말이 없을 수가 없고 또한 말을 삼가지 않을 도리가 없다. 공자께서 민자건을 칭찬하여 이렇게 말씀하셨다. "저 사람은 말을 하지 않지만 말을 하면 반드시 이치에 맞게 한다." 공명가(公明賈)는 공숙문자(公叔文子)를 이렇게 칭찬했다. "말할 때가 된 뒤에 말하므로 사람들이 그 말을 싫어하지 않았다." 지금 순보의 무언은 진실로 말을 하지 않으려는 것이 아니라 그 입에 가릴 말이 없게 하려는 것이다.

대저 말을 가릴 것이 없게 되면 비록 하루에 수백 수천 마디의 말을 해도 또한 어찌 무언이 되는 데 해가 되겠는가? 하지만 오직 입으로 사단을 일으켜서 혀가 사마(四馬)보다 빠르게 되면 이치에 맞는 말은 적고 이치에 맞지 않는 말이 많아지며, 때에 맞는 말은 적게 되고 때에 맞지 않는 말은 많아지게 마련이다. 마음에 후회가 생기고 몸에 해가 미치는 것이 종종 말이 빌미가 되곤 한다. 이것이 바로 옛 성현들이 부지런히 주머니의 주둥이를 묶고 입을 단속하는 것으로써 사람들을 가르쳤던 이유다.

내가 순보의 자질을 살펴보니 대개 명민하고 민첩함은 뛰어나지만 가

라앉혀 진중함은 부족하다. 이제부터 통렬하게 스스로를 경계하고 반성하여 편협한 지점을 극복하고, 무언을 기약하기보다는 오직 말 많음을 염려해야 그 뜻이 또한 절실하지 않겠는가? 나는 일찍이 이렇게 말한 적이 있다. "해서 안 될 말을 하면 진실로 입의 허물이 된다. 말해야 할 때 안 해도 그 허물이 똑같다." 이는 맹자가 사람을 말로 꾀는 것을 경계한 까닭이다.

나는 순보의 무언이 집에 있을 때는 기쁘게 효자(孝慈)와 우제(友弟)를 말하고, 벗과 함께해서는 즐거이 충신과 도의를 말하며, 벼슬에 나아가 조정에 섰을 때는 기탄없이 군주의 잘잘못과 조정의 득실을 말하여서, 말을 하면 반드시 시행될 수 있도록 하고 행하면 반드시 말로 할 수 있게 했으면 좋겠다. 이 밖에 무익한 말은 본받지 않아 입과 혀로 한 번도 내지 않는다면 장차 덕행과 공업이 찬란히 빛나 썩지 않고 성대해짐을 보게 될 것이니, 또한 구구한 말을 기다리지 않아도 될 것이다. 이와 같을진대 순보를 '무언재주인(無言齋主人)'이라 부른들 어찌 안 되겠는가?

하지만 사람의 말은 마음의 소리다. 그럴진대 입과 혀는 말을 잘하는 것이 아니다. 말을 하는 것은 마음이다. 이제 순보가 진실로 입의 허물을 없애려 한다면, 마땅히 먼저 마음의 허물 없애기를 위주로 해야 한다. 그리하여 내 작은 마음을 순수하고 바르고 편안하고 굳세게 해서 무릇 사악하고 망령되며 성급하고 어지러운 생각이 그 사이에 조금도 틈타지 못하게 한다면 입에서 나와 말이 되는 것을 가려서 하려 들지 않아도 가릴 만한 것이 없게 될 것이다. 묵묵히 알아서 힘써 나간다면 비록 이로 말미암아 위로 공자의 무언의 경계를 엿본다 한들 누가 막을 수 있겠는가?

진실로 먼저 그 마음을 다스려 억지로 제어하지 않고 뺨과 혀와 이와 어금니 사이에서 입을 막고 세 번 봉한 것처럼 하는 것은 그 근원은 넘치게 둔 채 그 지류를 막으려 하는 것이니 무슨 보람이 있겠는가? 속담에 "백성의 입을 막는 것이 시내를 막는 것보다 어렵다."라고 했는데, 나는 "내 입을 막는 것 또한 시내를 막는 것보다 어렵다."라고 하련다. 순보는 의당 이것을 살펴야 할 것이다.

순보가 이미 '무언(無言)'으로 방의 이름으로 삼고 내게 굳이 글을 청했다. 순보가 남을 대우하는 것과 자신을 대우하는 것이 어찌 다르겠는가? 만약 내 행실을 닦지 않고 내 몸에는 미치지 못한 채로 한갓 언어와 문자로 스스로를 절실하게 권면하는 도리에다 붙인다면 얼굴에 홀로 부끄러움이 없겠는가? 하지만 순보의 진실한 마음을 내가 그저 둘 수가 없어서 부끄러운 글임을 잊고서 굳이 이처럼 말하였다. 순보는 사람 때문에 말을 폐하지 말기 바란다. 정미년 봄에 오백옥이 쓴다.

해설

1727년 젊은 날의 벗인 홍계희(洪啓禧, 1703~1771년)의 무언재(無言齋)를 위해 지어 준 기문이다. 홍계희는 본관이 남양, 호는 담와(淡窩), 시호가 문간(文簡)이다. 1750년 병조 판서로 있으면서 균역법(均役法)의 시행에 힘쓰는 등 시무에 밝고 경세치용에 관심이 많았던 실천적 지식인이었다. 권력을 좇은 처신 탓에 후대의 평은 그다지 좋지 않다. 젊은 시절 홍계희가 자신의 말 많음을 경계하려고 당호를 무언재로 짓고 기문을 청했다. 그러나 그는 좀체 글을 지을 수가 없었는데 그 까닭은 벗의 의도를 제대로 읽을 수가 없었기 때문이었다.

공자도 『논어』에서 "나는 말이 없고자 한다.(余欲無言.)"라고 말한 적이 있다. 이 말은 무언(無言)이 그만큼 힘들다는 뜻이다. 사람은 사회적 동물인지라 말없이는 살 수가 없다. 말 때문에 문제가 생긴대서 아예 말을 안 한다면 문제가 더 커진다. 요컨대는 말을 하지 않을 것이 아니라 할 말만 하는 것이 중요하다. 그래서 오원은 말과 행동이 민첩하나 진중함이 부족한 홍계희에게 무언보다 무택언(無擇言)을 권유했다.

말실수를 줄이려면 입을 단속할 것이 아니라 마음을 간수하는 것이 먼저다. 억지로 입만 막으려 들지 말고, 말할 때 말하고 말하지 말아야 할 때 입 다무는 분별력을 마음공부를 통해 기른다면 그야말로 무언재 주인이 되기에 부족함이 없으리라고 축복의 말을 건넸다.

비슷한 구문이 반복되는 동안 단계를 밟아 생각이 증폭된다. 중간중간 적절한 인용으로 논지에 힘을 보탰다. 끝에서는 이 말이 홍계희에게만 해당되지 않고 자신에게도 해당되는 말임을 천명해서 말끝을 살짝 눌렀다.

아버지와 『소학』　　讀小學 戊戌

기억해 보니 내 나이 일곱 살 때 아버지께서 『소학』 책을 주셨다. 농암 선생께서 듣고 편지를 보내 이렇게 말씀하셨다. "옛사람은 여덟 살에 『소학』에 입문했는데 너는 능히 한 해 앞섰으니 기특하구나. 물 뿌리고 청소하며 응하고 대답하며, 어버이를 사랑하고 어른을 공경하는 법을 한결같이 그대로 따르도록 해라." 하지만 그때는 너무 어리석어 입으로만 읽었지 마음으로 그것이 무슨 말인지 살피지 못했다. 이 때문에 자제로서 해야 할 직분을 빠뜨린 것이 많았다.

열여섯 살 때 우연히 이 책에서 말한 "드러나지 않은 것에서 보고, 들리지 않는 것에서 듣는다."라는 구절에 서글프게 깊이 느낀 바가 있어 혼자 이렇게 생각했다. 자식이 어버이를 섬김을 지극히 하지 않을 수 없음이 이와 같다. 소략한 예절의 효로는 진실로 도를 다하기에 부족하다. 하물며 소략한 예절조차 제대로 올릴 수 없는 자야 말해 무엇하겠는가? 이로 인해 슬프고 부끄럽고 두려워 『소학』의 내·외편을 다시 다 읽고, 이를 통해 앞서의 행동을 바꾸고자 하였다. 하지만 불행히도 아버님께서 나를 버리고 떠나셔서 마침내 몸을 마칠 때까지 지극한 아픔을 품고, 죽어서도 불효한 죄를 갚을 수 없게 되었다.

매번 이 책을 읽을 때면 부끄럽고 애통해하지 않은 적이 없었다. 하지만 자진할 곳에서 오히려 삼년상을 치렀으니 또 생을 탐하고 죽음을 아까워하여 예법과 같이 하지 못하였다. 더욱이 오늘에 이르러 최마복(衰麻服)마저 몸에서 벗어 버렸다. 나는 아마도 길이 이 책의 죄인이 될 것이다.

하지만 가만히 책을 살펴보니 이런 내용이 있었다. "죽은 자 섬기기를 산 자를 섬기듯이 한다." 또 "부모가 돌아가신 뒤에는 그 자식의 행동을 본다."라고 했다. 아! 내가 스스로 권면하여 조금이나마 그 죄를 속죄할 것은 오직 이것뿐이다. 힘쓰고 힘쓸진저. 무술년(1718년) 시월 열사흗날 월곡의 병사(丙舍, 묘막)에서 울면서 써서 스스로를 경계한다.

해설

19세 때 쓴 글이다. 아버지의 삼년상을 치른 뒤 일곱 살 때 아버지가 준 『소학』에 얽힌 추억을 되새기고 효를 다하지 못한 채 일찍 돌아가신 아버지에 대한 회한을 담담하게 술회했다. 책을 처음 읽기 시작할 때 받았던 외조부 김창협의 축하 편지를 인용했다. 이후 16세 때 깊은 울림을 느껴 다시 읽어 실천에 옮기려 했지만 부친의 갑작스러운 서거로 그 기회조차 갖지 못한 것을 안타까워했다. 삼년상까지 마친 지금 몸가짐을 더욱 삼가 살아생전 못다 한 효를 이로써 대신하겠노라고 다짐했다.

서사의 기승전결이 또렷하고 생각을 발전시키는 단계가 정연하다. 자신을 두고 길이 이 책의 죄인이 될 것이라고 말한 대목에 깊은 울림이 있다. 본래 제목은 『소학』을 읽다가(讀小學)'이지만 사실은 삼년상을 마치면서 아버지의 영전에 올리는 자기 다짐의 내용이다.

황경원

黃景源

1709~1787년

본관은 장수(長水), 자는 대경(大卿), 호는 강한유로(江漢遺老), 시호는 문경(文景)이다. 1727년에 생원이 되고 1740년에 증광 문과에 급제한 뒤 대사성, 대사간, 대사헌 및 각 조의 판서 등 요직을 두루 거쳤다. 58세 때인 1766년에는 문형이 되어 당대의 문풍을 관장하고 문화 정책을 주도했다. 도암 이재의 문인이다.

노론 낙론 계열의 문인 학자들이 주도해 온 조선 후기 산문사에서 도곡(陶谷) 이의현(李宜顯)과 연암(燕巖) 박지원(朴趾源)의 중간 단계인 18세기 초중반에 걸쳐 문단의 우이(牛耳)를 잡았다. 진암 이천보, 뇌연 남유용, 월곡 오원과 함께 사가(四家)로 일컬어졌으며, 특히 남유용과 더불어 남황(南黃)으로 병칭될 정도로 문장가로 이름이 높았다.

『동문집성(東文集成)』을 엮은 송백옥은 "박실하여 화려하지 않고 풍부하나 제멋대로는 아니다.(樸而無華, 富而不肆.)"라고 했고, 미산(眉山) 한장석(韓章錫)은 "수사를 아름답게 하다 보면 폐단 또한 배가된다. 드넓음을 지향하다 보면 정체되기 쉽고, 간결함을 숭상하다 보면 비쩍 마르게 되며, 고상함을 추구하다 보면 평탄함을 잃게 되고, 규모를 크게 하다 보면 마땅함이 없게 되며, 법만 따르다 보면 막히게 마련이다. 예로부터 작가 가운데 이런 폐단을 밟지 않은 자가 드물었다. 그런데 강한의 문장에는 다섯 가지의 아름다움만 있고 그 폐단은 없다. 근세 우리나라의 문장이 아니니, 비록 중국의 옛 대가에 견줄지라도 반드시 많이 양보하지 않을 것이다.(修辭之美, 弊亦乘之. 騖博易泥, 尙簡近枯, 趨高失坦, 大則無當, 一於法則僿. 自古作者, 鮮有不蹈此病者. 江漢黃公之文, 有五者之美而無其弊焉, 非近世東方之文. 雖方之於中國古大家, 必不肯多讓也.)"라고 평가했다. 그러나 양한(兩漢)의 고문을 혹애(酷愛)하고 명나라에 대한 대의명분을 지나치게 강조함으로써 박지원으로부터 "갓을 쓰고 옥띠를 두르고 있지만 길가에 쓰러져 있는 시체와 같다.(冠冕佩玉, 而爲道旁僵屍.)"라는 혹평을 듣기도 했다.

예학에 밝고 서예에도 능하였다. 장정옥(張廷玉)이 지은 『명사(明史)』에 홍광제(弘光帝) 이하 3제(帝)가 누락되어 있음을 보고 『남명서(南明書)』를 편찬했으며, 명나라에 절의를 지킨 조선 사람들에 대해 기록한 『명조배신고(明朝陪臣考)』를 지었다. 문집으로 『강한집(江漢集)』이 있다.

순천군의
아름다운 풍속

清遠樓記

패수(浿水)가 동쪽으로 낭림산(狼林山)에서 나와 서쪽으로 오백삼십 리를 흘러 순북강(順北江)이 된다. 위로 사탄(斜灘)이 있고 아래에는 기탄(岐灘)이 있다. 남쪽으로 흘러서는 성암진(城巖津)이 되어 우연(禹淵)으로 들어간다. 순천군(順川郡)은 순강과 기탄의 북쪽에 있다. 그 동쪽에는 용주산(龍駐山, 용주산(龍住山)이라고도 함)이 있고, 서쪽에는 봉서산(鳳棲山)이 있다. 패수가 역류하여 위로 흐르는 것과 순류하여 아래로 흐르는 것으로 말미암아 돛단배가 서로 잇달아 모두 두 산의 사이에서 나온다. 군의 남쪽에 청원루(清遠樓)란 누각이 있다. 산수가 맑고도 고원한 까닭이다.

순천군은 과거 당나라 안동부에 속하였다. 안동은 당나라 고종이 설치한 곳이다. 총장 원년(668년)에 고구려의 마흔두 주를 취하고는 좌위위대장군(左威衛大將軍) 설인귀(薛仁貴)에게 명하여 군사 이만을 이끌고 가 이곳에 진을 설치하게 하였다. 총장 이래로 땅이 중국에 편입되었지만 삼십 년이 되도록 고구려의 민속은 오히려 바뀌지 않았다.

그런데 이제는 우리나라에서 예악을 닦아 밝히고 도덕을 드높여 지금까지 삼백오십 년이 되었다. 그래서 위항의 선비는 무력을 부끄럽게 여기고 유학을 사모하며, 먼 변방에 사는 사람들과 깊은 골짜기에 사는 백성들도 집에는 반드시 글방을 마련하고 마을에는 꼭 서당을 두어 주공과 공자의 책을 익히니, 땅은 중국이 아니지만 배우는 것은 중국과 같다. 어찌 성인이 위에 있어 백성이 스스로 변하여 중국이 된 것이 아니겠는가?

내가 은혜를 입어 이 군을 다스리게 되었는데, 산수가 맑고 고원함을 기뻐하였다. 그래서 이 누각을 짓고 제생들을 불러 그 위에서 잔치를 열어 술을 마셨다. 제생들이 읍양(揖讓)하고 주선(周旋)하며 부앙(俯仰)하고 진퇴하는 것을 보니 모두 예가 있었다. 그 행동을 살펴보면 자식은 그 부모에게 효도하고 아우는 형에게 우애하며, 그 거처를 둘러보면 백 리의 초가집 사이에 학사(學舍)가 서로 바라본다. 비록 땅이 중국에 편입되었을 때에도 교화가 여기에 이르렀다는 말은 듣지 못했다. 그러나 내가 일찍이 제생들을 권면한 것이 아니라 제생들이 배우는 것을 즐기느라 스스로 그만두지 않았던 것일 뿐이다.

무릇 작고 궁벽한 고을임에도 풍속의 아름다움이 나라 가운데 견줄데가 없다. 하지만 태수가 능히 이에 대해 적지 않으면 선왕의 위엄을 펼칠 수가 없다. 그래서 기문을 짓는다.

해설

이 글은 황경원이 36세 때인 1744년 평안도 순천 군수(順川郡守)로 재직하면서 쓴 기문(記文)이다. 청원루의 아름다움에 대한 묘사보다 관료로서 임금의 교화를 기리고 은덕을 칭송하려는 목적에서 지은 글이다. 청원군의 지리와 역사와 풍속을 짜임새 있게 구성하고 의미 맥락을 분명히 하여 주제를 선명히 드러냈다.

황경원은 먼저 순천군의 지리적 조건을 제시하는 것으로 말머리를 열었다. 순북강과 용주산 및 봉서산이 만들어 내는 조화로운 풍수가 순천군이 비록 작고 궁벽진 고을임에도 불구하고 풍속이 아름다울 수 있었던 외적 요인임을 설명했다. 이어서 과거 중국에 편입되어 있을 때와 조선에 편입되어 있을 때 순천군의 풍속 차이를 예악과 도덕을 통해 분명히 드러냄으로써 글의 주제를 보다 선명히 하였다. 그리고 황경원 자신이 직접 경험한 현재의 순천군 풍속을 덧붙이고 그것이 임금의 교화에 힘입은 것임을 명확히 하여 한 편의 글을 완성했다.

이 글은 입의(立意)와 구성 면에서 구양수(歐陽脩)가 저주 자사(滁州刺史)로 있을 때 지은 「풍락정기(豊樂亭記)」와 꽤 닮아 있다. 「풍락정기」 또한 "임금의 은덕을 드러내고 백성들과 즐거움을 함께하는 것(宣上恩德, 以與民共樂)"이 자사의 일이라는 인식 아래 저주의 지리적 조건과 역사적 내력을 과거와 현재를 대비하여 보여 주는 방식을 취하고 있다. 이러한 전대 문장과의 동일성은 황경원의 문장에 자주 보이는데 이 때문에 간혹 "고아(古雅)하지만 당송팔가의 문장을 도습(蹈襲)한 흠이 있다."라고 비판받기도 했다. 황경원이 당송 고문, 그중에서도 구양수의 고문을 전범으로 삼아 체재를 운용하고 그 형식미를 체득하고 있었음을 잘 보여 주는 글이다.

육경의 글을 써라 　　與李元靈麟祥書

문장의 도는 선(仙)을 배우는 것과 다름이 없다네. 선을 배우는 것은 이령(耳靈)을 길러 천하의 소리를 듣지 않고, 목령(目靈)을 길러 천하의 사물을 보지 않으며, 심령(心靈)을 길러 천하의 변화를 다하지 않고, 구령(口靈)을 길러 천하의 일을 말하지 않는 것일세. 정(精)으로 응축하고 기(氣)로써 닦아 금석(金石)을 복용하지 않고도 연단(鍊丹)하고 초목을 먹지 않고도 우화(羽化)하게 된다네.

문장의 도는 귀의 총명을 다하여 천하의 소리를 다 듣고, 눈의 밝음을 다하여 천하의 사물을 다 보며, 마음의 지혜를 다하여 천하의 변화를 다 궁구하고, 입의 말 잘함을 다하여 천하의 일을 다 말하는 것이라네. 정(精)으로 모아 기(氣)로써 쏟아 내면 귀신도 오묘하다 할 수 없을 정도로 미묘하고, 별들도 밝다 할 수 없을 만큼 분명하며, 강과 바다도 가득 찼다 하기에 부족할 정도로 흘러넘치게 되네.

선(仙)과 문장은 그 길이 서로 반대지만 정(精)과 기(氣)가 환히 빛나스러지지 않는 것은 매한가질세. 하지만 선이란 것은 그 술법이 현묘하여 이루 다 따질 수가 없네. 먼저 깨달은 자는 멈출 데를 알지 못하고 뒤에 깨달은 자는 따를 바를 알지 못하니, 어찌 능히 신선이 될 수 있겠는가? 문장의 경우는 주공과 공자 이래로 육경(六經)의 도가 무궁하게 드리워져 있네. 그들이 살았던 시대는 비록 멀지만 그 정신이 호연하게 길이 보존된 것은 그 말이 육경에 남아 있기 때문일세.

족하는 궁하게 살면서도 산수를 좋아하여 장차 단양의 단선군(丹仙郡)을 유람할 거라는데 구담(龜潭)의 북쪽과 도담(島潭)의 남쪽을 두고 세상 사람들은 진짜 신선이 그 사이에서 노닌다고들 하지. 하지만 『춘추전』에서 죽어서도 썩지 않는 것 세 가지를 말했으니, 입언(立言)이 그 하나에 해당하네. 지금 족하는 단양군에 들어가지 않았고 육경에는 진선(眞仙)이 있네. 어찌하여 구담과 도담에 배를 띄워 신선이 되는 기술을 구한단 말인가?

해설

조선 후기 대표 문인 화가인 이인상(李麟祥, 1710~1760년)에게 준 편지다. 보낸 시기는 분명치 않으나 이인상이 단양에 은둔하여 구담 가에 다백운루(多白雲樓)를 지었던 때인 1750년 즈음에 보낸 편지로 보인다. 짧은 편폭 속에 비교와 대조의 방식으로 자신의 의도를 선명하게 드러냈다.

이 편지에서 황경원은 선(仙)과 문장을 비교해서 논했다. 그 뜻은 세상에 대한 관심을 끊고 단양으로 은둔하려는 이인상을 만류하려는 데 있다. 문장은 이목구심(耳目口心)의 기능을 최대한 끌어올려 세상의 소리를 듣고 사물을 보며 변화를 궁구해서 세상의 모든 일에 대해 말하는 것이다. 그러자면 육경(六經)을 바탕으로 정(精)과 기(氣)를 길러야 한다. 이처럼 문장은 세상을 꼼꼼히 보고 제대로 살피는 데 중요한 역할을 한다. 신선술은 이와 반대로 세상을 버려 관심을 끊는 데서 성취를 이룰 수 있다. 어느 편이 가치가 있나? 황경원이 세상을 버리고 숨으려는 이인상에게 던지는 질문이다.

황경원은 문장에 명성이 높았지만 진한 이전의 문장만 좋아한다는 비판을 받았다. 하지만 그는 일반적인 의고파(擬古派) 문장가들과 달리, 육경의 정신을 구현하고 있는 당송 이후의 문장도 전범으로 인정했다. 황경원은 송나라의 문장가 중 구양수와 증공만을 인정하고 소식을 배제했다. 육경의 전범성과 무관하지 않다.

편지를 받은 이인상은 본관이 전주, 자는 원령(元靈), 호는 능호관(凌壺觀) 또는 보산자(寶山子)다. 3대에 걸쳐 대제학을 낳은 명문 출신으로 이경여(李敬輿)의 현손이기도 하다. 다만 증조부 이민계(李敏啓)가 서자였기 때문에 관료로서는 크게 현달하지 못했다. 하지만 시문과 학식이 뛰어나 당대 명류들의 존경을 받았고, 후대 문인 화가들에게 지대한 영향을 끼쳤다. 서화로 「원령첩(元靈帖)」과 「능호첩(凌壺帖)」이 전하고, 문집으로 『능호집(菱湖集)』이 남아 있다.

여보, 미안하오

又祭亡室
貞敬夫人沈氏文

젊은 시절 내가 배를 놓아 백마강에 띄웠다가 병을 얻어 강 위 마을에 앓아누웠더랬소. 어머님께서 황급히 시골집에 오셔서 내 병을 돌보시며 당신에게는 아버님을 곁에서 모시게 했소. 밤중에 아버님이 거처하시던 방에서 실수로 불이 나 아버님의 병이 위독해지자 당신 홀로 눈물을 흘리며 약을 올렸소. 내가 아들이지만 부모의 임종을 지키며 정성을 다한 것만큼은 당신에게 못 미치오.

처음에 고우(故友) 송문흠(宋文欽) 공과 함께 고문사(古文詞)를 익힐 적에 내가 사마천과 한유의 문장에 골몰해서 이따금 한 달씩 머리조차 빗지 않곤 했소. 송 공이 집에 왔다가 계집종을 불러 당신에게 이렇게 고했소. "지아비가 머리를 빗지 않은 지가 오래입니다. 어째서 지아비를 위해 머리를 빗어 주지 않는가요?" 당신이 사과하며 말했소. "지아비가 문장에 마음을 쏟고 있으니 비록 집사람이라도 머리를 빗어 줄 수가 없습니다."

아버지께서 돌아가시고 나서(1728년, 20세) 상기(喪期)를 마쳤는데도 잠자리를 함께하지 않은 것이 또 일 년이었소. 고우인 오원 공이 와서 내게 이렇게 말하였소. "자네는 형제가 없는데 아들마저 없게 되면 황씨는 대가 끊기고 마네. 어째서 일 년이나 잠자리를 함께하지 않는단 말인가?" 그 뒤 당신이 병에 걸려 마침내 달거리가 끊기는 바람에 죽을 때까지 아들이 없었소. 나는 매번 오 공의 말을 떠올릴 때마다 안타까워 뉘우치고 구슬피 슬퍼하지 않은 적이 없었소.

내가 역질을 앓아 성 남쪽에 있을 때 친척과 빈객 중에 한 사람도 생사를 묻는 이가 없었는데 오직 고우 이천보 공이 찾아와 살펴보아 주었소. 그와 함께 문장을 논하면서 날이 저무는 줄도 몰랐다오. 당신은 불을 때고 돌아가신 어머님은 밤을 구워 이 공을 대접했었소. 그 뒤로 이 공은 남들에게 얘기할 때면 반드시 돌아가신 어머님과 당신의 어짊을 칭찬하곤 했다오.

내 집이 가난하여 간혹 종일 밥상을 차리지도 못하였소. 그럴 때면 당신은 시집올 때 가져온 예물을 팔아서 내게 먹을 것을 챙겨 주었소. 나중에 내가 순천 군수가 되면서 월급을 죄다 당신에게 주었소. 당신이 갑작스레 궁핍을 벗어나게 되었지만 반드시 경우에 맞게 썼을 뿐 함부로 쓰지는 않았소. 늙은 계집종이 당신에게 말했소. "한 고을의 녹봉을 독차지하시면서 어째서 무늬 있는 비단옷을 입지 않으십니까?" 당신이 울면서 이렇게 말하였소. "내가 일찍이 시집올 때 가져온 예물을 팔아 지아비의 밥상을 차렸네. 이제 비록 한 고을의 녹봉을 받는다 해서 어찌 감히 무늬 있는 비단옷을 입겠는가?"

내가 귀해지고 나서도 당신은 여전히 거친 음식을 부서진 소반에 올렸소. 국만 있고 장은 없으며 밥만 있지 생선은 없었소. 내가 이를 안쓰럽게 여겨 당신에게 말했소. "내가 조정에서 벼슬을 하고 있으니 우리 부부의 의복과 음식이 넉넉할 것이오. 당신이 먹고 입는 것이 어찌 이와 같은 게요?" 그러자 당신이 말했다오. "젊은 시절의 빈천을 생각하면 이 소반 하나도 오히려 많다고 여겨집니다. 사치함을 어찌 구하겠습니까?"

내가 예물로 받은 비단으로 당신의 옷을 짓자고 하자 당신은 손수 대나무 상자에 보관해 두었다가 문득 내 옷을 지었더랬소. 다만 한 필로 치마를 지으려 했는데 치마가 완성되기 전에 당신은 세상을 뜨고 말았 구려. 이것이 내가 슬퍼하는 까닭이라오.

아! 슬프다. 흠향하시게나.

해설

죽은 아내를 애도하며 쓴 제문이다. 먼저 세상을 뜬 아내를 향한 그리움 과 애틋함, 지난 일에 대한 후회와 미안함의 복합적 정감이 녹아들어 있 다. 황경원은 1724년(16세)에 심철(沈澈)의 딸을 아내로 맞아 1778년(70세) 까지 54년 동안 함께했다. 황경원이 곤궁하던 시절에도, 높은 관직에 오 르거나 유배지를 떠돌 때도 변함없이 배려와 검약으로 그의 곁을 지켰던 사람이 바로 청송 심씨였다.

황경원은 '유세차(維歲次)'로 시작하는 제문의 형식적 도입 부분을 과 감히 생략하는 대신 아내와 함께한 시간 속에서 특별히 고맙고 미안했던 장면을 호명해서 마치 죽은 아내와 대화를 나누듯 하나하나 나열했다. 병을 앓던 자신을 대신해 아버지의 마지막을 성실히 보살폈던 일에서 고 운 비단 치마 하나 제대로 입혀 주지 못하고 떠나보낸 마지막 이야기까지 툭툭 던지듯 열거했다. 때문에 언뜻 보면 단락 간 연결이 매끄럽지 못한 느낌마저 든다. 하지만 자신의 잘못된 생각으로 끝내 자식을 갖지 못한 아내에 대한 미안함과 후회를 말해 아내를 향한 자신의 마음을 곡진하게 드러냈다. 글이 화려하지 않고 소박하지만 슬픈 정감을 표현하는 제문의 본질에 가장 충실한 글이기도 하다. 소박함으로 감동의 긴 여운을 준다.

조선과 명나라의 공존　　　明陪臣傳序

한 나라가 보존되어야 천하에 오래도록 안정될 형상이 있게 되고, 한 나라를 잃으매 천하에는 반드시 망할 기미가 있게 된다. 대개 작고 큰 나라가 서로 얽혀 있는지라 그 형세가 혼자만 온전할 수가 없기 때문이다.

평수길(平秀吉, 도요토미 히데요시)은 장차 요동을 침범하려고 먼저 속국을 도륙했다. 그 토지를 탐내서 병합하려 한 것이 아니요, 그 부녀와 옥백(玉帛)을 이롭게 여겨 이를 취하려 한 것도 아니다. 바로 대명(大明)을 번국(藩國)으로 보좌하는 것을 미워했기 때문이었다. 속국이 편안하면 대명 또한 편안하고, 속국이 위험하면 대명 또한 위태롭다. 이 때문에 평수길이 정예병을 모두 이끌고 부산을 나와 조령 관문을 넘어 한강 사이에 머물며 주둔했다. 성벽과 보루가 서로 잇닿아 서쪽으로 패수에 이르고 북쪽으로 귀문(鬼門)에까지 가 닿았으니 반드시 동쪽의 울타리 되는 나라를 평정하여 대명을 약화시키고자 해서였다.

아! 청인이 남한산성을 포위한 것 또한 평수길의 뜻이 있는 걸까? 「요동도(遼東圖)」를 살펴보면 봉황성(鳳皇城)에서부터 심양까지는 겨우 사백 리다. 청인들이 비록 삼하(三河)를 건너 연운(燕雲, 연주와 운주의 합칭으로 북경 지역을 가리킴) 지역까지 깊이 들어가고자 했지만 그 근심은 심양에 있었다. 이유는 무엇인가? 심양은 의주의 북쪽 경계와 아주 가까우니 만약 의주에서 재빠른 기병을 보내 곧장 그 소굴을 공격하면, 청인들은 앞으로 나가지도 못하고 뒤로 물러나지도 못한 채 산해관(山海關) 밖에서 배회할 테고 심양은 이내 잿더미가 될 것이다. 이런 까닭에 대명을 침범할 수 없을까 근심한 것이 아니라 이웃 나라 조선과 친하지 못할까 근심했고, 이웃 나라 조선과 친하지 못할까 근심한 것이 아니라 학사 대부들이 굴복하지 않을까 근심했다. 그래서 바야흐로 남한산성을 포위하여 한 달 동안 풀지 않은 것이다. 열황제(烈皇帝)가 총병관(總兵官)을 불러 홍범(洪範)을 늘어놓고 여러 진압 병사를 거느리고 가서 구하려 했다. 하지만 홍범은 지체되어 행해지지 않았고, 청인들은 성의 포위를 더욱 옥죄어 학사대부 가운데 굴복하지 않는 자를 색출하여 마침내 홍익한(洪翼漢), 윤집(尹集), 오달제(吳達濟) 등 세 신하를 잡아갔다. 세 신하가 잡히고 나서 남한산성은 지킬 수가 없었다.

남한산성이 함락되자 산동 순무어사(山東巡撫御史) 안계조(顔繼祖)가 처음으로 주문(奏文)을 올려 동강(東江)을 지키라고 청하였다. 이는 한갓 동강이 중요한 것만 알고 속국의 중요성이 동강보다 더한 줄은 모른 것이다. 평수길이 평양을 함락했을 때 명나라 조정의 여러 신하들이 모두 '다른 나라를 위해 싸우는 것이니 중국의 군대를 수고롭게 하는 것은 합당하지 않다'고 여겼다. 하지만 신종(神宗)은 이를 듣지 않고 좌도독(左都督) 이여송(李如松)을 불러 병사 사만을 거느리고 패수를 건너 왜놈을 크게 무찔렀다. 무릇 칠 년 동안 해외로 수송하여 팔백만 냥을 썼기에 속국이 망하지 않고 중국 또한 무사할 수 있었다. 아! 남한산성을 지키고 지키지 않음이 어찌 유독 한 나라의 안위 때문이겠는가?

이듬해에 청인들이 밀운(密雲)으로 들어가 마침내 북경을 십여 일간 포위하고는 진격하여 고양(高陽)을 함락한 뒤 호수교(葦水橋) 아래에서 크게 싸웠다. 대학사 손승종(孫承宗)과 병부 상서 노상승(盧象昇)이 모두 능히 막을 수가 없었다. 대개 중국의 쇠망은 하루아침에 이루어진 것이 아니다. 남한산성에서 패한 뒤로 북경은 왼팔을 잃었다. 그러므로 청인들은 노래하고 춤추며 산해관으로 들어갔고, 곧장 북경을 핍박했으나 천하가 막을 수 없었다. 속국의 힘이 비록 북경을 구하기에 부족하다 할지라도 남한산성이 무너지지 않았다면 대명은 오히려 속국에 기대어 이를 병풍으로 삼을 수 있었을 것이다.

세 신하가 심양으로 잡혀갔지만 어떻게 죽었는지는 알지 못한다. 이사룡(李士龍)은 금주(錦州)의 전투에 나갔다가 총에 탄환을 넣지 않았다 하여 죽임을 당하였고, 황일호(黃一皓)와 차예량(車禮亮)은 제실(帝室)을 붙들어 세우려다 모두 살해되었다. 남한산성을 지키던 장사의 마음이 모두 이와 같았다면 한 성을 어찌 지킬 수 없었겠는가?

해설

『명배신전(明陪臣傳)』은 명나라에 끝까지 의리를 지켰던 인물들의 전기집이다. 노론 낙론계 문사로서 명에 대한 대의명분을 강조했던 황경원의 역사 인식과 고문의 정수를 구현코자 한 그의 문학적 성취가 고스란히 담겨 있다. 정조는 "근래에 고문이 없는데 황경원의 『배신고(陪臣考)』만이 가장 읽을 만하다.(近來無古文, 獨黃景源陪臣考最耐讀.)", "근세 황경원의 문장은 가장 고아한 것으로 일컬어지는데, 『배신고』는 특히 『사기』와 『한서』의 법식을 얻었다.(近世黃景源文章, 最號古雅, 而陪臣考尤得史漢格法.)"라고 하여 높게 평가하였다.

전 6권으로 구성된 『명배신전』에는 총 6편의 서문이 실려 있다. 이 글은 홍익한(洪翼漢), 윤집(尹集), 오달제(吳達濟) 등 삼학사와 이사룡(李士龍), 황일호(黃一皓), 차예량(車禮亮) 등을 소개한 『명배신전』 첫 권의 서문이다. 이 여섯 명의 행적을 하나로 꿰는 논리를 펼쳐 각각의 인물을 입전한 목적을 서술하고, 그 인물들의 행위에 역사적 의미를 부여하였다. 특별히 청이 천하를 통일하기 전에 조선을 먼저 친 까닭을 설명하고, 삼학사를 비롯한 여섯 배신(陪臣)의 행동이 어떤 의미가 있는지를 밝혔다.

이를 위해 황경원은 "천하는 공존할 수밖에 없다."라는 대전제 아래, 조선과 명나라의 공존을 깨려 했던 도요토미 히데요시의 의도를 근거로 삼아, 청이 호란을 일으킬 수밖에 없었음을 논리적으로 설명하였다. 이 구도 위에서 삼학사가 병자호란 당시 조선과 명나라를 이어 주는 공존의 끈이었음을 보여 줌으로써, 그들의 죽음에 의미를 부여하고 입전의 목적을 분명히 하였다. 짜임새 있는 단락 구성과 힘 있는 논리 전개가 돋보이는 대목이다. 서문이라기보다는 한 편의 논문에 가깝다.

신경준

申景濬

1712~1781년

본관은 고령(高靈), 자는 순민(舜民), 호가 여암(旅菴)이다. 신숙주(申叔舟)의 동생 신말주(申末舟)의 11대손으로 전라도 순창에서 진사 신래(申淶)와 이의홍(李儀鴻)의 딸 한산 이씨 사이에서 태어났다.

1754년 증광 문과에 을과로 급제한 뒤 헌납(獻納)·사간(司諫) 등의 벼슬을 거쳐 1769년에는 종부시정(宗簿寺正)으로 강화의 선원각(璿源閣) 중수에 참여했고, 1770년에는 『문헌비고(文獻備考)』 편찬에서 「여지고(輿地考)」를 엮은 공으로 동부승지와 병조 참지가 되어 『팔도지도(八道地圖)』와 『동국여지도(東國輿地圖)』를 완성하였다. 이후 좌승지·제주 목사 등을 거치고 1779년에 벼슬을 그만둔 후 고향 순창에 내려가 70세로 세상을 떴다.

학문이 뛰어나고 지식이 해박하여 성률(聲律)·의복(醫卜)·법률·기서(奇書)에 이르기까지 두루 통달하였고, 실학을 바탕으로 한 고증학적 방법으로 한국의 지리학을 개척했다. 문자학(文字學)·성운학(聲韻學)·지리학(地理學) 등 언어학과 과학 방면에 주목할 만한 업적을 많이 남겼다. 특별히 『일본증운(日本證韻)』, 『평측운호거(平仄韻互擧)』와 같은 성운학 저술을 남겼고, 『훈민정음운해(訓民正音韻解)』와 『동음해(東音解)』는 훈민정음 창제 이후 가장 깊이 있는 국어 연구서라는 평가를 받았다. 이 밖에도 실생활에 필요한 수레와 배, 수차(水車)와 의복의 제도를 연구한 「거제책(車制策)」, 「병

선책(兵船策)」, 「수차도설(水車圖說)」, 「논선거비어(論船
車備禦)」, 「의표도(儀表圖)」, 「부앙도(俯仰圖)」 등을 저술
했고, 「강계고(疆界考)」, 「산수경(山水經)」, 「산수위(山水
緯)」, 「도로고(道路考)」, 「사연고(四沿考)」, 『산경표(山經
表)』 등 여러 지리학 관련 저술을 남겼다.

그의 문장을 두고 이계(耳溪) 홍양호(洪良浩)는 "앞사람
의 입을 답습하지 않고 자신의 폐부에서부터 쏟아 냈
으며, 법도에 구속되지 않고 절로 사리에 합당하여 탁
월하게 일가의 말을 이루었으니, 비할 데 없는 큰 인재
이자 세상에 드문 통달한 유자라 할 만하다.(不襲前人之
口, 而自出吾肺腑, 不拘攣於繩尺, 而自中竅會, 卓然成一家之言,
可謂絶類之宏才, 希世之通儒也.)"라고 평가했다. 문학 관련
저술로 『여암집』 외에도 시 이론서인 『시칙(詩則)』이 전
한다. 여기 소개하는 글은 실용적 문체임에도 단순한
정보 전달에 그치지 않고 단락의 짜임이 탄탄하다.

『강계지』서문

우리나라에서 사관(史官)을 둔 것은 고구려는 영양왕 때부터이고 백제
는 근초고왕 때부터다. 신라는 진흥왕 때부터 시작되었다. 하지만 그 역
사서는 전해지지 않는다. 고려 때 이르러 김부식이 삼국의 지지(地志)를
지었다. 이는 분명 삼국에서 남겨진 책에서 얻은 것일 터이나 소략함을
면치 못했다. 삼국 시대 이전은 더더욱 살필 만한 것이 없다. 이름만 있
고 그 땅이 어딘지 모르는 것이 있으니 삼한의 칠십팔 국과 낙랑의 이십
사 현 같은 것이 이것이다. 땅은 있지만 이름은 모르는 것도 있으니 발
해와 여진이 차례로 차지했던 연혁이 이것이다. 땅 중에는 서로 다투어
피차간에 득실이 일정치 않았던 곳이 있으니 삼국의 한강 연안 일대가
이것이다. 이름은 서로 같지만 선후와 남북을 분간키 어려운 것이 있으
니 나라에는 예(濊)와 옥저가 셋이나 있었고 마한과 백제, 고구려는 둘
이 있었으며 부여는 넷이 있었고 가야는 여섯이 있었다. 성읍으로는 낙
랑과 불이가 둘이 있었고 안시는 셋이 있었으며 대방은 넷이 있었다. 산
수만 해도 태백산은 다섯 곳에 있었고 패수와 비류수는 세 곳에 있었으
니 그 밖에도 모두 다 꼽을 수가 없다. 이름이 같은 경우는 나라를 세운
비조만 하더라도 동명왕이 둘이나 있었는데 사관은 능히 변별조차 못
했으니 하물며 그 나머지야 말해 무엇 하겠는가?

또 우리나라 사람이 글자를 읽을 때는 음으로도 읽고[음은 글자의 소리이다.] 풀이로도 읽는데[풀이는 글자의 뜻이다. 곧 우리말이다.] 이 때문에 그 이름이 음과 훈 두 가지로 불리는 경우가 있다. 고을 이름에 사평과 신평, 고개 이름에 계립과 마골 같은 경우가 그렇다.[우리말로 사(沙)의 음은 신(新)의 훈과 같다. 마골을 불러 계립(지릅)이라 한다.] 옛날에는 훈으로 읽다가 지금은 음으로 읽는 것도 있으니 덕물(德勿)이 덕수(德水)가 되고 삼기(三岐)가 마장(麻杖)이 된 경우다.[이 둘은 모두 고을 이름이니 우리말로 수(水)를 '물'이라 하고 마(麻)를 '삼'이라 부른다.] 옛날에는 음으로 읽었는데 지금은 훈으로 읽는 것도 있다. 설림(舌林)이 서림(西林)이 되고[고을 이름], 추화(推火)가 밀성(密城)이 되며 물노(勿奴)가 만노(萬弩)가 된 것이 모두 그 부류이다[모두 고을 이름이니 방언에는 혀를 서라 하고 추(推)는 훈이고 밀은 음이다. 물(勿)은 훈이고 그 음은 '만'에 가깝다.].

혹 세속 글자의 음을 뒤섞고 혹 와전된 우리말을 따오기도 한다. 그 이름이 어지러이 변한 것도 있으니 예를 들어 양(良)과 라(羅)는 같고 소(召)와 조(祚)도 같다.[세속에서 양(良) 자의 음은 라(羅)와 같고 소(召) 자의 음은 조(祚)와 같다. 예를 들어 아슬라주(阿瑟羅州)의 라 자는 양으로도 쓴다. 가조현(加祚縣)의 조는 본래는 소라고 썼다.] 또 성(省)을 소을(所乙)이라 하고[우리말에 성을 소라고 부르는데 예를 들어 소부리(所夫里)는 성진이라 한다. 또 소(所)는 소(蘇)와 같은지라 매성군(買省郡)은 내소군(來蘇郡)이 되고 성대군(省大郡)이 소태군(蘇泰郡)이 된다. 소(所)는 지금은 바뀌어 소을(所乙)이 되었다. 오늘날 영남의 성현(省峴)은 소을현(所乙峴)이라 일컫는다. 물건의 이름에 이르러서도 소성(梳省)은 또한 소소을(梳所乙)이라고 부른다.] 양(梁)은 도을(道乙)이라 한다.[방언에서는 양(梁)을 도(道)라고 부른다. 진한의 마을 이름에 사량(沙梁)은 사도(沙道)로 일컫는데 지금은 도(道)가 변하여 도을(道乙)이 되었다.] 야(野)가

화(火)가 되는 것(우리말에 야(野)를 벌이라고 하는데 벌이 바뀌어 불이 되고 불은 인하여 화(火)가 되었다. 예를 들어 골벌국(骨伐國)이 골화국(骨火國)이 되고 구벌성(仇伐城)이 구화현(仇火縣)이 된 경우다.) 또한 비슷한 종류이다.

노략질과 난리를 피해 다른 지역에 옮겨 가 살면서 예전 쓰던 이름을 그대로 쓰는 바람에 옛 이름과 새 이름, 주인과 객이 뒤섞이는 경우도 있다. 예를 들어 거창(居昌)이 거제현(巨濟縣)에 있고 영청(永淸)이 영원현(寧遠縣)에 있으며 위주(渭州)가 무주(撫州)에 있는 것 따위가 이에 해당한다. 이 때문에 우리나라의 지리지는 빠지거나 생략되어 살필 만한 것이 없지 않고, 반드시 뒤죽박죽이 되어 의심할 만한 것이 많다. 펼치는 주장도 저마다 달라 단안을 내리지 못한다. 우선 여러 책을 나란히 기록하여 내 생각으로 잇고 훗날에 현명한 이를 기다릴 뿐이다.

해설

『강계지(疆界誌)』는 고대에서 조선 중기까지 시대별로 국토의 강계(疆界)와 위치, 산천과 성첩(城堞) 그리고 교린(交隣)과 외침으로 인한 영토의 변화에 관련된 내용을 정리한 책이다. 제목 옆에 '본지일(本誌逸)'이라 하여 서문만 남고 본문은 없어졌다고 적었다. 하지만 별도 경로로 필사본 2종이 국사편찬위원회(7권 4책)와 고려대학교 도서관에 소장되어 전해진다.

첫 단락에서는 현재 남아 전하는 역사 기록의 허술함을 지적한 후 이름과 위치가 분명치 않아 정확한 기술이 어려운 현실을 개탄했다. 이어 그는 언어학자답게 음독과 훈독의 방식이 착종된 우리 고대 지명의 다양한 예를 갈래에 따라 제시했다. 훈독과 음독에 따른 이표기가 있고 훈독이 음독으로 바뀌거나 반대로 음독이 훈독으로 바뀐 경우, 또 음과 훈이 와전되어 혼란스럽게 된 예와 주객이 전도되어 착종된 사례 등을 차례로 구체적인 예시를 들어 설명했다. 이를 통해 볼 때 그는 향찰식 표기의 원리를 정확하게 이해하고 있었다. 고대 국어에 대한 인식이 부족하던 당시에 신경준이 이 같은 통찰력을 보여 준 것은 수많은 현장 답사와 꼼꼼한 문헌 연구의 바탕이 있었기 때문이다.

우리나라 지리지의 서술이 불분명하거나 의심스러운 점이 많은 이유를 그는 이 같은 지명과 실제 위치 비정의 혼란에서 찾았다. 『강계지』에서 그는 역대 국가별 도읍과 강계를 역사 지리적 입장에서 서술하고 주요 지명에 관한 세밀한 고증을 시도했다. 그는 여러 자료를 섭렵하여 다양한 근거를 바탕으로 자신의 견해를 분명하게 제시했다. 책의 서문에서 전체 체제를 설명하는 대신 지명의 착종과 그렇게 된 연유에 대한 설명과 예시로만 글을 펼친 것에서 단순히 역사 지리와 국방에 관한 정리만이 아니라 고대 언어의 규칙 탐구에도 그가 힘을 쏟았음을 잘 알 수 있다.

『훈민정음운해』서문

우리나라에는 예로부터 세속에서 쓰는 문자가 있었다. 그 수가 갖추어 지지 않고 그 모양은 법도가 없어 한 나라의 말을 드러내고 한 나라의 쓰임을 갖추기에는 부족하였다. 정통(正統) 병인년(1446년, 세종 28년)에 우리 세종대왕께서 훈민정음을 만드셨다. 그 의례(儀禮)는 반절(半切)의 뜻을 취하였고 그 모양은 교역(交易)과 변역(變易)에 곱절로 더하는 방법 을 썼다.

그 글자는 점획이 몹시 간단하고 맑고 탁한 소리가 열고 닫히면서 초 성, 중성, 종성의 소리가 찬연히 갖추어져 마치 하나의 그림자 같다. 글 자가 많지 않은데도 그 쓰임새는 지극히 주밀하여 쓰기가 몹시 편하고 배우기가 아주 쉽다. 천 가지 만 가지 말을 세세하고 꼼꼼하게 형용하니 비록 아녀자와 아이들도 모두 이를 써서 그 말을 전달하고 그 뜻을 통 할 수가 있다. 이는 옛 성인이 미처 궁구하여 얻지 못한 것이고 천하를 통틀어 있지 않던 것이다.

여러 나라는 저마다 쓰는 문자가 있다. 고려 충숙왕 때에 원나라 공주 가 사용하던 외오아(畏吾兒, 위구르의 취음)가 어떠했는지 모르겠지만 구상 서(九象胥)가 쓴 여오문(旅獒文), 즉 위구르 문자를 통해 보면 모두 어지럽 고 법도 없음을 면치 못하였다. 이에 반해 훈민정음은 우리나라에만 혜

택을 주는 데 그치지 않고 천하의 소리에 큰 법전으로 삼을 만하다.

하지만 성인께서 제작하신 뜻은 지극히 미묘하고도 깊어서 당시의 유신(儒臣)들이 이를 풀이하였다고는 하나 충분하지 못하여 후세의 백성들이 날마다 쓰면서도 알지 못한다. 성음(聲音)의 도가 이미 밝아졌다가 장차 다시 어두워지고 만 셈이다. 나 같은 천한 신하가 어찌 감히 거기에 담긴 깊은 뜻을 만에 하나라도 알겠는가마는 대롱으로 하늘을 보고 표주박으로 바닷물을 재듯 이 도해를 만들어 선왕을 잊지 않으려는 뜻을 부칠 뿐이다.

해설

『훈민정음운해』는 신경준이 39세 나던 1750년(영조 26년)에 지은 책이다. 앞쪽에는 송나라 때 상수학자(象數學者) 소옹(邵雍)의 「황극경세성음창화도(皇極經世聲音唱和圖)」를 참조해 「경세성음수도(經世聲音數圖)」로 정리해 한자음을 나타냈다. 이어 '훈민정음도해(訓民正音圖解)'에서는 한글을 초성·중성·종성으로 나누어서, 역(易)의 상형설로 설명하고 앞쪽의 한자음과 부합시키고자 했다. 이를 위해 「초성도(初聲圖)」와 「중성도(中聲圖)」, 「종성도(終聲圖)」를 각각 작성, 배열하여 표로 만들고 끝에서 『사성통해(四聲通解)』의 음계(音系)와 비슷하게 한자음을 표시한 운도를 펼쳤다.

서문에서 그는 한글 창제 이전에 우리의 고유 문자가 있었음을 분명히 했고, 세종대왕이 만든 훈민정음이 반절의 원리를 취해 『주역』에서 괘를 펼치는 방식을 응용했음을 밝혔다. 한글은 글자 수가 적고 쓰임새가 넓으며 무엇보다 배우기가 쉽고 응용이 간편해 누구나 의사 전달의 도구로 사용하는 데 아무 불편함이 없다고 찬양했다. 이어 훈민정음의 편리함을 원나라 때 사용한 위구르 문자와 비교하여 설명했다.

끝에서 정인지 등이 정리한 『훈민정음해례』의 설명이 어려워 일반의 이해가 어려우므로 선왕의 거룩한 뜻을 기려 이 도해를 만들었다고 적었다. 마지막 문장의 '어희불망(於戲不忘)'은 『시경』에 나오는 "아아, 선왕을 잊을 수 없네(於戲前王不忘)"란 구절을 압축해 표현한 것이다.

짧지만 한글의 위대성에 대한 최초의 깊이 있는 통찰이 돋보인다. 책의 원본은 현재 숭실대학교 한국기독교박물관에 소장되어 있다.

『동국여지도』발문 　　　　　東國輿地圖跋

하늘은 멀고 땅은 가까워 하늘의 해와 달의 운행 도수와 별자리의 높고 낮은 궤도는 한 치로 나누어 헤아려도 터럭만큼의 차이가 없을 만하다. 하지만 땅은 산천의 맥락과 도리의 원근이 마침내 자세하지 못하다. 대개 하늘은 높아서 올려다보면 통하고 땅은 낮아서 보는 것이 답답하다. 천체는 평평하고 반듯하며 지형은 울퉁불퉁 굽어 있다. 하늘은 양인지라 겉으로 드러나고 땅은 음이어서 안으로 감춰진다. 이 때문에 땅을 그리기가 하늘을 그리는 것보다 어렵다.

　내 친구 현로(玄老) 정항령(鄭恒齡)은 그 어려운 것에 괴롭게 마음을 쏟아 일찍이 우리나라를 그렸는데 나누면 여러 고을이 되고 합하면 전국이 된다. 척촌을 헤아려 지극히 정밀하게 하였으니 방성(方星)과 탁성(坼星), 혼개통도(渾盖通圖)와 더불어 그 의례가 같다. 현로의 돌아가신 아버지 농포(農圃公) 공(정상기(鄭尙驥))이 처음 만들었고 현로의 아들 원림(元霖)이 보태고 더하였으니 무릇 삼대에 걸쳐 오십여 년이 걸려 이룬 것이다. 이렇지 않았다면 어찌 그 묘를 다하였겠는가?

　경인년(1770년, 영조 46년)에 임금께서 『동국문헌비고』를 편찬하라 하시므로 내가 그 일에 참여하였다. 일을 마치자 또 신에게 명하시기를 동국의 지도를 만들라 하셨다. 이에 공부(公府)에 소장된 십여 건의 지도를 꺼내고 여러 집안을 찾아가 고본을 살펴보았지만 현로가 그린 것만 한 것이 없었다. 마침내 이를 써서 대략 교정을 더하고 유월 엿샛날에 시작하여 팔월 열사흗날에 끝마쳤다. 『열읍도』 여덟 권과 『팔도도』 한 권, 『전국도』 족자 하나를 올렸다. 주척(周尺)으로 두 치를 가지고 한 줄로 삼으니 세로줄이 일흔여섯 개요, 가로줄이 백서른한 개였다. 또 명하시기를 동궁에게 그 숫자대로 바치게 했다.

임금께서 친히 짧은 서문을 지으시어 족자의 꼭대기에 쓰셨다. 임금께서 지으신 문장이 환히 빛나 팔도의 산천이 모두 밝게 돌아오는 빛을 입었다. 아! 현로는 문장을 잘하고 경륜을 품어 일찍이 만언소를 올리니 당시의 사무에 꼭 맞았다. 평소 차 마시고 술 마시는 사이에 그의 언론은 세상에 쓰일 만한 것이 또 얼마였던가. 하지만 모두 시험해 보지 못한 채 머리 병을 얻어 여덟 해를 앓다가 끝내 일어나지 못하였으니 이 어찌 홀로 현로만의 불행이겠는가. 지도는 그의 한 가지 역량일 뿐이었는데 이제야 임금의 살핌을 얻었으니 이 또한 다행이다.

비록 그러나 땅은 반드시 하늘에서 살핀 뒤라야 그 방위와 대소를 밝히 알아 정성스레 쓰일 수가 있다. 세종조에 윤사웅과 최천구, 이무림을 강화의 마니산과 갑산의 백두산, 탐라의 한라산에 파견하여 북극성의 높이를 측량케 하였으니 예전 요임금이 희씨(羲氏)와 화씨(和氏)에게 역할을 나누어 명한 것과 같이 하였다. 하지만 그들이 측량한 도수는 지금은 전해지지 않으니 안타까워할 만하다. 현로의 집에는 간평의(簡平儀)를 만들어 두었다. 나와 약속하기를 진실로 나라의 네 모퉁이에 가서 별자리의 도수와 해의 그림자를 측량하여 와서 지도의 사업을 끝마치기로 하였더니 현로는 이미 세상을 떴고 나도 늙었다. 누가 이 일을 한단 말인가! 아!

해설

1756년에 고대 국가의 영역과 연혁을 고증해 밝힌 『강계고』를 완성한 뒤 산과 강, 도로와 군사 시설을 망라한 『여지고』의 집필을 맡아 마무리 지었다. 이 같은 성과에 크게 고무된 영조는 1770년 59세의 신경준에게 『동국여지도』의 편찬 책임을 맡겼다. 그는 정항령 일가에서 3대에 걸쳐 완성한 『동국대지도』를 바탕으로 자신의 식견을 보태 그간의 지도가 지닌 미비점을 보완한 전국 지도를 완성하였다. 백리척(百里尺)을 사용해 『열읍도』 8권과 『팔도도』 1권 및 전국을 족자 하나에 담은 『전국도』로 구성하였다. 신경준이 제작한 『동국여지도』를 받아 본 영조가 "어찌 이다지 늦게 만났더란 말인가?" 하며 감탄을 아끼지 않은 이야기가 행장에 보인다. 실제로 이 지도는 김정호의 『대동여지도』 전까지 역대에 가장 훌륭한 지도라는 평가를 받았다.

첫 단락에서는 하늘을 그리는 천문도의 작성보다 땅을 그리는 지도의 작성이 어째서 어려운지를 설명했다. 올려다보면 하늘은 평평하고 반듯해서 시원스레 보이지만 울퉁불퉁한 지면은 하늘로 올라가기 전에는 감춰져 보이지 않기 때문이다. 이어 자신의 벗인 정항령 일가가 3대에 걸쳐 50여 년의 공력을 쏟아 완성한 『동국대지도』를 소개해 이 작업의 의의와 가치를 설명했다. 가로세로로 경위(經緯)를 매겨 정리된 정항령의 『동국대지도』는 이전까지 국가가 소유한 다른 어떤 지도보다 뛰어난 것이었다. 이어지는 단락에서도 정항령이 지도 제작의 역량뿐 아니라 시무(時務)에도 밝았으나 머리 병을 앓아 만년에 고생하다 세상을 뜬 불행을 말하고 이제라도 임금의 살핌을 얻게 되어 다행이라고 적었다. 『동국여지도』 편찬의 가장 큰 공이 자신이 아닌 정항령에게 있음을 서문에서 분명하게 밝히려 한 것이다. 끝에서는 북극성의 높이를 새로 측량해서 좀 더 나은 지도의 제작을 마무리 짓기로 했던 정항령과의 묵은 약속을 떠올리며 글을 마무리했다.

일본으로 사신 가는 이에게   送使之日本序

옛날 백제의 임정(臨政) 태자가 배를 타고 일본으로 들어가 주방주(周防州, 스오주)에 도읍하여 대내전(大內殿)으로 불렸다. 마흔일곱 대를 전해 오다가 대가 끊기니 그 종자(從者)의 후예로 그 영토를 이어받게 하고 안예주(安藝州, 아키주)에 도읍하였다. 그가 바로 풍신수길(豊臣秀吉, 도요토미 히데요시)의 효장(驍將)인 휘원(輝元, 데루모토)의 조상이 된다. 나는 혼자 임정 태자가 왕자 풍(豊)이라고 생각한다. 왕자 풍은 일찍이 일본에 인질로 갔다가 백제가 망하자 백제의 종실에서 그를 맞이해 세워서 왕으로 삼았다. 풍이 일본에 군대를 청하여 당나라에 항거했으나 패배하고는 간 곳을 알지 못한다. 이것은 틀림없이 왜와 더불어 동쪽으로 건너간 것이다. 이때 소정방이 십삼만 대군으로 군대를 이끌고 와서 신라와 힘을 합쳐 백제를 멸망시켰다.

풍은 엎어진 둥지에서 깨지지 않고 남은 알과 같은 처지로 외로운 성을 둘러보며 울부짖었다. 그 망함이 코앞에 닥쳤으니 누가 능히 그 재앙을 함께하려 했겠는가? 하지만 백강에서 패했을 때 사방에서 혈전을 벌여 바닷물이 온통 붉게 변했고 불탄 왜적의 배가 사백여 척이나 되며 불타지 않아 달아난 것은 몇 척인지조차 알지 못한다. 그 군대를 이끌고 옴은 어찌 그다지 많았으며 그 죽기를 각오한 마음 또한 어찌 이 같은 데에 이르렀단 말인가? 백제 육백오십 년 사이에 왜구의 역사에서도 한 번도 본 적이 없다. 그 망함에 이르러 구할 수 없게 되자 왕자로서 돌아가 땅을 나누어 제사를 지켰으니, 이는 그저 이익을 가지고 맺어진 것이라고 말할 수 없다.

신라의 석우로(昔于老)가 왜의 사신을 맞이하여 이렇게 말했다. "머잖아 너의 왕을 소금 굽는 종으로 삼고 왕비는 부엌일하는 여종으로 삼을 것이다." 이것은 희롱하는 말일 뿐이었으나 업신여김이 심한 것이었다. 석우로는 이 일로 왜에게 불태워 죽임을 당하는 바가 되었다. 그러자 우로의 처는 또 왜의 사신을 죽여서 남편의 복수를 하였다. 신라 사람이 왜를 우습게 보았음을 알 수 있다. 일본 신응(神應) 22년(291년) 신라의 군대가 명석포(明石浦, 아카시노우라)로 들어갔는데 명석포는 대판(大阪, 오사카)과 겨우 백 리 떨어진 곳이었다. 일본인이 화친을 청해 군대를 풀게 하고 백마의 목을 베어 맹세하였다. 지금 적관관(赤間關, 아가마가세키) 동쪽에는 당시 백마의 무덤이 있다고 한다.

일본은 겹겹의 바다로 둘러싸여 있어 바깥 군대가 들어가지 못한다. 원나라가 군대를 크게 일으켰어도 겨우 일기도(壹岐島, 이키섬)에 이르러 마침내 대패했다. 역대로 능히 내지 깊은 곳까지 들어가 승리했던 것은 오직 신라뿐이었다. 여덟로 나뉜 우리나라 땅에서 신라와 백제는 그중 셋을 차지했으니 지극히 좁았다 하겠다. 어떤 때는 동맹 맺기를 생각하고 어떤 때는 겁을 줘 제압하기도 했으니 일정하지 않았다. 이제 우리나라는 여전히 여덟 구역이 있지만 남을 두려워하지 않다가 임진년의 변고를 만났다.

우호를 맺은 지 이백 년이 지나 접빈하여 대접하는 후함과 뇌물을 바치는 풍성함이 해마다 신라 옛 땅에서 나오는 세금의 절반을 쓰는데도 한마디나 한 글자가 조금이라도 뜻에 맞지 않으면 의심하여 성냄을 문득 일으켜 염려할 만한 일이 잇달아 이른다. 내가 바야흐로 두려워하며 명을 받들기에도 경황이 없는지라 신라와 백제 사람의 아득한 옛일을 살피니 슬프다. 아! 이는 우리 조정 사대부의 수치다. 업신여김을 막는 것은 장수에게 달려 있고 교제함은 사신에게 달려 있다. 그러하니 성덕을 펼쳐서 이방의 무리로 하여금 귀화하게 하고 나라의 형세를 높여 강한 오랑캐로 하여금 두려움을 알게 해야 한다. 한마디의 미쁜 마음이 황금색 비단을 주는 것보다 낫고 한 대의 수레로 어려움을 푸는 것이 군대의 위엄보다 낫다.

정교를 살펴 그 나라가 다스려지는지 어지러운지를 알고 풍속을 보아 그 성정의 좋고 나쁨을 관찰한다. 별자리와 기후를 살피고 산천의 형세를 기록하며 주현의 거리와 토물과 일상용품에서 중국에서 사라진 예법을 구하고 아득한 변방의 기이한 이야깃거리를 찾는다. 이것이 사귐을 맺는 도리요, 제압하여 이기는 기술임을 알 수 있으니 이로써 총명을 넓히고 지혜를 더할 수가 있다. 이것이 모두 사신의 직분이다. 그럴진대 사신이야말로 진실로 장수보다 임무가 무겁다 하겠다. 『시경』「소아(小雅)」의 「녹명(鹿鳴)」과 「황황자화(皇皇者華)」가 「채미(采薇)」나 「체두(杕杜)」보다 앞에 있는 것은 이 때문이다. 우리나라에서 사신을 선발함은 일본에게 특히나 중요하다. 하지만 그 직분에 걸맞은 자는 대개 드물었다. 왕자 풍을 위해 영령을 빌어 준 사람은 누구였을까? 이는 필시 남보다 크게 뛰어난 사람이었겠으나 지금은 알 수가 없다.

고려 말에는 포은 정몽주가 능히 한마디 말로 변방의 근심을 잠재웠다. 이제껏 일본에서는 우리나라 사신을 일컬을 때 포은을 첫손으로 꼽는다. 아! 훌륭하도다. 일본의 도읍은 오래 일향(日向, 휴가)에 있다가 태화(太和, 야마토)로 옮기고 장문주(長門州, 나가토슈)의 풍포(豊浦, 도요우라)로 옮겼으니 모두 서쪽 지역이었다. 뒤에야 산성(山城, 야마시로)으로 옮겼으니 옛날에 포은 또한 박다주(博多州, 하카타슈)까지 갔다가 돌아오고 말았다. 강호(江戶, 에도) 가는 길이 개통되면서부터 그제야 일본의 동쪽 지경을 다 돌아보게 되었는데 먼 지역까지 두루 살피고 머문 기간도 오래이므로 사신 된 사람이 얻은 것이 또한 반드시 많을 것이다. 이제 서행인(徐行人)이 가게 되었으니 이로부터 우리나라를 무겁게 하고 또한 그 나라의 마땅히 알아야 할 바를 알게 할 수 있을 것이다. 어찌 홀로 포은만이 훌륭하다 하겠는가. 행인은 힘쓸진저. 길이 적관관을 지나거든 반드시 백마의 무덤을 찾아보고 또 휘원의 후예가 여태도 끊어지지 않고 이어지는지 물어보기 바란다.

해설

일본으로 사신 가는 사람을 위해 써 준 송서(送序)다. 폭넓은 문헌을 섭렵한 역사학자답게 풍부한 전거와 사실을 바탕으로 조선과 일본의 관계를 통찰을 담아 깊이 있게 정리했다.

백제의 임정 태자를 왕자 풍(豊)과 동일 인물로 비정하고, 나당 연합군의 공격을 받을 때 그가 일본에 대규모 파병을 요청하여 당나라에 맞서 싸웠으나 마침내 패해 일본으로 돌아간 것이라고 본 것이 흥미롭다. 그는 당시 기록에서 왜의 배 400여 척이 불탔고 달아난 배의 규모는 알 수조차 없다고 하면서 일본이 당시 어떻게 그런 대규모의 군사를 파견할 수 있었는지에 대해 의구심을 표시했다. 당시 백제와 일본이 단순히 이익으로 얽힌 관계였다면 이런 일은 있을 수가 없으므로 백제와 일본의 교린이 어느 정도였는지를 짐작할 수 있다고 보았다.

이에 반해 신라는 일본에 대해 업신여겨 우습게 여기는 태도를 보였다고 했다. 석우로의 예를 들어 희롱하는 말이 죽음을 부르고 죽음이 다시 복수를 낳는 악순환을 면치 못함을 말했고, 신라의 군대가 명석포로 쳐들어가 큰 승리를 거둔 일을 적었지만 이 같은 승리에도 불구하고 결국 남을 두려워할 줄 모르다가 임진년의 변고를 만난 일로 귀결 지었다.

일본을 대하는 백제와 신라의 극명한 차이를 나란히 보인 다음 변고를 당한 뒤에도 신라의 방식에서 하나도 변함없이 의심하고 성을 내서 두려워할 만한 일만 키우는 조선의 일본에 대한 졸렬한 태도를 염려했다. 이 같은 자세를 그는 조정 사대부의 수치로 규정했다. 장수의 무력보다 사신의 교제를 통해 이방을 교화하고 저편에서 이쪽을 두려워하게 하는 것이 중요함을 되풀이해서 강조했다. 이어 이처럼 모범적인 사신의 임무를 수행한 이로 고려 말 포은 정몽주를 꼽았다. 이는 일본인들이 습관처럼 말하는 사례인데, 예전 정몽주보다 더 넓은 지역을 더 오래 머물면서 살피게 될 서 행인이 정몽주가 그랬던 것처럼 사신의 임무를 훌륭히 수행해 줄 것을 당부하는 말로 글을 마무리 지었다. 일본을 대하는 우리의 태도는 지금도 전혀 달라진 것이 없어 더욱 뜻깊게 들린다.

와관에 대하여　　瓦棺說

내가 북청 고을을 다스릴 적에 들판에서 오래된 무덤이 무너진 것을 보았다. 관의 삼분의 일 정도가 드러났는데 질그릇으로 만든 관이었다. 그곳에 사는 사람에게 묻자 이렇게 말하였다.

"고을의 산과 들 사이에 오래된 무덤 또한 간혹 옹기를 써서 장사 지낸 것이 있습니다. 옹기는 주둥이가 좁고 배가 넓으므로 두 개의 긴 옹기를 가져다가 그 옹기의 주둥이를 빙 둘러 깨뜨려서 옹기의 불룩한 부분의 삼분의 이나 절반까지 이릅니다. 주둥이는 넓히고 배는 좁게 하려는 것이지요. 그래서 위쪽 옹기의 주둥이로 아래쪽 옹기의 주둥이에 깊이 박아 두 주둥이가 만나는 곳에 석회를 써서 진흙처럼 봉하되 몹시 두껍고 넓게 합니다. 인하여 돌처럼 굳으면 세월이 오래되어도 서로 떨어지지 않습니다. 이것은 분명 여진 시절에 장사 지낸 것입니다."

내가 말한다.

저 옹기를 써서 장사 지낸 자는 몹시 가난해서 능히 미리 질그릇 관을 만들어 둘 수 없었던 것이니 진실로 말할 것이 못 된다. 질그릇 관은 중국에도 또한 있었다. 『예기』에 유우씨(有虞氏)가 와관을 썼다는 내용이 있다. 대개 상고 시대에는 천자라야 와관을 썼던 것이다. 당시(唐詩)에는 이렇게 말했다. "초나라 구름 아침마다 석두성에 내려오고, 강 제비는 쌍쌍이 와관시(瓦棺寺)를 나누나." 이때 '시(寺)'란 와관을 만들던 옛터이다. 주나라 임금은 또 이렇게 명을 남겼다. "내 죽거든 종이옷을 입히고 와관에 염하라." 와관을 사용한 것이 이미 오래였다. 일찍이 우리나라 선비가 세운 주장을 보니 이렇게 적혀 있었다. "나무로 짠 관은 벌레의 변고가 많다. 그 땅에 묻을 때에 물과 불 또는 나무뿌리의 재앙을 막는 것으로는 진실로 와관만 한 것이 없다." 와관이 비록 소박하고 검소해서 싫다고 하지만 만약 정밀하게 만들어서 잘 꾸며 놓으면 그 화려하고 아름다움이 반드시 목관만 못하다고 할 수가 없다.

광중에 회를 다지는 것을 생략해도 괜찮고 지문(誌文)을 그 위에 새겨서 구워도 괜찮다. 와관의 제도는 바닥 판과 사방 둘레의 판을 모두 잇대어 붙여서 구워 만든다. 위 덮개는 길어서 구울 적에 쉽게 찌그러진다. 그러므로 세 조각으로 나누어 만들고 관을 넣은 뒤에 사방 둘레 위에 까는데 마치 장례할 때 횡대(橫帶)를 펼치듯 한다. 질 좋은 석회를 가늘게 물에 휘저어 건져서 칠과 섞어 진흙으로 만들어 여러 군데 합쳐 봉한 곳에 발라 갈라진 틈새가 없게 한다. 혹 송진으로 채울 수도 있다. 어떤 이는 말한다. "와관은 두꺼울 경우 운반이 어렵고 두껍지 않으면 운반할 때 깨질 염려가 있다."

목관을 만들어 염을 할 때에는 상하의 판과 사방 둘레의 두께가 흔히 두 치를 넘기지 않는다. 또 와관을 앞서 말한 방법대로 만들어서 목관을 넣을 정도를 한도로 삼아 장례를 치를 때 광중에 와관을 안치하고 목관은 와관 가운데에 넣는다. 이긴 석회로 틈을 바르는 것도 예전 방법대로 한다. 이는 바로 외관(外棺)의 횡대에 해당하니 외관의 횡대를 쓰지 않아도 괜찮다. 몹시 가난한 사람은 와관을 만들 때 아래위 덮개를 반드시 꼭 맞게 해서 양쪽 덮개의 주둥이가 서로 맞아 북방 사람이 옹기로 장사를 치르던 예와 같게 하는 것이 또한 마땅하다.

와관을 쓰는 자가 많아질 것 같으면 도공의 솜씨도 점점 발전해서 틀림없이 훌륭한 제도가 있게 된다. 북쪽 사람 중에 가난한 사람은 자작나무 껍질을 써서 염을 하여 장사 치르는 자가 많다. 자작나무 껍질은 땅속에 들어가면 삼사십 년이 지나도 썩지 않고 나무뿌리나 벌레, 물의 재난을 막을 수가 있어서 얇고 질 나쁜 목판으로 만든 것에 비해 훨씬 나은 것을 많이 징험해 보았다고 한다.

해설

1771년 북청 부사로 재직할 당시 직접 옹관묘를 본 뒤 이와 비슷하게 질그릇으로 구워 만드는 고대 와관(瓦棺)의 제도를 검토하고 이에 대한 자신의 견해를 피력한 글이다. 옹관묘는 여진의 제도이다. 옹기 두 개의 주둥이 부분을 깨뜨린 뒤 불룩한 두 개의 옹기를 잇대어 그 안에 시신을 넣고 석회로 봉하는 방식이다. 한반도의 고대 묘제에서 흔히 발견되는 양식이다.

신경준은 이것과 개념은 비슷하지만 다른 방식의 와관 제도를 설명했다. 특유의 해박함을 발휘해서 『예기』와 당시 그리고 주나라 임금의 유언을 전거로 예시하여 와관 또는 도관(陶棺)으로 부르는 고대의 장묘법이 연원이 오랜 것이고 하층의 사람이 하던 것이 아니라 황실에서도 사용했던 훌륭한 제도임을 상당한 분량을 할애해서 밝혔다.

와관의 제도는 바닥 판과 사방 둘레의 판을 잇대어 붙인 후 구워서 만든다. 긴 위 덮개는 구울 때 변형되기 쉬우므로 세 조각으로 나눠 횡대처럼 윗면에 덮는다. 와관 안에는 목관을 넣는다. 와관은 무게 때문에 너무 무거워도 안 되고, 깨지기 쉬우니 너무 얇아도 안 된다.

　이 제도의 이점은 질그릇을 굽기 전에 지문(誌文)을 새겨 넣을 수 있어 따로 묘지석을 마련할 필요가 없는 점을 꼽는다. 또 무엇보다 값싼 목관에 시신을 넣어 매장하는 것보다 수해에 강하고 나무뿌리나 벌레의 해를 막기가 쉽다. 그리고 경제적이고 효율적이다. 주변의 사소한 관찰에서 새로운 발견으로 지식을 확장해 가는 실학적 지식인의 면모를 잘 보여 주는 글이다.

신광수

申光洙

1712~1775년

본관은 고령, 자는 성연(聖淵), 호는 석북(石北)이다. 서울 가회방(嘉會坊)에서 태어나 13세 때 부친을 따라 충청도 한산으로 낙향했다. 35세 때 한성시(漢城試)에 2등으로 급제한 과시(科詩)「등악양루탄관산융마(登岳陽樓歎關山戎馬)」로 시명을 크게 얻었지만 46세 이후 과거를 포기한 채 향리에 묻혀 지냈다. 50세에 음보(蔭補)로 영릉 참봉에 제수되어 비로소 관직에 나갔다. 61세 때인 1772년에 기로과(耆老科)에 장원하여 돈령부 도정(敦寧府都正)이 되었고, 영조가 집과 노비를 하사할 만큼 특별한 지우를 입었다. 이후 연천 현감과 영월 부사를 지내고 우승지에 올랐다. 64세 때 갑작스레 세상을 떴다.

당쟁으로 몰락한 남인 가문에서 평생 가난과 불우를 떨치지 못했지만 당대를 대표하는 시인으로 명성이 높았다. 「관산융마」는 평양 기생들이 창으로 불러 오늘날까지 전해 오며, 평양 감사 채제공(蔡濟恭)을 위해 지은 「관서악부(關西樂府)」 108수도 유명하다. 사실적인 필치로 농촌의 피폐상, 관리의 부정부패, 하층민의 고단한 삶을 노래했고 민요풍의 한시에 능했다. 그와 가까운 교분을 나누었던 채제공은 "고문사를 힘써 전공하여 일찍이 좌구명과 사마천의 문장을 즐겨 읽었다. 시에 더 뛰어나서 수준이 높은 것은 삼당(三唐)을 따를 만하고, 비록 수준이 낮은 것도 이반룡과 왕세정을 능가하였다. 대개 동방의 말을 힘써 제거하여 벗어나지 않음이 없었다.(力攻古文詞, 嘗喜讀左丘明司馬遷之文. 尤長於詩, 高者步武李唐, 雖下乘, 欲凌駕滄崖. 槃不力去東方語 不出也.)"라고 평했다. 동방의 백낙천(白樂天)으로도 일 컬어졌다.

시인으로의 명성이 워낙 높아 산문은 특별히 주목받 지 못했지만 「검승전(劍僧傳)」과 「호승전(虎僧傳)」, 「서 마기사사(書馬騎士事)」, 「서광노자묘지사(書狂奴子墓誌 事)」 등 민간의 기이한 전승이나 전문을 흥미로운 필치 로 담은 글도 여러 편 남겼다. 저서로 『석북집(石北集)』 16권 8책과 『석북과시집(石北科詩集)』 1책이 전한다.

검승전

劍僧傳

임진년이 끝나고 오십여 년 뒤의 일이다. 어떤 나그네가 오대산에서 글을 읽고 있었다. 한 승려가 나이가 여든인데 깡마른 데다 총명하고 민첩하였다. 더불어 얘기해 보니 자못 똑똑하였다. 늘 곁에 있으면서 책 읽는 소리 듣는 것을 좋아하였으므로 마침내 나그네와 친해졌다. 하루는 그가 말했다.

"노승이 오늘 밤에는 돌아가신 스승의 제사가 있어 곁에서 모시지 못하겠습니다."

밤이 깊어 곡소리가 들리는데 몹시 구슬펐다. 새벽에는 더욱더 애통하여 애를 끊는 듯하였다. 아침에 얼굴을 보니 눈물 자국이 있었다. 나그네가 물었다.

"내가 들으니 불교의 법도에는 제사를 지내더라도 곡은 하지 않는다 하였소. 스님은 연로한데도 몹시 곡을 하고 그 소리에 마치 감춰 둔 아픔이 있는 듯하니 어찌 된 셈이오?"

노승이 한숨을 쉬더니 일어나 말했다.

"이 늙은 중은 조선 사람이 아니올시다. 가등청정(加藤淸正, 가토 기요마사)이 북쪽 땅으로 들어오면서 왜인 중에 검술에 능한 자로 스무 살 이하에서 오만 명을 뽑아서 그 가운데 삼만을 얻고, 삼만에서 일만을 추리고 일만에서 삼천을 뽑아 별동대로 군대의 앞에 두었습니다. 이들은 능히 백 보를 날아 사람을 치고 허공의 새를 잡을 수 있었습니다. 저 또한 그 가운데 하나였지요.

바닷가 아홉 군(郡)을 아우르고 북으로 올라와 철령을 넘어 함관령의 남쪽을 짓밟고 육진까지 깊이 들어가니 사람이 보이지 않았습니다. 바닷가에 우뚝한 바위가 백여 길 높이로 서 있는데 한 사람이 삿갓과 비옷을 입고 그 위에 앉아 있는 것이 보였습니다. 별동대가 소리를 지르며 위쪽을 향해 총을 쏘았지요. 그 사람이 칼을 휘두르자 탄환이 문득 어지러이 비처럼 떨어졌습니다. 왜인이 더욱 분이 나서 에워싼 채 떠나지 않았습니다. 얼마 후 그 사람이 솟구쳐 새처럼 내려와 칼을 날리며 이리저리 왕래하니 사람의 어깨가 마치 풀 베듯 떨어졌습니다. 이에 검술에 능하다는 삼천 명의 왜인 중에 죽지 않은 자는 오직 이 늙은 중과 또 다른 한 명뿐이었습니다. 그 사람이 마침내 칼을 어루만지며 큰 소리로 말했습니다.

'너희 무리 삼천 중에 죽이지 않은 것은 너희 두 사람뿐이다. 너희가 비록 오랑캐요, 나의 원수지만 또한 사람인지라 내가 차마 다 죽이지는 못하겠다. 너희가 능히 나를 따르겠느냐?'

'살고 죽는 것을 명대로 하겠습니다.'

두 사람은 마침내 그 사람을 따랐습니다. 산중에서 몇 년간 그 검술을 모두 배웠지요. 스승과 제자 세 사람은 팔도의 명산을 두루 유람하면서 매번 한 산에 갈 때마다 띠집을 엮고 일 년이나 반년씩 살고는 문득 버리고 떠나곤 했지요. 가을이 깊어 보름달이 되면 혹 산꼭대기로 올라가 칼춤을 낭자하게 추면서 시간을 보냈습니다. 돌을 치고 키 큰 소나무를 베며 분을 풀어 버리고서야 그만두었습니다. 하지만 성명은 말하려 들지 않았습니다.

십 년 뒤에 한번은 나가서 노니는데 그 사람이 고개를 숙이고 신발 끈을 묶으니 한 명의 왜인이 홀연 그 틈을 타서 뒤에서 칼을 뽑아 그 머리를 베어 버렸습니다. 그러더니 저를 돌아보며 이렇게 말했지요.

'우리의 원수가 아니냐? 오늘에야 되갚아 주었다. 우리 두 사람은 몰래 일본으로 돌아가야 하지 않겠는가?'

저는 스승이 해를 당하는 것을 제 눈으로 보고 사납게 칼을 뽑아 또한 그 왜의 머리를 베어 버렸습니다.

아아! 저는 그 왜와 더불어 다 왜인일 뿐입니다. 수십 년간 함께 스승을 모시면서도 그가 밤낮 마음속에 은밀하게 해치려는 마음을 품은 줄 몰랐습니다. 스승의 원수를 갚은 뒤 생각해 보니 우리 세 사람이 마치 부자나 형제와 같았는데 하루아침에 길에서 스승을 잃었습니다. 또 검술에 능한 왜인으로 동쪽으로 건너온 삼천 명 중에 우리 두 사람만 남았을 뿐인데 내가 그중 하나를 죽였으므로 천하를 돌아보아도 제 한 몸뿐이었습니다. 일본은 넘실대는 바다에 만 리나 떨어져 있고 이국에서 사는 것은 또 두려운 일이 많은지라 내가 혼자 살아 무엇을 하겠는가 싶었지요. 마침내 그 사람을 곡하고는 자살하려 하였는데 또 생각해 보니 나는 일본 사람이니 동해에 뛰어들어 죽어야겠다 싶었습니다.

동쪽으로 달려가 바다에 뛰어들었는데 때마침 바다에서 큰 고기가 싸워 물결이 일어나 파도를 감아올려 다시 뛰어들 수가 없었습니다. 곧장 오대산으로 올라가 중이 되어 사십 년간 솔잎을 먹으며 산을 내려오지 않았지요. 매년 스승께서 돌아가신 날이면 목을 놓아 곡하지 않은 적이 없었습니다. 올해로 제가 여든 살입니다. 얼마 안 있어 죽을 터이니 내년 오늘에 다시 곡하고자 한들 쉽겠습니까? 이 때문에 몹시 곡을 한 것이니 어찌 불교의 법도 따위를 따지겠습니까? 아아! 제가 이곳에서 늙었지만 같은 절에 있는 중조차도 제가 외국 사람이란 것을 알지 못합니다. 오늘 그대를 위해 한번 내 평생을 드러냈으니 여든 살 먹은 중이 어찌 왜인임을 감추겠습니까?"

말하기를 마치더니 후련한 듯 웃었다. 이튿날에는 간 곳을 알 수 없었다.

외사씨는 말한다.

검사(劍師)는 의협이 있으면서 숨어 사는 자였던가? 임진년의 난리 때 초야의 용맹하고 능력 있는 자로 홍계남(洪季南)이나 김응서(金應瑞) 같은 이가 떨쳐 일어나 적을 막아 기이한 공을 세운 경우가 많았다. 그런데도 검사는 엎드려 세상에 나오지 않고서 공명으로 스스로를 드러내고자 하지 않았으니, 어찌 된 것일까? 그는 기이한 술법을 가졌으니, 진실로 임진년의 변고가 하늘의 운수여서 구구하게 지혜와 용력으로 늦출 수 있는 것이 아님을 알았을 것이다. 예로부터 지혜롭고 용맹하고 능력이 특출한 인사도 흔히 변고를 면치 못하였으니, 작은 나라는 더욱 심하였다. 우리나라로만 말한다 해도 남이(南怡)나 김덕령(金德齡) 등이 모두 이러했다.

그런 까닭에 검사는 설령 깊은 산속에서 늙어 죽었다 하더라도 후회는 없었으리라. 어찌 세상에 전해지는, 두 사람이 만났다는 흰 머리의 은자와 풀옷 입은 사람의 부류가 아니겠는가? 그가 자기의 성명을 말하지 않은 것에 이르러서는 더욱 기이하다 하겠다. 하지만 검사는 두 왜인과 함께 십여 년을 지냈으니 또한 그 마음씨를 알 수 있었을 것이다. 하나는 적이 되고 하나는 자식이 되는데도 이를 가까이에 두었다가 마침내 그 도를 가지고 적을 가르쳐 제 몸을 죽이고 말았으니, 제 몸을 지키기는 잘했어도 사람을 알아보는 데는 어두웠던 것이다. 이는 이른바 '선표(單豹)가 내면을 길렀어도 범이 그 몸뚱이를 잡아먹은 것'이라 하겠다. 이 때문에 맹자는 "예(羿) 또한 죄가 있다."라고 말했다. 어쨌든 오대산의 노승은 오랑캐이긴 하지만 기남자라 하겠다.

해설

임진왜란 당시 이름을 알 수 없는 신비한 검객과 그의 제자가 된 왜인 검승(劍僧)의 기이한 전문(傳聞)을 적은 글이다. 검객은 가토 기요마사 부대의 최전방을 맡았던 3000명의 최정예 별동 부대를 혼자서 모두 쓸어 버렸다. 검승은 다른 왜인 한 명과 함께 검객의 제자가 되었는데 그 다른 왜인이 스승을 죽이자 스승을 위해 그를 죽이고 승려의 신분으로 조선에 남았다.

임진왜란 이후 50여 년이 지나 오대산에서 독서하던 선비가 승려가 된 왜인과 만났다는 설정은 구체성과 현실성이 떨어진다. 신광수가 이 일을 기록한 시점은 오대산 선비가 그를 만난 시점에서 다시 100년쯤 뒤이다. 신광수는 누구에게 이 이야기를 들었는지 밝히지 않는다. 전문은 몇 차례 전승을 반복하면서 살이 붙어 과장이 심해졌다.

적을 제자로 삼은 스승과 기회를 엿보다 그 스승을 배신해 죽인 제자 그리고 스승을 배신한 동료를 처단한 또 다른 제자의 이야기가 맞물리면서 서사가 펼쳐진다. 지은이는 제 몸은 잘 지켰지만 남을 알아보는 데는 어두웠던 검객과, 왜인임에도 스승에 대한 의리를 평생 지킨 오대산의 검승을 차례로 응시한다. 이를 통해 내면을 맑게 길렀지만 배고픈 호랑이에게 잡혀 먹힌 선표 이야기를 매개로 사람의 처세에서 어떤 것이 우선되는 가치인가를 되묻는다.

한 사람의 검객이 3000명의 일본 최정예 부대를 초토화하는 장면은 통쾌하면서도 씁쓸한 여운을 남긴다. 검승은 20세 이전에 스승과 만나 10년을 수행한 후 스승의 뜻하지 않은 죽음을 목격한다. 자신의 동료를 죽여 스승의 복수를 마친 후 50년 넘게 스승의 기일마다 제사를 올리며 사제의 의리를 지켰다. 이 같은 왜승의 자세는 묘한 느낌을 안겨 준다. 한 사람은 적을 길러 제 몸을 잃었고, 한 사람은 적을 스승으로 모셔 평생을 그 그늘 속에서 살았다. 임진왜란의 서사는 복수의 줄거리에 바탕을 두지만 주제는 여기에 있지 않다. 인생의 진정한 가치는 어디에 있는 것인지를 다시 한번 돌아보게 한다.

마 기사 이야기   書馬騎士事

마 기사(騎士)는 어떤 사람인지 모른다. 지난해 겨우내 막내아우 광하(光河)가 황해도 장단의 처가에서 돌아오다가 정오에 벽제역에서 쉴 때였다. 웬 손님이 서울 길로부터 준마 두 마리를 몰고 오는데 종도 거느리지 않고 직접 몰아 문으로 들어서는 것이었다. 그 사람을 보니 키가 여덟 자 남짓인데 이마가 시원스럽고 입이 크고 눈썹은 길어서 살짝 가까지가 닿았다. 멋진 수염 수백 가닥이 말할 때마다 문득 흔들렸다. 눈은 빛났고 작은 종립을 쓰고 검은 색깔의 좁은 소매 옷을 입었다. 포도 문양의 가죽신을 신고 비단 허리띠를 둘렀는데 은 손잡이에 옻칠을 한 채찍을 손에 들고 있었다. 예를 갖추지 않고 곁에 앉았다. 잠시 후 주머니 속에서 백 전을 꺼내 가게 주인을 부르더니 술과 돼지머리 하나를 가져오게 했다. 연거푸 몇 사발을 들이키고 나서 패도를 꺼내는데 빛이 사람을 한 자나 비추었다. 그 칼날에는 '추리(秋鯉)'라는 글자가 새겨져 있었다. 돼지고기를 자르더니 다 먹어 치웠다. 의기가 대단하여 곁에 아무도 없는 듯이 했다. 광하가 너무 놀라 그가 기이한 인사임을 알고 이렇게 물었다.

"그대는 무엇 하는 사람이오?"

그가 말했다.

"나는 기사요. 숙위(宿衛)차 올라갔다가 마치고 돌아오는 길입니다."

아우와 함께 한동안 얘기하다가 말이 박연 폭포의 기이한 경치에 미치자 그가 이렇게 말했다.

"나그네로 박연 폭포에 놀러 간 자가 있었는데 그가 말한 '삼나무 대문에 달 보기가 드무네'라는 한 구절이 기억나는군요. 이는 훌륭한 말입니다."

광하가 인하여 물었다.

"그대는 시를 잘하시오?"

그가 흔쾌히 대답했다.

"잘하오."

광하가 더더욱 그 하는 바가 기이한지라 이렇게 말했다.

"그대의 시를 청해 듣고 싶은데 괜찮겠소?"

그가 말했다.

"예전 지은 작품을 들으려 말고 이 자리에서 함께 시를 화답해 보면 알 것 아니오. 하지만 나는 신분이 낮아 선비님네와는 더불어 서로 접해 보질 못했으니 원컨대 먼저 세상에 알려진 좋은 시를 듣고 싶소."

광하가 그 깊고 얕음을 떠보려고 바로 "술은 시의 우익이 되고, 꽃은 기생의 정신이라네"라는 한 연을 들어 "한 시대에 회자되는 것이라오."라 하였다. 광하가 거론한 시는 고려 이규보가 지은 것인데 우리 형제가 일찍이 그 속되고 비루한 것을 비웃던 것이었다. 기사가 씩 웃더니 뚫어지게 보며 말했다.

"그대가 어찌 대놓고 사람을 모욕하기를 이리 심하게 하는가? 좋은 시를 듣고 싶소."

광하가 속으로 놀라 기뻐하며 이 사람이 안목을 갖춘 사람이라고 생각했다. 마침내 자리를 가까이 옮겨 말했다.

"내 장차 좋은 시를 그대에게 들려주리다. 그대가 들어 알기로 지금 세상에서 누가 시에 능한 사람이오?"

그가 말했다.

"세상에 그런 사람이 없지 않겠지만 내가 다 들어 알지는 못하오. 그렇지만 일찍이 한 구절은 기억이 나는구려. '떠나기 전 몇 잔의 술을 마시며, 감히 밝은 때를 한하지 않네.' 이것은 누가 지은 것인지는 모르겠고 또한 전편도 듣지 못하였소. 반드시 시에 능한 사람일 것이오."

이 시는 내가 예전에 영외로 부임하는 채제공을 전송하며 쓴 시였다. 광하가 더욱 크게 놀라 말했다.

"그대는 어디에서 이 시를 들었소? 바로 내 형님의 작품이라오."

기사가 말했다.

"어떤 사람이 서생의 작품이라고 전해 주더니 과연 그렇구려."

그러면서도 이른바 형의 성과 이름은 묻지도 않았다. 이에 광하가 그 두 형의 문집 및 선배인 이직심(李直心) 씨와 권헌(權攇)의 시를 들어 혹은 전체 시를 혹은 한두 연만 일부러 들락거리며 뒤섞어 외웠다. 그러자 기사는 문득 환하게 감탄하고 흥얼대며 읊조리기를 오래도록 하였다. 그 소리가 해맑아 사람의 마음을 움직였다. 또 능히 각각 그 시의 앞뒤를 분간하는데 하나도 실수가 없었다. 그러더니 말했다.

"오늘 좋은 시를 많이 들었소."

술이 거나해지자 인하여 그 평생을 대략 들려주었다. 집은 본래 해서(海西)인데 성은 마씨였다. 군적(軍籍)에 몸을 담고 임협(任俠)을 좋아해 술을 즐기고 시를 읊으며 집안 식구가 먹고사는 일은 신경 쓰지 않았다. 젊어서 한번은 동선령을 지나다가 도둑 몇이 겁박하자 추리검을 휘둘러 다 죽여 버렸다. 평양에 아끼는 기생이 있었는데 마음에 어긋나는 일을 하자 또 이를 죽였다. 하룻밤에 이백 리를 달아나 강호의 사이에 목숨을 숨기고는 몇 년 뒤에야 비로소 나왔다. 산수를 유람하며 금강산을 세 차례 들어가고 구군(九郡)과 설악산, 오대산, 청평산을 아울러 구경했다. 북쪽으로는 국도(國島)로부터 육진의 끝까지 가서 야인의 땅을 바라보았다. 남쪽으로 지리산을 구경하고 동래의 바닷가까지 이르렀다. 황해도와 평안도 쪽은 자신의 고향이나 이웃 같아서 이것으로 우리나라는 거의 한 바퀴 돈 셈이 되고 중국만 구경하면 천하를 다 본 셈이었다.

그가 또 말했다.

"산수가 실로 기이하다고는 해도 유람을 한다면서 바다를 보지 못한다면 애초에 유람을 한 것도 아닐 것이오. 또 기이한 인사와 함께 유람하지 않을 수가 없소. 내게 초서를 잘 쓰는 객이 있었소. 내가 산수를 유람할 때 늘 그를 함께 데려갔지요. 내가 경치를 만나 시를 지으면 반드시 객으로 하여금 먹을 듬뿍 갈게 해서 암벽 사이에 일필휘지하게 하고 버려두고는 다시 기록조차 하지 않았소. 한번은 천오백 전을 주고 배를 사서 나루에서 바람을 받아 제주로 들어갔더랬소. 하룻낮 하룻밤 사이에 바다에서 황룡이 물 위에 서서 서로 싸우는 것을 보았지요. 고래와 신기루는 기괴하고 괴상하더군요. 백록담에 오르니 이곳은 한라산의 꼭대기로 독룡(毒龍)이 사는 곳이었소. 그 서쪽은 중국의 소송(蘇松)과 복건(福建) 땅이랍디다. 맑은 날에는 남쪽으로 유구(琉球)가 바라다보이고, 추분이라 노인성이 정의(旌義) 앞바다에 뜨는 것을 볼 수 있었소. 크기가 술잔만 한 것이 바다에 잠기는데 천하의 기이한 경관이었소. 내가 정상에서 크게 소리를 지르면서 펄쩍펄쩍 뛰며 좋아서 미쳐 날뛰었소. 이윽고 시가 이루어지자 초서객(草書客)이 어지러이 붓을 휘둘러 어떤 것은 백록담 속에 던지고 어떤 것은 어지러운 바위틈에 버려두었소. 이와 같이 한 것이 사흘이었는데 아무것도 먹지 않았소. 흥이 다하였으므로 배를 끌고 서둘러 돌아왔소. 이때의 즐거움이 가장 통쾌해서 잊을 수가 없소."

광하 또한 기이한 것을 좋아하는 사람인지라 환한 표정을 지으며 말했다.

"그대는 진실로 천하의 선비요. 초서객 또한 기이하구려."

마 기사가 구슬프게 말했다.

"내가 초서객과 더불어 북쪽으로 돌아오다가, 객은 불행히도 길에서 죽었소. 내가 주머니 속의 돈을 꺼내어 관을 사서 길가에다 묻어 주었소. 객이 죽고 나서는 다시는 밖으로 나와 놀지 않았소. 뒤에 동생(董生)이란 자를 만났는데 동생 또한 기이한 선비였소. 시에 능하고 노래를 잘 불렀지요. 나를 따라 산과 못 사이를 노닐며 창화한 것이 몹시 많았소. 몇 해 전에는 나 스스로를 팔아 역관의 종이 되었지요. 연경의 저자를 유람하며 연나라 소왕과 악의(樂毅)의 남은 터를 구경하였소. 요와 금은 바뀌었고 명나라의 유민은 모두 오랑캐의 풍속이 된지라 돌아오고 말았소."

강개하여 나를 위해 그 일을 몹시 자세히 말해 주었다. 말을 마치더니 혜음령(惠陰嶺)을 똑바로 보며 아무 말도 하지 않았다. 혜음령은 명나라 장수 이여송이 싸움에 졌던 곳이다. 마침내 광하에게 시를 지어 주었는데 그 시는 다음과 같다.

지금에 벗의 도리 없다고 하나	于今無友道
그대는 옛사람과 다름없구려	夫子故人同
칼 뽑으니 가을 물보다 환하고	脫劍明秋水

시 논하매 고풍이 마음 울리네	論詩動古風
앞마을서 기마를 세워 보지만	前村騎馬立
지는 해에 싸움터는 텅 비었구나	落日戰場空
내일 아침 고양 길로 떠나가서는	明發高陽路
감문에서 술에 취해 늙어 가겠지	監門老酒中

광하가 그 자리에서 위 시에 화답하여 그에게 주었는데 시는 적지 않는다. 마 기사가 벌떡 일어나 채찍을 들더니 말했다.

"날이 저물었구려. 이제 헤어집시다. 피차간에 이름은 알 것 없고 그대는 다만 마 기사로 나를 알고 나 또한 그대를 한 서생으로 알겠소. 장부라면 절로 만나게 될 것이오."

다시 준마 두 마리를 몰아서 뒤도 돌아보지 않고 떠나갔다.

광하가 넋을 놓고 멍하니 바라보다가 그가 보이지 않게 되어서야 비로소 말에 올라 주막 문을 나섰다. 여러 날을 가서 집에 이르러 마 기사의 전후 이야기를 전해 주었다. 이때 등잔불은 가물가물 반쯤 어슴푸레하였다. 내가 누워서 이를 들었는데 처음엔 기뻐하다가 중간에는 놀라 일어나 앉았고 끝에 가서는 황홀하여 내가 누군지조차 모를 지경이었다. 신선이나 검객의 부류는 변화하여 숨었다가 드러나니 그 자취를 가늠하기 힘든 사람이다. 이윽고 다시금 탄식하면서 이를 슬퍼하였다. 마 기사는 세상의 기남자로 기사라는 직분에 자신을 감춘 자이다. 지금 사람들은 툭하면 옛날의 호걸과 기특한 선비는 다시는 이 세상에 있지 않다고 말하곤 하지만 마 기사 같은 사람이야말로 그런 사람이 아니겠는가?

우리나라가 비록 협소하나 훌륭한 인재와 빼어난 인물로 산과 못과 풀밭 사이에 숨어서 세상에 나오지 않는 자가 어찌 홀로 한 사람 마 기사에 그칠 뿐이겠는가. 저들은 혹 고기 잡거나 나무하고, 혹은 장사하고, 혹은 시정에서 혹은 하인으로, 혹은 중이나 거지로 살아간다. 술 팔고 개 잡으며 신 삼고 자리 짜는 부류로 재주를 감추고 자취를 숨겨 끝내 늙어 죽어 사라지고 마는 것이 초목과 다를 게 없다. 세상은 다시 그런 사람이 있다는 것조차 알지 못하니 어찌 슬프지 않으랴.

내가 마 기사의 시를 보니 호방하고 감정을 격동시켜 연나라와 조나라의 선비가 슬픈 노래로 비분강개하는 기풍이 있었으니 대개 불평을 지닌 자의 울음이었다. 아아! 마 기사는 호쾌하고 얽매이지 않는 기질을 가지고 낮은 부류로 떠돌며 그 장쾌한 마음을 펼 길이 없었다. 하는 수 없이 산수와 시주(詩酒)의 노닒으로 이를 풀었으니 그 울음소리가 어찌 불평스럽지 않을 수 있으랴.

하지만 마 기사는 시대와는 만나지 못했어도 산수와 만났고, 시와 술과 만났으며, 초서객과 동생과도 만났으니 마 기사가 완전히 불우했다고는 할 수 없다. 나 같은 사람은 비록 나아가긴 했어도 세상과는 화합하지 못했고 물러나 산수에 뜻을 두었지만 이 또한 능히 하지 못했으며 시와 술에 뜻이 있었으나 능히 하지 못하였다. 초서객과 동생은 생각건대 무엇으로 그와 종유하면서 마 기사의 비웃는 바가 되지 않았던 걸까?

내가 매번 내 아우에게 그때 마 기사가 사는 마을과 이름을 물어보지 않은 것을 나무라곤 했다. 그러면 내 아우는 웃으며 이렇게 말했다.

"그 사람이 형님의 성과 이름조차 묻지 않는데 자기 이름을 즐겨 말하겠습니까?"

내가 만일 그 경우에 당했더라면 반드시 처리할 방법이 있었을 거라고 생각했다. 나중에 이직심 씨와 더불어 이 일을 말하니 그가 개연히 말했다.

"그가 굳이 자신의 이름을 말하려 들지 않았다면 아우님이 어째서 하루 일정이라도 따라가지 않았더란 말이오?"

서로 탄식해 마지않았다.

아아! 마 기사는 틀림없이 세상에 있는데 나는 그를 본 적이 없으므로 그가 날마다 내 앞을 지나가도 내 어찌 그가 마 기사인 줄을 알겠는가? 내가 들으니 송도에 마씨 성의 큰 집안이 있다고 한다. 지난해 황해도를 크게 돌아볼 적에 순찰사가 사족의 자제로 활 쏘는 자를 선발하여 한 부대로 편성하고 기사라 부르며 대사마(大司馬)의 휘하에 소속시켜 금군(禁軍) 일을 보게 하였으니 기사란 대개 해서 지역 자제를 일컫는 호칭이다. 마 기사는 송도의 마씨인데 송도와 해주가 가까우므로 황해도 사족의 자제가 아니겠는가? 하지만 그 행적은 알 길이 없다. 내가 먼저 장가를 지어 뜻을 부쳤고 올겨울에 광하가 다시 장단으로 가므로 내가 또 절구 두 수를 지어서 그 가는 걸음에 건네주었다.

마씨 집안 기사는 이름을 모르는데	馬家騎士不知名
지난해 역로에서 그대를 만났다지	去歲逢君驛路行
천하의 남아를 듣고 보진 못하지만	天下男兒聞不見
올해는 나를 위해 개성에 들러 주오	今年爲我問開城
듣자니 두 형의 시 외워서 들려주자	聞君傳誦兩兄詩
마 기사 이를 듣고 대단하다 말했다지	騎士聞之稱絶奇
사나이 어이해 아는 이만 기다리리	男子何須舊識面
강개한 그 마음을 이미 서로 알았다네	寸心燕趙已相知

신광수

벽제를 지날 적에 나를 위해 그 벽에 붙여서 훗날 마 기사가 다시 지날 때 내가 누구인지 알게 하라 하였다. 하지만 광하의 말이 병이 나는 바람에 고양을 거쳐 빠른 길로 가느라 벽제를 들르지 못했다. 벽제는 서울에서 장단으로 가려면 반드시 거치는 곳이다. 벽에 써 붙이는 것은 지극히 쉬운 일이나 벽제의 벽에 붙이는 것을 아직도 하지 못하였으니 마 기사를 어찌 또 볼 수 있겠는가?

하루는 권국진을 만났더니 내게 이렇게 말하는 것이었다.

"내가 서울에 있을 적에 아우님에게서 마 기사 만난 일을 들었소. 뒤에 송도 사람에게 물어보니 송도 사람들도 마 기사의 이름은 모르고 그저 해서 사람이라는 것만 압디다. 개성부를 왕래하며 장사를 하는데 남의 돈을 빌려서 이문을 수백 수천 배를 거두어도 반드시 한 배만 가져가고 그 나머지는 모두 물주에게 돌려준답니다. 또 한번은 창성(昌城)의 호시(互市, 외국과의 교역 또는 그것이 이뤄지는 시장)에 갔다가 달밤에 황금루에 올라 시를 지었다는데 그 첫 두 구절은 잊어버렸습니다. 그 시는 이렇습니다."

어두운 구름 만 리는 오랑캐의 소굴인데	雲冥萬里單于窟
달 밝은 삼경에 군사는 누(樓) 지키네	月白三更戍客樓
천지 비록 남북으로 경계를 나눴어도	天地雖分南北界
산하는 병자 정축년의 부끄러움 띠고 있네	山河尙帶丙丁羞

또한 미련의 한 구절을 잊어버렸고 "오랑캐 성내어 보며 검을 홀로 뽑는다(怒看旄頭劍自抽)"라고 하였다. 끝에 말한 내용은 또 내가 이전에는 들어 보지 못한 것이었다.

마 기사의 일은 들으면 들을수록 더욱 기이하다. 이 밖에 세상에 알려지지 않은 것은 반드시 더욱 기이할 것이다. 하지만 그 사람은 끝내 만나 볼 수가 없다. 내가 마침내 내가 들은 것을 위와 같이 써서 더 늙기 전에 한번 만나 보는 행운을 기대한다. 또 늙어서도 만나지 못한다면 내 글을 보며 마 기사를 만나 본 듯이 여기겠다.

해설

동생 신광하가 벽제역 주막집에서 만나 얘기를 나눈 마 기사(馬騎士)란 인물에 관한 이야기다. 묘사가 생생하고 스토리가 흥미진진하다. 마 기사는 여덟 자의 후리후리한 장신에 시원스러운 외모를 지녔다. 수백 가닥의 수염은 아름다웠고 눈은 반짝반짝 빛났다. 복장과 몸에 지닌 소품은 모두 당시의 최고급품이었다. 주막에서 100전을 꺼내 놓고 돼지머리 하나를 날카로운 패도를 꺼내 잘라서 술과 함께 다 먹어 치웠다. 그의 직업은 숙위(宿衛), 즉 호위와 호송의 책임을 맡은 기사였다.

뜻밖에 화제가 시 쪽으로 번져 가도 그는 조금도 꿀리지 않고 대화를 이어 간다. 의기가 투합한 그는 신광하에게 자신의 평생사를 들려준다. 그는 황해도 출신으로 군적(軍籍)에 몸을 담았다. 임협을 좋아해 도적 떼를 죽이고 아끼던 기생이 배신하자 그 또한 죽였다. 그러고는 신분을 감춘 채 산수 유람으로 여러 해의 세월을 보냈다. 함경도에서 영호남까지 전국을 다 돌고, 바다 건너 한라산 정상까지 등반했다.

초서를 잘 쓰는 초서객과 동행이 되었던 여행길의 묘사 중 백록담 장면은 압권이다. 그가 죽자 관을 사서 길가에 묻어 준 일은 기이하다. 동생(董生)이 그 이후 그의 동반자가 되었다. 국내 유력을 다 마치자 그는 역관의 종이 되어 중국의 연경까지 다녀왔다. 오랑캐의 천하가 된 중원에 실망하여 그는 돌아온 후 다시는 마음에 두지 않았다.

그는 다만 예사롭지 않은 시 한 수를 남겨 둔 채 이름도 밝히지 않고 사라졌다. 글쓴이는 그의 행동과 남긴 시에서 비분강개의 기풍을 읽고 불평을 지닌 자의 울음소리를 들었다. 마 기사는 세상과 못 만났지만 아름다운 산수와 멋진 사람을 만났고, 신광수 자신은 그런대로 세상의 인정을 받았지만 정작 뜻 맞는 일은 하나도 해 보지 못했다. 안타까웠던 지은이는 아우 편에 그가 늘 다닌다는 벽제 주막 벽에 자신의 시 두 수를 붙이게 하며 은근한 만남을 기대했지만 그 또한 불발에 그쳤다.

글은 권국진이 들려주는 마 기사에 대한 후일담으로 이어진다. 송도 사람들에게도 그는 유명인이었지만 아무도 그의 이름을 몰랐고 그저 해서 사람인 것만 알았다. 그는 개성을 들락거리며 돈을 빌려 장사를 해서 원금에 해당하는 이문만 남기고 나머지는 물주에게 돌려주는 방식으로 신용을 쌓았다.

끝에서 중국 창성의 황금루에 가서 지었다는 그나마도 한 구절이 탈락된 시 한 수를 적음으로써 그가 과연 실존의 인물이요, 허구의 산물이 아님을 다시 한번 강조했다. 마 기사의 소소한 행동의 묘사를 통해 그가 명나라와의 의리를 지켜 청나라에 대한 적개심을 품은 인물인 것처럼 암시하고 있는 대목도 눈에 띈다. 하지만 큰 포부를 품었던 그가 할 수 있는 일이란 남을 위해 장사를 돕거나 숙위를 서는 하찮은 일뿐이고 날카로운 명검은 고작 돼지머리를 잘라 먹는 데 소용이 될 뿐이다.

신광하가 전한 마 기사의 이야기는 당대 작가 주변 인물들에게 큰 반향을 일으켰던 듯하다. 이헌경(李獻慶, 1719~1791년)의 『간옹집(艮翁集)』

에 신광수에게 마 기사의 이야기를 전해 듣고 소감을 적은 「마기사사후제(馬騎士事後題)」란 글이 수록되어 있다. 송나라 때 구양수가 호협(豪俠)과 기절(奇節)의 인사로 석만경(石曼卿)과 비연(秘演) 두 사람과만 가까웠던 일을 들고, 마 기사와 그의 벗 초서객과 동생을 이들에 견주어 인재를 알아보는 안목을 선망한 내용을 담았다.

앞서 본 「검승전」의 검객처럼 마 기사도 구체적 행적은 여전히 베일에 싸여 있는 신비스러운 인물이다. 두 편 모두에서 임협을 숭상하는 당시 지식인 사회의 풍기를 은연중에 느낄 수 있다. 무력한 현실 속에서 이해타산을 따지지 않고 의기가 넘치는 상남자에 대한 동경의 일단이 느껴진다.

안정복

安鼎福

1712~1791년

조선 후기의 실학자, 역사가. 본관은 광주(廣州), 자는 백순(百順), 호는 순암(順庵)이다. 이 밖에 한산병은(漢山病隱)·우이자(虞夷子)·상헌(橡軒) 등의 호를 썼다. 1726년 이후 무주에 살다가 1735년 조부의 사망 이후 고향인 경기도 광주 경안면 텃골로 돌아와 '순암(順菴)'이라는 소옥(小屋)을 짓고 과거를 포기한 채 학문에 몰두했다.

가학의 영향으로 음양(陰陽)·성력(星曆)·의약(醫藥)·복서(卜筮)의 학문을 익혔고, 손자(孫子)·오자(吳子) 등의 병서와 불교·노자(老子)의 사상에도 심취했다. 특별히 역학에 조예가 깊었다. 학문은 주자학에 근간을 두었다. 1746년 성호 이익을 방문해 문인의 예를 갖추었다. 이를 통해 학문에도 새로운 전환을 맞았다. 이 무렵 이익의 여러 문하들과 학술적 교유를 지속했다. 1749년 후릉 참봉에 임명되나 부임하지 않고, 1751년 만녕전 참봉이 되었다. 이후 물러나 20여 년 동안 저술에만 힘을 쏟았다. 1772년에 왕세손인 정조의 사부가 되었고, 1789년 통정대부에 올랐으며, 천주교 비판의 공로로 사후 자헌대부 광성군(廣城君)에 피봉되었다.

안정복은 전통적 질서를 적극 옹호하여 근기남인 중에서도 가장 보수적인 입장에 섰다. 그의 저술은 20여 편이 전한다. 『잡동산이(雜同散異)』나 『사론(史論)』 등은 방대한 분량의 메모를 담고 있는데, 그의 학문 세계 이해에 도움을 준다. 대표적 저술에 『하학지남(下學指南)』

이 있고, 『가례집해(家禮集解)』와 『동사강목(東史綱目)』,

『천학고(天學考)』 등과 문집 『순암집(順菴集)』이 전한다.

성호 선생 제문 　　　祭星湖先生文

癸未

아! 슬프다. 선생께서 이에 이르렀단 말인가. 굳세고 독실함은 선생의 뜻
이요, 정대하고 환한 것은 선생의 덕이며, 정밀하고 드넓은 것은 선생의
학문이다. 따스한 바람과 밝은 구름은 그 기상이요, 가을 달과 빙호(氷
壺)는 그 품은 마음이다. 이제 다시는 볼 수가 없으니 장차 어디로 의지
하여 돌아가겠는가.

아! 슬프다. 그 도로 말한다면 지나간 것을 이어 장차 올 것을 열 수
가 있고, 그 남기신 것을 미루어 본다면 백성을 지키고 임금을 높이기에
충분하였다. 하지만 곤궁하게 지내면서 뜻을 펴지 못했으니 참으로 하
늘의 이치를 알기가 어렵다. 선생의 입장에서 본다면 비록 드넓은 허공
의 뜬구름과 같을 것이나 우리의 입장에서 말한다면 하늘에 호소하고
싶어도 할 데가 없는 것이라 하겠다.

아! 내가 문하에 이름을 얹은 것이 열여덟 해이다. 얼굴을 직접 뵌 것
은 드물었지만 빈번히 글로 가르침을 주시어 『소학』과 시례(詩禮)의 글로
권면하시고, 자신을 감추고 실지를 힘쓰는 공부로 훈계하셨다. 비록 부
지런히 이끌어 주셨으나 여태도 어리석음을 깨치지 못하였으니, 은혜가
깊고 의리가 무거워 삼가 두려워하며 몸가짐을 살피곤 한다. 『동사강목』
을 엮을 때에는 지도해 주심이 조금의 남김도 없었다. 강역(疆域)이 어지

러이 뒤섞여 미처 정하지 못한 것과 의리가 가리어져 환하게 드러나지 않은 것도 그 가르침을 받들지 않음이 없었다. 『성호사설』에 이르러서는 외람되이 부탁하심을 입어 땅을 지고 바다를 머금은 듯 의리가 한데 모여 있는지라, 비록 번다한 것을 깎아 내라는 가르침이 있었으나 줍다란 소견으로 어찌 능히 하늘과 바다의 깊고 넓은 것을 헤아릴 수 있었겠는가. 꾸며서 열 권으로 만들어 장차 올리려 하였는데 그 책을 올리기도 전에 부음을 받음에 남기신 글을 끌어안고 슬픔만 더할 뿐이다.

아! 내가 부족하여 섭생의 방법을 몰라 십 년간 기이한 병으로 피가 막히고 화기가 뻗쳐 가까이에서 모시지 못한 것이 열두 해 남짓이었다. 이 같은 증세가 조금만 나으면 어른을 다시 모시려 하였는데 어찌 소원을 이루기도 전에 갑작스레 돌아가셨단 말인가. 아득한 천지에 내 마음을 어찌 진정시키겠는가.

아! 슬프다. 죽고 살고 없어지고 생겨나는 것은 이치가 한 가지로 돌아가게 마련이다. 세상을 싫어하여 구름을 타고 오르면 하늘나라에 이를 수 있으니 병(瓶)이 변한 학[선생께서 지난날 보낸 글에 "꿈에 술병이 학으로 변해서 그것을 타고 허공에 올라가 유람하니 통쾌하였다."라고 말씀하셨다. 그래서 여기에서 인용하여 우리의 고사로 삼는다.]을 타고 위로 올라가는 것은 선생께는 즐거운 일이 되겠지만 남기신 글을 어루만지며 부르짖으매 소자의 아픔만 더할 뿐이다.

아! 슬프다. 선생께서 누워 계실 때도 몸소 가서 보살펴 드리지 못하였고, 선생께서 돌아가셨을 때도 유언을 듣고 반함(飯含, 죽은 이의 입에 구슬을 물리는 일)하고 염습함에 참여하지 못하였다. 비록 병 때문이었다고는 하나 죽어서도 남는 유감이 있을 것이다. 흰 두건에 허리띠를 두르고 조금이나마 정성을 보이려고 자식을 시켜 달려가 문상하였으나 슬픈 마음이야 어이할 수 있겠는가. 거칠고 쇠약하여 글을 이루지 못하니 말에 차례가 없다. 돌아가신 영령께서 남아 계신다면 살펴 주시리라. 아! 슬프다. 흠향하소서.

해설

성호 이익은 평생 안정복의 든든한 배경이 되어 주었던 스승이다. 스승의 부고를 받고 쓴 이 제문은 '오호(嗚呼)'로 시작되는 여섯 단락으로 구성되었다. 첫 단락에서는 성호의 인간과 학문을 정리하고, 이어 그 학문적 성취와 현실의 불우를 탄식했다.

이후 1746년 처음 이익의 문하에 들어가 공부하던 과정을 하나하나 음미했다. 자신의 대표작인 『동사강목』 저술 당시의 가르침과 『성호사설』의 정리를 위임받고도 작업을 마치지 못한 일을 애석해했다. 이어 자신이 병으로 자주 찾아뵙지 못한 사정과 갑작스러운 스승의 죽음으로 인한 애통한 마음을 편 후, 끝에서 자신의 와병으로 인해 임종도 못 하고 장례에도 자식을 보내 문상하는 비통함을 적었다.

안정복은 1753년 이익의 저술인 『도동록(道東錄)』을 편집해 정리하고 책 이름을 『이자수어(李子粹語)』로 고쳤고, 1762년에는 이익의 대표적 저술인 『성호사설』의 목차와 내용 등을 스승의 분부에 따라 첨삭, 정리하여 『성호사설유선(星湖僿說類選)』을 편집하였다. 그는 이익의 적통을 자임하여 이익이 1715년경에 쓴 『사칠신편』을 바탕으로 성리학의 체계를 세워 연원을 세우는 데 진력하였다.

우리나라의 국경에 대하여

東國地界說 戊寅

우리나라는 삼면이 바다에 둘러싸여 있고 서북쪽은 지형이 험하니 실은 사방에서 적을 맞는 나라이다. 바닷길로 말하자면 왜와 맞닿아 있으니 동남쪽 바다가 가장 가깝다 하겠다. 대마도와 일기도, 남도(藍島, 아니노섬)와 평호도(平戶島, 히라도섬) 및 서해의 구주(九州, 규슈) 지역은 모두 돛을 달아 바람을 맞으면 한나절이나 하루 또는 이삼 일이면 가 닿는 일정이다. 은기주(隱歧州, 오키주)와 백기주 같은 지역은 강원도 동해와는 불과 사나흘의 거리다. 만약 화친을 잃게 되면 삼면의 바다가 모두 그 해를 입는다. 서해 한 면은 왜의 근심뿐 아니라 예로부터 매번 풍랑을 근심해 왔다.

또 만약 중국과 틈이 생긴다면 물과 뭍으로 모두 등주(鄧州)와 내주(萊州), 회수(淮水)와 절강(浙江) 지역에서 돛을 달고 쳐들어 올 것이니 한위(漢魏)와 수당(隋唐)의 일을 거울로 삼을 수 있다. 하지만 동서와 남쪽은 각각 바다를 경계로 삼고 있어 강역을 가지고 다투지는 않는다. 하지만 서북면의 경우는 육지와 맞닿고 산융(山戎)과 붙어 있는 데다 중국과도 통하는지라 득실이 일정치가 않다. 본질을 따져서 논한다면 요나라 땅의 절반과 오라(烏喇, 길림 지역의 옛 명칭) 지역의 남쪽이 모두 우리의 땅이었다. 하지만 수나라와 당송의 시기에 발해와 거란, 여진 등의 오랑캐가 번갈아 일어나는 통에, 땅의 경계는 점차 위축되고 말았다. 애석하다. 신라 문무왕(文武王) 이후로는 모두 원대한 계획이 없이 백제를 병합하고 고구려를 평정한 것으로 뜻이 충분히 이루어졌다고 여겨, 다시 고구려의 옛 땅을 회복할 수가 없어 발해로 하여금 앉아서 성장하게끔 했다. 뒤에 와서 고려 태조가 요나라와 관계를 끊었으니 그 뜻이 또한 우연은 아니었으나, 불행히 도중에 세상을 뜨고 말았다.

후대의 왕들이 비록 능히 그 뜻을 이었다고는 하나 서쪽으로는 압록강을 한계로 하고 북쪽으로는 두만강을 경계로 삼는 데 지나지 않았다. 그리하여 요동 땅은 능히 한 걸음도 엿볼 수가 없었다. 성조께서 왕업을 창업하심에 이르러 황제에게 봉호를 청함에 화령(和寧)이라 하려 했다. 화령이란 함경도 영흥(永興)의 별호이다. 성조께서 애초에 화령백(和寧伯)으로 봉해졌던 것은 일반적으로 국호(國號)가 그 봉작(封爵)의 호칭일 뿐 아니라, 북쪽 땅은 성조께서 나고 자란 땅이었기 때문이다. 이 때문에 성조의 뜻은 대개 이 지역을 아울러 차지하려 한 것이어서, 이것으로 호를 청했던 것이다. 오랑캐가 점차 성대해지자 선춘령(先春嶺)의 옛 강토 또한 능히 보전하지 못하였다. 그 결과 덕릉(德陵)과 안릉(安陵) 두 능이 이역 땅으로 들어가고 두만강과 압록강은 하나의 큰 움직일 수 없는 한계가 되고 말았다. 이것이 뜻있는 인사들이 길게 한숨 쉬고 짧게 탄식하는 까닭이다.

지금의 군사력으로는 기자(箕子)와 고구려의 옛 강역을 회복하고 목조(穆祖)와 익조(翼祖)의 옛 살던 곳을 되찾는 것은 논할 수가 없다. 마땅히 옛일을 자세히 알아 그 경계를 분명히 하여 자강의 도리로 삼을 뿐이다. 일찍이 들으니 "숙종조 임진년(1712년)에 목극등(穆克登)이 와서 국경을 정할 적에 마땅히 분계강(分界江)으로 경계를 삼았어야 했다. 분계강은 두만강 북쪽에 있으니, 그 이름을 분계라 한 것은 피차의 경계가 되기 때문이다. 하지만 능히 자세히 살피지 못하여 공연히 수백 리의 땅을 포기한 것이니, 이제껏 북방의 사람들이 흔히 한탄하곤 한다. 당시에 일을 맡은 자들은 그 책임을 면할 수 없다."라고들 하였다.

그러나 제왕의 다스림은 덕에 힘쓸 뿐 땅에 힘쓰지 않는다. 그럴진대 이것은 사소한 일과 관계되나 큰 걱정거리이다. 만약 중국에 변고가 있어 여진족이 남쪽으로 옮겨 온다면 요동과 심양 일대는 또한 스스로 서서 힘을 뽐내는 자가 있게 될 것이니 공손씨(公孫氏)와 모용씨(慕容氏, 선비족), 대씨(大氏, 발해)와 동진(東眞, 금나라의 요동 선무사(遼東宣撫使) 포선만노가 간도 지방에 세운 대진(大眞)이 두만강 유역으로 쫓겨 오면서 불리게 된 이름)의 무리 같은 것이 이들이다. 당시에는 고구려가 강성하였으므로 이씨(二氏)의 근심을 입지 않았다. 신라는 요 땅과 거리가 있는 데다 대씨가 때마침 지경 안에 힘을 쏟고 있었으므로 단지 패수 이북의 땅만 잃고 말았다. 고려의 경우는 몽고의 도움이 있어서 동진이 우리에게 큰 상처를 줄 수 없었다. 원나라 순제(順帝)가 제 본거지로 패주하자 흥경(興京, 중국 요령성(遼寧省) 동쪽에 있던 옛 현)과 오라의 수천 리 땅이 또한 스스로 왕을 세우기에 충분하였다.

땅의 경계가 맞닿아 있는 데다 오래된 예로써 조공을 바치다 보니 이해가 더욱 심하였다. 이 때문에 국경의 다툼이 일어나면서 내부에서 모반하는 틈이 생기곤 했다. 소손녕(蕭遜寧)이 와서 고구려의 옛 국경을 찾고 명나라 태조가 장차 철령위(鐵嶺衛)를 세우려 할 때 만약 서희(徐熙)와 박의중(朴宜中)이 훌륭하게 대답하지 못했더라면 아마도 거의 이 지역을 보전하지 못했을 것이다. 조휘(趙暉)는 쌍성(雙城)에서 반란을 일으키고 한순(韓恂)은 의주(義州)를 가지고 모반하였다. 만약 대국에 자취를 맡겨 의리상 천자의 직할지와 같게 하지 않았더라면 끝내는 이를 잃고 말았을 것이다.

게다가 천하에 일이 많고 보니 도적 떼가 횡행하여 우리나라 지역은 언제나 도망하는 장소가 되곤 했다. 전국 시대 말기에는 한나라 사람이 바다를 건너와 삼한을 세웠다. 연나라가 어지러워지자 위만(衛滿)이 동쪽으로 오니 기씨(箕氏)가 망하였다. 대씨가 멸망하자 그들의 남은 무리 수만 명이 모두 우리에게 투항하였다. 하지만 저들은 약하고 우리는 강성했으므로 능히 위만의 옛 방식대로 할 수는 없었다.

거란이 망하자 김시(金始)와 김산(金山) 등이 또한 우리에게 귀순하였다. 지난날 신하로 섬기던 예를 요구하며 제멋대로 약탈했으나 그 형세는 또 발해와는 달랐다. 다만 몽고와 동진이 가까운 땅에서 일어났으므로 이에 힘입어 소탕하여 평정하였다. 내안(乃顔) 왕이 원나라에 모반했다가 사로잡히자 그 나머지 무리인 합단(哈丹)이 또 동쪽으로 달아나 약탈을 자행했는데 또한 원나라의 도움을 받아 평정하였다.

원나라가 망하자 나하추(納哈出)가 크게 북쪽 지경으로 들어오니 홍건적(紅巾賊)이 어지러이 달아났다. 우리나라는 이때 대국의 구원이 없었으므로 형세가 몹시 다급하였다. 하지만 다행히도 우리 태조(太祖)의 신묘한 무력과 세 원수(안우(安祐), 이방실(李芳實), 김득배(金得培))의 용력에 힘입어 마침내 능히 완전히 평정할 수 있었다. 명나라가 망했을 때도 우리나라가 또한 먼저 군대를 받았다. 예로부터 천하의 용병은 언제나 동북쪽에 있었다. 우리나라가 화를 입은 연유도 앞선 자취가 너무도 또렷하다. 이것을 살핀다면 바다를 방비하고 변방을 방어하는 대책에 대해 나라를 관리하는 인사라면 마땅히 뜻을 더 두어야 한다.

해설

역사학자로서 안정복의 면모가 잘 드러난 글이다. 우리나라의 국경과 영토에 관한 논의를 풍부한 역사적 사실에 바탕하여 정리하였다. 삼면이 바다로 둘러싸인 지정학적 입지와 중국과 일본의 침략 위험을 감수할 수밖에 없는 지리적 환경 그리고 신라 문무왕 이후 고구려 옛땅에 대한 회복 의지를 잃고 영토가 한반도에 국한되고 만 사정을 지적했다.

고대 조선의 광역을 회복하자면 옛일에 대한 이해가 선행되어야 하고, 그러자면 국경을 분명히 하여 자강의 도리를 얻는 것이 중요하다고 보았다. 숙종조 중국과의 국경 문제의 처리가 잘못됨으로써 발생한 문제를 지적하고, 고구려 이래 역대 왕조별로 국경을 두고 벌어진 각종 전쟁과 역사적 사실을 세세히 나열했다. 옛일을 통해 앞일을 헤아리자는 취지로 국경 문제를 살펴, 바다와 변방을 방비하는 대책으로 삼아야 한다고 주장했다.

일상의 배움부터

題下學指南 庚申

배운다는 것은 앎과 행함을 통틀어 이름 붙인 것이다. 그 익히는 바는 성인을 배우는 것이다. 성인은 나면서부터 알아 편안히 행하므로 인륜의 지극함이 된다. 성인의 도를 배운다 함은 성인의 앎과 행실을 구하는 데 지나지 않으니 날마다 쓰는 떳떳한 윤리를 벗어나지 않는다. 순임금은 여러 사물에 밝았고 인간의 윤리를 잘 살폈다. 그 여러 사물의 이치를 밝게 앎을 말하되 특히 인륜을 살피는 데 더욱 정밀하였다. 『대학』에서 격물치지(格物致知)의 뜻을 논하면서 또한 "먼저 할 것과 뒤에 할 것을 알면 도에 가깝다." 하였다. 앎은 비록 갈래가 많지만 마땅히 먼저 행해야 할 것은 실로 날마다 쓰는 떳떳한 윤리를 벗어나지 않는다.

『맹자』 또한 이렇게 말했다. "요순의 지혜로도 모든 사물에 두루 미치지 못했던 것은 먼저 해야 할 것을 급히 먼저 했기 때문이다." 먼저 힘쓴다고 함은 어떤 일을 가리키는가? 공자께서는 "아래를 배워서 위로 도달한다."라고 하였으니 아래라는 것은 비근한 것을 말한다. 비근하여 알기 쉬운 것은 날마다 쓰는 떳떳한 윤리가 아니고 무엇이겠는가. 여기에다 공력을 쏟아 계속 쌓아 가서 얼마간 힘들고 괴로운 경계를 다 거친 뒤에, 몸과 마음이 하나가 되어 힘들고 꽉 막히는 근심이 없어야만 쾌활하고 통쾌한 경계를 볼 수 있게 된다. 상달(上達)이 바로 여기에 있다. 때문에 이른바 배운다는 것은 단지 하학(下學)을 말할 뿐이다.

성인의 말과 행실은 『논어』 한 권 속에 모두 갖추어져 있다. 그 말은 모두 하학의 비근한 것이고 쉬이 알고 쉬이 행할 수 있는 일이어서 그다지 높거나 행하기 어려운 일이 없다. 하지만 후세에 배움을 논할 때면 언제나 심학(心學)과 이학(理學)만을 말한다. 심(心)과 이(理) 두 글자는 형체와 그림자가 없어 붙잡을 수도 없으니 모두 허무맹랑한 이야기다. 공자께서는 "집에서 지낼 때는 공손하게, 일을 살필 때는 공경스럽게, 남을 대할 때는 충성스럽게 하라." 하셨고 또 "말은 충성스럽고 믿음성 있게, 행실은 도탑고도 공경스럽게 하라." 하셨다. 과연 이 같은 하학의 공부에 능하여 잠시도 놓아두지 않고 오랫동안 익혀 나가면 맑고 밝음이 내 안에 있어 뜻과 기운이 신령스러워진다. 마음을 붙들지 않아도 있게 되고 이치는 궁구하지 않아도 분명해지니 절로 능히 상달의 경계에 이를 수가 있다.

후세의 학자는 하학을 비천(卑淺)하다 하여 탐탁히 여기지 않고 항상 천인성명(天人性命)과 이기사칠(理氣四七)의 말에만 얽매이며, 가만히 그 행실을 따져 보면 일컬을 만한 것이 없으면서도 상달을 모르는 것만을 부끄럽게 여긴다. 그리하여 종신토록 학문을 해도 덕성(德性)이 끝내 성립되지 못하고 재기(才器)가 끝내 성취되지 못하여 여전히 학문을 하지 않은 사람의 모양을 하고 있으니 과연 무슨 유익함이 있겠는가. 이는 하학의 공부를 몰라서 그런 것이다.

해설

『하학지남(下學指南)』은 1740년 29세 때 지은 저술로, 안정복이 경학에 대한 실전 윤리 지침서로 힘을 쏟아 쓴 책이다. 그의 초기 사상을 대표한다. 『하학지남』은 주희의 『소학』을 본떠 지었다. '하학이상달(下學而上達)'을 기본 강령으로 삼아 기초 학문인 하학의 중요성을 반복해서 강조하였다.

하학은 일상의 비근한 예절과 행실을 익히는 것이고, 상달은 심학이나 이학에서 천인성명과 이기사칠을 따지는 공리(空理)의 학문이다. 하학 공부를 오래 익혀 몸에 배면 상달의 경계는 절로 이르게 된다. 하지만 세상은 하학 공부는 거들떠보지도 않은 채, 상달 공부만 올려다보니, 공부를 할수록 유익함은 적고 꽉 막혀 통쾌한 경계를 만날 수가 없게 된다고 보았다.

비근한 일상의 일을 도외시한 채 공리공담에 힘쓰는 것을 학문으로 알아 현실과 갈수록 멀어져 버린 학문 태도에 경종을 울리기 위해 썼다.

『동사강목』서문　　東史綱目序 戊戌

우리나라는 역사 또한 갖추어져 있다. 기전체의 역사서로는 문열공(文烈公) 김부식의『삼국사기』와 문성공(文成公) 정인지의『고려사』가 있다. 편년체 역사서로는 사가(四佳) 서거정(徐居正)과 금남(錦南) 최부(崔溥)가 왕명을 받들어『동국통감(東國通鑑)』을 엮었다. 이것에 바탕을 두고 유계(兪棨)의『여사제강(麗史提綱)』과 임상덕(林象德)의『동사회강(東史會綱)』이 지어졌다. 간추려 엮은 것은 권근(權近)의『동국사략(東國史略)』과 오운(吳澐)의『동사찬요(東史纂要)』같은 책이 있어 두루 갖추어져 성대하다. 하지만『삼국사기』는 소략하기는 해도 내용이 알차고『고려사』는 번다하지만 요점이 부족하다.『동국통감』은 의례가 잘못된 것이 많고『여사제강』과『동사회강』은 필법이 간혹 어긋난다. 잘못이 잘못을 낳고 오류가 오류를 빚음에 이르러서는 여러 책이 다 똑같다.

　내가 이를 읽고 안타까워 마침내 바로잡으려는 뜻이 있었다. 우리나라 역사서와 중국의 역사서 중 우리나라 일에 대해 언급한 부분을 널리 취하되 한결같이 주자가 만든 법도에 따라 모아 엮어 한 질을 이루었다. 이는 개인적으로 비단에 싸서 보관하여 두고 참고 삼아 살피려 한 것일 뿐, 감히 역사서를 찬술함을 가지고 자처하려 한 것은 아니다.

　대저 역사를 기술하는 사람의 큰 원칙은 계통을 밝히고 나라를 찬탈

한 도적을 엄하게 나무라며 충절을 기리고 시비를 바로잡으며 제도와
문물을 상세하게 기록하는 데 있다. 이 점에 있어서 앞서 말한 여러 역
사책은 실로 논의할 만한 것이 많다. 그래서 한결같이 모두 바로잡았다.
하지만 와전되어 오류가 심한 것은 따로 부록 두 권을 만들어 뒤에다 붙
였다.

책이 이루어진 지 이십여 년이 되었지만 오래도록 깨끗이 베껴 쓰지
못하였다. 병신년(1776년) 겨울에 충청도 목천 현감이 되어 사무를 보는
여가에 한 본을 쓰고, 인하여 그 연유를 적어 가숙(家塾)의 자제들에게
쓰라고 주었다.

해설

『동사강목』은 정통론의 관점에서 단군 이래 고려 말까지의 역사를 정리
한 안정복의 대표적 저술이다. 필사본 20권 20책 분량으로 본편 17권,
부록 3권으로 되어 있다. 1756년에서 1758년 사이에 초고를 완성하였고,
22년 뒤인 1778년에 최종으로 완성한 통사이다. 편년체 기술 위에 『자치
통감강목』의 강목체를 따랐고, 다른 역사서에서 잘 다루지 않았던 주변
국가에 대해 상세하게 기술했다. 『삼국사기』, 『고려사』, 『해동제국기』 등
우리나라 서적 43종과 『사기』, 『한서』를 비롯한 중국 서적 17종 등 방대
한 자료를 참고하여 비교, 검토하는 과정을 거쳤다.

뜻밖에 서문은 아주 짧고 간결하다. 첫 단락은 역대 역사서 찬술을
열거한 뒤 소략하나 알찬 『삼국사기』와 번다한데 요점을 잃은 『고려사절
요』를 대비했다. 의례에 문제가 있는 『동국통감』과 필법에 문제가 많은

『여사제강』과 『동사회강』을 거론했다.

　이어 자신의 『동사강목』이 주희의 법도에 따라 정통론의 입장에서, 자세하되 요점을 잃지 않고 의례와 필법의 일관성을 갖춘 책으로 엮였음을 밝혔다. 그는 『동사강목』의 핵심이 계통을 밝히고, 나라를 찬탈한 도적을 나무라며, 충절을 기리고 시비를 밝히는 한편, 제도와 문물을 상세히 기록한 데 있다고 자부했다.

　일생의 역작 앞에 감회가 남달랐을 텐데 담백하고 짧은 글이 인상적이다.

『팔가백선』 서문　　八家百選序 丁未

도는 형이상의 물건으로 소리나 냄새로는 말할 수가 없다. 이에 문자가
있어서 그러한 연유를 밝혔으니 육경의 글이 이것이다. 이 뒤로는 도가
비록 하나여도 글은 시대마다 달랐다. 『춘추』의 글은 『전모(典謨)』(『서경』
을 말함)의 글과는 같지 않았고, 전국 시대의 글은 춘추 시대의 글과는
달랐다. 이단이 벌 떼처럼 일어나고 처사들이 제멋대로 의논하여 저마
다 그 배운 것으로 글을 짓기에 이르자, 비록 그중에 기이한 문장과 걸
작으로 사람의 마음을 움직이게 할 만한 것이 없지 않았으나, 성인의 도
에 비추어 보면 맞지가 않았다.

　서한(西漢, 전한)은 경술을 높여 숭상하여 문장의 기운이 전아한지라,
환하여 볼만하였다. 하지만 유자들이 경전의 주석에 빠지고, 고상하다
는 자들은 왕도와 패도를 뒤섞었다. 옛날에다 이를 견주면 확연히 부족
하다. 동한(東漢, 후한) 이후로는 문장의 기운이 날로 약해져서 위·진·남
북조와 당초에 이르면 더욱 심하다. 한갓 글의 짜임새나 빛깔, 태깔을 가
지고 능함을 삼아, 남을 기쁘게 하는 데 힘을 쏟아 근본으로 삼으니, 이
치는 볼만한 것이 없었다. 명나라 만력 연간에 녹문(鹿門) 모곤(茅坤)이
당·송의 한유, 유종원, 구양수, 소순, 소식, 소철, 왕안석, 증공의 문장에
서 취하여 가려 뽑고 『팔대가문초』라고 이름 지었다. 이 여덟 분의 군자

는 시대로 앞뒤가 있고 글도 높고 낮음이 있지만, 모두 육경에 바탕을 두고 있어 저 이단을 내세운 제자들이 각기 문명을 가지고 스스로 최고라고 한 것에 견줄 것은 아니었다.

수·당 이후로는 다시금 이른바 과거(科擧)의 문장이란 것이 생겼다. 사군자로 이 세상에 태어난 자라면 비록 세상에 우뚝한 재주와 남보다 뛰어난 학문을 지녔다 해도 머리를 숙여 여기에 나아가지 않을 도리가 없다. 이 여덟 분의 군자는 과거의 글이 생긴 뒤에 태어났다. 하지만 옛사람의 문장의 기운을 가지고 과거 시험의 규격을 본받았다. 이 때문에 후세의 글하는 자들이 이를 으뜸으로 삼지 않음이 없었다. 하지만 생각건대 그 작품 수가 너무나 많아 배우는 자가 능히 다 읽을 수가 없다. 손주 사위 권선(權僕) 군이 나더러 간추려 읽게 해 달라 하므로 참람함을 살피지 않고 일백 수를 가려 뽑아, 비평까지 하여 돌려주면서 『팔가백선』이라 이름 붙였다. 안목을 갖춘 자에게 보게 한다면 반드시 주제를 모른다고 비웃겠지만, 이것을 가지고 미루어서 위로 거슬러 간다면 진·한의 고문 또한 바라볼 수가 있다.

해설

『팔가백선』은 만년에 손주 사위 권선의 과거 공부 준비를 돕기 위해 『당송팔가문』 중에서 100편을 간추려 각각의 문장에 대한 평을 달아 엮은 책이다. 문장이 시대마다 달라져도 그 안에 담겨야 할 도는 변치 않는 하나임을 서두에서 밝혔다. 하지만 후대로 내려올수록 이단이 횡행하고 멋대로의 의론이 횡행하여 도에서 점차 멀어짐으로써 문장에 폐단이 생겨났다고 보았다.

이어 경술을 높여 문장이 전아했던 서한과 문장의 기운이 나약해진 동한 이래 당 초에 이르는 시기를 비교해 보인 뒤, 그나마 명나라 모곤이 『당송팔대가문초』를 엮어 땅에 떨어진 문풍을 되살리려 한 시도를 평가했다. 수당 이후 과거(科擧) 제도를 행하면서 그에 맞춘 글쓰기가 일어났는데, 이 팔가들은 옛사람의 기운을 가지고 과거 시험의 규칙에 맞춘 글을 썼으므로 오늘날 과거 시험을 준비하는 자들이 이들의 글을 모범으로 공부한다면 큰 성과를 거둘 수 있다고 보았다. 하지만 전체 글이 너무 번다하므로 이 가운데 100편을 다시 간추려 과거 공부의 바탕으로 삼게 하려는 뜻을 피력했다.

어디까지나 도학의 관점에서 문장의 흐름을 파악하여 방향을 제시코자 한 것은 안정복의 학자적 면모를 잘 보여 준다.

안 석 경

安錫儆

1718~1774년

본관은 순흥(順興), 자는 숙화(淑華), 호는 완양(完陽) 또는 삽교(霅橋)이다. 아버지 안중관(安重觀)은 김창흡의 문인으로 이병연, 민우수(閔遇洙) 등과 교유한 노론계 학자였다. 부친의 임지인 홍천과 제천, 원주 등지에서 생장했다. 세 차례 과거에 응시했으나 급제하지 못했고, 이후 부친이 세상을 뜨자 34세 때인 1752년 강원도 횡성의 삽교로 들어가 은거했다.

평생 벼슬하지 않아 생애의 자세한 행적은 확인되지 않는다. 다만 문장에서 이룬 성취가 있어서 후학인 이종원(李種元)은 "일찍이 삽교 선생의 시문 읽기를 좋아했는데 내가 어리석으니 그 의리의 정미함과 문장의 법도야 어찌 알 수 있겠는가? 다만 그 문사를 구사하고 말을 만들어 내는 것을 보니 크고 드넓고 다채로워 끝을 분별할 수가 없다.(嘗好讀霅橋先生詩文, 種元蒙歇, 何能知其義理之精微, 文章之軌範? 但見其行辭造語, 宏博林府, 不辨涯涘.)"라고 했고, 종오대손 안중필(安鍾弼)은 "육경을 근본으로 삼고 제자백가와 역사서를 참고하여 부지런히 전공해 풍부하게 쌓았다. 그런 까닭에 그 문장을 읽으면 마치 사람들이 늘 먹는 음식과 같아서 오래될수록 더욱 맛이 나 물려서 버리는 것을 용납하지 않는다. 허황되고 실질이 없는 말은 결코 한둘도 없다.(本之六經, 參之子史, 旣勤攻而富蓄之矣. 故其文章讀之, 如常食之可人, 愈久而愈味, 不容厭棄. 絶無一二懸空無實之語.)"라고 하였다.

저술로 문집 『삽교집(霅橋集)』과 『삽교별집(霅橋別集)』
이 전한다. 『삽교별집』에 수록된 야담집 『삽교만록(霅
橋漫錄)』은 일본 동양문고에 유일본으로 소장되어 있
다. 젊은 시절의 견문과 은거지였던 삽교 지역에서 보
고 들은 것을 입체적으로 기술한 내용들이다. 글 속에
는 권력을 좇아 온갖 불의가 횡행하는 현실에 대한 깊
은 환멸과 갈등이 드러난다.

그는 조선 후기 인물 중심의 서사로 새롭게 각광받은
한문 단편을 쓴 작가로 주목되어 왔다. 여기에서 소개
하는 「소고성전」과 「박효랑전」 같은 작품이 그의 글쓰
기 전형을 보여 준다.

소고성전   小高城傳

소고성(小高城)은 성이 김씨요, 이름은 보업(保業)이니 고성 사람이다. 고성에 여러 해 동안 큰 흉년이 들자 보업은 그 양아버지인 박 씨를 따라 유랑을 떠나 흥원(興原)에 이르렀다. 흥원 사람들은 박 씨를 두고 대고성객(大高城客)이라 부르고, 보업은 소고성객(小高城客)이라 하였다. 오래되어 친숙해지자 대고성, 소고성이라고만 불렀다. 특히 소고성은 사람들의 연민과 비웃음을 온통 받았다. 그가 말하는 것을 들은 사람은 반벙어리라 하고, 대답하는 말을 들은 사람은 반귀머거리라고 했다. 게다가 뜻은 열리지 않고 기골이 약해 빠져서 보통 사람이 힘쓰는 일은 열에 하나도 제대로 하지 못했다. 지혜는 간신히 오곡(五穀)이나 분별할 정도였다. 목이 말라도 목마르다는 말을 하지 않았고 굶주려도 배고프다는 말을 꺼내지 않았다. 굶주리고 목마를 때 남이 먹고 마시는 것을 보아도 멍하니 먹고 싶어 하는 기색이 없었다. 먹고 마실 것을 주면 사양하는 법이 없었고 다 먹고는 고맙다는 말도 하지 않았다. 한겨울에 해진 솜옷을 얻으면 한여름까지 그대로 입으면서 더워서 괴롭다고 한탄하지 않았다. 한여름에 해진 갈옷을 얻으면 한겨울까지 그대로 입으면서 추워서 괴롭다고 탄식하지도 않았다.

나이가 들어 구레나룻과 수염이 희끗한데도 배필이 없었다. 어떤 사람이 말했다. "내가 장차 너에게 짝을 얻어 주려는데 어떠냐?" 그는 급히 고개를 저으며 "몰라, 몰라." 했다. 그 사람이 말했다. "네가 모른다고 하는 것은 무슨 뜻이지?" 그는 "몰라, 몰라."라고만 하고 다른 말이 없었다. 그 사람이 웃고는 그를 불쌍히 여겼다. 이웃 마을에서 한번은 흙일이 있었는데 소고성더러 작은 도랑을 도맡아 치게 했다. 그러자 그는 도랑 안으로 들어가 몸을 굽혀 삽을 들고 힘에 겨워 씩씩대며 이따금 허리가 아파 신음하면서도 종일 한 번도 허리를 펴고 쉬지 않았다. 사람들이 모두 그를 불쌍히 보았다. 한 사람이 말했다. "부처님이 만약 자리를 비우게 된다면 소고성을 대신 시킬 수 있을 거야." 모두 크게 웃었다. 또 언제는 마을 사람에게 도구를 빌려 나무하려고 아침을 먹고 산에 올라갔는데 큰 비가 내렸다. 나무를 해서 반 짐쯤 되었을 때 모두 내다 버리더니 말했다. "내일 틀림없이 가득 지고 와야지." 그러고는 빈손으로 돌아왔다. 사람들이 비웃으며 "반 짐이라도 너희 집을 따뜻하게 할 수 있을 텐데 어째서 버렸느냐?"라 해도 "몰라."라고만 했다. 혀와 입술이 뻑뻑해 어눌한 말이 잘 들리지 않고 귀도 좋지 않아서 큰 소리로 해야 듣고 작은 소리는 알아듣지도 못했다. 이 때문에 말하지 않을 수 없을 때만 말하고, 꼭 들어야 할 것만 들었다. 화창한 봄날이면 이따금씩 땅을 쓸고 단정히 앉아 자리 앞만 똑바로 보며 눈길조차 돌리지 않았다. 검불이 뒤섞이고 개미가 왔다 갔다 해도 무엇을 보고 있는지 알 수 없었다.

내가 매번 이 사람을 볼 때마다 혼잣말을 하지 않은 적이 없었다. "지금 세상에서 능히 자적할 수 있는 사람으로 이 사람이 아니면 누가 있겠는가. 세상에 누가 좋아할 만하고 누가 미워할 만한지도 모르고, 말함에 있어서도 세상에 굳이 말하지 않아야 할 것이 없고, 들음에 있어서도 세상에 굳이 들어서는 안 될 것이 없다. 아래로는 남에게 미움을 받지 않았고 위로는 하늘에 죄를 얻지 않았다. 세상에서 총명하다 하면서 기교를 부려 끝내 그 몸이 이해와 호오의 사이에서 벗어나지 못하는 자와 견주어 본다면 과연 어떠한가.

아! 사람이 천지 사이에 있는 것은 마치 검불이 물결 위에 떠 있는 것과 같다. 좋아할 만한 것이 있음을 안다 해도 그 좋은 것에 어찌 반드시 나아갈 수 있겠는가? 설령 미워할 만한 것이 있음을 알아도 그 미워함을 어찌 반드시 잘못되게 할 수 있겠는가? 틀림없이 그렇게 할 수 없는데도 꼭 그렇게 하려 하고, 틀림없이 해코지할 수 없으면서도 군이 그렇게 하려 하니 과연 이것이 흔들리거나 막힘없이 능히 그 마음과 생각을 다하는 자이겠는가? 생각건대 호오에 대해 능히 담박함을 알지 못함만 못하다. 좋고 나쁨에 대해 모른다면 또 어찌 말을 하겠는가? 내가 군이 시끄럽게 남에게 그런 말을 들을 것이 없고 남도 군이 시끄럽게 내게서 들을 것이 없다. 부지런히 일하다가 피곤하면 쉬니 위로 하늘에 죄가 없고 아래로 남에게 미움을 받지 않는다. 백 년 인생이 이 같으면 충분하다. 저 비웃는 자는 진실로 말할 만한 것이 없고 저 불쌍히 여기는 자는 그 마음 씀이 모두 두텁다. 하지만 이 사람이 자적하고 있음은 알지 못하니 비웃는 자와 더불어 다를 게 없다. 만약 아는 자로 하여금 반드시 스스로를 살피게 한다면 반드시 남을 비웃거나 불쌍히 여길 틈조차 없을 것이다."

해설

안석경은 충주 가흥에서 태어나 그곳에서 살다가 1740년 원주의 홍원

(興原) 섬암(蟾巖)으로 이사했다. 당시 직접 관찰한 김보업이라는 인물의 전기로, 소고성은 그의 별명이다. 자폐증이 있었던 것으로 보이는 소고성의 행동을 근거리에서 꼼꼼하게 관찰해서 묘사했다. 골리려고 희떠운 말을 하는 사람, 불쌍히 여겨 동정하는 사람 등 주변 반응과 언뜻 보아 이해할 수 없는 소고성의 바보 같은 언행이 자세하다. 말미에는 그를 지켜본 자신의 생각을 혼잣말에 담아 길게 서술했다.

누가 무엇을 물어도 소고성의 대답은 '모른다.'이고, 사람들의 반응은 '대소(大笑)'이다. 하지만 안석경의 관점은 다르다. 소고성은 바보이지만 자적할 줄 알고, 총명과 거리가 멀었으니 기교를 부리려다 스스로를 해치는 짓은 하지 않는다. 하늘에 죄를 짓지도, 남에게 미움을 받지도 않는다. 그러니 비웃는 자들이 그에게 무슨 상관이 있겠는가? 사람들은 자신을 살필 줄은 모르고 남을 비웃거나 불쌍히 여긴다. 하지만 소고성은 자족하며 세상에 대해 담박하다. 그야말로 깨달은 사람이 아닐까?

이 글은 드물게 조선 시대 지적 장애인에 대한 생생한 보고를 담고 있다. 그를 대하는 주위 사람들의 태도는 그 시대에 지적 장애를 지닌 사람들이 어떤 환경 속에서 살아갔는지를 잘 보여 준다. 안석경은 소고성에게 자신의 불우를 투사해서 들여다본다. 소고성에 대한 따뜻한 관심보다는 자기 연민의 정조가 더 짙게 느껴지는 까닭이 여기에 있다.

박효랑전 　　　　　　　　　　　　　　朴孝娘傳

성산(星山, 지금의 성주)에 사는 죽산 박씨 집안에 두 효랑(孝娘)이 있었다. 고 문헌공 박원형(朴元亨)의 후손이요, 사인(士人) 박수하(朴壽河)의 딸이다. 수하는 어려서 고아가 되어 형제가 없었다. 노모가 구십 세였는데 효성으로 봉양해 고을에서 칭송했다. 두 낭자는 열 살이 채 넘기 전에 어미를 잃었다. 슬픔을 못 이겨 몸이 축나도록 예를 다했으므로 벌써 효녀라는 소문이 있었다. 성장해서는 둘 다 문사(文史)를 이해하고 의리에 밝았다. 일 처리도 남보다 뛰어난 점이 있었으므로 수하가 몹시 아껴 집안일은 크고 작은 것을 가리지 않고 반드시 함께 상의했다.

기축년(1709년)에 대구 사는 박경여(朴慶餘)가 수하의 선영에 자신의 조부를 몰래 장사 지냈다. 경여는 재물이 넉넉한 데다 벼슬아치의 권세를 등에 업고 있었으므로 수하가 관에 소송했지만 이기지 못했다. 장차 상경해 원통함을 소송하려 하니 큰딸이 말했다.

"저자가 권력이 있기에 우리 집은 끝내 대적할 수가 없습니다. 바깥에 있는 고을도 이미 이와 같은데 조정의 벼슬아치 또한 경여를 위해 편을 들어 줄 사람이 없을 줄 어찌 알겠습니까? 노모께서 당에 계시니 무익한 걸음으로 천 리 길을 가는 것은 마땅치 않습니다."

수하가 탄식하며 말했다.

"네 말이 옳다. 하지만 육십 년간 선산을 지켜 왔는데 차마 앉아서 잃을 수는 없다. 내 뜻은 결정되었으니 너는 다시 말하지 마라."

마침내 걸어서 서울로 올라가서 격쟁해 고발했다. 조정에서 그 일을 본도로 내려보내 조사해 처리하도록 했으나 시간을 질질 끌며 해를 넘겼다. 경여가 비석을 세우고 나무를 베어 수하의 선산을 어지럽히자 수하가 경여의 하인들을 매질하며 못 하게 하고 나무랐다. 경여가 거짓으로 방백에게 고소하니 방백이 수하를 신문하는데 집안 간의 연분으로 몰래 경여를 두둔했다. 수하가 자못 그 사사로운 관계를 드러내 말하니 방백이 크게 노해 말을 달려 성산까지 와서 혹독하게 매질을 가했다. 수하는 차꼬를 차고 옥에 갇힌 지 이레 만에 죽었다.

수하가 죽음에 앞서 그 유복자 이름을 '추의(追意)'라 짓고는 차고 있던 패도를 끌러 큰딸에게, 피 묻은 옷을 병구완하던 자에게 주며 말했다.

"내 자손에 반드시 나를 위해 원수 갚을 자가 있을 테니 훗날 이 옷을 보여 주시오."

말을 마치자 죽었다. 큰딸이 이 말을 듣고 숨이 끊어졌다가 한참 만에 소생해 통곡하며 말했다.

"안타깝다. 여자가 되어 멀리 달려가 원수를 찌를 수가 없구나."

이에 크게 소리치며 도끼를 들고 나가자 하인 몇 명이 따라갔다. 곧장 경여의 조부 무덤 위로 올라가 몸소 무덤을 파헤치니 열 손가락에 모두 피가 흘렀다. 물을 붓고 불을 지르며 쇠꼬챙이와 몽둥이로 어지러이 내려치자 경여 조부의 관이 잠깐 사이에 불에 타 훼손되었지만 경여는 끝내 단속할 수 없었다. 큰딸이 곡을 하며 고을에 호소하고 머리로 문을 두드렸으나 문이 닫혀 끝내 받아들여지지 않았다. 칠팔 일이 지나 경여가 칼과 창을 든 수백 명을 이끌고 와서 그 조부의 무덤을 살펴보았다.

큰딸이 울면서 조모와 어미에게 하직하며 말하였다.

"원수가 왔습니다. 제가 직접 찌르고자 하니 죽음을 피할 수 없습니다."

조모와 어미가 모두 손을 붙들고 울며 말했다.

"너는 여리고 약해 반드시 죽을 터이니 원수를 갚을 수 없을 게다. 우리를 위해서라도 그만두어라."

큰딸이 분연히 말했다.

"아비의 원수가 가까이 있는데 어찌 앉아서 구경만 하겠습니까?"

그러고는 몸을 떨쳐 일어나 칼을 들고 말에 올라서 적 한가운데로 달려 들어갔다. 경여 등이 크게 소리치고 여러 사람이 칼로 맞아 쳤다. 큰딸은 죽게 되자 그 종을 불러 말했다.

"동달(同達)아, 아비의 원수를 갚지 못했는데 내 목숨이 다했구나. 복수의 일은 네게 부탁한다."

마침내 죽었다. 동달과 여종 시양(是陽) 또한 모두 싸우다 죽었다. 이때는 오월 닷샛날이었다. 작은할아버지인 박상이 달려가 관에 고해 엿새간 염하지 않았으며 두 차례나 검시했다. 한여름이라 푹푹 찌는 날씨에도 얼굴은 살았을 때같이 선혈이 썩지 않았다. 보던 자로 울음을 삼키지 않는 이가 없었다. 하지만 옥사의 처리가 또 바르지 않게 되어 경여는 아무 일 없는 듯이 지냈다. 막내딸이 말했다.

"내가 내 형과 더불어 아비의 원수를 죽이지 못한 데다 옥사의 실정이 뒤집어지고 원수는 죽지 않게 되었으니, 죽은 형이 눈을 감지 못하게 할 수야 있겠는가."

마침내 격쟁을 하러 길을 떠나려 하자 조모와 어미가 굳이 막으며 이리저리 달랬다. 막내딸이 말했다.

"인생이 이에 이르니 사생은 이미 결정되었습니다. 나머지 구구함이야 돌아볼 겨를이 있겠습니까?"

먼저 조상의 사당에 나아가 곡하고 절을 올리며 하직했다. 또 아비와 형 두 사람의 빈소에 나아가 통곡하며 절하고 하직했다. 곡을 하며 구백 리 길을 가니 행인들이 가리키며 서로 말했다.

"영남의 박효랑이 복수하러 가는 길이다."

서울에 들어가 격쟁을 하니 관례에 따라 옥에 갇혔다. 감옥을 관리하는 자가 딱하게 여겨 여자 죄수 중에 성품이 두터운 사람을 골라 곁에서 지켜 주게 했다. 풀려나자 먹을 것과 마실 것을 가져와 예를 갖춰 말하는 좋은 집안의 계집종들이 잇달았다. 막내딸은 울며 사양하고 모두 받지 않았다. 다시 격쟁했으나 그래도 억울함을 밝힐 수는 없었다. 이제 대신들이 왕래하는 길에 가마를 붙들고 울며 호소하니 눈물을 흘리지 않는 자가 없었다. 다시 형조로 들어가 남김없이 진술했지만 일이 또 본도로 내려가게 되었다. 막내딸이 호소하며 말했다.

"일이 본도로 내려가면 억울함을 풀어 주는 판단이 내려질 가망이 절대로 없습니다."

마침내 서울에 머물며 돌아가지 않았다.

막내딸은 편지를 써서 조모와 어미에게 고했다.

"옥사는 여태 억울함을 풀어 주는 판결이 내릴 기약이 없습니다. 그러니 여식은 잠시 서울에 머물며 판결이 나오기를 기다리렵니다. 가고 머물고 죽고 사는 것은 미리 정할 수가 없습니다. 삼가 듣건대 장례의 날짜가 잡혔다는데 어찌 이리 급하게 하십니까. 해를 넘겨도 장사를 지내지 않으니 남들이 이러쿵저러쿵하는 말이 있는 줄은 알지만, 원한을 품고 죽은 내 형의 영혼은 캄캄한 속에서도 반드시 눈을 뜨고 있을 것입니다. 아비의 원수를 갚기 전에는 절대로 땅에 묻어서는 안 됩니다. 혹시 옥사가 지체되어 억울함을 올바로 풀 가망이 없게 되면 여식은 마땅히 형을 따라 죽어 돌아가신 아버지 곁에 나란히 묻힐 뿐입니다."

끝내 오래도록 장사를 지내지 않았다.

안핵사가 영남으로 내려와 두 박씨의 죄안을 검토했다. 박경여는 큰딸이 스스로 제 목을 찔렀다고 말했고 서류에 또한 한 번 찌른 흔적이 있다고 실려 있었다. 막내딸의 계집종 설례가 말했다.

"지난해 검시할 때에는 칼에 맞은 자국이 두 곳, 몽둥이에 맞은 자국이 세 곳이라고 검안에 실려 있었습니다. 이제 한 번 찌른 자국을 가지고 말하니 이는 아전들이 붓을 간사하게 놀린 것입니다. 원컨대 안핵사께서 관을 열어 시신을 살펴 주십시오."

안핵사가 말했다.

"관에 넣은 지 이미 일 년이 지났다. 그래도 검시를 할 수 있겠는가."

설례가 울며 대답했다.

"원통한 시신은 썩지 않으니 원컨대 관을 열어 밝게 검시해 주십시오."

안핵사가 성산 태수와 함께 나란히 앉아 관을 열었다. 의상은 이미 썩어 검게 되었지만, 냄새는 그다지 심하지 않았고 신체의 모습은 조금도 변하지 않았다. 피 묻은 상처는 또렷해서 과연 다섯 군데의 흔적이 분명했다. 안핵사가 그 기이함에 탄복하며 마침내 옥안을 바로잡아서 보고를 올렸다. 그런데도 경여는 끝내 벌 받지 않았다. 이에 삼남과 경기의 유생 칠천여 명이 상소해 박씨의 정려를 세우고 경여의 죄를 바로잡을 것을 청했다. 상께서 형조에 명해 효랑의 정렬을 자세하게 처리할 것을 명했다. 하지만 경여는 끝내 베임을 당하지 않았다.

그 뒤 육칠 년이 지나 성산 태수가 고을을 행차하는데 웬 동자가 숲 사이에서 칼을 던져 말안장에 꽂혔다. 태수가 놀라 연유를 묻자 동자가 말했다.

"너는 내 원수다. 나는 바로 박효랑의 아우다."

태수가 어루만져 위로하며 말했다.

"네 원수는 먼젓번 태수지, 내가 아니다."

동자는 바로 수하의 유복자로, 추의라고 이름 지은 사람이었다. 수하를 죽였던 방백은 사람이 조용하고 단아하며 문장이 있어서 벼슬이 영의정에 이르고 문형까지 맡았는데, 가는 곳마다 사람들이 서로 그의 풍채를 우러렀으니 대개 군자였다. 생각건대 한 차례의 노여움을 참지 못하고 가볍게 죄 없는 사람을 죽여 그 원한이 골수에 맺히게 했다. 그렇다면 혹 이른바 군자이면서 어질지 못함이 있는 자였던가. 대저 그가 늙었을 때 외아들을 잃었고 그 아들이 또한 자식이 없었으니 마침내 궁하게 홀로 슬피 울다가 울음을 삼키고 죽고 말았다. 아! 사람이 통한하는 것에서 독이 쌓이고 하늘은 선하지 않은 자에게 재앙을 내리는 법이니 군자가 도리의 나음을 취하지 않고 죄를 사해 주는 경우가 있단 말인가? 막내딸은 시집을 못 간 채 일찍 죽었으나 어느 해에 죽었는지는 모르겠다.

무신년(1728년)에 정희량(鄭希亮)이 난을 일으켰다. 그 처가 쓴소리로 간해도 희량은 듣지 않았다. 군사를 모으던 날 대장군을 자칭하고 사람을 시켜 그 처에게 제사상을 차릴 것을 재촉했다. 장차 동계(桐溪) 정온(鄭蘊) 선생의 묘에 제사를 지내려는 것이었다. 그 처가 제사상을 마련하려 들지 않자, 희량이 크게 노해 장수의 복장을 성대히 하고 호위를 갖추어 들어가 꾸짖으며 말했다.

"묘소에 고한 뒤에 단에 오르려 하는데 날이 저물어 간다. 제사 음식이 어찌 제때 오지 않는가?"

그 처가 말했다.

"임금의 명이 있었다는 말을 듣지 못했습니다. 대장은 대체 누가 내려 준 것입니까? 동계 선생께서도 반드시 역적 자손의 제사는 흠향치 않으실 것입니다. 내가 차마 당신이 하는 일을 보지 못하겠습니다."

마침내 스스로 목을 매어 죽었다.

어떤 이는 말한다. 희량이 젊어서부터 이름이 성대해 영남에서는 다들 그 아래에 조아렸다. 전처가 죽고 나서 어진 아내를 구하니, 스스로 목을 맸던 부인이 또한 자기가 결혼할 상대를 직접 골라 희량에게 시집왔다고 한다. 아들 하나를 낳았는데 단정하고 잘생겼다. 희량이 잡혀 죽자 그 죄로 연좌되어 노비가 되었다. 그때 나이가 열넷이었는데 만나 본 사람들은 그가 사리에 밝고 말을 잘했다고 전한다. 짚신 삼기를 몹시 잘해서 이것을 팔아 먹고살았다. 이듬해 만 열다섯 살이 되어 죄로 죽임을 당했다고 한다.

나두동(羅斗冬)은 호남의 이름난 협객이었다. 정희량과 함께 난을 일으키자 그 처가 두동을 크게 나무라며 말했다.

"군신의 의리를 어찌 범할 수 있습니까. 애초에 그대를 기이한 선비라고 생각해 빗자루를 들고 섬기려 했던 것입니다. 그대가 역당의 수괴가 될 줄은 생각도 못 했습니다. 내가 차마 이를 보지 못하겠습니다."

마침내 스스로 목을 매어 죽었다. 어떤 이는 직접 목매 죽은 두 여사 중 한 사람이 바로 박 씨의 막내딸이라고 한다. 하지만 알 만한 자들에게 널리 물어봐도 모두 능히 똑 부러지게 말하지 못했다. 내 생각에 그렇지는 않을 거라고 여겨지지만 또한 열녀라 하겠다.

해설

18세기 초 경상도 성주에서 산송(山訟)을 두고 발생한 실제 사건을 기록한 긴 호흡의 글이다. 박수하의 두 딸이 아버지의 원수를 갚기 위해 벌인 투쟁 과정을 소설적 필치로 그렸다.

박원형의 10세손으로 5대째 성주에 살고 있던 박수하의 선산에 이웃 고을인 청안 현감 박경여가 조부의 묘를 쓰면서 송사가 발생했다. 권력층의 비호로 인해 소송에 진 박수하는 상경해서 격쟁했지만 뜻을 이루지 못한 채 혹독한 고문 끝에 죽고 만다. 이에 격분한 박수하의 큰딸이 묘를 파헤치고 관까지 태우다가 박경여의 무리에게 하인과 함께 살해된다. 다시 둘째 딸이 상경해 격쟁하여 억울함을 호소하면서 사건이 확대되고, 급기야 삼남과 경기의 유생 7000여 명이 통문을 돌려 정려를 세우고 박경여를 처벌할 것을 주장하기에 이른다. 사건이 일어난 지 16년 만인 1726년에야 재조사가 이루어져 진상이 밝혀지고 두 효녀는 정려를 받았다. 하지만 박경여에 대한 처벌은 끝까지 이루어지지 않았다. 당시 조선 사회에 큰 파장을 일으킨 이 사건은 이익의 『성호사설』에 기록되었고, 실록에도 전후 내용이 자세하게 실려 있다. 또 1934년 대구의 재전당서포(在田堂書鋪)에서 활자본 소설로 간행되기까지 했다.

사건의 경과를 충실하게 따라가던 글은 끝에 가서 맥락이 조금 흔들린다. 부친의 사망 후 유복자로 태어난 박수하의 아들 추의가 성산 태수에게 칼을 던진 후일담을 신더니, 수하를 죽인 방백이 모든 이의 존경을 받은 군자이지만 만년에 외아들을 잃은 것이 이 사건으로 인한 재앙이라고 떠미는 등 은근히 비난의 뜻을 담았다. 그 방백은 도곡(陶谷) 이의현(李宜顯)으로 전해진다. 마지막에 가서는 박수하의 둘째 딸도 시집을 못 간 채 일찍 죽었다고 해 놓고 갑자기 1728년에 일어난 정희량의 난 때 정희량과 그에 동조한 나두동의 처가 이 거조를 크게 나무라고 목매 달아 죽은 일을 길게 적었다. 목매 죽은 두 여인 중 한 사람이 박수하의 둘째 딸이라는 풍문으로 글이 마무리된다. 박효랑의 효를 반란의 불충에 맞선 충의 논리로 확장시키려 한 의도를 읽을 수 있다. 다만 이로 인해 글의 구성이 느슨해졌다.

실제 이 사건은 여러 가지 복잡한 상황이 뒤얽혀 있고 관련자의 증언도 워낙 달라서 진실을 밝히기가 쉽지 않다. 관변의 기록을 보면 사실 관계만 해도 이 글에서 묘사된 내용과 상당히 차이가 난다. 안석경은 당시 지방의 전문을 전해 듣고 분개해서 약자의 입장으로 분노를 담아 이 사건을 썼다. 벼슬길이 끊긴 뒤 토지에 의존해 살아가야 했던 향촌 재지 사족의 열악한 환경과 효의 이름으로 자행된 조선 후기 수많은 산송에 대한 당시 사람들의 인식을 살필 수 있는 좋은 자료이다.

웃음의 집 笑庵記

웃음에도 도가 있을까? 물론 있다. 웃음 중에는 웃을 수 없는데도 웃어야만 하는 경우가 있고, 웃기는데 웃어서는 안 되는 경우도 있다. 우스울 때 웃고 웃어서는 안 되는데 웃는 데에서 지혜롭고 어리석음이 갈린다. 아! 사람에게 웃음이란 참 중요한 것이다.

내 친구 권이백(權邇伯)이 거처에 소암(笑菴)이란 이름을 내걸고 웃으며 내게 기문을 청했다. 내가 웃고 대답했다.

"그대는 또한 웃을 만한 데서 웃는가? 그대 집 아래는 시내다. 시내에서 고기 잡는 이는 왼편에 그물을 치고, 오른편에 낚싯대를 들고 오도카니 앉아 해를 보낸다. 물고기의 한 몸을 가지고 사람의 한 끼 먹거리를 제공한다지만, 실인즉 사람이 한평생을 써서 물고기의 한 차례 숨과 싸우는 것이다. 이것을 가소롭게 여겨서 웃는 것인가? 집 위는 산이다. 산에서 사냥하는 자는 본래 기름진 고기를 먹어 제 몸을 살찌우려고 한다. 비바람과 얼음과 안개에 나쁜 기운을 쐬고 나무와 돌, 구덩이와 골짜기에 고통받아도 잡은 것이 손상된 것을 보상해 주지 못한다. 이것을 가소롭게 여겨 웃는 것인가? 집은 세상과 멀리 떨어져 있다. 그런데도 일찍이 세상 사람의 일에 대해 듣고서 웃는 것인가?

날마다 석 되의 양식을 먹고 해마다 두 필의 옷을 지어 입는 것은 나라에서 으뜸가는 부자도 이보다 더할 수는 없고 고용살이하는 가난한 이도 이보다 덜하지는 않다. 하늘이 사람에게 공평한 것을 분명히 알 수가 있다. 어찌 몸 밖에 남아도는 물건을 위해 몸 안의 빛나는 보물을 함부로 가린단 말인가? 마음과 생각을 쏟아서 여러 사람의 부유함을 구하는 것이라면야 웃을 만하다.

공경대부가 귀한 까닭은 나라를 바로잡고 세상을 좋게 만드는 공이 있어서이다. 그 같은 공은 없으면서 그 지위를 차지하고 있다면 도둑이거나 죄인이다. 악인이 도둑이 되니 자기도 도둑이 되려 하고, 악인이 죄인이 되자 저 또한 죄인이 되려고 한다. 나라를 바로잡고 세상을 더 좋게 만드는 학문에는 힘 쏟지 않고 그러한 지위만 갑작스레 차지하려 들어 온 세상이 미친 듯 아등바등하니 이야말로 웃을 만하다.

부귀를 가소롭게 여기면서 스스로 사해(四海)의 드넓음과 천 년 세월의 아득함에다 힘쓰는 자가 있다. 그런데 문장은 그 근본을 보지 못하고 빛깔과 소리만 흉내 낼 뿐이며, 경륜은 그 본체를 보지 못한 채 돈과 곡식, 성곽과 해자 같은 것만 얘기하고 만다. 도에서 덕이 나오고 덕이 있어 말을 하며 그 말이 이루는 것이 문장이다. 그러니 문장을 펼침에 어찌 저와 같을 수 있겠는가? 저야말로 웃을 만하다. 하늘의 뜻에 따라 생성하고 땅의 이치로 완성하여 귀신과 사람이 저마다 그 마땅함을 얻게 하는 것이 경륜이다. 그러니 어찌 저와 같이 자질구레한 일에 얽매일 수 있겠는가? 저야말로 웃을 만하다.

한편 문장은 겉꾸미는 것이라 가소롭고, 경륜은 말단의 사무라 가소롭다면서 근엄하게 성현의 학문을 한다는 자가 있다. 겉은 번드르르해도 속은 텅 비었고, 곁가지는 찾으면서 줄기는 내다버려 지위로 꾀고 뜻으로 잡아끈다. 그러면서 저는 율곡 이이와 우암 송시열의 참학문을 얻었는데 율곡은 해와 달과 같고 우암은 오악(五嶽)과 사독(四瀆)과 같다고 하니 어찌 그럴 수가 있겠는가? 이것이 웃을 만한 일이다.

이백이여, 그대는 아무래도 웃을 수가 없을 성싶다. 이 다섯 가지 웃을 만한 일을 웃자는 것인가?"

이백이 하늘을 우러러보고 웃으며 말했다.

"내가 어찌 남을 비웃는 사람이겠는가? 남의 비웃음을 받는 사람일 뿐이다. 나는 이 집에서 문을 닫아걸고 혼자 누워 남의 일에 상관하지 않는다. 부귀가 도모할 만하고 문장이 숭상할 만하며 경륜이 강구할 만하고 성현의 학문이 할 만한 줄조차 알지 못한다. 세상 사람들이 두텁게 여기는 명리와 무겁게 여기는 권세를 도리어 베개 밖으로 밀쳐 냈으므로 세상 사람들이 모두 비웃는다. 산을 보면 산새가 득의한 듯하여 내가 한 번 웃고, 물가에 서면 물고기가 발랄한 것 같아 또 한 번 웃을 뿐이다. 재주 많은 어부와 용감한 사냥꾼은 되레 내가 못나서 먹고살 도리조차 못하는 것을 비웃는다. 나는 기쁘게 모든 비웃음을 감수하니 실은 또한 나 자신을 비웃는 것이다. 그래서 웃으며 초암(草庵)의 이름을 소암(笑庵)이라고 지었다. 아! 내가 나 자신을 비웃을 겨를도 없어 남에게 비웃음을 받거늘 어느 겨를에 남을 비웃겠는가?"

내가 상쾌해져서 나도 몰래 웃음을 거두며 말했다.

"그대는 남들보다 훌륭하다. 사람들이 웃을 만하다 해서 웃는 데에는 대부분 웃을 만한 것이 없다. 그래서 그대는 애초에 웃음거리로 여기지도 않는다. 그대가 웃을 만하다 해서 웃는 것에도 웃을 만한 것이 없다. 그래서 그대는 편안히 그 비웃음을 받는다. 그대는 보통 사람보다 훌륭하다. 참으로 웃음의 도를 얻었다고 할 만하다. 앞서 내가 한 말에 대해서는 그대의 비웃음을 감수하겠다."

마침내 웃으며 이를 써서 「소암기(笑庵記)」로 삼는다.

해설

웃을 소(笑) 자를 가운데 두고 웃음론을 펼쳤다. 친구 권이백이 자신의 거처에 소암이란 당호를 내걸었다. 소(笑)에는 일반적으로 비웃음의 의미가 담겨 있다. 그렇다면 웃음의 대상은 무엇일까?

안석경은 진정 우스울 때 웃는 것이 웃음의 도라고 글의 서두를 열었다. 집 아래쪽 냇가에서 고기 잡는 사람과 산 위의 사냥꾼의 행동을 제시한 후 그들의 어리석음을 웃자는 뜻이냐고 물었다. 그러고는 웃을 만하다는 뜻의 '가소야(可笑也)'로 맺는 다섯 도막을 잇대어 비웃음의 대상을 구체화했다. 앞서 든 예시가 소암에서 보는 보통 백성의 어리석음이었다면, 이후 제시한 다섯 예는 인간 세상의 속물적 군상들이 보이는 행태에 해당한다. 부유함의 추구, 지위에 대한 탐욕, 문장을 향한 욕심, 경륜에의 집착, 성현의 학문을 추구하는 위선 등 다섯 가지 가소로운 일을 꼽고 나서 안석경은 권이백의 웃음을 '웃긴데 웃지 못하는' 경우에 해당하는 것으로 진단했다.

그런데 권이백의 대답은 뜻밖이다. 소암은 남을 비웃는 집이 아니라 남에게 비웃음을 받는 집이라는 뜻이라는 것이다. 다시 말해 소암은 세상의 비웃음을 감수하며 나 자신을 웃는 집이 된다. 이 말에 글쓴이는 남들이 웃는 것은 웃음거리로 여기지 않고 내가 웃는 것은 남들이 우습게 보니 이야말로 진정한 웃음의 도를 얻은 것이라고 치하하며 글을 맺었다. 수미 쌍관으로 맞물려 돌아가는 전개가 흥미로운 글이다.

『삽교만록』서문 　　　　　　　雪橋漫錄序

내가 삽교에 있을 때 계곡이 깊고 궁벽하니 손님이 찾아와 시끄럽게 구는 일이 없었다. 그래서 농사짓는 여가에 평소 사람들과 나눈 이야기를 떠오르는 대로 기록하고 생각날 때마다 적어 두었는데 차례가 없었다. 그러다 보니 또 어느새 책 몇 권이 되었다. 이것을 보고 비웃는 자가 있었다. 그가 말했다.

"크고 작은 것을 뒤섞어 늘어놓고 정밀하고 거친 것을 잡다하게 펼쳤으니, 어찌 거친 것을 솎아 내서 정밀함을 취하고 잗단 것을 버려 큰 것만 남겨 두지 않는가?"

내가 사례하여 말했다.

"모두 잗달아서 크다 할 것이 없고 다 거칠다 보니 정밀할 것도 없다. 하지만 도의 입장에서 말하면 크고 작고 정밀하고 거칠고를 따질 필요 없이 모두 사람이 마땅히 알고 행해야 할 것들이다. 생각건대 정밀한 의리의 작용과 큰 덕의 베풂은 사람마다 능히 할 바가 아니요, 일마다 모두 그렇지도 않다. 대개 누구든 할 수 있고 일마다 마땅하다면 잗달고 거친 것도 실제로는 훌륭한 것이 된다.

아! 곰의 발바닥과 이무기의 골수는 요리 재료로 올라오는 경우가 드물지만, 돼지나 물고기 같은 하찮은 것은 먹지 않는 자가 없다. 비싸고

결이 고운 비단은 바느질하게 되는 경우가 드물어도 거친 갈옷과 솜옷은 입지 않는 자가 없다. 이러한 까닭에 옛 성현께서는 천근한 말을 반드시 살피고 어리석은 생각을 틀림없이 점검하며, 작은 일도 부지런히 하고 용렬한 행동도 삼갔으니, 이로써 천하 후세에 법도를 삼아 사람을 구제하고 두루 미치게 하고자 한 것이다.

나의 이 기록은 사람에게서 얻었으므로 크고 작고 정밀하고 거친 것을 모두 소홀히 할 수 없다. 하지만 그 가운데 내가 직접 한 말은 큰 것 같지만 사실은 작고, 정밀한 듯해도 사실은 거칠다. 하물며 거칠고 작은 것이라고 말하는 데 어찌 논할 만한 것이 있겠는가? 하지만 이제 배움에 들어가는 초학과 지위에 있는 어진 이에게 보탬이 꼭 없지는 않을 것이다."

웃던 자가 낯빛을 바로 하고 말했다.

"그대의 말에 이치가 있소. 그러니 그 말을 글로 써서 후세 사람으로 나처럼 비웃을 자를 일깨워 주시구려."

내가 말했다.

"웃는 것이야 무슨 상관인가."

애오라지 책머리에 쓴다.

해설

『삽교만록』에 붙인 서문이다. 삽교는 강원도 횡성에 있던 지명이다. 이곳에 머물며 살 때 직접 견문한 내용을 듣고 보는 대로 기록했다. 처음부터 일정한 체계 없이 그때그때 채록한 기록이라 내용이 들쭉날쭉했다.

이 책을 본 손님이 좀 더 일관된 체재로 다듬을 것을 충고하자 거절하는 변을 펼쳤다.

글이 비록 잔달고 거친 기록에 불과하지만 그 속에는 인간이 지녀야 할 떳떳한 도가 담겨 있다. 음식 재료로 치면 워낙 귀해 평생 구경조차 할 수 없는 곰 발바닥과 이무기의 골수가 아니라 누구나 쉽게 접할 수 있는 돼지고기나 물고기에 해당한다. 귀한 의미는 가깝고 일상적인 것들 속에 숨어 있는 경우가 더 많다. 거칠고 잔달아도 처음 공부를 시작하는 초학들에게 도움이 될 것이니 굳이 체재를 고칠 생각이 없다고 했다. 자신의 글에 대한 은근한 자부가 내비친다.

원대한 노닒 遠遊篇序

동양(東陽) 신군경(申君敬)은 뜻있는 선비다. 재기가 우뚝하여 온 세상이 높게 보았다. 능히 경전에 마음을 쏟아 장차 성현을 배우려 한다. 그가 독서하는 여가에 펴서 읊고 노래한 것이 모두 알차고 빼어나 먼 데까지 오르는 기세가 있었다. 그의 원고가 몇 권이었는데, 원대하게 노난다는 뜻에서 『원유편(遠遊篇)』이라 이름하고 나에게 서문을 써 달라고 하였다. 아! 여기에서도 그 뜻을 볼 수가 있겠다.

옛날에는 사내아이가 태어나면 뽕나무로 만든 활로 쑥대 화살을 사방에 쏘았으니 진실로 먼 곳에 뜻을 두기를 소원한 것이다. 입학을 해서는 『시경』 「소아」의 시 세 편을 노래했다. 그것은 「녹명지빈(鹿鳴之賓)」과 「황화지사(皇華之使)」, 「사빈지로(四牡之勞)」인데 이 또한 먼 곳에 뜻을 두기를 기약한 것이다. 나면서부터 원유(遠遊)를 소원으로 삼고 배우면서 이를 기약했다. 일찍이 모두 이러했으니 장부의 뜻이 먼 데까지 이르지 않고자 한들 그럴 수 있겠는가?

대개 하늘 아래 덮인 것과 땅 위에 실린 것치고 대장부의 일 아닌 것이 없다. 혹 천자를 보좌하고 제후를 순행하여 구주를 운용하고, 만방을 어루만지며 문물을 밝혀 사방을 환하게 한다. 혹 왕의 군대를 이끌고 가서 남쪽을 치고 북쪽을 정벌하여 오랑캐를 무찔러 천하를 깨끗이 쓸

안석경 277

어 버리니 흰 깃발과 붉은활에 만 리가 숙연하고, 수레 타고 날듯이 사방으로 사행을 떠나니 그 예를 갖춘 모습은 볼만하고 그 말에는 빛이 난다. 문(文)을 일으키고 무(武)를 잠재우니 천하가 기뻐하며 화합한다. 장차 나의 밝음으로 천하의 어둠을 밝히고 나의 바름으로 천하의 삿됨을 바로잡을지니 천하의 책무가 내 한 마음에 달려 있다. 그럴진대 문은 베풀지 못할 곳이 없고 무는 더하지 못할 곳이 없다. 뜨락과 오악, 도랑과 사해에 수레를 끌고 말을 채찍질해 노닐지 못할 곳이 없다. 이제 군경이 원유에 뜻을 둔 것은 반드시 이 세 가지에 거하려는 일이니 또한 훌륭하지 않은가.

아! 쇠오줌과 말똥 같은 천근한 사람이 중화에 가득하여 사해의 안쪽과 오악의 사이에는 옥백(玉帛)과 고안(羔雁)을 품고 예를 갖춰 나아가고 물러가는 자가 없다. 진짜 황제는 일어나지 않고, 영웅은 손을 움츠리니 능히 해와 달을 열어젖히고 산하를 씻어 내는 자가 없다. 사정이 이렇고 보니 고대의 충직한 신하인 후직(后稷)과 설(契)이 살아 있어 이들을 불러와 다시 일으키려 해도 그저 궁벽한 골짜기에 문을 닫아걸고서 제 몸을 깨끗이 하며 죽음으로 지킬 뿐이다. 그렇다면 원유의 뜻을 품은 군경이 세 가지 일 가운데 하나도 이루지 못하게 될까 봐 염려스럽다.

비록 그러나 조선은 멀리 치우친 작은 나라인데도 홀로 관대(冠帶)를 보존하여 여태껏 선왕의 유풍을 간직해 왔다. 지금 임금(영조)께서는 영특하신 꾀와 굳센 의지로 수천 리의 인물을 등용했다. 어떤 이가 개연히 천하의 부끄러움을 자신의 부끄러움으로 여겨 불끈 일어나 치고 환하게 베푼다면 예악으로 정벌함이 조선으로부터 나와서 천하에 행해질 것이다. 그러니 실로 왕국이 인재를 필요로 하는 날이요, 인사(人士)가 재주를 써야 할 때인 것이다. 군경으로 하여금 재주를 이루게 한다면 용기(龍

旗)와 철마(鐵馬)를 가지고 왕의 선구가 되어 요하(遼河)와 계주(薊州)에 내닫고 진나라 언덕을 치달릴 수도 있을 것이다. 또 검은 관을 쓰고 붉은 신을 신어 성인을 보좌하고 천하를 교화하며 하·은·주 삼대(三代)처럼 환하게 만드는 것도 가능할 것이다. 또 네 마리 말이 끄는 수레를 타고 사해를 주유하면서 인의를 넓히고 만국을 평안하게 하는 것도 가능할 것이다.

군경의 노넓은 원대하다 할 만하니 그 뜻을 이룰 수 있을 것이다. 다만 군경의 재주가 과연 군경의 원대한 뜻을 이루기에 충분한지는 알지 못하겠다. 그러니 군경은 배움에 더욱 힘쓰고 재주를 두터이 길러, 먼저 스스로를 밝게 하고 나서 남의 어둠을 밝히고 먼저 스스로를 바르게 하고 나서 남의 삿됨을 바르게 할 수 있기를 바란다. 이렇게 해야 천하의 일에 응하여 장부의 직분을 다하고 천하의 노넓에 통달하여 장부의 뜻을 채울 수 있다. 아! 힘쓸진저.

해설

글의 핵심어는 '원유(遠遊)'다. 신군경이 쓴 원고의 제목에서 따온 '원유'는 먼 곳까지 유람한다는 뜻이다. 공부의 여가에 자신의 원대한 포부를 펼치는 시문을 지었기에 책 제목을 『원유편』이라 했다. 예전에 사내아이가 태어날 때 화살을 사방에 쏘거나, 입학 후에 『시경』 소아에 실린 세 작품을 특별히 가려 노래하게 한 것도 큰 뜻을 심어 주기 위해서였다.

신군경은 임금을 보좌하고 멀리 나가 오랑캐를 무찌르며 사신의 책무를 받아 사방으로 원유하는 꿈을 품었다. 하지만 현실은 어떤가? 중국은 이미 오랑캐의 땅이 되었고, 세상은 어둠에 잠겼다. 뜻있는 선비는 궁벽한 골짜기에 숨어 제 몸을 깨끗이 보존하여 죽음으로 지키는 일밖에 할 수 없다.

이렇게 한 번 높이고 낮추는 억양(抑揚)의 논법으로 글에 파란을 일으킨 뒤 다시 조선이 선왕의 유풍을 보존하고 임금이 큰 인물을 등용하므로 희망이 없지는 않다고 했다. 다만 재주가 원대한 뜻을 뒷받침하지 못한다면 아무 소용이 없으니, 더욱 분발해서 큰 인물로 성장해 줄 것을 당부하며 마무리 지었다. 글의 차례가 정연하고 기복과 억양으로 문장의 기세를 강화했다.

신정하

나라를 망하게 한 신하, 범증 23쪽

- 소식(蘇軾)은 범증(范增)을 논하면서 그가 떠나지 않았다면 항우(項羽)는 망하
  지 않았을 것이라고 했다. 소식이 「범증론(范增論)」 마지막 구절에서 범증
  을 호걸이라 일컬으며 했던 말이다.

- 목에 끈을 매고 지도(軹道)에서 항복한 왕을 죽이고 지도에서 항복한 왕은
  진나라의 세 번째 황제인 자영(子嬰)을 말한다. 자영은 자살한 호해(胡亥)
  를 이어 즉위했지만 얼마 되지 않아 유방에게 항복하고 만다. 유방이 관중
  에 들어가기 전 사람을 보내 항복을 권하자, 자영은 백마에 소거(素車)를
  타고 자살할 의도로 목에 끈을 맨 채 지도에서 항복했다. 유방은 이런 자
  영을 죽이지 않았지만, 뒤늦게 관중에 입성한 항우는 그를 죽이고 아방궁
  을 불태운 뒤 진시황의 궁녀를 취해 황음을 일삼았다.

- 초나라 의제(義帝)를 내쫓아 강 한가운데에서 시해해 항우는 관중을 탈환
  한 뒤 초 회왕을 초 의제로 높이고 유방을 한왕(漢王)으로 봉한 뒤 스스로
  서초 패왕(西楚霸王)이 되어 팽성에 도읍했다. 그리고 얼마 안 있어 의제를
  장사(長沙) 침현(郴縣)으로 내쫓고 그가 강을 건널 때 시해했다. 이 사건은
  이후 유방이 항우에 대항해 거병하는 구실이 되었다.

이백온을 위로하며 30쪽

- 명중(明仲) 명중은 허성(許星)의 자다. 신정하, 이위 등과 교류가 아주 활발
  했지만 그 외 행적은 자세하지 않다.

- 백온(伯溫) 형 백온은 이위의 자다. 숙종 대에 활동한 문신으로 본관은 전
  주, 호는 두천(斗川)이다. 음직으로 안산 군수를 지냈고, 1727년에 영천 군

수로 있으면서 증광 문과에 을과로 급제했지만 그해에 죽고 말았다. 김창
협의 문인이다.

유송년의 「상림도」 32쪽

- 유송년(劉松年) 중국 남송 시대의 대표 화가로 임안(臨安) 전당(錢塘) 사람
  이다. 광종(光宗) 소희(紹熙) 연간에 화원대조(畵院待詔)가 되었으며, 장돈례
  (張敦禮)를 사사해 인물화와 산수화에 능했다. 당시의 사실적이고 장식적
  인 화풍에서 벗어나 문인화적 요소가 강한 작품을 그렸다고 한다. 대표작
  으로 「설산수각도(雪山水閣圖)」, 「당오학사도(唐五學士圖)」, 「사경산수(四景山
  水)」 등이 있다.

- 현옹(玄翁) 정확히 누구를 가리키는지 명확지 않다. 신정하의 형 신성하(申
  聖夏)의 장인인 남계(南溪) 박세채(朴世采)의 다른 호가 현석(玄石)이라 현옹
  으로 불렸고, 신정하와 교유했던 완암 정내교 또한 다른 호가 현와(玄窩)
  라 현옹으로 불렸다. 다만 서로의 나이와 교유 관계, 회화의 대한 관심 정
  도 등을 고려하면 현옹은 정내교를 가리키는 것으로 보인다. 정내교는 홍
  세태의 뒤를 잇는 여항 문인으로 당대에 이름이 있었다.

- 구십주(仇十洲) 십주는 중국 명대의 화가 구영(仇英)의 호다. 구영은 자가
  실보(實父)이고 강소성(江蘇省) 태창(太倉) 사람으로 생몰년은 정확하지 않
  다. 주신(周臣)에게 그림을 배우고 당송의 명화를 모작해 일가를 이루었다
  고 한다. 대표작으로 「선산누각도(僊山樓閣圖)」와 「수계도(修鍥圖)」 등이 있
  다.

- 변량(卞良) 17세기 후반과 18세기 초반에 활동한 도화서 화원으로 생몰년
  은 미상이다. 1680년 경신환국 때 보사공신상(保社功臣像)을 다시 그린 도
  화서 화원 포상자 명단에 그의 이름이 들어 있고, 1711년에는 윤증의 초
  상화를 그렸다. 신정하 외에 김춘택(金春澤, 1670~1717년)과 이하곤의 문집

에도 관련 기록이 확인된다.

이익

지구의 중심 46쪽

- 이시언(李時言, ?~1624년) 조선 중기의 무신이다. 임진왜란 때 경주성을 탈환하는 공을 세워 가선대부(嘉善大夫)에 가자(加資)되었고, 1596년에는 충청도 일원에서 일어난 이몽학(李夢鶴)의 난을 진압하는 데 기여하기도 했다. 하지만 1624년 이괄(李适)이 난에 연좌되어 참수되었다.

- 김시양(金時讓, 1581~1643년) 조선 중기의 문신으로 본관은 안동, 자는 자중(子中), 호는 하담(荷潭), 시호는 충익(忠翼)이다. 1605년 정시 문과에 병과로 급제한 뒤 평안도 관찰사, 한성 판윤, 호조 판서, 병조 판서 등 요직을 두루 거쳤다. 이괄의 난 때 이원익의 종사관으로 활동했으며, 1636년에는 청백리에 뽑혀 숭록대부(崇祿大夫)에 올랐다. 전적(典籍)과 경사(經史)에 밝았으며, 회령의 향사(鄕祠)에 제향되었다. 지은 책으로 『하담파적록(荷潭破寂錄)』 등이 있다.

- 김시진(金始振, 1618~1667년) 조선 중기의 문신으로 본관은 경주, 자는 백옥(伯玉), 호는 반고(盤皐). 1644년 정시 문과에 병과로 급제한 뒤 교리, 수원부사, 호조 참판 등을 지냈다. 인조 대부터 현종 대까지 주로 활동했다.

울릉도와 독도는 우리 땅 49쪽

- 신라 지증왕 12년(511년) 이사부가 울릉도를 정복한 해는 역사서에 따라 약간씩 차이가 난다. 『증보문헌비고(增補文獻備考)』 제14권 「여지고(輿地考)」

에는 지증왕 13년으로 되어 있고, 『고려사』 제58권 「지리지(地理志)」에는 지증왕 12년으로 되어 있다.

- 이사부(異斯夫) 원문에는 이사부의 사(斯) 자가 사(師)로 되어 있는데 오자다. 이사부는 내물 마립간의 4대손으로 일명 태종(苔宗)이라고도 한다. 지증왕 대부터 진흥왕 대까지 활약한 대표적인 장군이자 중신이다.

- 나무로 만든 사자로 위압하여 정복하였다. 이긍익의 『연려실기술(練藜室記述)』에 이 부분이 자세히 설명되어 있어 소개한다. "우산국은 우릉(羽陵)이라고도 하며, 신라 지증왕 때에 험준한 것만 믿고 완강하게 버티었는데, 하슬라주의 군주 이사부가 그들이 미련하고 사나워서 위엄으로 굴복시키기 어렵다는 것을 알고 나무로 사자를 많이 만들되, 그 형태를 아주 이상스럽게 하여 전함에 나누어 싣고 들어가서 속여 말하였다. '너희들이 만약 항복하지 않으면 곧장 이 짐승을 풀어놓아 짓밟아 죽이게 하겠다.' 그러자 우산국 사람들이 겁을 내어 항복했다."

- 태종과 세종 때 들어가서 모두 수색하여 사로잡아 돌아왔다. 『증보문헌비고』 제14권 「여지고」에 태종 때 김인우(金麟雨)를 보내고, 세종 때 남호(南顥)를 보내 도망친 백성을 잡아온 기록이 보인다.

- 부개자(傅介子)와 진탕(陳湯) 부개자는 한나라 소제(昭帝) 때의 무신으로 대완(大宛)에 사신 갔다가 누란왕(樓蘭王)의 머리를 베어 가지고 돌아와 의양후(義陽侯)에 봉해진 인물이다. 진탕은 한나라 원제(元帝) 때의 무신으로 서역부교위(西域副校尉)로 외국에 사신 가 조칙을 가칭하고 군사를 동원하여 질지선우(郅支單于)의 목을 벤 뒤 관내후(關內侯)에 봉해진 인물이다.

- 장순왕(張循王)의 화원노졸(花園老卒) 송나라 고종 때의 인물인 장순왕의 휘하에서 화원을 관리하던 늙은 병졸로 보인다. 『성호사설』 권21 경사문(經史門)에 「화원노졸(花園老卒)」이란 글이 있지만, 구체적으로 누구를 가리키는지는 정확지 않다. 내용상 뛰어난 능력을 가졌음에도 재주를 펴지 못한 인물로 보인다.

주자도 의심하라 61쪽

• 때마침 아들의 오른손을 잡고 이름을 지어 주는 경사가 있었으므로 '맹(孟)' 자를 내려 주어 이것으로 기쁜 뜻을 삼았는데 1713년(33세)에 아들 이맹휴 (李孟休, 1713~1750년)가 태어나자 맹자의 맹(孟) 자를 넣어 이름을 지어 준 일을 말한다. 손을 잡고 이름을 지어 준다는 것은 "아버지가 아들의 오른손을 잡고 웃으며 이름을 지어 준다.(父執子之右手, 咳而名之.)"라고 한 『예기』 「내칙(內則)」의 구절에서 따온 것이다.

• 한 씨(韓氏)와 여 씨(余氏)의 무리가 입만 열면 지지하고 변호하여 시동과 축관이 종묘사직의 제사를 받들듯이 하였지만 한 씨는 당나라 때의 문인 한유(韓愈)를, 여 씨는 송나라 때의 학자 여윤문(余允文)을 가리킨다. 한유는 맹자를 존숭하여 처음으로 공자의 도통(道統)을 계승한 반열에 올려놓음으로써 송나라의 성리학자들에게 큰 영향을 끼쳤으며, 여윤문은 『존맹변(尊孟辨)』을 지어 왕충과 소식, 사마광과 이구(李覯), 정후(鄭厚) 등의 말을 조목조목 비판하였다.

정내교

거문고 명인 김성기 69쪽

• 궁노(宮奴)인 목호룡(睦虎龍)이란 자가 급변을 고하여 큰 옥사가 일어났다. 높은 벼슬아치들이 도륙을 당하고 저는 공신으로 군(君)에 봉해져 기염을 토했다. 1722년 3월에 목호룡이 "노론이 왕세제(영조)를 등에 업고 경종을 시해하려 한다."라 고변해서 수많은 사람들이 투옥되고 노론 4대신(이이명, 김창집, 이건명, 조태채)이 죽임을 당한 사건을 말한다. 임인옥사라 부르

며, 1721년 김일경의 상소로 노론의 4대신이 유배된 사건과 한데 묶어 신임사화라 한다.

- 영산회상(靈山會相)의 변치(變徵)의 음 영산회상은 궁중 혹은 민간에서 연주되는 조곡(組曲)과 같은 형식의 음악을 일컫는다. 10여 개의 조곡으로 구성된 현행 영산회상에는 거문고가 중심이 되는 줄풍류, 향피리 중심의 대풍류, 줄풍류를 4도 낮게 이조(移調)한 평조회상이 있다고 한다. 넓은 의미에서 영산회상은 이를 다 포함하지만, 좁은 의미에서는 줄풍류만을 지칭한다. 김성기는 비파를 가지고 영산회상을 연주했으니 줄풍류의 영산회상이었을 것이다. 그리고 변치는 치(徵)보다 반음 낮은 음으로 서양 음악의 올림 파에 해당한다.

- 뇌해청(雷海淸) 당 현종 때의 유명한 악공으로 특히 비파를 잘 탔다. 안사의 난 때 안녹산이 억지로 연주를 시키자 비파를 땅에 던져 부숴 버리고 사지가 찢겨 죽은 인물이다.

남극관

나는 미쳤다 74쪽

- 역이기(酈食其) 진(秦)나라 말기의 인물로 역생(酈生)으로도 불린다. 유방의 참모로 외교에서 두각을 나타내어 한(漢)나라가 천하를 통일하는 데 크게 기여했다. 하지만 제(齊)나라 왕 전광(田廣)에게 한나라에 복속할 것을 설득하기 위해 제나라에 머물다가, 한신이 제나라를 공격한 것에 분격한 전광에게 팽형(烹刑)을 당해 죽었다. 일찍이 책 읽기를 좋아했지만 가난하여 고을의 감문리(監門吏)로 생계를 꾸렸는데, 고을의 세력가에게 부림을 당하려 하지 않았기 때문에 사람들이 광생(狂生, 미친 사람)이라고 불렀다 한다.

- 개관요(蓋寬饒) 전한 때의 사람으로 자는 차공(次公)이다. 태중대부(太中大夫)와 사예교위(司隷校尉) 등의 벼슬을 거쳤는데, 강직과 청렴으로 일관하여 당시의 공경(公卿)과 귀척(貴戚)들이 감히 법을 어기지 못했다고 한다. 다만 그 강직함이 지나쳐 황제의 뜻조차 거스르는 경우가 많았고, 결국에는 황제에게 선양을 부추긴다는 모함을 받고 투옥되어 자살했다. 일찍이 평은후(平恩侯) 허백(許伯)의 잔치에 참석해서 술잔을 받을 적에 "많이 따르지 마라. 나는 술 취하면 광기가 나온다.(無多酌我. 我乃酒狂.)"라고 하자, 승상 위후(魏侯)가 웃으면서 "차공은 술이 깼을 때도 광기를 부리는데 어찌 술이 필요하겠는가?(次公醒而狂, 何必酒也.)"라고 했다는 고사가 전한다. 『한서』「개관요전(蓋寬饒傳)」에 자세하다.
- 촉 땅에서 떠돌며 두보가 안녹산의 난 때 촉 땅으로 피난 갔던 것을 두고 한 말이다.
- 양산과 조주로 쫓겨났다. 한유가 당나라 덕종(德宗) 때 극심한 가뭄이 든 관중(關中) 땅의 조세를 감면해 주도록 상소했다가 참소에 걸려 연주(連州)의 양산(陽山) 현감으로 좌천되었던 일과 헌종에게 불교를 너무 믿으면 오래가지 못한다는 글을 올렸다가 조주(潮州)로 좌천된 일을 두고 한 말이다.

오광운

글로 지난 삶을 돌아보다 79쪽

- 야기(夜氣) 한밤에 사물의 생장을 돕는 맑은 기운으로 인의(仁義)의 마음이 자라도록 돕는다고 한다. 외물을 접하기 이전인 청명한 새벽에는 이 기운이 남아 있다가 낮에 불선(不善)한 행위를 함으로써 점점 사라지게 된다고

한다. 관련 내용이 『맹자』「고자 상(告子上)」에 보인다.

- 의궤(倚几)의 송훈(誦訓) 송훈은 중국 주나라 때의 지관(地官) 중 하나로 사방의 일들을 설명하여 임금이 각 지방의 옛일과 풍속을 살피게 해 주는 역할을 맡았다. 옛날의 성왕(聖王)은 날마다 경계하고 조심하여 수레에 있을 때는 여분(旅賁)을 두어 간언하게 했고, 위저(位宁)에 있을 때는 관사(官師)를 두어 간언하게 했으며, 의궤(안석)에 있을 때는 송훈을 두어 간하게 하고, 침석(寢席)에 있을 때는 설어(褻御)를 두어 경계했다고 한다.

시를 배우는 법 82쪽

- 서곤체(西崑體) 송나라 초기에 당시를 지향했던 서곤파 시인들의 시체를 일컫는다. 서곤파의 대표 인물로는 양억(楊億), 유균(劉筠), 전유연(錢惟演) 등이 있다. 구양수(歐陽修)와 매요신(梅堯臣) 등이 나와 시문 혁신 운동을 펼치기 전까지 40여 년 동안 송대 문단을 휩쓸었다. 하지만 지나치게 수사적이고, 그 내용 또한 공허하고 비현실적이어서 후인들로부터 많은 비판을 받았다.

- 강서시파(江西詩派)가 치우치고 생경한 것으로 바로잡았지만 '치우치고 생경한 것'은 편고대(偏枯對)와 요체(拗體)를 가리킨다. 편고대는 율시에서 대구가 되는 글자를 치우치게 배치하는 것을 말하고, 요체는 정해진 평측법을 따르지 않은 근체시(近體詩, 절구와 율시)를 말하는데, 강서시파 시인들이 즐겨 사용하였다.

- 귀신의 장부를 뒤지고 원문의 '념귀부(拈鬼簿)'는 '점귀부(點鬼簿)', 즉 '귀신의 장부를 점고한다'는 의미다. 중국 당나라 때의 문장가인 양형(楊炯)이 시문을 지을 때 고인의 이름을 지나치게 많이 사용한 것을 두고 세인들이 논평한 데서 나온 말이다. 이후 시를 지을 때 옛사람의 이름을 많이 인용하는 것을 비방할 때 쓴다. 장작(張鷟)의 『조야첨재(朝野僉載)』에 관련 고사

가 보인다.

- 수달이 물고기를 제사 지내는 유 원문의 '나제어(獺祭魚)'는 『예기(禮記)』 「월령(月令)」 맹춘지월(孟春之月)에 나오는 구절이다. 수달이 물고기를 잡아서 진열해 놓은 뒤에 하나씩 먹는 모습이 제사를 지낸 뒤에 먹는 것처럼 보여 한 말이다.

여항인의 시집 87쪽

- 기호(岐鎬)와 강한(江漢) 기호는 주나라의 수도였던 기(岐)와 호(鎬)를, 강한은 주나라의 강역 기준이었던 강수(江水)와 한수(漢水)를 말한다.
- 견위(汧渭)와 이락(伊洛) 모두 강의 이름이다. 한나라의 수도인 낙양과 당나라의 수도인 장안이 견수과 위수, 이수와 낙수를 끼고 있기 때문에 이렇게 말한 것이다.
- 변송(汴宋) 송나라 태종(太宗) 때부터 흠종(欽宗) 때까지 모두 변경(汴京)에 도읍하여 북방에 살았기 때문에 붙여진 이름이다. 북송(北宋)을 말한다.
- 오초(吳楚)와 민월(閩越)이 빛났다. 남송의 수도였던 임안(臨安, 지금의 항주)이 과거 오나라와 초나라의 땅이었고, 남송의 형세가 민월(지금의 복건성 일대)에까지 미쳤기 때문에 이리 말한 것이다.
- 발갈(勃喝)의 사람 발갈은 발해(渤海)와 갈석산(碣石山)을 말한다. 명나라의 수도가 북경이었던 만큼 그 동북쪽 경계였던 발해와 갈석산을 끌어온 것이다. 갈석산은 하북성(河北省)의 산해관 근방에 있는데, 만리장성이 시작되는 곳이다.
- 고시십구수(古詩十九首) 『문선(文選)』 권29 잡시부 상(雜詩部上)에 수록된 작자 미상의 오언고시(五言古詩) 19수를 가리킨다.
- 우리나라는 연도(燕都)와 더불어 기수(箕宿)와 미수(尾宿)의 분야에 해당하니 우리나라의 위치가 중국 북경과 더불어 28수 중 기수와 미수의 분야에 해

당한다는 의미다.

- 운한말파(雲漢末派) 은하수 별자리 중 마지막에 해당한다는 뜻이다. 미수와 기수는 그 성차가 석목에 해당하는데, 이 분야에 발해·구하(九河)의 북에 서부터 어양(漁陽)·우북평(右北平)·요서(遼西)·요동(遼東)·낙랑(樂浪)·현도(玄菟), 옛날의 북연(北燕) 지역, 고죽(孤竹)·무종(無終) 및 동방(東方) 구이(九夷)의 나라가 속한다고 한다.

- 채희암(蔡希菴) 희암은 채팽윤(蔡彭胤, 1669~1731년)의 호다. 본관은 평강(平康), 자는 중기(仲耆), 다른 호는 은와(恩窩)다. 1689년에 증광 문과에 갑과로 급제한 뒤 동부승지, 대사간, 병조 참판 등을 거쳤으며 문장에도 뛰어났다. 지은 책으로 문집인 『희암집』이 있다.

- 연갈(燕碣) 앞서 나온 발갈과 같은 뜻이다. 발해 대신 연경(북경)을 뜻하는 연(燕) 자를 넣었을 뿐이다.

- 이남(二南) 『시경』「국풍(國風)」의 「주남(周南)」과 「소남(召南)」을 일컫는다. 주남은 주공(周公) 단(旦)을, 소남은 소공(召公) 석(奭)을 기념하는 이름이다. 주남은 주나라의 덕화가 남쪽까지 미친 것을 칭송한 시들이고, 소남에는 어진 관리의 아름다운 정사를 칭송하는 시들이 많다.

조구명

분 파는 할미와 옥랑의 열행 101쪽

- 섭정(聶政) 섭정은 위(魏)나라 지(軹) 땅 심정리(深井里) 사람으로 사람을 죽이고 원수를 피해 제나라로 가서 도살을 업으로 삼았던 사람이다. 한나라의 엄중자가 협루에게 원수를 갚기 위해 천하를 떠돌다가 제나라에 이르러 섭정의 사람됨을 듣고 원수 갚는 일을 청한다. 이때 엄중자가 섭정 어머

니의 장수를 축수하는 술잔을 올리며 황금을 바치지만 섭정은 받지 않았
다. 그리고 마침내 어머니가 돌아가신 뒤에 엄중자를 위해 협루를 죽이고
자결했다. 자세한 내용은 『사기』 「자객열전」에 보인다.

- 소무(蘇武) 한나라 무제 때의 명신이다. 흉노에 사신으로 갔다가 투항하라
는 선우의 협박에 굴복하지 않고, 19년 동안 억류되어 있었다. 지난날 흉노
에게 항복한 동료 이릉의 설득에도 굴하지 않고 양을 치며 절개를 지켰다.
이후 한나라가 흉노와 화친하자 귀환했다. 관내후(關內侯)에 올랐으며 기린
각에 그 형상이 그려져 있다. 여기서는 목숨을 아끼지 않았던 그도 남녀
간의 정욕은 금할 수 없어 흉노족 아내를 두었다는 의미로 언급되었다.

- 방형(邦衡) 방형은 송나라 호전(胡銓, 1102~1180년)의 자다. 고종 때 상소
를 올려 금나라와 화친을 주장한 진회(秦檜) 등의 목을 베어야 한다고 주
장했던 것으로 유명하다. 10년 만에 풀려나 돌아올 때 매계관(梅溪館)에서
자다가 시기(侍妓) 여천(黎倩)을 건드렸는데, 이튿날 주인이 추잡하다 하여
밥을 주지 않고 소 먹이는 여물을 주었다. 그토록 강직했던 그도 시중드는
여인을 향한 욕정을 금할 수 없었다는 것이다. 훗날 주희가 이곳을 지나다
가 "십 년 동안 호해에선 한 몸이 가벼웠는데 돌아올 때 여천의 보조개에
욕정이 일었네. 세상길 인욕처럼 험한 것이 없는데, 그 몇이나 이로 인해
일생을 망쳤던가.(十年湖海一身輕, 歸對黎渦却有情. 世路無如人欲險, 幾人到此誤
平生.)"라는 시를 지었다. 『송사(宋史)』와 『주자대전(朱子大全)』에 관련 기사
가 보인다.

- 내시(內寺)에 속한 종 조선 시대의 공노비 중에서 내노비(內奴婢)와 시노비(寺
奴婢)를 합하여 내시 노비라고 했다. 공노비에는 내노비, 시노비, 역노비, 교
노비, 관노비 등이 있었다. 여기에서 내노비는 내수사(內需司)와 각궁 소속
의 노비이며, 시노비는 중앙 각사(中央各司) 소속의 노비다. 내노비와 시노비
가 공노비의 대부분을 구성하고 있었다.

거울을 보며 106쪽

• 두예(杜預) 중국 진(晉)나라 때의 학자이자 정치가다. 진주 자사(秦州刺史)와 진남대장군 등을 역임했다. 두예는 용맹과 거리가 멀었지만 군대를 통솔하는 데 뛰어난 능력이 있었다. 이에 278년 정남장군(征南將軍) 양호(羊祜)가 죽으면서 두예를 자신의 후임으로 천거하자, 진남장군 겸 도독형주제군사(都督荊州諸軍事)가 되어 오나라를 쳐 대승을 거두었다. 따라서 본문의 정남장(征南將)은 진남장(鎭南將)과 같은 의미로 읽어야 한다.

• 염락(濂洛)의 어진 이 송나라 때의 유자인 주돈이(周敦頤)와 정호(程顥)·정이(程頤) 형제를 일컫는다. 이들이 살았던 곳이 염계(濂溪)와 낙양(洛陽)이었던 까닭에 이렇게 일컫는다.

내가 병에 대해 느긋한 이유 109쪽

• 천지 일원(一元)의 수(數) 소옹(邵雍)의 원회운세(元會運世)의 설에 나오는 용어로, 이 세계가 생성했다 소멸하는 1주기를 말한다. 이에 따르면 30년이 1세(世), 12세가 1운(運), 30운이 1회(會), 12회가 1원(元)이 되니, 곧 일원은 12만 9600년이 된다.

고양이의 일생 112쪽

• 오원자(烏圓子) 고양이의 별칭이다. 검은 털의 고양이가 둥글게 몸을 말아 웅크리므로 오원(烏圓)이라 한다.

• 반초(班超) 후한의 무장으로 흉노의 정벌에 큰 공을 세웠다. 젊어 불우한 중에도 큰 뜻을 품어 기운을 꺾지 않았는데, 관상쟁이가 그의 상을 보고 "제비턱에 범의 목을 하고 날아가 고기를 먹으니 이는 만 리 제후의 관상

이다.(燕頷虎頭, 飛而食肉, 此萬里侯相也.)"라고 한 일이 있다. 여기서는 고양이의 머리가 범의 머리와 비슷하게 생긴 것을 두고 한 말이다.

- 조아(爪牙)의 재주 조아는 손톱과 어금니인데, 일반적으로 측근에서 수호하고 보좌하는 사람의 의미로 쓴다. 고양이의 발톱과 이빨을 중의적으로 쓴 표현이다.

- 승헌(乘軒)의 학이나 개부(開府)의 매 승헌의 학은 춘추 때 위 의공(魏懿公)이 학을 아낀 나머지 학이 외출하는 수레에 올라타곤 했다는 고사에서 따온 말이다. 전쟁이 나서 군사들에게 싸우게 하자 학을 그토록 아끼시니 학에게나 싸우라 하지 하면서 기꺼워하지 않았고, 마침내 패하고 말았다는 이야기가 전한다. 『춘추좌전』에 나온다. 개부의 매는 수나라 개황(開皇) 연간에 병부에 응양부(鷹揚府)를 두고 매사냥에 힘써 폐단을 부른 일을 말한 듯하나 분명치 않다.

도와 문은 일치하지 않는다 123쪽

- 한염(寒焰) 불과 비슷한데 불이 붙지 않는 광염(光焰)이다.
- 결록(結綠) 전국 시대 송나라에 있던 보옥이다.
- 그대의 지켜 냄은 묵자보다 낫고 나의 공격은 공수반(公輸般)에 미치지 못하는지라 공수반은 초나라의 병법가다. 공수반이 초나라를 위해 운제(雲梯)를 만들어 송나라를 침공하려 하자, 묵자가 송나라를 찾아가 수비책을 제시하여 전쟁에서 승리를 거둔 고사가 『묵자』 「공수(公輸)」에 보인다.

남유용

서호 유람의 흥취 ^{133쪽}

- 사수(士受) 이정보(李鼎輔, 1693~1766년)의 자다. 본관은 연안, 호는 삼주(三洲)·보객정(報客亭), 시호는 문간(文簡)이다. 1732년 정시 문과에 급제한 뒤 승지, 부제학, 대사성 등을 거쳐 이조 판서에 이르렀지만, 성품이 강직하고 바른말을 잘해 여러 번 파직되었다. 주의(奏議) 문장에 능했으며 사륙문(四六文)에 뛰어나 시조 78수를 남겼다.

- 이계화(李季和) 계화는 이정섭(李廷燮, 1688~1744년)의 자다. 본관은 전주, 호는 저촌(樗村)이다. 음직으로 정랑 벼슬을 지냈다. 『청구영언』에 발문을 썼으며, 『해동가요(海東歌謠)』에 시조 2수가 전한다. 지은 책으로 『저촌집(樗村集)』이 있다.

- 사아(士雅) 남유상(南有常, 1696~1728년)의 또 다른 자다. 본관은 의령, 자는 길재(吉哉), 호는 태화자(太華子)이고, 남유용의 형이다. 1713년에 진사가 되고, 1727년에 증광 문과에 급제하여 수찬과 이조 정랑 등을 지냈다. 1728년 소론의 영수였던 이광좌(李光佐)를 논척하여 영암에 유배되었다가 곧 풀려났지만 병으로 죽었다. 지은 책으로 『태화자고(太華子稿)』가 있다.

이천보

시는 천기다 ^{149쪽}

- 연나라와 조나라의 축(筑)을 치던 선비 진시황을 시해하기 위해 길을 떠났

던 형가(荊軻)와 축을 치며 그를 전송했던 고점리(高漸離)를 일컫는다. 이들은 강개지사(慷慨之士)의 대표적인 표상으로 일컬어진다.

- 오늘날의 장적(張籍) 문재(文才)가 있음에도 눈병으로 관직에서 물러나는 정내교를 장적에 비긴 것이다. 장적은 당나라 때의 문인으로 자는 문창(文昌)이다. 한유의 추천으로 국자박사(國子博士)가 되었으나, 눈이 멀어 태상시태축(太常侍太祝)이라는 낮은 벼슬에 머물렀다.

- 홍자순(洪子順, 1722~1784년) 자순은 홍낙명(洪樂命)의 자다. 본관은 풍산, 호는 신재(新齋), 시호는 문청(文淸)이다. 예조 판서 홍상한(洪象漢)의 아들로 1754년 증광 문과에 급제한 뒤 대사성, 이조 참의, 형조 판서, 이조 판서 등 요직을 두루 거쳤다. 경서와 문장에 모두 능하였다. 지은 책으로 『신재문집』 등이 있다

- 홍익여(洪翼汝, 1713~1778년) 익여는 홍봉한(洪鳳漢)의 자다. 본관은 풍산, 호는 익익재(翼翼齋), 시호는 익정(翼靖)이다. 정조의 생모인 혜경궁 홍씨(惠慶宮洪氏)의 아버지다. 음직으로 벼슬에 나가 최고직인 영의정에 이르렀다. 영조의 탕평책을 따르던 탕평파의 수장으로, 노론 벽파의 공격으로부터 세손인 정조를 보호하는 역할을 했다. 지은 책으로 『익익재만록(翼翼齋漫錄)』 등이 있다.

오원

월곡으로 가는 길 166쪽

- 박태보(朴泰輔, 1654~1689년) 본관은 반남, 자는 사원(士元), 시호는 문열(文烈)이다. 박세당의 아들로 1677년 알성 문과에 장원해 수찬, 교리, 이조 좌랑 등의 벼슬을 거쳤다. 재주가 많고 의기가 빼어나 의리를 위해서는 죽음

도 아까워하지 않은 것으로 유명하다. 1689년 기사환국 때 인현 왕후의 폐위를 강력히 반대했다가 진도로 유배 가는 도중 심한 고문의 후유증으로 노량진에서 죽었다.

* 내 할아버지께서도 선생이 돌아가시고 이틀 뒤에 돌아가셨다. 오원의 할아버지는 양곡(陽谷) 오두인(吳斗寅, 1624~1689년)이다. 1649년 별시 문과에 장원으로 급제한 뒤 다양한 직책을 거쳐 형조 판서에 이르렀다. 서인을 대표하는 정치가로 1689년 5월에 인현 왕후가 폐위되자 이를 반대하는 상소를 올렸다가, 이를 계기로 국문을 받고 의주로 귀양 가는 도중에 파주에서 죽었다.

* 노강 서원(鷺江書院) 조선 숙종 때 박태보의 학문과 덕행을 추모하기 위해 세운 서원이다. 처음에는 노량진에 있었으나 지금은 경기도 의정부시 장암동에 있다. 1969년에 그의 후손들이 박세당의 거처가 있던 이곳으로 옮겨 세웠다고 한다.

* 장릉(莊陵)에 관한 논의 노산군(魯山君)으로 강등된 단종의 지위를 복권하여 단종(端宗)을 묘호로, 장릉을 능호로 삼고자 한 논의를 말한다. 이후 숙종 24년(1698년)에 단종과 정순 왕후에게 시호가 추상되었다.

* 정랑공(正郞公) 오원의 생부인 오진주(吳晉周, 1680년~?)로 자는 명중(明仲), 호는 무위재(無爲齋)다. 농암 김창협의 셋째 사위이며, 문학으로 이름이 났다.

말은 마음의 소리다 172쪽

* 옛사람이 무두질한 가죽을 차고 다니며 경계했던 것 전국 시대 사람인 서문표(西門豹)가 조급한 성격을 고치기 위해 허리에 무두질한 가죽을 차고 다녔던 고사에서 따온 말이다. 『한비자(韓非子)』「관행(觀行)」에 보인다.

* 과화존신(過化存神)하는 덕 『맹자』「진심 상(盡心上)」에 나오는 다음 구절에

서 따온 것이다. "성인은 지나가는 곳마다 백성들이 감화되고, 머무는 곳마다 백성들이 신령스럽게 된다.(所過者化, 所存者神)" 성인의 가르침에 천하의 백성이 감화되어 영원히 영향을 받는다는 뜻이다.

- 세 번 입을 봉한 금인(金人) 공자가 주나라에 가서 태묘(太廟)를 보니 태묘의 오른쪽 계단 곁에 금인(金人)이 있었는데, 그 입을 세 번 봉하고 그 등에 "옛날에 말을 삼간 사람이다.(古之愼言人也.)"라고 새겨져 있었다. 『설원(說苑)』 「경신(敬愼)」에 보이는데, 말을 몹시 삼가는 것을 비유한다.

- 입을 막은 노자 원문의 '색태(塞兌)'는 노자의 『도덕경』 52장에 나오는 다음 구절에서 따왔다. "입을 막고 문을 닫으면 종신토록 수고롭지 않게 된다.(塞其兌, 閉其門, 終身不勤.)"

- 주머니의 주둥이를 묶고 『주역(周易)』 곤괘(坤卦) 육사(六四)에 나오는 다음 구절에서 따왔다. "주머니의 주둥이를 묶듯이 하면 허물이 없고 칭찬도 없으리라.(括囊, 无咎, 无譽.)"

- 입을 단속하는 것 주희의 「경재잠(敬齋箴)」에 보이는 다음 구절에서 따온 말이다. "병의 주둥이를 지키듯이 입을 지키고, 성을 막듯이 생각을 막아야 한다.(守口如瓶, 防意如城.)"

아버지와 『소학』 177쪽

- 옛사람은 여덟 살에 『소학』에 입문했는데 주희의 「대학장구서(大學章句序)」에 나오는 다음 구절에서 따왔다. "사람이 태어나 여덟 살이 되면, 왕공 이하로부터 서인의 자제에 이르기까지 모두 『소학』에 입문한다. 그러고는 물 뿌리고 쓸며 응하고 답하며 나아가고 물러나는 예절과 예악(禮樂)과 사어(射御)와 서수(書數)에 관한 글을 가르쳤다.(人生八歲, 則自王公以下, 至於庶人之子弟, 皆入小學, 而敎之以灑掃應對進退之節, 禮樂射御書數之文.)"

신경준

『강계지』 서문 196쪽

- 사관(史官)을 둔 것은 고구려는 영양왕 때부터이고 백제는 근초고왕 때부터다. 신라는 진흥왕 때부터 시작되었다. 『삼국사기』 고구려 영양왕 11년 정월조에 태학박사(太學博士) 이문진(李文眞)에게 명하여, 예전 역사 기록인 『유기(留記)』를 간추려 『신집(新集)』을 정리하게 했다는 기사가 있다. 또 『삼국사기』 근초고왕 30년 11월에 박사 고흥이 처음으로 『서기』를 지었다는 내용이 보인다. 『삼국사기』 진흥왕 6년 7월에는 대아찬 거칠부(居柒夫) 등에게 명하여 선비들을 널리 모아 『국사』를 편찬케 했다는 기록이 나온다.
- 삼한의 칠십팔 국 『삼국사기』 「잡지」 지리지에 "『후한서』에 '삼한은 대략 78개 나라였는데, 백제가 그 가운데 하나였다.'라고 기록되어 있다."라고 쓰여 있다.

『훈민정음운해』 서문 200쪽

- 반절(半切) 한자의 두 자음을 절반씩 따서 하나의 음으로 읽는 방법.

『동국여지도』 발문 203쪽

- 현로(玄老) 정항령(鄭恒齡, 1700년~?) 본관은 하동, 자는 현로다. 1743년 문과에 급제하여 동몽교관(童蒙敎官), 검열, 지평, 장령(掌令), 사간(司諫), 집의(執義) 등을 역임했다. 실학자로서 특히 지리학을 깊이 연구했고 백리척(百里尺) 지도인 『동국대지도(東國大地圖)』를 제작했다. 1757년 영조가 이 지도를 보고 그 면밀함과 상세함에 감탄하여 홍문관(弘文館)에 1부를 모사하

게 했다.

- 방성(方星)과 탁성(坼星) 태양 주위를 도는 지구 궤도상에 놓인 별자리.

- 요임금이 희씨(羲氏)와 화씨(和氏)에게 역할을 나누어 명한 것 희씨와 화씨
는 요임금의 신하로 천문(天文)과 역법(曆法)을 맡은 역관이다. 『서경』「우서
(虞書) 요전(堯典)」에 "희씨와 화씨에게 명하시어 넓은 하늘을 삼가 따르게
하시고, 해와 달과 별의 운행을 관찰하여 사람들에게 때를 알리도록 하셨
다.(乃命羲和, 欽若昊天. 曆象日月星辰, 敬授人時.)"라는 구절이 보인다.

- 간평의(簡平儀) 조선 말기 남병철(南秉哲)이 편찬한 『의기집설(儀器輯說)』 하
권 간평항에 소개된 천문 의기(天文儀器)의 일종이다. 명나라 말에 서양인
웅삼발(熊三拔, P. S. de Urisis)이 편찬한 『간평의설(簡平儀說)』에 따라 제작된
것으로, 현재 우리나라에는 남아 있지 않다.

일본으로 사신 가는 이에게 207쪽

- 대내전(大內殿) 대내(大內, 오우치)씨는 일본 장문(長門) 지방을 지배하던 호
족이었다. 전(殿)은 이름이 아니라 존칭으로 옛날 사람들이 일본 풍속을
몰라서 존칭까지 붙여서 말한 것이라 한다.

- 일향(日向) 고대 규슈에 있었다고 추정되는 야마타이노쿠니(邪馬台國)를 가
리키는 것으로 보인다. 『삼국사기』에 야마타이의 여왕 히미코(卑彌呼)가 신
라에 조공한 기록이 전한다.

- 태화(太和) 야마토노쿠니(大和國, 지금의 나라현 일대)을 가리키는 것으로 보
인다. 이 일대는 아스카(飛鳥)로 불리며 3~7세기까지 번성했던 야마토 정
권의 세력 범위 안에 있다.

- 풍포(豊浦) 나가토노쿠니(長門國, 에도 막부의 조슈한(長州藩)으로 지금의 야마
구치현 서부)에 위치한 도요우라를 가리키는 것으로 보인다.

- 산성(山城) 지금의 교토 남부에 위치한 야마시로노쿠니(山城國) 또는 야마

시로 일대를 가리키는 것으로 보이는데, 이는 헤이안쿄(平安京, 지금의 교토)를 지칭하는 것으로 추측된다. 794년 헤이안쿄로 천도하기 전 10년 정도 수도였던 나가오카쿄(長岡京)도 이 방역에 속한다. 이상이 거의 일본의 남서쪽 가장자리에 위치한 지역이다.

- 서 행인(徐行人) 행인은 조근(朝覲)과 빙문(聘問)을 관장하는 관직을 가리키는 말로 사신의 의미로도 사용하는 용어인데, 서 행인이 구체적으로 누구를 가리키는지는 명확하지 않다. 1762년 통신사의 정사로 차출되었다가 떠날 무렵에 조엄(趙曮)으로 교체되었던 서명응(徐命膺)을 가리키는 것으로 보이나, 이를 증명할 여타 자료가 부족하여 확언하기 어렵다.

와관에 대하여 212쪽

- "초나라 구름 아침마다 석두성에 내려오고, 강 제비는 쌍쌍이 와관시(瓦棺寺)를 나누나." 당나라 시인 한굉(韓翃)의 「송객지강저(送客之江寧)」 중 일부이다.

신광수

검승전 218쪽

- 홍계남(洪季南) 생몰년은 미상이다. 본관은 남양(南陽)으로 수원 출생이다. 아버지는 충의위(忠義衛) 언수(彦秀)이다. 용력이 뛰어나고 말달리기·활쏘기를 잘하여 금군(禁軍)에 소속되었다. 임진왜란 때 안성에서 부친과 함께 의병을 일으켜 여러 차례 큰 전공을 세웠고, 그 공을 인정받아 첨지(僉知)로 승진했다. 1596년에는 이몽학(李夢鶴)의 반란을 평정하는 데 공을 세우

기도 하였다.

- 김응서(金應瑞, 1564~1624년) 무과에 급제해 1588년 감찰이 되었으나 집안 일로 파직되었다가 임진왜란 때 다시 등용되어 제1차 평양 전투에서 대동 강을 건너려던 일본군을 막아 평안도 방어사가 되었다. 1593년에는 명나 라의 이여송(李如松)과 함께 조명 연합군을 이끌고 제4차 평양 전투에서 평양성을 탈환하였다. 이후에는 도원수 권율의 명령으로 도적들을 소탕하 고 1595년 경상우도 병마절도사로 승진했다. 군관 이홍발을 부산에 잠입 시켜 일본군의 동태를 살폈고 1597년 일본의 간첩 요시라에게 매수되어 이순신을 모함하기도 했다.

- 남이(南怡)나 김덕령(金德齡) 등이 모두 이러했다 남이와 김덕령은 조선 전·중기를 대표하는 무신으로 지혜와 용력이 뛰어났음에도 불구하고 변고를 예견하지 못해 억울한 죽임을 당하고 말았음을 두고 한 말이다. 남이는 19 세에 무과에 급제한 뒤 이시애의 난을 토벌하고 여진을 축출하는 등 많은 공을 세웠다. 더욱이 27세의 젊은 나이에 공조 판서에 올라 왕실 호위의 책임을 겸했던 뛰어난 인재였다. 하지만 1468년 유자광(柳子光)의 고변으로 역모의 혐의를 받아 저자에서 처형되고 말았다. 김덕령은 임진왜란 당시 곽재우와 함께 권율의 막하에서 영남 서부 지역을 방어하는 등 많은 공을 세웠다. 특히 뛰어난 기습 작전으로 왜군에 큰 타격을 입혀 왜군이 가장 두려워하는 의병장이기도 했다. 하지만 1596년 이몽학의 난을 진압하다 반군의 무고로 누명을 쓴 채 죽임을 당하고 말았다.

- 선표(單豹)가 내면을 길렀어도 범이 그 몸뚱이를 잡아먹은 것 노(魯)나라 사 람 선표는 바위 굴에 살면서 골짜기의 물을 마시며 지내고 세속 사람들과 이익을 다투지 않아 나이 일흔에도 얼굴빛이 어린아이 같았다. 하지만 불 행하게도 굶주린 범이 그를 잡아먹었다. 이와 반대로 장의(張毅)라는 사람 은 대문이 높은 부잣집이든 발을 늘어뜨린 보통 사람들의 집이든 가리지 않고 폭넓게 사귀었다. 그러나 나이 마흔에 열병으로 죽었다. 선표는 자신

의 속마음을 길렀으나 바깥 몸은 호랑이에게 먹혀 버렸고, 장의는 바깥은
잘 길렀으나 그 속을 병이 공격하였다.

- "예(羿) 또한 죄가 있다." 봉몽이 예(羿)에게서 활쏘기를 배웠는데, 예의 궁
  술을 다 익히고 나서는 '천하에 오직 예만이 나보다 낫다.'라고 생각하고
  그를 죽여 버렸다. 이에 대해 맹자가 말했다. "이렇게 된 데에는 예에게도
  책임이 있다. 공명의(公明儀)는 예에겐 책임이 없는 것 같다고 말하지만 책
  임이 적다면 몰라도 어찌 책임이 없다고 할 수 있겠는가?(是亦羿有罪焉. 公
  明儀曰宜若無罪焉, 曰薄乎云爾, 惡得無罪?)"(『맹자』「이루 하(離婁下)」)

마 기사 이야기 224쪽

- 채제공을 전송하며 쓴 시 채제공은 석북 신광수와 가까운 벗이었다. 채제
  공이 평양 감사로 부임하면서 신광수에게 축시를 부탁했고 이때 지어 보
  낸 시가 「관서악부」 108수 연작이다. 본문에 인용된 시는 「송채백규(送蔡伯
  規)」 4수 중 제1수의 7, 8구이다.

- 이직심(李直心) 이덕주(李德冑)로 신광수와 평생 가깝게 지낸 벗이다. 지봉
  이수광의 후예로 이현조(李玄祚, 1654~1710년)의 손자인데, 당시 시명이 높
  았으나 자세한 생몰년과 문집은 알려져 있지 않다.

- 권헌(權攇, 1713~1770년) 조선 후기의 시인으로 호가 진명(震溟)이다. 문집
  『진명집』에 2000수가 넘는 시문이 남아 전한다.

- 연나라 소왕과 악의(樂毅)의 남은 터 소왕은 전국 시대 연나라의 군주이다.
  악의와 곽외(郭隗) 등 유능한 인재를 등용하여 연나라를 재건하였다. 연경
  에 황금대(黃金臺)를 세워 천하의 인재를 등용했다.

- 혜음령(惠陰嶺) 지금의 경기도 고양시(조선 시대에는 고양군(高陽郡))와 파주
  시 광탄면 사이에 위치한 고개다. 임진왜란 당시 명군이 왜군에게 대패한
  벽제관(碧蹄館) 전투의 격전지이기도 하다.

- 고양 길 조선 시대 서울에서 경기 고양으로 가는 길을 일컫는다. 무악재를 넘어 홍제원을 지나 박석 고개, 금암참을 지나 창릉천을 건너 고양·파주· 개성으로 이어진다.

안석경

박효랑전 261쪽

- 격쟁해 고발했다. 격쟁(擊錚)은 조선 시대 때 원통한 일을 당한 사람, 특히 재판에 불복한 자들이 임금에게 하소연하기 위해 거둥하는 길가에서 징 이나 꽹과리를 쳐서 하문을 기다리는 것을 말한다. 신문고 제도를 폐지한 이후에 만들어졌는데, 자손이 조상을 위해 하는 경우와 아내가 남편을 위해 하는 경우와 동생이 형을 위해 하는 경우와 종이 주인을 위해 하는 경우 외에는 함부로 격쟁하는 것을 금하였다고 한다.

웃음의 집 270쪽

- 오악(五嶽)과 사독(四瀆) 오악은 중국 사람들이 신성시했던 다섯 개의 산으로, 동악인 태산(泰山)과 서악인 화산(華山)과 남악인 형산(衡山)과 북악인 항산(恒山)과 중악인 숭산(嵩山)을 말한다. 사독은 장강(長江)과 제수(濟水)와 황하(黃河)와 회수(淮水) 네 개의 강을 말한다.

원문

原文

申靖夏

增不去項羽不亡論 科作 ^{23쪽}

論曰. 古之人君, 有得一士而王天下者, 有失一士而失天下者, 何謂也. 其人之所蓄者仁, 而能以其仁化其君, 使其君之心, 皆發於仁, 所行者義, 而能以其義導其君, 使其君之事, 皆出於義. 故因其人之去就而天下之得失係焉. 此蓋古所謂王佐之才, 而非後世智謀之士所能望也.

昔蘇氏之論范增曰: "增不去, 項羽不亡." 嗚呼! 是奚足以論人也哉? 夫增何如人也? 特一好謀人耳. 其平昔之所講者, 不過韜鈐之遺略而已. 其事業之所期者, 不過陋覇之功利而已. 曾不知仁義之爲何物, 則其所以事其君者, 從可知矣. 故當其服事項氏也, 謂其區區之智力, 可以立取天下, 以狙詐反覆之計, 而助喑噁叱咤之威, 以奇譎詭異之謀, 而煽慓悍猾賊之勢.

項氏之天命已絶, 而增不覺也, 項氏之人心已失, 而增亦不知也. 非徒不覺不知而已, 其所以助其暴濟其惡而以至於亡者, 無往而非增也, 則殆亡楚者增也. 豈因一范增之不去, 而楚得以不亡也哉? 凡楚之所以亡者, 增之所以促其亡者, 今可以坐而數矣.

秦宮月火, 兆民怨沸, 新安一坑, 十萬爲土, 則兇威暴虐, 足以失人心矣. 而未聞增有一言以正其不仁也. 繫頸軹道, 降王就戮, 放弒江中, 君臣義斁, 則殘忍悖逆, 足以絶天命矣. 而未聞增有半辭以規其不義也.

夫羽之所以親信增者, 豈羣臣比哉. 其所以共處兵間, 晝夜計議者, 皆在於增, 則凡羽之一得一失, 增未嘗不與也. 向羽數事, 皆足以亡其身滅其國, 而特出於盜賊刦略之事, 則爲增者豈可袖手傍觀, 以待其滅亡, 而曾不爲一言. 及其君臣間疎, 敵謀售機之日, 乃發天下事定之言, 而乞骸而歸, 增之計到此, 可謂窮矣.

由是觀之, 楚之亡形, 已成於增未去之前, 而特羽未死耳. 世之論項氏者, 徒見其已亡之迹, 而不察其將亡之形, 徒知其窘於垓下, 刎於烏江之爲滅, 而不識其坑降卒殺義帝之兆其滅, 甚哉! 其見之淺也.

然則羽之惡, 非獨羽之爲惡也, 乃增之助其惡也, 羽之亡, 非獨羽之取亡也, 乃增之促其亡也. 使羽爲惡而不顧者在增, 使羽取亡而不悟者亦增, 則增一亡國之臣耳. 惡乎見其增在而楚不亡也哉?

噫! 世之英雄俊傑之士, 磊落跌踢, 奮發於草莽, 而深結其君之契者, 固有乎運籌帷幄之中, 折衝尊俎之間, 以抵掌立談之際, 而能轉危而爲安, 因利而乘便者矣. 然其卒所以成功, 則未嘗不本於仁與義, 不然則未或不敗也. 夫秦氏之所以亡者, 不在於智謀之短而在於不仁, 不由於詐力之少而由於不義. 則欲繼秦氏而王者, 莫過於施其仁以得其人心, 行其義以順其天命. 而增不以此勸羽, 獨其日夜之所以敎羽者, 顧反在於殺沛公一計, 則增固不可望古昔王佐之事, 而其於俊傑之稱, 亦有所愧者矣. 蘇氏之以增一人之去就, 而斷項氏之存亡者, 不幾迂乎?

嗚呼! 以伊尹之賢而不去夏桀, 則桀之興喪, 未可知也. 以百里之智而不去虞君, 則虞之存亡, 未可判也. 今增之引君而當道者, 不及於伊尹, 先見於未然者, 亦有愧於百里, 則項氏之存亡, 其不係於增之去就也, 明矣. 故蘇氏以爲楚之亡, 在增之去, 而愚則曰: "亡楚者增也." 謹論.(『恕菴集』卷12)

與車起夫 28쪽

今晚當來宿否? 令人甚企. 昨夜同宿, 有厚伯者惡睡, 踏破同研者. 酒器極狼藉, 朝來始覺, 勿謂我不飮. 巾衣枕衾, 盡帶酒氣也. 呵呵.(『恕菴集』卷9)

與李伯溫 30쪽

昨日江閣觀漲壯哉. 盖十餘年來無此水. 辛巳秋, 弟與敬兄明仲痛飲楊花, 乘舟過此, 望把淸樓於千尺縹緲之上. 昨日水到樓下, 龍蛇魚鼈, 雜與人處, 登樓無所見, 而唯濁浪排空而已. 恨未得與伯溫同之也, 語此, 少欲以慰兄寥寂耳. 不宣.(『恕菴集』卷9)

論劉松年上林圖 32쪽

宣和畫院劉松年所畫上林圖一幅, 乃竹林王氏所藏也, 今爲余家物. 布置整肅, 筆意森嚴, 所畫人物鳥獸林木, 氣韻生動, 實爲珍翫. 第以筆畫不細, 故愛畫者之取而賞覽者, 不若玄翁仇十洲所畫上林圖.

仇本乃弇州所藏, 而今爲玄翁家物. 所畫人物, 多至累百, 而筆細如牛毛. 以余觀之, 乃演劉本而作者也.

近有卞良者頗善畫, 余持此軸以示卞, 卞疑其爲後人託名. 余詰之, 則曰: "不見夫射白狼者乎? 其彎弓而欲射, 注出白狼頭上, 有若虛發者然, 此是失眞必矣." 余曰: "此盖遠勢也. 今夫射法, 遠與近有異. 近則必滿箭而直射, 遠則必擧手而射. 故發箭時, 注在的上二三尺, 然後發而得中. 若遠而直注, 則箭落中間矣." 聞者皆大笑, 卞師亦憮然自服. 不知畫猶可, 不知射可乎?(『恕菴集』卷16)

送鄭生來僑讀書牛峽序 35쪽

余嘗見世之有志於學而貧者, 往往有奔走於口腹, 以不能自振而墮其業者, 未始不惜其人之窮厄, 而亦有以竊歎其誠之不篤也. 夫貧固可憂也, 而學而不能忘貧之爲憂, 則其所謂學之淺深, 盖可見矣. 故古之爲學者, 未聞以其貧廢學. 良以好學之心, 能勝其惡貧之心故也, 不則不足以言學也.

有鄭生潤卿者, 志于學有年矣. 然顧貧甚, 恐其不能有以自振而墮其業也. 將棄去家事, 與同學數子, 讀書於牛峽, 以行日告余願有言勖之.

嗚呼! 生之志可謂勇哉. 然余觀其色, 而聽其言也, 悒悒然似不能忘貧之憂者. 余恐生之過於憂貧, 而遂不能篤於爲學也. 生其戒之哉. 孔子曰: "朝聞道, 夕死可矣." 言道之急於身也如此. 今生之所憂於貧者, 不過口體之奉而已, 甚則惡其死而已. 未見其急於所謂道與學也. 古之嗜學而安貧者, 無過顏氏. 然世之病於貧者曰: "彼猶有簞食瓢飲之供也. 吾之貧甚於顏氏, 則安得不以動吾心哉?" 嗚呼! 是徒知顏氏之有簞瓢, 而不知其樂之嘗在二者之外也. 夫顏氏之學, 視道急於生. 故不以口腹爲心. 如使顏氏無此二者, 其樂固將自如. 然則顏氏之樂, 非有待於二物者也. 不然, 曷足可稱哉?

嗚呼! 士之志於學, 而不以顏氏自期者, 果可以言學乎? 生能審於此, 而知所取捨, 則庶乎少瘳其憂矣.(『恕菴集』卷10)

李瀷

顰笑先生傳 40쪽

顰笑先生者, 李完平相公之故人. 相公佐我仁祖大王, 致撥亂之治, 其要不外於臧否賢愚. 吾知必有所賴於人而得者, 而不露其迹.

當時有眉叟許先生, 終始門館, 有以知其實. 其言曰: "相公所與言議, 只有姜承旨緖及趙引儀忠男二人. 姜託於狂, 趙託於癡, 皆詭與世違者也."

312

先生口默而心明. 其於評騭, 賢者以笑, 否則以笑, 後皆驗. 相公之所取, 蓋爲此也. 然則一嚬一笑之間, 而相公陶鑄進退之權盡矣. 旣無其迹, 何從以指摘其人? 故遂稱曰嚬笑先生云.

嗚呼! 先生其果瘖而已哉? 先生卽靜菴文正公兄弟之後孫. 嘗往謁陶山李子, 請爲文正行狀, 而李子又作詩, 答其勤來之意. 詩在退溪集中, 可考.

余悲夫古今逸羣邁迹之士, 藏名草莽, 湮滅無稱者亦多. 故書此以附東方一士傳後.(『星湖全集』卷68)

祭奴文 _{43쪽}

我國奴主之分, 與君臣之義, 比而同之. 然君之於臣, 爵位而貴之, 祿俸而養之, 恩已大矣. 其不思報效者, 罪也. 主之於奴, 寒餓不免, 苦役偏重, 怒有刑, 而喜無賞, 少有怨違, 責之以不忠, 何也.

人之爲臣, 心實願慕, 側肩鑽進, 苟賭榮利. 奴則不如是, 逃遁無地, 不得已而仰屬也. 臣之事上, 不過驅馳籌畫, 而奴之事主, 出沒塗炭, 箠辱爲茶飯, 其實仇讐也. 然君喪, 臣不散髮, 而奴必散髮, 一如妻子也. 臣亡, 而君有臨弔致祭之禮, 奴沒則主不一哀, 而澆酹不及, 何也.

余庄土, 有奴管之, 死有年數. 偶過而問焉, 則墓不奠久矣. 乃爲文祭.

曰: "維月日, 星湖逸人, 祭于故奴某之墓. 嗚呼! 邦有故俗, 奴主之分, 擬諸君臣. 然君仁而臣必報, 固矣. 主薄而奴責忠, 豈理也哉. 汝平生勤苦奉上, 吾實多賴, 豈忍忘之. 汝有子不肖, 吾曾戒之, 今果流離破落, 不奠其居, 汝沒而墳草荒穢, 不思汛除. 生旣勞勤, 鬼恒餒, 而豈不悲乎. 吾偶過此, 爲之惻怛, 略具餠果, 使汝外孫, 持而往酹, 草草數語, 焚告壟側, 汝雖不解文字, 神理感通, 有誠必覺, 汝其歆焉."

此事, 人之見之也, 必眙我駭笑. 然情在於斯, 其是也夫.(『星湖僿說』卷12 人事門)

地毬 46쪽

地毬上下, 有人之說, 至西洋人始詳.

近世或薦李時言有將才, 金荷潭謂: "吾聞某崇信西說, 此猶不知其非, 況窺敵制變耶?" 荷潭素稱明智多所臆中, 而此猶不知其然, 則其識之不深可想.

金衮判始振亦深非其說, 南斯文克寬著說辨之云: "今有一卵, 蟻從皮殼上, 周行不墜. 人居地面, 何以異是."

余謂: "南之誚金, 以非攻非也. 蟻附於卵, 能無墜者, 以蟻足粘著也. 今有虫豸緣壁, 失足便墜, 何以曉人. 此宜以地心論從. 一點地心, 上下四旁, 都湊向內. 觀地毬之大懸, 在中央, 不少移動, 可以推測也. 卵在地毬一面, 卵亦離地, 便墜下矣. 卵之下面, 顧可以附行耶?"(『星湖僿說』卷2 天地門)

鬱陵島 49쪽

鬱陵島在東海中, 一名于山國. 遠可七八百里, 自江陵三陟等地登高望之, 三峯標緲隱見.

新羅智證王十二年, 其人恃强不服, 何瑟羅州軍主異師夫, 以木獅威服. 何瑟羅, 卽今江陵也. 高麗初, 來獻方物. 毅宗十一年, 遣金柔立往審羽陵島, 從山頂東行至海一萬餘步, 西行一萬三千餘步, 南行萬五千步, 北行八千步. 有村落基址七所, 有石佛鐵鍾石塔. 地多岩石, 不可居. 然則是時已成空地矣. 本朝, 逋民多入居. 太宗世宗時, 皆往搜盡俘還之. 芝峯類說云: "鬱陵島, 壬辰後, 被倭焚掠,無復人烟. 近聞倭占據礒竹島, 或謂礒竹即鬱陵也."

倭以漁氓安龍福犯越事來爭, 以芝峰類說及禮曹回答有貴界竹島之語爲證. 朝廷遣武臣張漢相往審之, 南北七十里, 東西六十里. 木有冬栢紫檀側栢黃蘗槐椵桑榆無桃李松橡, 禽獸有烏鵲猫鼠, 水族有嘉支魚, 穴居巖磧, 無鱗有尾, 魚身四足, 而後足甚短, 陸不能善走, 水行如飛, 聲如嬰兒, 脂可以燃燈云. 於是, 朝廷費辭往復, 彌縫乃止.

余謂此事非難判. 當時胡不曰: "鬱陵之服屬, 新羅自智證王始. 時卽貴邦繼體之六年, 未知威德遠被. 史乘特書有可以考見者耶? 至於高麗, 或獻方物, 或空其地, 史不絶書. 今千有餘年, 今者何故突然惹此爭端. 卽無論羽陵礒竹之何指, 鬱陵之屬我邦, 則百分明白. 而其旁近島嶼, 亦不過鬱陵之屬島, 與貴邦絶遠. 其乘隙占據, 所宜羞吝, 而不合誇言者也. 設或中間爲貴邦冒奪, 兩國約和誠信之後, 悉宜還其舊田之不暇. 況未曾著在貴邦之版籍也耶? 旣在我界, 則我氓之漁獵往來, 理固宜然. 何與於貴邦." 如是, 則彼雖巧黠, 將無復容其喙矣.

安龍福者, 東萊府戰船櫓軍也. 出入倭館, 善倭語. 我肅廟十九年癸酉夏, 漂泊鬱陵島, 倭船七艘先到. 時倭已惹爭島之端, 龍福與倭辨詰, 倭怒執以歸, 拘五浪島. 龍福謂其島主曰: "鬱陵芋山本屬朝鮮. 朝鮮近而日本遠, 何故拘執我不歸." 島主送諸伯耆州.

伯耆島主待以賓禮, 賚銀許多, 辭不受. 島主問: "汝欲何爲?" 龍福又言其故, 曰: "禁止侵擾, 以厚交隣, 是吾願也." 島主許之, 稟于江戶, 成契劵與之, 遂遣還. 行到長埼島, 島主黨馬島, 奪其劵, 送之馬島. 馬島主囚之, 聞于江戶, 江戶復爲書契, 令勿侵兩島, 且令護送. 馬島主復奪其書契, 囚五十日, 押送東萊倭館, 又留之四十日, 送之東萊府.

龍福悉訴之, 府使不以聞, 以犯越刑之二年. 乙亥夏龍福憤鬱不已, 誘販僧五人及掉工四人, 復至鬱陵. 我國三商船先泊, 漁採斫竹, 有倭船適至. 龍福令諸人縛執, 諸人懼不從. 倭云: "我等漁採松島, 偶至此." 卽去. 龍福曰: "松島本我芋山島." 明日追至芋山島, 倭擧帆走. 龍福追之, 漂泊于玉岐島.

轉至伯耆州, 島主款迎. 龍福自稱鬱陵搜捕將, 乘轎入, 與島主抗禮. 言前後事甚詳, 且云: "我國歲輸米一石必十五斗, 綿布一匹三十五尺, 紙一卷二十張. 馬島偸損, 謂米石七斗布匹二十尺截紙爲三卷. 吾將欲直達于關伯, 治欺詆之罪." 同行有稍解文字者, 製疏, 示島主. 馬島主父聞之, 乞憐於伯耆州, 事遂已. 慰諭送還曰: "爭地事, 悉如汝言. 有不如約者, 當重罰之."

秋八月, 還泊襄陽. 方伯狀聞, 拿致龍福等于京. 諸人納供如一, 朝議以犯越挑釁將斬之. 惟領敦寧尹趾完曰: "龍福雖有罪, 馬島從前欺詐者, 徒以我國不得專通江戶故耳. 今知別有他路, 勢必恐怯. 今誅龍福, 非計也." 領中樞南九萬曰: "馬島之欺詐, 非龍福, 無以畢露. 其罪之有無姑置, 爭島事不可不因此機會明辨痛斥之. 書問馬島曰: '朝廷將別遣使, 直探其虛實云爾.' 則馬島必大恐服罪. 然後龍福事, 徐議其輕重未晩. 此上策也. 不然, 使東萊府送書島中, 先陳龍福擅自呈文之罪, 次陳本島假稱竹島奪取公文之失, 待其回答. 而龍福斷罪之意, 決不可及於書中. 此中策也. 至若不問馬島奸欺之狀, 而先殺龍福, 以快其心, 彼必以此藉口, 侮我脅我, 將何以堪之. 此下策也." 於是, 朝廷用中策, 島主果自服, 歸罪於前島主, 不復往來鬱陵. 朝廷乃減龍福死配去云.

愚按, 安龍福直是英雄儔匹. 以一卒之賤, 出萬死之計, 爲國家, 抗强敵, 折奸萌, 息累世之爭, 復一州之土. 比諸傅介子陳湯, 其事尤難, 非傑然者, 不能也. 朝廷不惟不之賞, 前刑後配. 摧陷之不暇, 哀哉!

鬱陵縱云土薄. 馬島亦土無數尺, 而爲倭所窟宅, 歷世爲患. 一或見奪, 是增一馬島也. 方來之禍, 何可勝言? 以此論之, 龍福非特一世之功也歟. 古今稱張循王花園老卒爲人豪, 然其所辦不過大賈販殖之間. 其於國家計策, 未必優焉. 若龍福者, 當危難之際, 拔之行伍, 借之翼角, 得行其志, 則所就豈止於此.(『星湖

三豆會詩序 56쪽

貴富外物, 人生墮地, 無爵與財. 故曰: "天子之元子猶是士." 則人以貧賤爲本也. 人之生, 爵有未必得, 財殫必死. 財者, 原於地, 成於力, 非地力, 亦無所措. 古者, 制祿分田, 君子任職, 小人食土, 各得以安其業樂其生. 聖王旣遠, 民闕恒産, 一朝傾敗, 流離危亡. 雖卿大夫之子姓, 苟其家世廉白, 別未有爲生之道, 此明智之致意也.

今編戶之士, 卽庶人無官者, 小少習業, 不過卷子上文字, 爲農爲賈, 又力有未堪. 猶曰吃兩杆, 歲易單袂. 而一粒一縷, 咸非己之自辦, 惟安坐待乎人, 宜仁人之戒懼也. 孟子謂: "民無恒心, 放辟奢侈." 奢與侈, 豈貧民可能而云爾. 苟一毫非分, 莫非不儉, 不儉則奢. 奢則濫, 濫斯陷罪, 其勢必至. 若是者, 如竊兵而敵壓, 黷色而病祟, 悔其可追乎? 哀哉!

易曰: "用過乎儉." 蓋之奢易而之儉難. 故以過爲心, 是爲得中也. 推之天下國家, 莫不皆然. 況士之居室乎? 自日用飲食衣服, 以至於昏因喪祭賓客之供, 什器之需, 宜以過儉爲節度, 常較勘於不若己者, 方是心安.

儉亦多般, 高明之室, 以烹雞拍豚爲儉, 爲其無遠方珍異也. 閭井豪擧, 炊稻炙魚, 猶云不奢. 至於單門寒戶, 亦皆視效, 但恥其不及, 壁立磬懸, 而務爲目前之快意, 不計異時之難繼. 甚者, 或秋而忘春, 朝不覺有夕, 奚可哉?

穀之要者三, 曰禾曰麥曰菽. 而菽爲賤, 然救飢莫如菽. 春秋無禾無麥則書, 憫之也. 霜不殺菽則書, 幸之也. 禾盡而無麥, 春何以資. 麥枯而無菽, 秋乏所賴. 此貧竈之活計也.

食亦多般, 而粥爲賤. 粥者, 生於不贍. 碾以糜之, 水以煮之, 冀爲增衍, 酌其多少, 三分益一, 兩旬之粮而活一月之口, 則不可謂無助矣.

余旣身賤, 必擇物之賤者而從事. 一日邀巷裏宗族, 命家人具盤, 羞不出於一種黃豆. 黃豆者, 菽之別名. 糜粥一杅, 淹爲黃卷菹一盤, 爲豉漿一桮, 命曰三豆會. 少長咸集, 盡飽而罷, 不害爲物薄情厚也.

因戱言曰: "諸公知此爲孔氏家法乎? 昔正考父三命益恭, 循牆走避, 銘其鼎曰: '饘斯粥斯, 以餬余口.' 此去位無祿者之分也. 至夫子陋仲由之傷貧則曰: '啜菽飮水, 盡其懽爲孝.' 菽非可啜之物, 非饘粥而何哉? 然則玆會乃聖人之遺意, 與飫肥甘者, 共之而不恥者也. 將欲表以出之, 垂之子孫, 俾知吾善於儉如此. 後雖使藏有餘粟, 又須定爲式, 一歲之間, 一番設此, 或半月或一旬, 或朝或夕, 傳作世範, 期其無替也." 於是, 有歌詩成軸, 遂爲之序.(『星湖全集』卷52)

孟子疾書序 ^{61쪽}

疾書者何? 思起便書, 蓋恐其旋忘也. 不熟則忘, 忘則思不復起. 是以熟之爲貴, 疾書其次也. 亦所以待乎熟也.

余之於七篇, 用力亦久矣. 昔始讀此篇, 俄而曰: '不書無以記也.' 於是, 隨身有筆牘, 凡有見必載. 適當執手咳名之慶, 以孟錫嘉, 用爲志喜, 今歲五周矣. 頗見兒執卷周旋, 往往與余諭義. 而余之修潤, 如風庭掃葉, 隨掃隨有, 迄不可以斷手, 棘棘其猶未熟也. 苟非疾其書, 殆幾乎忘之盡矣. 聞之朱夫子曰: "初學必置冊子, 籍記其所得所見." 斯豈欺哉?

其必自七篇始者何? 孔子沒而論語成, 曾子述而大學明, 子思授而中庸傳, 孟子辯而七篇作. 以世則後, 以義則詳. 後則近, 詳則著. 故曰: "求聖人之旨, 必自孟子始也."

然歷考百氏之書, 此篇多不爲人所尊尙. 非之有荀卿, 刺之有王充, 刪之有馮休, 疑之有司馬光, 與之辨有蘇軾, 至如李泰伯之常語鄭厚叔之折衷, 譏訶詬詈, 何可勝言? 韓氏余氏之徒, 矢口扶護, 若尸祝之奉宗祏, 或尊大體而不及於精, 或析微言而不白其實. 至朱夫子集註出, 而羣言遂定, 播之海外, 擧同軌而一之, 盛矣哉! 雖然發揮諸子, 林蓁海滾, 未必皆中, 而永樂胡廣輩起身蔑學, 去取無據, 使箋釋之意, 或未免湮埋轉譌, 則疾書之作, 胡可已也?

嗚呼! 朱子尊孟子也, 後人尊朱子也. 後人之尊朱子, 殆有甚於朱子之尊孟子. 賢希聖, 士希賢, 其勢然也. 賢者, 智有能及之, 故於孟子氣像未化處, 曾不以尊之之篤而諱焉. 士者, 困在下列. 故於集註無事乎黑白, 玆所謂不自信而信可信. 此雖學者之正法, 其或篤信之餘, 疑有未釋, 露於講貫之際, 藏於筆箚之私, 求有以至於發蒙, 斯亦不得已也. 人輒繩之以訕上, 繩之固若有意, 峻法刻刑, 奚爲於孔子之門? 余故曰: "今之學者, 儒家之申商也." 於是, 唯諾之風長, 考究之習熄, 駸駸然底于無學, 則今之學者之過也.

傳曰: "事師無隱." 蓋不禁其有疑難也. 處下欲進, 而便自謂渙然者, 非愚則諛, 余實恥之. 是以如畫井建正之類, 妄爲一說, 以補餘意, 皆朱子所嘗置疑也. 置疑所以開言路. 言之不中, 罪在言者, 於集註又何損? 九原可作, 吾夫子必將哀其求進, 而不誅其不中也.

世傳孟子有逸篇. 其載於荀子, 則孟子三見齊王而不言, 弟子問之, 曰: "我先攻其邪心." 載於揚子, 則孟子曰: "夫有意而不至者有矣, 未有無意而至者也." 荀揚不應誣辭, 惜乎其不盡傳也. 趙邠卿言外書四篇, 不能洪深, 今亦不見有此, 荀揚所擧者, 其或見於外書, 又未可知. 今並採附著焉.(『星湖全集』卷49)

鄭來僑

雜說 67쪽

有嗜於酒者, 出而從其徒大醉. 暮歸迷家, 臥於塗, 而認爲室, 狂叫吐哇, 昏然自肆. 不知風露之襲體, 偸兒之旁伺, 車馬人徒之將駃觸轥蹈也. 過者恠而笑之, 若見異焉.

嘻! 是豈獨爲可異也哉? 今有官人者, 自其釋褐而仕, 仕而至於顯, 未嘗有深謀長慮以救時利國, 而惟求進之不已, 貪得之無厭. 及其惡之積, 而禍之至也. 人莫不危之, 而己則方傲然自得焉. 甚矣! 其醉也. 嘻! 酒者之醉, 有時而醒, 官者之醉, 旣迫而醒無日. 哀哉!(『浣巖集』卷4)

金聖基傳 69쪽

琴師金聖基者, 初爲尙方弓人. 性嗜音律, 不居肆執工, 而從人學琴. 得精其法, 遂棄弓而專琴. 樂工之善者, 皆出其下. 又旁解洞簫琵琶, 皆極其妙, 能自爲新聲. 學其譜擅名者亦衆, 於是洛下有金聖基新譜, 人家會客讌飮, 雖衆伎充堂, 而無聖基則以爲歉焉.

然聖基家貧浪遊, 妻子不免飢寒. 晩乃僦居西湖上, 買小艇篛簑, 手一竿往來, 釣魚以自給, 自號釣隱. 每夜風靜月朗, 搖櫓中流, 引洞簫三四弄, 哀怨瀏亮, 聲徹雲霄. 岸上聞者, 多徘徊不能去.

宮奴虎龍者, 上變起大獄, 屠戮搢紳, 爲功臣封君, 氣焰熏人. 嘗大會其徒飮, 具鞍馬禮請金琴師聖基, 聖基辭以疾不往. 使者至數輩, 猶堅臥不動. 虎龍怒甚, 乃脅之曰: "不來, 吾且大辱汝." 聖基方與客鼓琵琶, 聞而大恚, 擲琵琶使者前罵曰: "歸語虎龍. 吾年七十矣. 何以汝爲愿? 汝善告變, 其亦告變我殺之." 虎龍色沮, 爲之罷會. 自是聖基不入城, 罕詣人作伎. 然有會心者, 訪至江上, 則用洞簫爲歡, 而亦數弄而止, 未嘗爛漫.

余自幼少時習聞金琴師名. 嘗於知舊家遇之, 鬚髮皓白, 肩高骨稜, 口喘喘不絶咳聲. 然强使操琵琶, 爲靈山變徵之音, 座客無不悲悢隕涕. 雖老且死, 而手爪之妙, 能感人如此, 其盛壯時可知也.

爲人精介, 少言語, 不喜飮酒. 窮居江上, 若將終身, 是豈無守而然哉? 況其憤罵虎賊, 凜然有不可犯者. 嗚呼! 其亦雷海淸者流歟? 世之士大夫, 巽詬去就, 以汚迹於匪人者, 其視金琴師, 亦可以知媿哉.(『浣巖集』卷4)

南克寬

狂伯贊 74쪽

東國有人焉, 幼而病狂不瘳, 十數歲卒以死. 未病, 無所好, 顧好書. 病久, 問以天地日月不省也. 取殘編, 逼其眼, 未嘗不廓然而闢, 渙然而合, 頹然而忘, 如河之決而江之出峽也, 如氷之迎春而釋也, 如儵魚之泳于淵而不自知其適也. 未死數歲, 謂: "古人之面可識, 不徒識其心也, 古人之言可行, 不徒誦數也. 天下可治, 治吾心也. 欲治天下而不本乎心者, 皆狂也." 聞者大笑, 以爲狂言也. 作狂伯贊. 贊曰: "古之狂者, 有酈食其, 蓋寬饒杜甫韓愈, 彼皆得狂之糟魄耳. 猶烹于齊, 剄于漢, 流離于蜀, 擯于陽山于潮州, 況撮其精而挹其液者哉. 噫嘻! 維千萬年, 吾其爲狂伯, 而四子者, 其侍吾側乎."(『夢囈集』乾)

吳光運

藥山漫稿引 79쪽

遽伯玉五十而知四十九年之非, 後世稱焉. 然何必五十: 年年而思之, 去季非, 明年復然. 日日而思之, 昨日非, 明日復然. 天下之義理無窮, 此心之知非亦無窮. 而人之生也有涯, 其知非也亦有涯. 嗚呼! 其可歡也.

人生極稱曰百年, 五十, 百季中分之界也. 人生誰能滿百, 去日遠而來日短, 上勢遲而下勢疾. 日日追悔而非不去, 年年覺悟而善未復, 以至於此而老及之, 其將何日而善耶? 此其所以智益長而悟益明, 日益短而悔益切, 力益衰而懼益深, 瞿瞿然撫躬而感者, 非止疇昔之所感也.

伯玉之心, 惟踐其境者知之. 噫! 善而不自非, 尙入於非, 況非而不非. 將終於非而已矣. 人生貴晚節, 可不戒哉?

或夜氣孔神, 頹枕無寐, 或燕居淸晝, 焚香獨坐, 其可惜可恨, 可媿可歡者, 雜陳於前, 若可以息黥補劓, 奮然爲桑楡之圖, 而物來而汨之, 其不至於忽焉忘者, 其希. 此抑戒之, 所以作而爲倚几之誦者也.

不佞爲文辭, 不自貴重, 每亂稿訖, 投之塵篋, 不復校. 及夫聰明不返於盛年, 志氣日負於初心, 慨然有無聞亦已之歎然後, 始出塵篋而矢之. 其性情言論, 立身本末, 歷歷爲四十九年之非者, 大畧可觀也, 斯可以當倚几之誦矣. 於是就加刪存, 釐其序次, 斷自五十以前賦詩文, 各體凡二十五卷. 倩人繕寫, 寘之座隅, 聊以志余之非, 而時自觀省. 或者, 賴天之靈而收拾晚暮云. 戊午孟春上浣, 藥山引.(『藥山漫稿』引)

詩指 82쪽

五言古, 尙樸高旨遠. 故學漢魏, 未能則阮左鮑謝, 未能則陶韋, 未能而後杜韓.
七言古, 尙風華才長. 故以李杜爲宗, 而輔以高岑王李. 五言絶, 玄妙上於爽朗.
故取右丞而配以靑蓮. 七言絶, 飄逸長於婉柔. 故標靑蓮, 而次者少伯, 以少陵
爲禁戒. 五言律主神境. 故型範少陵, 而興趣寄於王孟. 七言律重格調. 故準的
王李高岑, 而氣骨參之少陵. 排律推少陵爲都料匠, 然後雄渾壯麗, 淸淡閒遠,
不失冠晃之象烟霞之氣, 而不落小家惡道矣.

　吾之基業門戶已定, 則下此而中晩諸家, 至宋元明作者, 皆可取其長而探其
精, 以資吾材具筆路爾. 然自錢劉以上, 實之鑪錘之內, 而取其全體, 自元白以下,
實之鑪錘之外, 而審其取舍, 可也. 蘸黃陳陸相近者趣, 而情聲色爲事實所揜,
故流於陋. 何李滄弇所肖者聲色, 而情趣爲格律所牲, 故入於贋. 陋與贋, 詩道
不由也. 西崑體飣餖合扇, 故江西派矯以偏枯生拗, 毀格傷雅, 其失尤甚. 皆可
取者少, 而可棄者多. 又降而秦小石張打油劉折楊, 俚夫鼓掌, 莊士竊笑, 一入此
窠, 不可復與言詩也.

　大抵詩有六物, 格也調也情也聲也色也趣也. 六者闕其一, 非詩也. 格欲如明
堂制度也, 調欲如和鸞節奏也, 情欲如天地氤氳, 百卉含葩也, 聲欲如大鍾弘
亮, 朱絃疏越也, 色欲如瑞日卿雲, 踈星朗月也, 趣欲如永晝爐薰, 鳥啼花落, 抱
琴引睇閒雲倦鶴也.

　詩有六戒, 俚俗也噍急也幽怪也纖細也多引事也喜咏物也. 六者犯其一, 非
詩也. 俚俗, 如婦女昵昵話産業, 夸毗子津津談名利也. 噍急, 如街童握拳罵人,
賤夫弩眼赴鬪也. 幽怪, 如古壘飛螢, 陰崖舞魖也. 纖細, 如蛛絲虫窠, 蚓鳴螗嘈
也. 多引事, 如拈鬼簿獺祭魚之類也. 喜咏物, 篇如老儒老妓, 句如沙鳥點頭之
類也. 引事咏物, 亦各體中不可無者. 但不當以材料累神韻, 小巧傷雅道爾. 且世

人多有認意爲情, 認味爲趣者, 非也. 情虛而意實, 情淸而意濁, 趣遠而味近, 趣高而味俗, 不可不辨也.(『藥山漫稿』卷11)

昭代風謠序 87쪽

風之行於天下, 假人以鳴曰謠. 其鳴也以天, 故人之性情, 代之汙隆, 如鏡焉, 一以人而雜之, 則其天汨矣. 又何以鏡焉.

然風之行於天下, 變遷不常. 周之時, 風自岐鎬江漢之間, 漢唐之風, 萃於汧渭伊洛. 汴宋之南也, 其風亦南, 吳楚閩越彬彬焉. 明興, 勃碣之人, 揚聲擒藻, 秀甲於天下. 豈非王者之都, 必占天地風氣之所聚. 而人物之濡染觀感, 又非四方所可比也.

然周之風, 皆出於民俗, 故其天全. 漢以後多出於士大夫, 故其天不全. 余讀漢魏詩, 如十九首及其他古樂府無名氏諸篇, 犁然有國風言外之旨. 雖以子建風骨, 邈然不能及, 況餘子乎?

余意其出於閭巷謳謠之自然者, 方叶於風詩, 而一涉思索則失之矣. 我東方與燕都, 同箕尾之分, 世所謂雲漢末派, 明風之自勃碣也, 東方固已首被矣. 今天下皆已侏離, 勃碣之風, 渡江以遷, 亭毒煽鼓於一區文物之邦, 而又求其風之所翕, 則漢京是已.

夫以華山漢水秀美沖和之氣, 開闢以來, 蟠際盼蠁, 不一泄以啓昭代之文化. 而又爲箕尾雲漢之所窮, 搢紳士不能獨當, 而委巷主賓, 往往鍾靈焉. 且後世士大夫撏撦然用力於擧業, 尤不能全其天. 外乎此者, 不過遐荒山澤方外孤絶之語, 漠然與王化不相關. 又烏足以爲風乎?

惟我國閭井之人, 限於國制, 科擧無所累其心, 生於京華, 又無方外孤絶之病, 得以遊閑詩社, 歌詠文化. 大者能追步古作者, 蔚然爲家數, 小者亦能嫋

娜成腔調. 要之乎全其天性, 發之天機, 咨嗟詠歎, 不能自已者, 實岐鎬江漢
之遺也.

有人手蔡希菴所選昭代風謠眎余, 求弁卷之文. 大抵不出於都下里巷之作也.
噫! 自夫陳觀採貢之法廢, 而風謠之絶於世久矣. 於今始見之, 此乃王化之端也.
烏可以出於匹庶而忽之乎?

天下之風, 自江漢而伊洛, 自伊洛而江左, 自江左而燕碣, 自燕碣而爲東方之
漢京. 漢京者, 卽馬韓百濟據險躍馬之地. 其俗椎武, 其風吒咤. 夫孰知丕變於
昭代, 而爲此文雅之俗歌謠之盛乎. 風無定聲, 民無定情. 一與敎化推移, 二南以
後, 無復二南之風者, 吾不信也. 一日國家陳詩以觀民風, 赫然思復二南之隆, 則
採之必自玆編始. 其所關, 夫豈淺尟也哉. 書此以備樂官之考.(『藥山漫稿』卷15)

文指 _{92쪽}

爲文章, 以六經爲本. 本立而理達然後, 可以旁參諸子, 包括百家矣. 六經爲萬
古文章之祖, 而繫辭之動盪, 書之典則, 又其立論敍事之祖也. 中庸酷肖繫辭.
孔子家文體如此. 樂記未知誰所作, 而亦繫辭中庸體也.

左氏去古未遠, 深得書之典則. 後世辭令, 當以左氏爲宗.

然國語藻華少實, 彌漫寡力. 而其立論傅會可厭. 禮記諸篇, 多與之相類, 盖
周末文勝而然也.

有情而無形, 人不能說道者. 孟子貌象玲瓏. 而不出於平易之語. 他作家千言
而不能盡者, 檀弓一句可當. 而不見其裁減之迹, 此其文路之津梁也歟.

讀莊子者, 得活機於言語意想之外, 則匠心敏妙, 其應不窮, 不善學則俳矣.
學之如何, 如退之子瞻可也.

戰國策韓非子, 皆說利害, 而戰國其氣溢, 韓非其機刻, 得之戰國者, 蘇家父

子, 得之韓非者晁錯, 皆見病於大雅.

讀史遷者, 先觀其游龍神變, 次觀其氣雄, 次觀其色潔, 次觀其烟波之澹宕, 而其鶩於道理者, 愛而知其惡可也. 柳州得其潔, 而不得其游龍, 六一學其烟波, 而游龍氣色俱未也. 西漢風氣雄樸, 文章亦如之. 二百年高文大冊, 固史盡之, 其骨力非後世所可幾.

然非固也漢也, 至於節制裁剸之妙而後知固也. 若天放之才, 無所事固, 而下此而致人工者, 不可不由固也.

董相近醇而敷衍散漫, 揚雄務奇而艱澁棘滯, 皆不如賈生之雄雋.

退之不羈, 史遷後一人, 而來游龍氣色大較, 不能及醇, 似董相而氣逸過之. 才勝固雄而局於時代, 故骨力終遜於漢.

柳州得之左, 國, 韓非, 而作非國語, 殆盜憎主人也. 六一爲退之嫡傳, 長於雍容揖遜, 有一唱三歎之意, 而強弩末氣, 時有衰倦. 後世才弱者, 學歐鮮失, 而委靡未易上達.

子瞻放恣無碍過柳州, 而高古屈焉. 活動不乏, 軼六一而雅正歉焉. 門戶開拓, 風調豪逸, 加進於乃翁, 而莽蒼不逮, 要之乎上所陳諸君子者. 其筆力, 足以參造化, 其光燄氣槩, 足以籠盖天下, 眞百代不磨之文字也.

若李翶之從容, 南豊之質實, 臨川之矯悍, 穎濱之踈暢, 亦足爲羽翼.

皇明二百年, 得遜志, 陽明二人, 皆有本之文也. 然遜志醇厚而精彩少, 陽明警發而力量輕, 大抵子瞻以後, 文章絕矣.

弇州勦贗爲古, 飣餖爲富. 以誤天下, 眞文章之罪人. 譬如夜郎王黃屋左纛僭竊可笑, 而其金銀珠貝, 不可謂不富. 宗之者非島酋則賈胡也.

荊川, 遵巖, 震川, 文路稍近, 而或小家生活, 或村塾氣象, 何足數也.

鹿門力詆弇園, 矯然自處以門路之正. 而以吾觀之, 其務采色夸聲音, 不知古道, 則一也. 弇園矜持之鹿門, 而鹿門衍暢之暢園. 若論才力, 鹿門又在弇園之內也.

牧齋傳奇賤品耳. 雖或摸寫光景, 淋漓猖狂, 亦自有文章步驟, 而門逕卑汚, 邪魔雜進, 終不可薦醜於古雅君子. 天下操觚者, 一殺於弇州, 再屠於虞山, 此亦天地人文之陽九也. 未知何代何人, 有無量之力, 而斡旋狂瀾也.

山谷問作文法於東坡, 東坡曰: "熟讀檀弓, 自能知之." 東坡文行雲流水, 與檀弓簡嚴, 若不相似, 而云然者, 得其文從字順也, 眞魯男子之善學柳下也.

蓋自周漢至唐宋, 其傑者皆有神氣承傳, 不在於句讀色相之內, 爲文者不可不知. 然周自周, 漢自漢, 唐自唐, 宋自宋, 其時代本色, 亦不可掩. 嘗聞諸海濱人, 見龍升者屢矣, 魚龍短以廣, 未盡脫於魚之形, 蛇龍長以狹, 未盡脫於蛇之形. 變化而至於龍極矣, 猶不能脫然於本色. 夫以今人之薰習聲氣, 欲一變而追古人之軌轍, 亦難矣. 然人之靈, 靈於龍遠矣. 且文章心聲也, 與形質異. 或者進於龍, 而變化無窮, 未可知也. 雖使止於龍而已, 其不爲魚蛇則全矣. 豈可與狐假粉黛者, 同日道哉.(『藥山漫稿』卷11)

趙龜命

賣粉嫗玉娘傳 101쪽

余讀古書, 至士爲知己者死, 女爲悅己者容, 未嘗不廢卷流涕也. 蓋鍾子期死, 伯牙終身不復鼓琴. 夫爲一人之死, 廢千古之妙音, 彼其所與者深耳. 故士有辭兼金之賂, 而死片言之諾, 何則? 薄感恩而重知己也.

昔聶政與嚴仲子, 非有平居相敦信朋友之雅, 而得於逆旅之間, 卒然奉觴爲壽, 委報仇之任, 其望疎矣. 政也旣讓其金, 告之以政身未敢以許人. 則雖嘿然而已, 天下誰譏之哉? 乃慷慨杖劍相從, 決百年之命, 以快人睚眦之小忿者, 爲其知己之深, 而許心之素也.

死生大矣. 人之欲惟陰陽爲甚, 婢妾無俚, 猶能捐軀於感奮, 而烈士貞臣, 乃或撓志於隱密. 故蘇武羝牧, 厥有胡婦, 邦衡九死, 尚眷黎渦, 況於委巷之人, 婦人女子之愚無知乎. 余聞賣粉嫗等事, 可異焉.

賣粉嫗者, 京城人婢也. 少時有姿首, 隣之子有悅而誂者, 不應從而脅之. 嫗謝曰: "吾故賤, 窬墻穿穴, 卽死不爲也. 吾有父母在, 若卽不捨吾, 求之吾父母. 吾父母許而事諧." 隣之子退而其幣, 造嫗父母而請焉. 嫗父母不聽, 於是. 思慕鬱悒, 成疾以死. 嫗聞之而泣曰: "是吾殺彼也. 且我雖不沾身於彼, 我固心許之, 彼卽死, 吾心可改乎. 夫人慕悅我, 至於死, 我則負人, 而他人歡是圖, 狗彘不食吾餘矣." 乃自誓不嫁. 賣鉛粉爲業以老. 今已七十餘.

玉娘者, 鍾城女子, 而內寺婢也. 北路號多佳冶, 玉娘尤以殊色擅. 性喜書史, 其家富, 聚書至多. 平居, 左右緗帙, 魚鱗比已. 則寢處其中, 不出戶. 邑中, 有儒生少年, 能文辭. 嘗作歌詞一篇, 試投之. 玉娘顧歆其才情, 和而謝. 遂相與唱酬, 久之. 生微及綢繆之意, 玉娘喟然歎曰: "得此生, 托終身足矣. 復何求?" 遂告父母, 與約婚. 未及期, 生遽歿. 玉娘通傷, 爲之守寡, 待生親戚, 盡婦道.

李載老北人也, 親見其事, 爲余道之如此. 雖其初不以正自持, 不如賣粉嫗之莊, 而彼亦知所擇從矣. 夫不更二夫, 迺烈女之極致. 卽守尺寸之約, 而廢人倫之重者, 未知古有是否. 而並一世而二焉. 班氏稱婦人貞信不淫辟. 豈土風固然哉. 玉娘, 情婉而節潔也.

外史氏曰: "吳季札使上國, 道過徐, 徐君欲季札寶劍, 季札心知之. 使還, 徐君已死, 於是解其劍, 繫之墓樹而去. 從者曰: '徐君死, 尚誰與乎.' 季札曰: '不然. 始吾心已許之, 豈以死背吾心哉.' 後世皆多札重信而輕寶. 嗟乎! 人身之可寶, 豈直一劍而已哉. 而迺以予之死者而不惜, 抱孤節以終老, 豈非難哉? 豈非難

哉? 余悲其事有類於梅月翁河西者, 故著焉."(『東谿集』卷5)

臨鏡贊 106쪽

遠而望之, 鮮然綺紈之徒也, 迫而察之, 俏然山澤之臞也. 其頹額似若忘是非榮辱之地者也, 其色溫似若無傷人害物之意者也云. 輔骨隆氣揷天者, 閔斯文之相我也云. 眸子精彩射人者, 趙學士之狀我也.

弱不跨馬耳, 人將期我以征南將晉杜公也. 容不動世耳, 人將視我以草玄者, 漢楊雄也. 見我之拱手徐趨者, 疑其效濂洛之賢也. 見我之忘形嗒坐者, 疑其窺莊列之玄也.

嗚呼. 知我七尺之軀者, 若而也. 知我一寸之心者, 有誰也. 上而皇天知我也, 下而錫汝知我也. 友而德重, 七八分知我也. 兄而稚晦, 五六分知我也. 老子曰: "知我者希則我貴也." 嗚呼! 知一趙龜命者太多未也.(『東谿集』卷6)

病解 二 109쪽

余有病而自寬者三. 夫天地一元之數爲十二萬九千六百年, 此可謂久矣. 而達者猶以瞬息視之. 人生於其間, 號爲壽者, 不過八九十; 其爲瞬息, 亦甚矣. 縱使有疾痛憂苦, 亦幾何忍哉? 此其自寬者一也.

八珍之味, 惟貧者食之, 知其爲異味也. 而富厚之子弟, 習於口, 未嘗以爲異. 異味而不以爲異, 則是實不知天下之味者也. 彼强健者, 亦然. 惟終身而無所痛苦. 故彼反恬於强健, 不謂其眞可喜也. 今夫癃疾之人, 一歲而或得一日健, 一日而或得一時蘇, 方其蘇而健也, 百骸調適, 手足宴安, 忽若忘身, 其幸無比. 如此佳境, 豈强健者之所能知乎? 於是, 無風之夕, 不雨之朝, 二三友朋, 杖屨逍遙,東陌賞花, 西園翫月, 回較疇昔艱苦之狀, 白日昇天, 未足喩快. 如此好趣, 豈强健者之所能覺乎? 雖有人之所無有之苦, 而亦有人之所無有之樂. 此其自寬者二也.

天下之悅生而惡死也, 久矣. 余惟有此身, 故有此病, 身之不存, 病將焉附. 故生固可樂, 而死亦爲安, 心未嘗有累於生死之間也. 夫人之患乎病者, 爲其死人也. 死之不惡, 而乃以病爲患, 豈非惑歟? 此其自寬者三也. 記之, 以爲病解二.(『東谿集』卷7)

烏圓子傳 112쪽

烏圓子, 姓苗氏. 史失其名, 不知其所自出. 或曰: "山君之裔也." 或曰: "堯時三苗氏之遺種也." 有相之者曰: "是虎頭類班定遠, 當食肉封侯."

少爲羣盜, 椎埋刦掠閭里間. 烏圓子雖禽獸行乎, 性馴親附人, 人亦愛撫之. 時子氏之族作亂, 穴人墻壁, 發人府藏, 天下苦之. 皇帝震怒, 命將吏, 設機網捕. 子氏學齊景公兵法, 夜行晝伏, 終不得其要領. 皇帝聞烏圓子有爪牙材, 募使討之.

烏圓子距踊三百, 曲踊三百, 曰: "此吾任也." 平日嗜肉. 及有是命. 奮曰: "昔岳鵬擧喜飮酒, 而約與諸軍, 至黃龍塞痛飮. 吾亦滅子氏. 喋血而後. 食肉也." 遂進大戰. 殲其族焉. 皇帝大悅, 下詔曰: "皇帝制詔丞相御史. 比者, 子氏縱橫. 徒黨寔繁. 乘暮夜無備. 探囊胠篋. 在處竊發. 宇內騷然. 夫耕不得食. 婦織不得裳. 乃玆苗某厲覷瞚目. 肉視乎彼. 始匿其形. 終鼓其勇. 鷹揚如師尙父. 一擧而執渠魁. 再擧而淸巢穴. 餘者震驚. 俱鳥獸散. 朕其自今紓宵衣之憂. 民其早寢晏起. 無鷄鳴犬吠之警. 朕甚嘉焉. 夫祈父稱爪土. 江漢美虎臣. 朕甚慕焉. 其拜苗某爲執金吾, 行大司寇事, 爵烏圓子, 比關內侯. 其所俘獲, 悉賜之, 俾食肉寢皮, 以

330

快其心. 於戱! 猛獸在山, 藜藿不採, 不以無盜而養不捕之臣. 爾尚蓄銳奮威. 毋若乃祖有苗之頑而饕餮焉."

同時有韓盧者, 亦以軍功顯, 與烏圓子等列. 烏圓子爭功不相能, 面折之曰: "子功狗也." 然烏圓子, 禮遇殊絶, 賜上殿不趨. 旣卒, 祭于蜡. 烏圓子善測候, 常以瞳子開闔, 分子午卯酉. 鼻冷煖, 驗陰陽之至. 其天姿絶異於人如此. 性儉, 一毛裘, 終身不易. 顧陰賊著於心, 卒發於睚眦, 常矯制殺絳冠子, 人以是短之.

太史公曰: "烏圓子之於山君, 盖具體而微者也. 當其掀髥一呼, 蒙茸比而先登也, 鼠竊者皆靡, 何其壯也. 世乃與乘軒之鶴, 開府之鷹, 同譏冤矣. 且以義府之陰賊, 號爲李苗, 則略其功而揚其過, 多見其擬不以倫矣."

楮先生曰: "烏圓子戰功偉然, 以有禽獸行, 史臣抑之. 但述其詔制, 用衛霍傳例, 甚非所以襃功紀實之意也. 今錄軍事奏, 以見其槪."

曰: "臣某言. 臣仗陛下威靈, 整飭兵戈, 在路秋毫毋犯, 徑抵賊境. 賊聞臣威聲, 戢伏巢穴, 馮恃奧隘, 運木石塞其衕口, 臣駐札衕外, 揚塵耀武, 裸身辱罵, 賊愈自匿, 不見影響. 臣竊計以爲若深入重地, 搜捕剿滅, 不惟地形未諳, 蹊谷幽暗, 急卒難攻, 易致駃竄. 且其衕口狹窄, 難容大衆, 進退失便, 誠有狼狽之憂. 不如誘引, 使離其巢然後擒之, 爲合兵機. 是以收鋒, 僞若退師, 嘀枚摘鈴, 設伏以待.

賊始狐疑, 登壘四望, 已而糧盡, 潛出剽掠. 臣掩其不備, 飇奔電掣, 親搏其魁, 偃擒於陣前. 乘其洶撓土崩, 直擣巢穴, 獲僞內子晏氏, 僞太子奚, 其餘殘黨, 皆拱伏悲啼. 臣惟獸心獷詐, 終不革面, 毋俾易種, 以長猖蹶, 並其赤子, 糜碎無遺, 膏血狼藉, 妖塵廓淸. 臣折衝尊俎之間, 行師袵席之上, 不日獻馘, 兵革無虧, 斯皆賴陛下指授, 社稷洪福. 臣某知免罪戾, 誠惶誠恐. 謹奉表以奏."(『東谿集』卷5)

無說軒記 119쪽

如來現廣長舌, 發和雅音於阿僧祇刼, 講海墨不盡書之法門. 是其口如無扃戶, 常啓而不閉, 言如有源水, 常流而不停. 天下之有說者, 宜無過乎如來. 然而其 敎, 乃以無說爲主, 何也?

曰: "吾所謂無說, 非無說, 無說相也. 非無說相, 無說念也. 莊生曰: '言無言, 終身言, 未嘗言. 終身不言, 未嘗不言.' 故有意於言, 雖不言, 猶言也. 無意於言, 則 八萬四千爍迦羅首, 各具一喙, 同時說法, 猶未嘗說法也.

夫以無念之音, 無念之文, 譬之空中風畵, 則彼有念者, 不音不文, 而其迹已 如泥中之獸鬪矣. 明鏡照形, 而未嘗曰: '鏡有形焉.' 深谷應聲, 而未嘗曰: '谷有聲 焉.' 何則. 鏡之體本虛, 而無照形之念, 谷之體本寂, 而無應聲之念. 卽鏡與谷, 而佛菩薩之道, 是矣.

其在吾儒亦然. 無爲而爲之爲義, 有爲而爲之爲利. 曾閔之孝, 伊周之忠, 苟 有一毫有爲之念, 非義也. 是故, 孔子絶四, 無意無必無固無我. 而易之名卦, 在 咸去心, 所以戒憧憧往來之私也. 此豈非無相無念之明證耶."

山陰智谷寺之屬菴, 號曰影子殿者, 奉沙門玄挺之像, 有敎師聖眼居之. 爲講 說之無所, 搆軒曰無說. 使人請記於余, 余未嘗識聖眼, 而試文之如此. 夫說而 無說也, 則文而亦無文也. 是乃以空中畵, 摹空中風. 又孰知軒之有軒而不類於 蜃氣, 聖眼之有聖眼而不比於空花乎.

系之以頌曰: "謂師卽無說, 梵音如雷發, 天官爲摧倒, 大地爲坼裂. 謂師卽有 說, 說無相可? 畢竟尋其迹, 龜毛與兎角. 無說而有說, 諸佛如來法. 有說說妄 說, 妙法皆臭惡, 無說說眞說, 蓮花從口發. 彼聽無說者, 循指而忘月. 無文頌無 說, 旋聽與聲脫."(『東谿集』卷8)

復答趙盛叔書 ^{123쪽}

龜命白. 復辱書敎, 馳騁凌厲累千言而不已, 大略以文與道爲一, 而詆僕之二之也.

且謂遷固韓柳, 冒伊周孔孟之頭角, 襲伊周孔孟之笑貌, 如優孟之效孫叔敖. 僕未知孟之效敖, 能奪其心性耶. 抑但爲其衣冠談笑耶. 心性譬則道也, 衣冠談笑譬則文也. 孟固不能奪敖之心性, 而遷固韓柳, 亦不能覺孔孟之道也. 且如老聃莊周列御寇之徒, 何嘗冒伊周孔孟之頭角, 襲伊周孔孟之笑貌. 而其文博大奇, 與六經并耀. 佛氏出西方夷狄之地, 未嘗通中國聖人之敎, 其理尤舛, 其說尤怪, 而圓覺之簡妙, 楞嚴之奇崛, 維摩之雄肆, 直欲超秦漢之乘, 茲非所謂外是理而能之者耶. 故曰: "辭無關乎理."

執事又以爲程朱志專於縷析, 若其追風躡日之才, 不屑亦不遑也. 夫其追風躡日者, 果理之不可以已者耶. 不可以已而已, 是背於理者也. 可以已而已, 是合於理者也, 謂程朱合理可乎. 背理可乎. 旣曰: "理至則文自工矣." 而程朱之理至而文獨未工者, 抑又何也. 故曰: "理無關乎辭."

蓋文章之妙, 如泉之溫, 火之寒, 石之結綠, 金之指南, 要其有獨稟之氣, 而又必濟之以自得之見, 非必伊周孔孟公共之理也. 今夫麋鹿食薦, 蝍且甘帶, 鴟鴉嗜鼠, 是固失天下之正味, 而其於飫腸而肥身則同矣. 程朱夫子, 惟不自任於文章, 而不幸當辭繁之世, 其所得者又天下之常理. 常而繁, 故不見其奇, 布帛菽粟, 固不見奇於人也. 夫躍入于衆理包絡之中, 揮霍擺弄, 磔裂吞吐, 徐以其自得者, 傍質於諸家之說, 則進乎道矣. 奚文之足云. 其亦歸於程朱之常而已, 何也? 不常則理不至也.

華谷之守, 愈於墨子, 僕之善攻, 不及輪般, 而往覆相爭, 祇增葛藤, 以是爲愧耳. 不宣.(『東谿集』卷10)

南有容

金鳴國傳 129쪽

金鳴國者畫者也. 其畫不師古, 而專於心得. 仁祖時內降黃絹梳貼, 命鳴國繪之. 十日而後進, 固不畫也. 仁祖怒欲治之, 鳴國曰: "臣固畫也. 他日自知之." 他日公主晨梳, 有二虱緣髮末, 爪之故不死, 熟視之, 乃畫也. 於是鳴國之畫, 聞於四方.

然性踈放善諧笑, 嗜酒能一飮數斗. 求其畫者, 必多置酒, 浹其量, 然後乃肯畫. 不大醉不畫, 故其畫多奇氣.

嶺南僧用布五十匹賄鳴國, 乞爲地獄圖, 鳴國大喜, 悉以布送酒嫗曰: "恣我取飮, 毋言無也." 旣而僧來索圖, 鳴國罵曰: "女姑去. 吾未得其意. 意得乃畫." 如是者三. 乃痛飮大醉, 裸衣聳躍, 急握筆臨絹, 畫一鬼王. 氣颯颯驚人, 僧固大喜. 旣而畫刀灼鼎鑊一切刑具, 前跪數百刑徒纍然, 皆髡首沙彌矣. 僧大愕麾之曰: "噫噫! 公欲殺我." 鳴國箕踞罵曰: "地獄無則已. 如有, 非若徒之入而誰入也." 又笑曰: "第益市酒來, 吾終不敗乃事." 僧固無可奈何, 亟市酒至. 鳴國乃引滿流歠已, 用禿筆一塌, 髡者鬖鬖皆髮矣. 又大噱曰: "此可以足女事乎?" 又引滿自若. 今其畫尚在, 衆僧傳摹以爲寶. 鳴國死, 其徒多以畫聞, 然皆不得其神云.

宜陽子曰: "余嘗於人家, 見鳴國所畫驚嶺浙江, 極雄肆." 嗚呼! 鳴國不死, 卽其畫而鳴國在焉.(『雷淵集』卷27)

遊西湖記 133쪽

李宜叔家西湖, 遺其從兄士受書, 約以上巳遊西湖. 士受以宜叔之書, 要余兄弟與俱.

於是提雙壺, 出桃花洞, 訪外族之在江上者, 馳至玄石, 諸君皆已在舟中矣. 士受携一壺, 黃仲遠挈二榼後至, 李季和無所持, 士雅具二大爵. 將以浮二君者而卒不浮, 以季和最先至, 仲遠所持者者也. 金先澤汝述烹二大魚佐酒, 行酒自季和始, 卒於余, 序齒也. 宜叔具食舟中, 各餞一盂.

遂行過守玄亭, 維舟登望. 盖士雅先之, 余與宜叔後焉. 餘人不能從. 詩人尹治寓居江干, 使人邀之, 不果遇. 至仙遊峯下, 仲遠擊壺以歌. 汝述和之, 諸君擧酒相屬以爲樂.

自玆以還, 醉不能記. 盖進泊小岳樓, 將至杏洲者, 仲遠不勝酒, 操小艇遁去, 日且暮, 遂回舟云.(『雷淵集』卷13)

酌古編序 136쪽

道之行也歟, 君子經當世以成務, 道之不行也歟, 君子述往古以立言. 二者, 未始不相須, 而述者深遠矣.

吾友延城李宜叔, 博學好古, 爲文章踈宕饒奇氣, 頗類其爲人. 尤喜論古人得失, 杜門著書十餘年, 其力專其思湛, 豈吾所謂述者歟.

何其言之益多, 而其窮之益甚也? 自古志士多窮, 窮而後能言, 而其言必待千百世而後傳. 然原其立言之意, 盖皆發憤之所爲作, 則不可謂之無意於當世也.

宜叔慷慨, 好譚事. 其視天下事, 無一當其意, 而亦自謂爲之不難也. 欲揚眉一吐出胸中之奇, 而無益, 俗不信. 故欝欝不得志. 借古人陳腐之跡, 指事立論, 以取譬當世, 得肆其誅賞貶褒焉. 余故悲宜叔之志之苦而知之者少, 又悲知余之所以悲之者加少也.

歲之九月, 余將歸耕鵝溪, 宜叔將入嘉陵山中, 出其書若干篇, 爲余讀之, 求余文爲序. 嗟夫! 宜叔之自貴其言, 未嘗輕出示人, 而今乃盡出無甚惜, 豈道終不可行, 而宜叔又將隱歟.

老莊之道, 其源出於由光, 而由光不著書. 老莊著書, 後之尊老莊者, 莫不誦習其書, 而由光之志, 亦因此得傳焉. 余拙且訥口, 不能與人劇譚, 尤不喜爲文. 每得宜叔之書, 犂然一笑, 喜其議論之與吾合者十常八九也. 則余之志, 將因宜叔以傳. 而又幸其同時, 無待乎千百世之後也. 於是乎言.(『雷淵集』卷11)

與兪生盛基序 140쪽

余猶及君家二尙書矣, 若長公之敦厚, 次公之端良, 其可師者也. 退而與其子弟遊, 亦皆可友者也. 嗚呼! 何君之門多賢也? 君雖少也, 喜讀書, 敏於事長, 余知其得於聞覩者爲多也.

然以才量德, 才若有餘, 以文較質, 質似不足. 豈其晚出, 薰襲於二公之風者鮮歟? 二公旣沒, 而守父成父山父又先後而死, 恭與章皆落落河峽之間矣. 君於是漠然無所向, 橐其書, 踵余而求學焉, 其志亦可悲矣.

古者道一而已, 今也裂而爲三, 道之外, 又有所謂古文者, 有所謂時文者. 古文者, 猶依道而行者也, 時文者, 詭道而爲之可也. 故君子病焉. 夫修業者, 惡夫志之不專. 今人之所欲, 莫甚於科擧. 故孳孳爲時文, 而又懼其失於此而不及於彼, 則乃傍治古文, 故爲時文, 迂濶而難工, 爲古文, 固陋而無奇. 終至於兩妨其功, 而狼狽無成, 甚可歎也.

顧余無足以敎人者. 如有問我者, 必以專爲對. 專者, 擇於斯三者, 而固執之謂也. 其擇之善也, 與不善也, 在乎君. 然未有詭道而善者也.(『雷淵集』卷11)

猫說 143쪽

余家苦鼠暴. 有一大鼠尤恣, 拱兩穴以據, 窘乎東則趍西, 迫於西則趍東. 其行大捷, 視之弗暇, 而況可執之乎?

家人甚病之, 土窒兩穴, 又乞諸隣子猫以恐之. 私計鼠暴當不復慮, 朝而視, 則又穿兩穴, 竅然如初矣. 猫且飽而嬉, 弗以鼠爲意. 然猶日夜居衣房中, 不妄出.

鼠始畏約, 從穴中窺俟, 猫去爲暴, 猫終不去, 屛跡不敢出者數日. 旣而窺之益熟, 覺無他異, 以爲彼眞無爲也, 遂稍出穴公行, 猫亦不省也.

居數旬, 鼠從東穴出, 入衣簏中, 猫睨以視, 亟起趍東穴, 大出聲以吼, 則復走西穴據之. 鼠乃大驚, 意東穴有變, 緣簏底徑投西穴, 則猫已鼓吻迎之矣. 鼠氣奪不能旋, 小動輒見防, 攝足屛息, 計卒無可奈何. 然甚肥健, 猫力不敵. 積威以逼之, 及其憊而後噉焉.

余始而不怡者久之, 旣而歎曰: "彼固自取之也." 夫依人而生者, 不毁人之室, 因人以食者, 不攘人之財. 且物之害人者, 亦或利人. 今鼠依人之室而穴其壁, 食人之粟而又損人之衣. 竊竊苟苟, 以至微之命, 屢憎於人, 樂蹈危機而不知變焉. 是宜殄滅其種類, 蕩覆其巢穴, 罔俾孑遺, 又烏足閔乎?

嘗讀唐志, 至蕭淑妃臨死, 罵武氏曰: "他生我爲猫, 阿武爲鼠, 生生扼其喉." 每想其寃毒憤罵之狀, 未嘗不爲之於邑, 竊悲其意也. 今見猫捉鼠, 輒思其言. 惟恐猫之不猛, 而鼠之走脫, 用爲嬉笑, 此又一快也.

夫一事也, 而可使好利者戒, 嗜殺者懼, 烏可以不識. (『雷淵集』卷27)

李天輔

浣巖稿序 149쪽

夫詩者, 天機也. 天機之寓於人, 未嘗擇其地, 而澹於物累者, 能得之. 委巷之士, 惟其窮而賤焉. 故世所謂功名榮利, 無所撓其外而汨其中, 易乎全其天, 而於所業, 嗜而且專, 其勢然也.

近世詩人如滄浪洪道長, 卽其人. 而繼道長, 又有浣巖鄭潤卿者, 名來僑. 當世之學士大夫, 與之交狎, 不名而字之, 或致之家, 訓其子弟. 其爲人淸脩如癯鶴, 望其眉宇, 可知爲詩人.

而甚貧窶, 家徒四壁. 詩社諸君, 有佳釀則必邀之, 潤卿痛飮盡其量, 淋漓酣暢, 然後始出韻. 高踞先唱, 其爲詩也, 疎宕演漾, 得詩人之態度. 而往往聲調慷慨, 有若與燕趙擊筑之士, 上下而馳逐. 盖其淵源所自出於道長, 而其得之天機者多. 其胸中苟有所誘於外物, 而不嗜不專, 則其成就能如是乎.

潤卿非獨工於詩, 其文善俯仰折旋, 頗有作者風致. 論者或曰: "文勝於詩." 余以爲潤卿之詩與文, 一出於天機而已, 何必論長短也哉?

潤卿旁解琴操, 且喜爲長歌, 皆極其妙. 酒半, 輒自彈而自和之, 浩浩然殆忘其孰爲琴而孰爲歌也. 使聽之者, 從而評之, 曰: "一工而一拙, 則必爲潤卿所笑." 世之論潤卿之詩文者, 亦若是矣.

余之交潤卿, 粤自弱冠. 而及余之領槐院, 潤卿方食製述官祿, 潤卿以目疾辭, 余曰: "潤卿今之張籍, 不盲於心者也. 閉眼口呼, 足以了院中文事." 竟不許焉. 或以公事造余, 余命僮扶而升堂, 叩其有詩, 則潤卿引喉朗誦, 至得意處, 不覺脫帽狂叫. 余於是知潤卿老且病, 而其氣不衰也.

潤卿旣死, 洪學士子順, 抄其詩文, 洪尙書翼汝, 捐財, 將印行於世, 余不可無

一言, 遂爲之序.(『晉菴集』卷6)

玄圃集序 152쪽

海平尹汝精有能詩聲, 余從人獲見其詩, 而未及見其人. 往在壬寅春, 余遊南湖, 聞汝精之家在江岸, 就訪焉. 汝精聞余至, 熟視久之, 笑曰: "異哉! 吾未嘗識子之面, 而夜夢與子論詩. 今見之, 子果其人也." 遂與定交.

及余買亭, 與汝精爲隣, 其親好益無間. 余有詩, 必先質汝精, 其不經汝精眼者, 不以示人也. 汝精善彈琴, 余嘗有聽琴詩. 江上諸子泛舟滄浪亭下, 邀汝精彈琴, 汝精按琴高歌. 歌已仍誦余琴詩. 坐有訾余詩者, 汝精適醉甚, 奮然罵之曰: "此詩非俗子所可議者." 欲擧琴擊之. 其信余之篤, 盖如此.

汝精之爲詩, 取法必求其高, 命意必探其妙. 方其屬思也, 如穿深井, 不見其源則不止. 及其旣出之也, 灑然如潛泉之激射, 若無以禦也. 汝精家甚貧, 恒並日一食, 而惟閉門哦詩. 妻子或以家事問之, 則輒搖手止之曰: "吾有好句, 若輩姑無譁." 盖其性澹泊, 不但專於爲詩而然也.

汝精於文, 不甚業之, 而酷愛余文, 嘗勸余讀韓文曰: "子之才足可學韓子." 余戲之曰: "昔梅聖兪笑歐陽公欲自比於韓子, 而遂以己爲孟郊. 今子乃欲自比於孟郊. 故强以韓子許我乎." 仍相視一笑.

汝精以其平生所爲詩, 托余刪正, 余得三百餘篇以復之. 汝精旣死而無子, 余從其弟沈, 又得其晚年所作百餘篇. 遂爲序而付之沈曰: "汝精之詩, 可以傳矣. 子善藏而待之." 玄圃, 卽汝精自號云爾.(『晉菴集』卷6)

題默窩詩卷後 156쪽

海平尹汝精, 病世之人, 以言而取敗, 自號默窩. 或者有問於余曰: "詩者, 性情之發而爲言者也. 汝精好爲詩, 殆將廢百事而爲之. 凡其飮食夢寐, 無往而非詩也. 無往而非詩者, 卽無往而非言也. 然則天下之多言者, 無過於汝精. 而今乃自托於默, 其孰信之?"

余曰: "子不聞深谷之有聲乎? 其聲也不自爲聲, 而必待乎物. 故曰聲之出於谷非也, 曰聲之不出於谷又非也. 惟其無意於聲, 而聲自聞也. 古之至人, 何嘗無言乎哉? 言而無意於言. 是以其言高如升天, 而人不敢疑其高, 深如入地, 而人不敢疑其深. 是皆默之道, 而汝精之所願學者也."

竊觀, 汝精之爲詩, 緣境而生情, 緣情而成言. 亦惟曰無意於詩而已. 夫無意於言, 而言出者, 天下之眞言也, 無意於詩, 而詩作者, 天下之眞詩也. 汝精之言旣無害於默, 則況其詩乎? 汝精嘗以窩記, 見屬於余, 而未暇作也. 今讀其詩, 不可終默, 遂書其卷.(『晉菴集』卷7)

自知菴記 159쪽

人之患, 不在於不知人, 而在於不知己. 惟其不知己. 故人譽之而以爲喜, 人毀之而以爲慽. 夫天下之色, 吾視以吾目, 而不借人之目, 天下之聲, 吾聽以吾耳, 而不借人之耳. 今乃閉吾之目, 而求人之視, 掩吾之耳, 而求人之聽, 是豈理也哉. 聲與色, 自外而至者也. 然吾之所以視聽之者, 其權在吾而不在人. 況吾不能知吾, 而僕僕然仰人之齒牙, 得不病乎? 是以, 古之君子, 獨立不屈, 紛然爲取於人, 而無所加益, 脫然爲棄於人, 而無所加損者. 其自知甚明, 吾之爲吾者, 一也.

吾友杞溪兪泰仲, 少而有奇志, 恥與今之人相俯仰, 一朝廢擧, 隱居海濱. 人有問其故者, 泰仲輒笑而不言, 而名其室曰自知. 嗟乎! 若泰仲者, 可謂信於己, 而不求於人者也. 夫得於天者, 失於人, 合於古者, 乖於今, 泰仲惟自知其己而已. 無怪乎人之不知之也.

或者曰: "泰仲喜著書, 其書累萬言. 後之人庸詎無讀其書而知其人者乎?" 余曰: "揚子雲作太玄, 以俟後之子雲, 余嘗謂使玄藏之名山, 列之學官, 不足爲玄之榮, 焚之毀之, 而不足爲玄之辱. 且子雲, 卽子雲也, 何有於後之子雲哉. 然則泰仲旣自知之矣. 其書之傳不傳, 又何必爲泰仲道也?" 以此爲其菴記.(『晉菴集』卷6)

鄭元伯畫帖跋 162쪽

世之論畫者, 必以元伯之畫, 配三淵之詩. 蓋國朝之畫, 至元伯而始極其變. 然元伯之畫出, 而世之學元伯者, 無元伯筆力, 而徒竊其法, 畫之衰, 未必不自元伯始. 余嘗謂今之爲詩者, 不步趨三淵, 則人爭怪之, 而無三淵學識, 而徒學其奇. 故適足以受其病, 詩之衰, 三淵又不得辭其責矣. 吾非不服三淵, 而惡世之羣爲三淵者也. 聞者, 皆以爲狂言. 今觀元伯畫, 聊書此, 以戒夫學元伯者.(『晉菴集』卷7)

吳瑗

衿陽遊記 166쪽

戊申五月初吉, 作月谷行. 族兄國寶氏庶弟斌偕焉. 渡露梁, 拜朴定齋先生祠宇,先生舍世之地也. 五月五日, 爲先生諱日, 人以比屈子汨羅. 小子之來, 適在是月, 尤可悲矣. 吾祖考捐子孫, 後先生二日. 嗚呼! 己巳之事, 千載而下, 猶必爲之涕泗, 况小子之心乎?

院臨江, 眼界殊佳勝. 但堂宇荒落殆甚, 士林之羞也. 其西爲六臣祠, 新修極明潔. 瞻拜訖, 又見三塚纍纍路側, 爲激想慷慨不能已. 舊有短石, 書曰成氏之墓, 曰李氏之墓而已, 今亦不可見. 盖有許穆南九萬爲之碑者, 而許文作於諸先生雪寃之前, 不敢明白表章, 而名曰疑塚碑, 此其人與文不足用. 南又沮格莊陵之議者, 諸先生其肯受其文乎? 先親正郎公嘗管院事, 議乞文於先輩, 以成其事, 文未出而先親去任, 又未久而下世, 事遂已. 噫! 今之君子, 其尙有念此者乎?

將訪紫霞洞, 宿于三幕寺, 道逢人問上寺路, 指路左一洞曰: "此卽上寺路, 而險仄難行. 由衿川邑, 踰松峴而進, 則路頗坦, 可馬行也." 如其言, 取衿縣路, 時久旱, 麥且枯. 顧視山頂有雲氣, 余曰: "我曹若得沾今日雨幸甚." 國寶曰: "雖全身皆濕, 何憚也." 言未畢而雨灑, 四山微濛如水墨畫, 林樹已蔚然動色. 余曰: "非獨田家之甘澍也, 大助我輩遊興." 俄而雨稍密, 一行皆油衣, 國寶亦油衣曰: "所謂全身濕者, 殆虛言也." 相視大笑.

日過午, 頗患腹枵, 疾鞭入邑店. 國寶曰: "纔所過林堅, 隱隱若有異, 吾恐紫霞洞已失去矣." 問店人, 果然. 盖吾輩徒知洞在上寺路, 而不知從險路入, 正得紫霞也. 中火而行, 雨乍灑乍止, 山漸益佳. 余曰: "飽後看景物, 方識好處. 自今不必騎馬出遊, 但在家飽喫飯, 此應是好景色." 皆呀然大笑.

踰松峴, 漸得巖澗之勝. 山中無人問路, 遙見山春, 林木蒼蔚, 知其下必爲寺. 第從一路登登而上, 果寺也. 前樓臨西海, 若池沼然, 如値晴日, 可壯觀. 老木交遮其前, 意欲剪去也. 宿東寮, 雨達宵.

朝飯下山, 雨少歇. 山水瀺瀺爭流, 下馬屢憩, 不覺沾濡之苦也. 取安陽路, 到月谷. 日已暮矣.(『月谷集』卷10)

題詩稿後 170쪽

至人無心, 必於無心, 非眞無心也. 自然而無則無心, 偶然而有則有心, 此眞無心也. 吾性好山水, 好友朋, 好酒. 又好詩, 其詩無故不作. 登山臨水則作, 見朋友則作, 有酒則作. 不求多, 不求工也. 方其興會意到, 其無心而發者, 未嘗使之有心也, 有心而成者, 不必欲其無心也. 故有如是而好者, 有如是而不好者, 好者固錄之, 而不好者亦不棄也. 人有求見者, 未嘗隱也, 稱其好, 未嘗不喜也, 摘其不好, 未嘗不服也. 旣無雋才奇氣, 而其用心不過如此, 人固不之貴, 吾亦不自信. 天機之自然, 知者其知之.(『月谷集』卷9)

無言齋記 丁未 172쪽

吾友洪純甫, 爲人修潔明敏, 銳於進爲. 而其所居室, 名曰無言齋, 間謂余曰: "吾病不能默. 吾以是名吾齋, 亦古人佩韋之戒也. 子其文以勉之." 余唯唯而未作, 非緩也, 盖未得純甫意也.

夫言者, 人心之聲也. 精神意思, 非言不通, 善惡是非, 非言不形, 道德仁義, 非言不著. 故叔孫豹論三不朽, 而所謂立言者, 與功德同稱焉. 今使夫人者, 膠其口結其舌, 蠢蠢焉而已, 則亦烏用斯人爲哉.

昔吾夫子之欲無言也. 盖聖人過化存神之德, 不待言語而行, 如玄天幽默而四時百物得其道焉, 是則夫子已矣. 純甫眇然初學, 而其何敢議此乎? 若古人之以言爲忌, 而丁寧其戒如金人之三緘, 老氏之塞兌有矣. 然亦出於全身避患, 而偏於自私, 非聖人大中至正之矩也.

純甫方將進而需世, 爲國家盡忠猷, 則又奚取於此哉. 夫純甫之志, 果惡在也? 旣思而得其說. 夫人固不可無言, 亦不可不謹言也. 孔子之稱閔子騫曰: "夫人不言, 言必有中." 公明賈之稱公叔文子曰: "時然後言, 人不厭其言." 今純甫之無言, 非固欲無言也, 欲其口之無擇言也.

夫旣無擇言乎, 則雖一日而千百言, 亦何害爲無言哉. 然惟口興戎, 駟不及舌, 則言之中也少而不中也多, 時者少而不時者多, 其有悔於心而貽害於身, 往往言爲之祟焉. 此古聖賢之拳拳以括囊守口敎人者.

而余見純甫之質, 蓋敏銳有餘, 而沉重不足. 今將痛自警省, 克其偏處, 寧期於無言, 而惟恐其或多言也. 其志不亦切乎? 抑余嘗謂不當言而言, 誠爲口過, 而當言而不言, 其爲過惟均, 斯孟子所以有餂人之戒也.

吾願純甫之無言也. 其在家怡怡然言孝慈友弟, 其與朋友侃侃然言忠信道義, 其進而立於朝, 諤諤然言君德闕遺, 朝廷得失, 凡其言之使必可行, 行之使必可言. 而此外非法無益之言, 一無出於口舌, 則將見德行功業, 輝光昭焯, 而不朽之盛, 亦不待區區言語矣. 若是而名純甫曰無言齋主人, 豈不可也?

然人之有言, 心之聲也, 則口舌非能言也. 所以言者心也. 今純甫誠欲無口過也, 宜先以無心過者爲主. 使吾方寸純正安固, 而凡邪妄躁擾之念, 罔或干其間焉, 其發口成言者, 不期擇而無可擇矣. 默而識焉, 俛而進焉, 雖由此而上窺仲尼無言之域, 夫孰能禦之?

苟不先治其心而强而制之, 頰舌齒牙之間, 如塞兌三緘之爲者, 是猶蕩其源, 而欲遏其流, 其何功之有. 諺曰: "防民之口, 甚於防川." 余則曰: "防吾之口, 亦甚於防川." 純甫宜察乎此也.

顧純甫旣以無言名齋, 而使余必有言, 何純甫之待人與自待者異也. 若余行不修躬不逮, 而徒以言語文字, 自附於切偲之道, 其顔獨無騂乎? 然純甫之誠心, 余不可孤也. 忘其愧怍, 而强爲言如此, 純甫其毋以人廢言也. 丁未春, 吳伯玉記.(『月谷集』卷10)

讀小學 戊戌 177쪽

記余小子年七歲, 先君子授以小學書. 農巖先生聞而寄書曰: "古人八歲入小學, 而汝則能先一歲, 可嘉. 且令一依其灑掃應對愛親敬長之法." 然其時駿甚, 口讀焉, 而心不省其何語也. 以故凡於子弟之職, 闕焉者多.

逮夫十六歲, 偶見此書所云視於無形聽於無聲者, 愾愾焉深有所感. 自思以爲人子事親, 靡不用極者如此. 若乃疏節之孝, 固不足以盡道, 況不能謹於疏節者乎? 因妓怛惕惻懼, 乃復遍閱內外篇, 圖欲由是而革前之爲. 而不幸先君子棄不肖, 遂抱至痛於終天, 而不孝之罪, 死無及贖矣.

每讀此書, 未嘗不靦然愧盡焉痛也. 然其自盡之所, 猶有三年之制, 顧又貪生惜死, 莫克如禮. 尙泯然于今日, 則衰麻已去身矣. 吾其長爲此書之罪人矣.

然竊嘗考此書, 有曰: "事死如事生." 又有曰: "父沒觀其行." 嗚呼! 小子所以自勉而少贖其罪者, 獨有此存焉. 小子勉之勉之. 歲戊戌十月十三日在月谷丙舍, 泣書以自警.(『月谷集』卷14)

黃景源

淸遠樓記 181쪽

浿水東出狼林山, 西流五百三十里, 爲順北江. 上有斜灘, 下有岐灘. 其南流爲城巖津, 入禹淵. 順之爲郡, 處順江岐灘之陽. 其東曰龍駐之山, 其西曰鳳棲之山. 由浿水逆流而上者, 順流而下者, 風帆相屬, 皆出于兩山之間. 郡南有樓, 名之曰淸遠, 以山水之淸且遠也.

원문   345

順故屬唐安東府. 安東者, 高宗所置也. 總章元年, 取高氏四十二州, 命左威衛大將軍薛仁貴, 率師二萬以鎭之. 自總章以來, 地入中國, 三十年, 高氏民俗, 猶未變也.

今國家修明禮樂, 褒隆道德, 於今三百五十年. 閭巷之士, 耻武力而慕儒學, 遠徼之人, 深谷之民, 家必有塾, 鄕必有庠, 講習周公孔子之書, 地非中國, 而絃誦同於中國者. 豈非以聖人在上, 民自化爲中國哉?

余蒙恩來守是郡, 喜山水之淸遠. 乃治此樓, 而引諸生, 燕飮其上. 見諸生揖讓周還, 俯仰進退, 皆有禮. 考其行, 則子能孝於其親, 弟能友於其兄, 過其所居, 則蘆葦百里之間, 學舍相望. 雖地入中國之時, 未聞敎化之至於此也. 然余未嘗勸諸生, 而諸生樂於絃誦, 有不能自已焉耳.

夫小邑僻陋之鄕, 風俗淑美, 與國無極, 而太守不能記述, 非所以布揚先王之烈也. 乃爲之記.(『江漢集』卷10)

與李元靈麟祥書 184쪽

文章之道, 與學仙無以異也. 仙之學, 養其耳靈, 而不聞天下之聲, 養其目靈, 而不見天下之物, 養其心靈, 而不窮天下之變, 養其口靈, 而不言天下之事, 以精凝之而氣修之, 不服金石而鍊, 不茹草木而化也.

文章之道, 竭其耳之所以爲聰, 而盡聞天下之聲, 竭其目之所以爲明, 而盡見天下之物, 竭其心之所以爲知, 而盡窮天下之變, 竭其口之所以爲辨, 而盡言天下之事, 以精注之而氣瀉之. 其微也, 鬼神不足以爲妙, 其著也, 星辰不足以爲哲, 其溢也, 江海不足以爲盈.

此二者, 其道相螯, 而精氣煇然不滅則同焉. 然仙也者, 其術玄不可窮詰. 先解者, 不知所止, 後解者, 不知所從, 惡在其能羽化也. 至於文章, 自周公孔子以來, 六經之道, 垂于無窮. 其世已遠, 而其神浩然長存者, 以其言之在六經也.

足下窮居好山水, 將游丹陽丹仙郡也. 龜潭之陰, 島潭之陽, 世稱眞仙游於其間. 然春秋傳稱死而不朽者三, 立言其一也. 今足下不入丹陽, 而六經有眞仙矣. 何爲乎挐舟二潭, 以求夫羽化之術邪.(『江漢集』卷6)

又祭亡室貞敬夫人沈氏文 _{187쪽}

景源少時, 嘗縱舟汎白馬江, 遂得疾, 臥江上村. 先妣皇皇抵村舍, 視景源疾, 命夫人侍皇考側. 夜皇考所居之室, 適失火, 皇考疾革, 獨夫人涕泣進藥. 是景源爲丈夫子, 而終孝不及夫人也.

始故友宋公文欽, 與景源爲古文詞, 景源潛心司馬遷韓愈之文, 往往一月不梳頭. 宋公至家, 呼女奴, 告于夫人曰: "夫子不梳久矣. 何不爲夫子梳之?" 夫人謝曰: "夫子專意文章, 雖家人, 無以梳爲也."

及景源居皇考憂, 旣免喪, 猶不復寢者且一年. 景源故友吳公瑗, 來謂景源曰: "子無兄弟, 若無子, 則黃氏其絶世矣. 一年何不復寢也." 其後夫人遇疾, 經遂斷, 終身無子. 景源每思吳公之言, 未嘗不怵然而悔, 怛然而悲也.

景源病瘻在城南, 親戚賓客, 無一人問死生者. 惟故友李公天輔臨見之, 與論文章, 不知日之將夕也. 夫人燃火, 先妣煨栗, 以餉李公, 其後李公與人言, 必稱先妣與夫人之賢也.

景源家貧, 或終日不得設食, 夫人乃鬻嫁時裝, 以饋景源. 其後景源守順川, 悉以月俸歸之夫人, 而夫人輒周窮乏, 必適於義, 不濫施也. 老婢或謂夫人曰: "旣專一郡之俸, 而不服文錦, 何也?" 夫人泣曰: "吾嘗鬻嫁時之裝, 具夫子飯. 今雖專一郡之俸, 何敢服文錦之衣乎?"

景源旣貴, 而夫人猶自疏食, 進弊盤, 有羹無醬, 有飯無魚. 景源憐之, 謂夫人曰: "吾位於朝, 吾夫婦衣服飲食, 庶幾足矣. 夫人自奉何若是邪?" 夫人曰: "追思少時貧賤, 此一盤, 猶以爲多. 況求其侈乎?"

景源束帛, 請爲之衣, 夫人手自藏于? 而輒爲景源之衣. 惟一匹將以爲裳, 裳未成而夫人沒. 此景源之所以悲也.

嗚呼哀哉! 尚饗.(『江漢集』卷22)

明陪臣傳序 190쪽

一國存, 而天下有久安之形, 一國失, 而天下有必亡之機. 盖小大相維, 而其勢不可獨全也.

平秀吉將犯遼東, 先屠屬國者, 非貪其土地而欲幷之也, 非利其婦女玉帛而欲取之也, 直惡其藩輔大明也. 屬國安, 則大明亦安, 屬國危, 則大明亦危. 故秀吉悉引精兵, 出釜山踰鳥嶺關, 留屯於江漢之間, 壁壘相屬, 西亘浿水, 北抵鬼門, 必欲夷東藩之國, 以弱大明.

嗚呼! 淸人圍南漢, 其亦有秀吉之意歟. 按遼東圖, 自鳳皇城, 至瀋陽, 堇四百里. 淸人雖欲度三河, 深入燕雲, 其憂未嘗不在於瀋陽也. 何者. 瀋陽與義州北境最近, 有如義州出輕騎直搗巢穴, 則淸人前不得進, 後不得退, 徘徊於山海關外, 而瀋陽已灰燼矣. 是故, 不患大明之不可犯, 而惟患鄰國之不可親, 不患鄰國之不可親, 而惟患學士大夫之不可屈也. 方其圍南漢一月不解也. 烈皇帝詔總兵官陳洪範, 率諸鎭兵往救之. 然洪範留遲不行, 而淸人圍城益急, 索學士大夫之不可屈者, 遂執南陽洪翼漢南原尹集海州吳達濟三臣而去. 三臣執, 而城不守矣.

南漢旣破, 山東巡撫御史顔繼祖始馳奏, 請守東江, 是徒知東江之重, 而不知屬國之重重於東江也. 當秀吉陷平壤時, 中朝諸公皆以爲外國相攻, 不當勞中國之兵, 神宗不聽, 詔左都督李如松, 率四萬兵出浿上, 大破倭奴. 凡七歲轉輸海外, 費八百萬, 屬國不亡, 而中國亦得無事. 嗚呼! 南漢之守與不守, 豈獨一國之安危哉?

明年, 淸人入密雲, 遂圍京師十餘日, 進陷高陽, 大戰于蒿水橋下. 大學士孫承宗兵部尙書盧象昇, 皆不能拒. 盖中國之衰, 非一日也. 自南漢破敗以後, 京師喪其左臂. 故淸人歌舞而入關, 直逼皇城, 而天下莫之能禦也. 屬國之力, 雖不足以上救京師. 然南漢不破, 則大明尙倚屬國而爲之屛矣.

三臣被執入瀋陽, 不知所終. 李士龍從戰錦州, 礮不入鉛, 爲所殺, 黃一皓車禮亮, 欲扶帝室, 皆見殺. 使南漢將士之心, 皆若是, 則一城豈不能守耶?(『江漢集』卷27)

申景濬

疆界誌序 本誌逸 196쪽

東國置史, 麗自嬰陽, 濟自肖古, 羅自眞興始, 而其史不傳. 至高麗金富軾作三國地志, 是必得於三國遺書者, 而未免疎略, 前乎三國, 尤無可攷. 有有其名而不知其地者, 如三韓之七十八國, 樂浪之二十四縣是也. 有有其地而不知其名者, 如渤海女眞之迭據沿革是也. 有地之相爭而彼此得失無常者, 如三國之沿漢一帶是也. 有名之相同而前後南北難分者, 如國而濊, 沃沮有三, 馬韓, 百濟, 高句麗有二, 夫餘有四, 伽倻有六. 城邑而樂浪, 不而有二, 安市有三, 帶方有四. 山水而太白有五, 浿浿流有三, 其他又不可勝數也. 人名之同者, 至於開國鼻祖, 東明有二, 而史氏不能卞別, 況其餘乎?

且東人讀字, 有音(音字音也.) 有釋(釋字解也. 即方言.), 故有其名之以音釋二行者, 如縣之沙平, 新平. 嶺之雞立, 麻骨.(方言沙之音與新之釋同, 呼麻骨爲雞立.) 有古以釋而今以音者, 如德勿之爲德水, 三岐之爲麻杖.(皆縣名. 方言呼水爲勿, 呼麻爲三.) 有古以音而今以釋者, 如舌林之爲西林(縣名.), 推火之爲密城, 勿奴之爲萬弩.(皆郡名. 方言呼舌爲西, 推之釋其聲爲密, 勿之釋其聲近萬.) 皆其類也.

或雜以俚俗字音, 或由於方言訛傳. 而有其名之眩亂變遷者, 如良與羅同召與祚同.(俚俗良字之音同羅, 召字之音同祚, 如阿瑟羅州之羅亦作良, 加祚縣之祚本作召.) 如省之爲所乙(方言呼省爲所, 如所夫里爲省津. 又俗音所與蘇同, 故買省郡爲來蘇郡, 省大郡爲蘇泰郡. 所今轉爲所乙, 如今嶺南之省峴, 稱以所乙峴. 至於物名, 梳省亦稱以梳所乙.), 梁之爲道乙(方言呼梁爲道, 如辰韓里名沙梁, 稱以沙道. 而道今轉爲道乙.). 野之爲火(方言呼野爲伐, 伐轉爲不, 不因以爲火, 如骨伐國爲骨火國, 仇伐城爲仇火縣.), 亦其類也.

有避寇亂, 僑居他地, 仍冒舊號, 而新舊主客相雜者, 如居昌之有巨濟縣, 永淸之有寧遠縣. 渭州之有撫州之類是也. 故東方地志, 非闕略無可攷, 則必雜亂多可疑. 論說紛紜, 未有斷案. 今姑列錄諸書. 續之以愚見. 以俟後之明者云爾.(『旅菴遺稿』卷3)

韻解序 200쪽

東方舊有俗用文字. 而其數不備, 其形無法, 不足以形一方之言而備一方之用也. 正統丙寅, 我世宗大王製訓民正音. 其例取反切之義, 其象用交易變易加一倍之法.

其文點畫甚簡. 而淸濁闢翕, 初中終音聲, 燦然具著, 如一影子. 其爲字不多, 而其爲用至周, 書之甚便, 而學之甚易. 千言萬語, 纖悉形容. 雖婦孺童騃, 皆得以用之, 以達其辭, 以通其情. 此古聖人之未及究得而通天下所無者也.

諸國各有所用文字, 高麗忠肅王時, 元公主所用畏吾兒, 未知其如何. 而以九象胥所書旅獒文者觀之, 皆不免荒亂無章. 則正音不止惠我一方, 而可以爲天下聲音大典也.

然而聖人製作之意, 至微且深. 當時儒臣解之而未盡, 後世百姓日用而不知. 聲音之道旣明者, 將復晦矣. 若賤臣者, 何敢與知其蘊奧之萬一. 而管窺蠡測, 爲此圖解, 以寓於戲不忘之意而已.(『旅菴遺稿』卷3)

東國輿地圖跋 203쪽

天遠地邇, 而天之日月運行度數, 星宿高低躔次, 可以分寸計而無毫髮差也. 地之山川脉絡, 道里遠近, 卒無以詳. 蓋天高而其望通, 地低而其見窒, 天體平直, 地形凹凸紆曲. 天陽也顯, 地陰也隱, 故圖地難於圖天也.

吾友鄭恒齡玄老, 於其難者用心苦. 嘗圖東國, 分而爲列邑, 合而爲全國, 尺量寸度, 至爲精密. 與方星, 坼星, 渾盖通圖, 同其例也. 玄老之皇考農圃公實創之, 其胤元霖增益之, 凡三世五十餘年乃成. 不如是, 何以盡其妙乎?

歲庚寅, 上命撰東國文獻備考, 賤臣與其役. 旣又命臣作東國地圖, 於是發公府藏十餘件. 訪諸家古本考之, 無如玄老所圖者, 遂用之略加校讎. 始于六月初六, 八月十四日訖. 進之列邑圖八卷, 八道圖一卷, 全國圖簇子一. 以周尺二寸爲一線, 縱線七十六, 橫線一百三十一. 又命獻東宮如其數.

上親製小序, 弁諸簇子之顚. 宸章煥爛, 八域山川, 咸被昭回之光矣. 嗟乎! 玄老善文章懷經綸, 嘗進萬言疏. 剴切時務, 平居茶酒之間, 其言議可以需於世者. 又幾何也, 皆未見試. 且頁疾八載, 卒不起, 此豈特玄老之不幸哉. 地圖乃其一能, 而今得入於淸燕之覽, 是亦幸也.

雖然地必謀於天而後. 可以明知其方位大小而爲寅亮之用. 英廟朝, 遣尹士雄·崔天衢·李茂林, 于沁都之摩尼山, 甲山之白頭山, 耽羅之漢拏山, 測北極高度. 如堯之分命羲和. 而其所測度數今不傳, 可嘅也. 玄老家製置簡平儀, 與余約. 苟到於國之四隅. 測星度晷景而來, 以卒地圖之業. 玄老已沒矣, 余且老. 其誰爲之? 噫!(『旅菴遺稿』卷5)

送使之日本序 207쪽

昔百濟臨政太子, 乘舟入日本, 都周防州, 號大內殿. 傳四十七世而絶, 其從者之裔, 代襲其土. 都安藝州, 卽秀吉驍將輝元之祖也. 余竊以臨政爲王子豐, 豐嘗質於日本, 百濟亡, 百濟宗室, 迎立爲王. 豐乞師於日本以拒唐, 及敗不知所之. 是必與倭俱東也. 方蘇烈以十三萬兵, 杖鉞而來合新羅, 共滅百濟.

而豐以覆巢餘卵, 嬰孤城而號咷. 其亡不日, 誰肯與之同其禍乎? 然而白江之敗, 血戰四合, 海水盡赤, 倭船焚者, 四百餘艘. 其不焚而逃者, 不知幾艘. 其致兵何其多也? 其得死心, 又何以至此也? 百濟六百五十年之間, 倭寇史無一見. 至其亡救不得, 則以王子歸, 分土存祀, 此不可謂只以利結也.

新羅昔于老, 儐倭使言曰: "早晚以汝王爲塩奴, 王妃爲爨婢." 此戲耳, 而侮之則深也. 于老以是爲倭所焚. 而于老之妻, 又焚殺倭使以復讎. 羅人之易倭可知, 日本神應之二十二年, 新羅兵入明石浦. 浦距大阪纔百里. 日本人乞和解兵, 刑白馬以盟. 今赤間關之東, 有白馬墳云.

日本環以重溟, 外兵莫加. 胡元大擧, 廑至日歧島而卒大敗. 歷代能深入取勝者, 惟新羅而已. 八分東土, 羅濟有其三. 儘褊小爾. 或以恩結, 或以威制. 乃如是异哉. 今我國奄有八區. 庶不畏人. 而龍蛇之刱尃矣.

講好歷二百年. 餼饗之厚, 賂遺之豐, 歲費新羅舊壤之半. 而一言隻字, 少不

352

合意, 則疑怒輒生. 恐嚇交至. 我方惴惴焉奉承之不暇. 其視羅濟人伮爲, 哀哉!
噫! 此我朝廷士大夫之羞也. 禦侮在於將帥, 交際在於使价. 而宣聖德而使異
類歸化, 尊國勢而使強虜知畏, 一言孚心, 多於金繒之惠, 單車釋難, 勝於兵甲
之威.

覽政教而知其國之理亂, 省風俗而察其情之好惡. 占星度風候, 述山川形勢,
州縣道理, 土物器用, 求中國之失禮, 訪絶域之異聞, 可以知結交之道, 制勝之
術, 可以廣聰明而益知矣. 此皆使之職, 則使固重於將. 而小雅之鹿鳴皇華, 右
於采薇杕杜者是也. 我國選使, 在日本尤重焉. 而稱其職者盖鮮矣. 爲王子豐乞
靈者誰歟, 是必有大過人者, 而今不可考.

在麗季, 鄭圃隱能以一言戢邊患. 至今日本稱我國使, 以圃隱爲首, 猗歟尙哉.
日本之都, 如在於日向, 徙於太和, 徙於長門之豊浦, 而皆其西邊, 後徙於山城,
故圃隱亦至博多州而還, 自江戶路通, 殆盡日本之東界, 歷覽遠而留連久, 爲使
者之所得必多矣. 今得徐行人以去, 從玆重吾邦, 而亦可以知其國之所宜知者
矣, 豈獨圃隱專美乎. 行人勉之. 行過赤間關, 必訪白馬墳, 而且問輝元之後尙不
替也否.(『旅菴遺稿』卷3)

瓦棺說 212쪽

余宰北靑時, 見野中有古墓崩圯, 棺露三分之一, 乃陶棺也. 聞諸土人, 曰: "州之
山野間古墓, 亦或有用甕葬者. 凡甕口狹而腹廣, 取兩長甕, 環缺其甕口, 至甕腹
三之二或半, 欲其口闊而腹窄也. 以上甕口深冒於下甕口, 兩口合處, 用石灰泥
封, 甚厚且廣, 因成石, 歲久而不相離也. 此必女眞時所葬云."

余曰: "彼用甕葬者, 蹇甚不能豫造陶棺以置者也, 固不足論. 陶棺則中國亦
有之. 禮有有虞氏用瓦棺, 蓋上古天子用瓦棺. 唐詩云: '楚雲朝下石頭城, 江鶖

雙飛瓦棺寺.' 寺盖造瓦棺之舊地也. 周主遺令曰: '我死, 衣以紙衣, 斂以瓦棺.' 瓦棺之用已久矣. 嘗觀東儒有說曰: '木棺多有蟲變, 及其入地, 所以防水火木根之災者, 固不如瓦棺.' 瓦棺雖以朴儉爲嫌, 而若精造而善餙之. 其華美未必不如木棺也.

壙中築灰除之可也. 誌文刻於上而燔之亦可也. 瓦棺之制, 地板與四圍, 皆連附燔造. 天板長而燔時易致邪窳, 分作三片, 入棺後鋪于四圍上, 如葬時鋪橫帶. 美石灰細餙水飛, 以漆調作泥, 塗于諸合縫處, 使無罅隙. 或灌以松脂可也. 或曰: '瓦棺厚則難運, 不厚則運時有慮.'

造木棺以斂, 而上下板四圍之厚, 多不過二寸. 又造瓦棺如右法, 而以容木棺爲度. 葬時先安瓦棺於壙中, 以木棺納於瓦棺中. 泥灰塗縫, 亦如古法. 此便是外棺橫帶. 外棺橫帶幷不用可也. 貧甚者, 瓦棺作上下套必方正, 以兩套口相合. 如北人甕葬例亦宜.

若用瓦棺者多, 則陶工之巧漸出而必有美制矣. 北人貧者, 多用樺皮斂之以葬者. 樺皮入地中, 三四十年不朽, 能防木根蟲水之災. 比木板薄劣者有勝, 多驗之云."(『旅菴遺稿』卷5)

申光洙

劍僧傳 218쪽

壬辰後五十餘年, 客有讀書五臺山者. 有僧年八十, 癯而精悍, 與之語頗黠. 常在旁, 喜聞書聲, 遂與客熟. 一日曰: "老僧今夜祭亡師, 不獲侍左右矣." 夜深聞哭甚悲, 曉益酸絶, 朝見面有涕蹤. 客問: "吾聞浮屠法, 祭不哭, 師老而甚哭, 聲若有隱痛, 何也?" 僧歔欷而作曰: "老僧非朝鮮人也. 清正之北入也. 簡倭能劍者二十以下五萬, 得三萬, 三萬得萬, 萬得三千, 別部在軍前. 能百步飛擊人, 搏空鳥, 老僧亦其一也.

幷海九郡而北, 踰鐵嶺, 躪關南, 深入六鎮, 弗見人. 海有石陡立百餘尋, 見一人雨笠衣, 坐其上. 別部謀而仰發銃, 其人劍揮之, 丸輒紛紛雨落, 倭益忿環不去. 已而其人騰而鳥下, 飛劍往來, 人肩如草薙. 於是倭能劍者三千, 不殺獨老僧若一倭已. 其人遂按劍而噂, '若屬三千, 其不殺若二人已. 若雖夷而讐我, 亦人已, 吾不忍盡之矣. 若能順我乎?' 曰: '死生唯命.' 二人遂從其人, 山中數年, 盡得其術. 師弟子三人, 徧游八道名山, 每至一山, 結茅住一年或半年, 輒棄去. 秋深月盛, 或登絶頂, 舞劍器淋漓移時, 擊石斷高松, 怒洩乃止. 然姓名不肯言.

後十年, 嘗出游, 其人頹而結屛係, 一倭忽乘後拔劍, 斷其頭. 顧老僧曰: '夫匪吾讐乎, 今日得反之矣. 吾二人盍間行反諸日本.' 老僧目見師遇害, 狠發劍, 亦立斷其倭頭.

噫! 老僧與其倭, 俱倭耳. 同師數十年, 不知其日夜內懷陰賊心也. 既報師讐, 念吾三人, 若父子兄弟. 一朝塗喪師, 又劍倭東來三千, 吾兩倭在爾, 吾殺其一倭, 顧天下一身已. 日出限漲海萬里, 居異國, 又多畏. 吾獨生何爲? 遂人哭欲自殺. 又念我日本人也, 投東澥而死.

東走澥自投, 會海大魚鬪, 皷浪卷落海, 不能再投. 卽上五臺爲僧, 食松葉四十年不下山. 每歲師死日, 未嘗不哭失聲. 今年老僧八十矣, 朝夕且死. 後年今日, 欲復哭易乎, 是以甚哭. 顧安知浮屠法乎? 噫! 吾老於是矣, 全寺僧, 莫知吾外國人. 今日爲措大, 一露其平生. 八十僧, 焉用諱倭?" 爲言已, 夷然乃笑. 明日不知所之.

外史氏曰: "劍師俠而隱者乎. 當壬辰之難, 草埜勇□□, 如洪季男金應瑞輩, 多奮起捍賊, 立奇功. 劍師伏而弗出, 不欲以功名自顯, 何哉? 彼有異術, 誠知壬辰之變天數也, 非區區智力可? 自古智勇異能之士, 多不免, 小國尤甚焉. 雖以國朝言之, 南怡金德齡, 皆是已.

故劍師寧老死嵁巖而弗悔也. 豈世傳二子所遇白頭隱者草衣客之流也歟? 至若不言其姓名, 尤奇矣哉. 然劍師與二倭處十數年, 亦可以知心術矣. 一爲賊一爲子, 而肘腋之, 卒以其道授賊自戕. 明於保身, 闍於知人. 殆所謂單豹養內, 虎食其外者邪. 故孟子曰: '羿亦有罪焉.' 抑五臺老僧, 夷狄而奇男子也夫."(『石北集』卷16)

書馬騎士事 224쪽

馬騎士, 不知何許人. 去年冬, 吾少弟光河, 歸自臨淄娘家. 午歇碧蹄驛, 有客從京師路. 馳兩駿馬, 不帶奴, 能自馭入門. 見其人, 長可八尺餘, 廣顙大口, 眉長入鬢際. 美鬚髥數百莖, 語輒搖動. 目有光, 小鬃笠, 衣皁夾袖. 葡萄紋韡, 腰錦帶, 手銀頭漆鞭. 不施禮, 坐其側. 已而, 囊中出百錢, 呼店主人, 換酒一甆頭. 連倒數椀, 訖拔佩刀. 光照人一尺, 刻其面曰秋鯉者. 切甆肉啗盡, 意氣偉然, 旁若無人. 光河駭然, 知其爲奇士. 問: "子爲何如人", 曰: "我騎士也. 上宿衛罷歸耳."

與舍弟移時, 語及朴淵瀑奇勝, 曰: "客有游朴淵者, 記其一句, '杉門稀見月', 此佳語也." 光河仍問: "子能詩不." 欣然對曰: "能." 光河益奇其所爲, 曰: "請聞子詩可乎." 曰: "不須聞舊作. 卽與和詩, 可知耳. 然僕下走也, 不與儒士相接, 願先聞世之好詩也." 光河欲嘗其深淺, 卽擧, '酒爲詩羽翼, 花是妓精神.' 一聯, 曰: "膾炙一世者." 光河所擧詩, 卽高麗李奎報作, 而吾兄弟嘗笑其俗陋者爾. 騎士嘻笑相視曰: "子何面嫚人甚也. 願聞好詩." 光河內驚喜, 以爲此人具眼者也.

遂移席相近, 曰: "吾將以好詩, 爲子相聞. 以子所聞知. 今世孰爲能詩者." 曰: "世未嘗無其人, 而吾未盡聞知也. 嘗記一句曰: '臨行數盃酒, 不敢恨明時.' 此不知爲何人作, 而亦不聞全篇. 必能詩者爾." 此光洙往年送蔡伯規赴嶺外詩也. 光河益大驚. "子何從聞此詩, 乃吾兄作也." 騎士曰: "有人傳書生作爾, 果然." 亦不問所謂其兄姓名. 於是光河拈其兩兄集中, 及李先輩直心氏, 權撼詩, 或全首或一二聯, 故出入雜誦. 騎士輒犂然歎賞, 諷咏久之, 其音瀏瀏動人. 又能各辨其詩前後, 不一失. 曰: "今日聞好詩多矣."

酒半, 仍畧敍其平生. 家本海西人, 馬其姓. 隷軍籍, 喜任俠, 嗜酒唫詩, 不事家人産業. 少嘗過洞仙嶺, 遇刦盜數人, 揮秋鯉殺盡. 平壤有愛妓, 作負心事, 又殺之. 一夜走二百里, 匿命江湖間, 後數年始出. 游山水, 三入楓岳, 并九郡, 雪岳五臺淸平. 北自國島, 窮六鎭, 望野人地. 南見智異山, 至東萊海上. 若兩西則吾鄕鄰耳, 東國殆一周已. 觀中州, 則盡天下矣.

又曰: "山水固奇矣. 遊而不觀於海, 則未始游耳. 又不可不與奇士遊. 吾有客善草書, 吾游山水, 常與之俱. 吾遇境得詩, 必令客磨水墨淋漓, 一揮巖壁間, 棄去不復錄. 嘗用一千五百錢買舟, 臨津便風, 入濟州, 一晝夜. 海中見黃龍水立相鬪, 鯨魚蜃樓, 奇怪駭異. 上白鹿潭, 是漢拏絶頂毒龍之所宅. 其西卽蘇浙福建之地也. 晴日可以南望琉球. 秋分見老人星出旌義海中. 大如梧而沒, 天下之奇觀也. 吾大叫其上, 跳躍狂奔. 已而詩成, 草書客亂筆, 或投潭中, 或棄亂石間, 如是者三日不食. 興盡, 拏舟徑歸, 此樂寂快不可忘也."

光河亦好奇者, 泠然作而曰: "吾子固天下士也. 草書客亦奇矣." 騎士慘然曰: "吾與草書客, 俱北歸. 客不幸亡於途, 吾傾槖中金, 買棺槨, 藏諸路旁, 自客死不復出遊. 後遇董生者, 董亦奇士也. 能詩善歌, 從吾游山澤間, 倡和詩甚多. 年前自賣爲譯者奴. 遊於燕市, 觀昭王樂生之墟. 遼金迭代, 大明遺民, 盡化爲異俗, 歸來." 慷慨爲余道其事甚悉. 語罷, 直視惠陰嶺, 不語. 惠陰嶺天將李如松敗兵地也.

遂贈光河詩曰: "于今無友道, 夫子故人同. 脫劍明秋水, 論詩動古風. 前村騎馬立, 落日戰場空. 明發高陽路, 監門老酒中." 光河卽席和贈云云. 騎士卽起擧鞭曰: "日夕矣. 請從此別. 彼此不須知名. 子但以馬騎士知我, 我亦以一書生知夫子. 丈夫自相逢耳." 復馳兩駿馬, 不顧而去.

光河芒然凝望, 至不見, 始上馬出店門, 行數日至家, 傳騎士首尾, 時鐙火翳翳半明. 余臥聽之, 始而喜, 中而驚起坐, 其終也, 恍惚自失也. 若神仙劍客, 變化隱現, 莫測其迹者. 旣而復歎息以悲之. 騎士世之奇男子, 而隱於騎士者也. 今人每言古豪傑奇偉之士, 不復有斯世, 若騎士者. 非其人耶.

東國雖狹小, 山澤草茅之間, 瑰材儁物, 伏而不出者. 豈獨一騎士而止哉. 彼或以漁採, 或以商賈, 或以市井, 或以興儓, 或以浮屠丐者, 賣酒屠狗, 捆屨織席之流, 而含光遁跡, 終以老死澌滅, 與草木無異. 世不復知有斯人, 則豈不悲哉.

吾觀騎士之詩, 豪壯感激. 有燕趙悲歌慷慨之風, 盖不平者之鳴也. 噫! 騎士以其磊落不羈之氣, 淪於下流, 無以發其壯心. 則不得已洩之爲山水詩酒之遊, 其鳴惡得不不平乎? 然騎士不遇於時, 而遇於山水, 遇於詩酒, 遇於草書客, 董生. 騎士不爲全不遇矣. 若余者進旣不合於世, 則退而有志於山水未能也, 有志於詩酒未能也. 草書客, 董生, 顧何以從遊, 而不爲騎士所笑者乎?

余每詢吾弟異時不究騎士鄕里名字, 則吾弟笑曰: "彼不問吾兄姓名者, 洒肯道其名乎?" 吾以爲使我當之, 必有以處之爾. 後與李直心氏言此事, 李丈慨然曰: "彼固不肯道其名, 季氏何不追一程耶?" 相懊歎不已.

嗚呼! 騎士故在世, 而吾不見騎士. 騎士日過吾前, 吾安得以知其爲騎士也? 吾聞松都有馬姓, 大族也. 往年黃海道大閱, 巡察使簡士族子弟操弓矢者, 團結一隊, 號騎士隸大司馬調用, 視禁軍, 騎士盖海西子弟之稱也. 馬騎士, 豈松都之馬, 而松與海且近, 西州士族之子耶? 其行止不可得以知也. 余旣作長歌, 以寄意. 今冬光河再赴湍上, 余又賦二絶句, 付其行. "馬家騎士不知名, 去歲逢君驛路行. 天下男兒聞不見, 今年爲我問開城. 聞君傳誦兩兄詩, 騎士聞之稱絶奇.

男子何須舊識面, 寸心燕趙已相知."

過碧蹄, 爲我題其壁, 他日令騎士再過, 知爲吾也. 光河馬病, 由高陽便道行, 不過碧蹄. 夫碧蹄自京師走長湍必經地, 題壁至易事也. 碧蹄題壁尙不可得, 則馬騎士又可得見耶?

日者, 遇權國珍, 謂我, "吾在京師日, 聞季氏遇馬騎士事, 後問松都人, 松都人亦不知騎士名. 徒知爲海西人, 往來開城府, 業商販, 借人錢, 收嬴數千百, 必取一倍, 其餘盡歸物主. 又嘗赴昌城互市, 月夜登黃金樓有詩, 忘其首聯. '雲冥萬里單于窟, 月白三更戌客樓. 天地雖分南北界, 山河尙帶丙丁羞.' 又忘其尾一句, '怒看旄頭劍自抽'云云." 下所稱, 又吾前所未聞者也.

騎士事, 愈聞愈奇. 此外世所未知聞者必益奇, 而其人終不可得見矣. 余遂叙其所聞如右, 庶幾未老而一遇之幸爾. 又老而不遇, 卽吾文而如見馬騎士云.(『石北集』卷16)

安鼎福

祭星湖先生文 癸未 238쪽

嗚呼哀哉. 先生而至是耶. 剛毅篤實, 先生之志也, 正大光明, 先生之德也, 精深宏博, 先生之學也. 和風景雲, 其氣像也, 秋月氷壺, 其襟懷也. 今不可以復見, 將何所而依歸耶.

嗚呼哀哉, 語其道, 可以繼往而開來, 推其餘, 足以庇民而尊主, 顧厄窮而無施, 寔天理之難究. 自先生而視之, 雖若太虛之浮雲, 在吾黨而言之, 寧欲籲天而無因.

嗚呼, 小子托名門下, 十有八年, 承顔雖罕, 手敎頻煩. 勉以小學詩禮之書, 戒以韜晦務實之工, 雖勤誘掖, 尙未發蒙, 恩深義重, 兢惕撫躬. 逮夫東史之編摩指導, 無有其餘蘊, 疆場之錯亂而未定者, 義理之隱晦而未暢者, 靡不奉承其成訓. 至若僬說, 謬蒙屬托, 地負海涵, 義理藪宅, 雖以刊汰爲敎, 管蠡之見, 顧何能窺測天海之深廣也哉. 粧成十卷, 擬將納上, 書未達而承訃, 抱遺編而增傷.

嗚呼. 小子無狀, 攝生昧方, 十載奇疾, 血壅火張, 杖屨之曠, 逾一紀餘. 若此症之小歇, 庶函丈之復陪, 何所願之未遂, 奄樑摧而山頹. 悠悠天地, 予懷曷已.

嗚呼哀哉. 死生消息, 理歸一致. 厭世乘雲, 帝鄕可至, 馭甁鶴而上征, 〔先生前日書, '有夢有餅化鶴, 騎而騰空遊覽快活'云. 故此引用, 爲吾黨故事〕在先生爲快樂, 撫遺牘而號呼, 益增小子之痛迫.

嗚呼哀哉. 先生之病, 而不得躬自扶將, 先生之殯, 而不得與聞含斂. 雖疾使然, 死有餘憾. 素巾加絰, 少暴微忱, 替兒奔赴, 悲懷曷任. 荒衰不文, 辭失倫脊, 尊靈有存, 尙其鑑格. 嗚呼哀哉. 尙饗.(『順菴集』卷20)

東國地界說 戊寅 241쪽

我東惟三面環海, 西北阻險, 其實四面受敵之國也. 以海道言之, 與倭相接, 東南沿海, 最爲迫近. 其對馬一歧, 玉藍平戶等島, 及西海九國之地, 皆風帆半日一日二三日程. 其隱歧伯耆諸州, 與江原東海, 亦不過三四日程也. 若失其和, 則三方沿海, 皆受其害. 西海一面, 不惟倭患, 自昔每以海浪爲憂.

又若中國生釁, 則水陸俱自登萊淮浙, 揚帆而來, 漢魏隋唐之事可鑑也. 然而東西南各至海爲界, 無疆域之爭. 至若西北面, 連陸地接山戎, 且通中國, 故得失無常. 究本而論之, 則遼地半壁, 烏喇以南, 皆我地也. 而隋唐宋之際, 渤海, 契丹, 完顔雜種代興, 地界漸縮. 惜乎, 新羅文武以後, 皆無遠慮, 幷濟平麗, 志願已足, 不能收復句麗舊疆, 使渤海坐大. 後來麗祖絶遼, 意亦非偶, 而不幸薨逝.

後王雖能繼志, 不過西以鴨綠爲限, 北以豆滿爲界, 而不能窺遼東一步之地矣. 至聖朝龍興, 請號皇朝, 欲以和寧, 和寧者, 永興別號也. 聖祖初封和寧伯, 凡國號不惟以其封爵之號, 北土是胚胎日月之地. 故聖意所在, 盖欲并呑, 以是請號也. 夷虜漸盛, 先春舊疆, 亦不得保. 而德安二陵, 淪在異域, 豆滿鴨綠, 作一大鐵限. 此有志之士所以長吁短歎者也.

以今兵力, 無論於復箕高之故域, 恢穆翼之舊居. 當多識舊事, 明其界限, 爲自彊之道而已. 嘗聞: "肅廟壬辰, 穆克登來定彊界時, 當以分界江爲限. 分界在豆滿之北, 其名分界, 盖爲彼此之界. 而不能審覈, 公然棄數百里之地, 至今北方之人, 多以爲恨. 當時主事者, 不得辭其責."云.

然王者之治, 務德不務地. 則此係小事, 所大憂者. 若中國有變, 如完顔之南遷, 則遼瀋一帶, 亦有自立而雄張者, 如公孫慕容大氏東眞之屬是耳. 句麗當彊盛之時, 故不被二氏之患. 新羅遼遠, 大氏方經營門內, 故只失浿北之地. 高麗則有蒙古之援, 故東眞不能大創於我矣. 若如元順帝之北走本窟, 則興京烏喇以東數千里之地, 亦足以自王.

壤界接連, 而貢之以舊禮, 則利害尤甚. 從此而疆界之爭起矣, 內叛之釁生矣. 蕭遜寧之來覓句麗舊境, 明太祖之將立鐵嶺衛, 若無徐熙, 朴宜中善對, 則幾乎不保矣. 趙暉以雙城叛, 韓恂以義州叛, 若不托迹大國, 義同內服, 則終焉失之而已矣.

且天下多事, 冠賊縱橫, 海東一域, 常爲逃命之所. 戰國之末, 韓人渡海, 立國三韓, 燕之亂, 衛滿東來而箕氏亡. 大氏滅, 餘衆數萬, 悉投於我. 而彼弱我彊, 故不能襲衛氏之故智.

契丹之亡, 金始, 金山等, 亦歸于我, 責以舊日臣事之禮, 大肆創掠. 其勢又異於渤海, 但有蒙古東眞起其近地, 故藉而掃平. 乃顏叛元而被擒, 餘黨哈丹又東奔剽掠, 亦賴元平定.

元之亡, 納哈出大入北界, 紅巾賊逃亂, 東國此時無大國之援, 勢甚汲汲, 而幸賴我太祖之神武, 三元帥之用力, 終能底定. 大明之亡, 我國亦先受兵. 自古以來, 天下用兵, 常在東北, 而我東被禍之由, 前轍昭然. 觀於此則海防邊禦之策, 籌國之士, 當加之意爾.(『順菴集』卷19)

題下學指南 庚申 ^{246쪽}

學者, 知行之總名, 而其所學, 學聖人也. 聖人生知安行, 而爲人倫之至. 學聖人之道, 不過求聖人之知與行, 而不出於日用彝倫之外也. 舜明於庶物, 察於人倫, 言其明知庶物之理, 而尤致察於人倫也. 大學論格致之義, 亦曰: "知所先後, 卽近道矣." 知雖多般, 而所當先者, 實不出於日用彝倫之外.

孟子亦曰: "堯舜之知, 而不遍物, 急先務也." 其謂先務, 指何事也. 子曰: "下學而上達." 下者卑近之稱也, 卑近易知者, 非日用彝倫而何, 用工於此, 積累不已. 備盡多少辛苦境界然後, 心體爲一. 無艱難扞格之患, 而庶幾視快活灑然之境, 上達卽在此也. 故所謂學者, 只是下學而已.

聖人言行, 具於論語一書. 其言皆是下學卑近處, 易知易行之事, 而無甚高難行之事矣. 後世論學, 必曰心學曰理學. 心理二字, 是無形影無摸捉, 都是懸空說話也. 子曰, "居處恭, 執事敬, 與人忠." 又曰, "言忠信, 行篤敬." 果能於此下工, 斯須不舍. 積習之久, 淸明在躬, 志氣如神, 心不待操而存, 理不待究而明, 自能至於上達之境矣.

後世學者, 却以下學爲卑淺而不屑焉. 常區區於天人性命理氣四七之說, 夷考其行, 多無可稱, 而唯以不知上達爲羞者. 終身爲學, 而德性終不立, 才器終不成, 依然是未曾爲學者貌樣, 果何益哉. 是不知下學之工而然也.(『順菴集』卷19)

東史綱目序 戊戌 ^{249쪽}

東方史亦備矣. 紀傳則有金文烈鄭文成之三國高麗史. 編年則徐四佳崔錦南奉教撰通鑑. 因是而兪氏提綱林氏會綱作焉. 抄節則有權氏史畧吳氏撰要等書, 彬彬然盛矣. 然而三國史疏略而爽實, 高麗史繁冗而寡要. 通鑑義例多舛, 提綱會綱筆法或乖. 至於因謬襲誤, 以訛傳訛, 諸書等爾.

鼎福讀之慨然, 遂有刊正之意. 博取東史及中史之有及于東事者, 一遵紫陽成法, 彙成一帙. 以爲私室巾衍之藏, 資其考閱而已, 非敢以撰述自居也.

大抵史家大法, 明統系也, 嚴纂賊也, 褒忠節也, 正是非也, 詳典章也. 諸史於此, 實多可議, 故一皆釐正. 而至若訛謬之甚者, 別爲附錄二卷, 系之于下.

書成二十餘年, 久未繕寫. 丙申冬, 承乏湖邑. 簿領之暇, 書一本, 因述其由, 用授家塾子弟.(『順菴集』卷18)

八家百選序 丁未 ^{252쪽}

道是形而上之物, 無聲臭之可言. 於是焉有文字, 明其所以然, 六經之文是也. 繼是以後, 道雖一而文以代異, 春秋之文, 不如典謨, 戰國之文, 不如春秋, 至於異端蠭起, 處士橫議, 各以其學爲文. 雖不無奇章傑作, 可以聳動人者, 而求之於聖人之道則悖矣.

西漢尊尙經術, 文氣典雅, 彬彬然可觀也. 然而儒者溺於箋注, 高者雜於王伯, 比之於古, 瞠乎下矣. 東京以後, 文氣日趨於弱, 至於魏晉南北朝唐初而甚焉, 徒以組織色態爲能, 務以悅人而本之, 理則無矣. 有明萬曆間, 鹿門茅氏坤, 取唐宋韓柳歐蘇王曾之文而選之, 名曰: 八大家文抄. 八君子也代有前後, 文有高下, 皆本於六經, 非若異端諸子之各以文名而自雄者比也.

隋唐以後, 復有所謂科擧之文. 士君子之生此世者, 雖有高世之才絶人之學, 不得不屈首而就之. 八君子生於科擧之後, 而以古人之文氣, 效工令之規格, 是以後世爲文者, 莫不以是爲宗. 而顧其篇帙浩汗, 學者不能遍讀. 孫甥權君偰, 要余抄讀, 不揆僭妄, 抄得百首. 且批評而歸之, 名曰: 八家百選. 使具眼者觀之, 必將笑其不自量也. 然推此而上溯, 則秦漢古文, 亦可幾矣.(『順菴集』卷18)

安錫儆

小高城傳 257쪽

小高城者姓金, 名保業, 高城人也. 高城仍數歲大荒, 保業隨其假父朴姓者, 自高城流到興元. 興元人呼之朴曰大高城客, 保業曰小高城客. 及久而熟也, 曰大高城, 曰小高城. 而小高城者最爲人所憐笑焉, 聞其語者, 謂之半啞, 聞以語者, 謂之半聾. 且其情慧不開, 氣骨單弱, 中人力事, 十不能擧一. 而用其知, 僅能辨五穀. 渴不言渴, 飢不言饑. 飢渴而見人食飮, 漠然無欲色. 與之食飮亦不辭, 食竟不謝. 冬半得衣敝絮, 至夏半不改, 不歎暑苦, 夏半得衣敗葛, 至冬半不改, 不歎寒苦.

年已大, 髭髥將見白, 而無婦匹. 人有謂之曰: "吾將使汝有婦匹何如." 遽搖首曰: "不知." 曰: "不知." 人曰: "何也汝所謂不知者." 曰: "不知." 曰: "不知." 無餘語. 人有笑, 人有憐之. 隣里嘗有土事, 令小高城主治小渠, 則就渠中曲躬操鐵, 喙之吃吃. 時吟腰苦, 而竟日不伸腰一取息, 人皆憨之. 一人曰: "所謂佛者若使有竅闕, 則可以小高城代之." 人皆大笑. 嘗借於里人而樵者, 朝食上山. 雨大作, 斫柴將半負, 皆棄之曰: "來日必盈負而致之." 遂空手歸.

人笑曰: "半負且可爇汝家, 何爲棄之." 曰: "不知." 其脣舌哽澁, 語圈圈不揚, 耳中不利, 大聲則聞, 小聲則不聞. 是故有不可不言而后乃言之, 有不可不聞而后乃聞之. 方春和, 往往掃地端坐, 直視坐前不游目. 蒿藜雜然, 蟻行東西, 未知其何所視也.

余每見此人, 未嘗不獨語曰: "在今世而能自適者, 非斯人而誰歟. 不知世之何者爲可好, 不知世之何者爲可惡. 不能於言而世有不必言者, 不能於聞而世有不必聞者. 下之不見惡於人, 上之不見罪於天. 其視世之作聰明用機巧, 終其身沒沒於利害好惡之間, 果何如也.

嗚呼! 人於天地之中, 如浮芥之在波浪也. 使知有可好, 好豈可以必就乎? 使知有可惡, 惡豈可以必違乎? 不可必就而必欲就, 不可必違而必欲違, 果能無搖搖抗抗, 敝盡其心思者乎? 顧不如不知好惡之爲能泊然也. 好惡之有不知, 又焉用言語? 我不必喋喋而聞於人, 人不必喋喋而聞於我. 芒爾而作, 頹爾而息, 上無罪於天, 下無惡於人. 百歲之生, 如是足矣. 彼笑之者, 固無可語, 彼憐之者, 其用志儘厚矣. 然不知此人之乃爲自適, 則與笑之者均也. 若使知之者, 必有所自省, 而必不暇於笑憐人也."(『雪橋集』卷6)

朴孝娘傳 261쪽

竹山朴氏之在星山者. 有兩孝娘, 故文憲公元亨之後, 而士人壽河之女也. 壽河少孤無兄弟. 而老母九十歲, 以孝養稱於鄉縣, 兩娘子未踰十歲喪母. 哀毀執禮已有聞. 及長, 皆解文史曉義理, 處事有過人者, 壽河愛惜之. 家事無巨細, 必與商議.

歲己丑, 大丘朴慶餘盜葬其祖於壽河之先塋. 慶餘饒財, 方仕窘負勢. 壽河訟於官不勝. 將上京訟寃, 伯娘子曰: "彼有權力, 我家終不可敵. 在外州縣旣如是,則安知朝廷搢紳, 亦無爲慶餘左右之者乎? 老親在堂, 不宜以無益之行, 涉千里之道."

壽河歎曰: "汝言是也. 然六十年守護先山, 實不忍坐失之. 吾意決矣. 汝勿復言." 遂徒步上京師, 及擊錚有達. 事下本道覈處, 而淹滯經年. 慶餘作石刊木, 狼籍壽河之原. 壽河撻其隸禁呵之. 慶餘誣訴於方伯, 方伯訊壽河. 而以姻好陰主慶餘. 壽河頗發揚其私. 方伯大怒, 馳至星山. 酷杖壽河, 桎梏下獄七日死.

壽河臨死, 名其遺腹子曰追意, 解所佩刀, 便與伯娘子, 以濺血衣, 賜其侍病者曰: "吾子孫必有爲我報讎者. 他日以此衣示之." 言終而死. 伯娘子聞之隕絶, 移時而蘇, 慟哭而曰: "恨爲女子, 不可遠赴而刃讎人." 乃大呼操斧而出, 從婢僕數人. 卽上慶餘之祖墳, 躬自披掘, 十指皆血. 水火并用, 鐵木亂下, 而慶餘之祖柩, 俄頃燒毀矣. 慶餘終不束, 伯娘子哭訴於縣, 以頭扣門, 門閉終不納. 居七八日, 慶餘率釰戟數百人來, 省其祖墳. 伯娘子泣辭於大母母曰: "讎人來矣. 吾欲手刃之, 死不可避."

大母母皆執手而泣曰: "汝纖弱必死, 而讎必不能報, 且爲我止焉." 伯娘子奮曰: "父讎在邇, 何忍坐視?" 挺身而起, 提劍躍馬, 超入敵中. 慶餘等大噪, 衆鋒迎擊. 伯娘子死焉, 呼其僕曰: "同達乎, 父讎未報, 吾命將盡, 以復讎之事付汝." 遂死. 同達及婢是陽, 亦皆鬪死. 時五月五日也. 從祖朴爽奔告于官. 六日不斂, 再經檢屍, 而盛夏炎蒸, 顔貌如生, 鮮血不敗. 見者莫不掩泣, 而獄案又不正. 慶餘顧晏如也.

季娘子曰: "吾不能與吾兄同死父讎, 而見獄情反覆, 讎人不死, 忍使死兄不得瞑目耶." 遂治擊錚之行, 大母母苦止之, 其說萬端. 季娘曰: "人生到此, 死生已決, 餘外區區, 尙暇顧哉." 先詣祖廟, 哭拜而辭, 又詣父兄兩殯所, 慟哭而拜辭, 哭行九百里, 行人指而相語曰: 此嶺南朴孝娘復讎之行也.

旣入京擊錚, 例囚獄中. 典獄者哀之, 擇女囚之謹厚者, 使之扶護焉. 及釋, 大家女隸之盤食壺飲, 致禮辭者相踵也. 季娘泣謝皆不受. 再擊錚, 尙不得伸明, 而大臣往來, 攀轅泣訴, 見之者莫不下淚. 再入該曹, 陳白無餘, 而事又下本道, 季娘又訴曰: "事下本道, 萬無伸斷之望," 遂留京不還.

書告大母母曰: "獄事尙無伸決之期. 故女息姑留都下, 期於得決. 去留死生, 未能預定耳. 伏聞襄禮有日, 此何遽也. 踰歲不葬. 雖知有人言, 顧我兄抱寃之靈, 想必烔然於冥漠中. 父讎未復之前, 不可使入地. 倘或獄治淹滯, 伸正無望, 則女息當隨死兄, 幷埋先君之側耳." 遂不葬久之.

按使下嶺南. 按兩朴之案, 則慶餘謂伯娘自刎. 而案亦以一刎痕載矣. 季娘之婢雪禮曰: "前年檢屍時, 以劍痕二杖痕三載之案矣. 今以一刎, 則吏屬奸筆也. 願按使開棺檢屍."

按使曰: "棺殯已周歲矣. 尙可檢乎." 雪禮泣對曰: "寃屍不朽, 願開棺明檢." 按使與星山守並坐開棺. 衣裳已腐黑矣, 臭氣不亂, 身貌不少變, 血傷赫然. 五痕果分明. 按使嗟異. 遂正獄案以上. 然慶餘終不斬. 三南及京畿儒生七千餘人, 上疏請旌朴氏之閭而正慶餘之罪. 上命該曹詳處 孝娘旌閭. 慶餘不果誅. 後六七年, 星山太守行邑, 有童子自林間擲刀着馬鞍上. 太守驚問其故. 童子曰: "爾乃吾讎也, 吾乃朴孝娘之弟也." 太守慰撫之曰: "爾讎乃前太守也. 非我也." 童子乃壽河遺腹子, 所名追意者也. 殺壽河者方伯. 恬雅有文章. 官至上相典文衡. 所在人物想望風采 蓋君子人也. 顧一怒之不忍, 而輕殺一無罪, 怨結於人骨髓. 倘所謂君子而有不仁者耶. 蓋其臨老. 喪其單子, 而子又無子. 遂窮獨悲咽, 飮泣而沒. 嗚乎! 人之積毒於所痛恨, 天之下殃於所不善者, 乃不以君子取數之多而有所原恕哉. 季娘未嫁而亦早卒, 卒未知在何歲.

歲戊申鄭希亮之作亂也, 其妻苦諫之. 希亮不聽, 聚兵之日, 自稱大將軍, 使人促其妻設饌, 將以祭告桐溪先生之墓. 其妻不肯設, 希亮大怒, 盛其將服儀衛入, 責其妻曰: "告墓登壇, 日將晚矣. 祭饌何不及時." 其妻曰: "不聞有君命矣, 大將誰所拜也. 桐溪先生必不歆賊孫之祀. 吾不忍見卿之所爲." 遂自經而死.

或曰: "希亮少有盛名, 嶺以南盡趍下風, 其喪前妻求賢婦, 自經之婦人, 蓋亦自擇所歸而歸於希亮云." 生一男端妙, 希亮擒死, 爲罪隷, 方年十四. 有見之者, 曉事理, 善談辨, 其爲草屨絶異以賣食. 明年則滿十五, 將誅死云.

羅斗冬湖南名俠, 幷希亮作亂, 其妻大罵斗冬曰: "君臣之義, 何可犯也. 始以君爲奇士, 願執箕箒而事之, 不意君作逆魁, 吾不忍見之." 遂自經而死. 或曰: "兩女士之自經者, 其一乃朴季娘也." 然廣問於可知者, 皆不能明言. 竊恐其非然也, 顧亦烈矣哉.(『雪橋集』卷6)

笑庵記 270쪽

笑亦有道乎? 有. 有笑不可笑可笑也, 有笑可笑不可笑也. 可而笑, 不可而笑, 智愚分焉. 嗚乎! 笑之於人大矣. 吾友權邇伯, 以笑自名其菴, 笑而徵余記.

余笑而答曰: "子之笑, 殆亦笑可笑者耶? 菴之下溪也. 溪之漁者, 左罟右竿, 謏謏經歲. 雖以魚之一身, 供人之一食, 而實則用人之一生, 戰魚之一息, 以此爲可笑而笑之耶? 庵之上山也. 山之獵者, 本欲食膏而膏其身也. 風雨氷霧之所毒, 木石坑谷之所困. 所獲不償所虧, 以此爲可笑而笑之耶? 菴之遠於世也, 亦嘗聞世人之事而笑之耶.

食日三升, 衣歲二疋. 抗國之富不加, 賃人之貧不減. 天之所均於人者, 斷可知矣. 何爲身外剩餘之物, 浪敝身內光明之寶哉. 竭心思以求兼人之富者可笑也. 所貴乎公卿大夫者, 以有匡國善世之功也. 無其功而據其位, 則盜也罪人也. 惡人之爲盜, 而己亦欲爲盜, 惡人之爲罪人, 而己亦欲爲罪人. 不務匡國善世之學, 而遽欲匡國善世之位, 擧天下汲汲如狂, 此可笑也. 有以富貴爲可笑, 而自力乎四海之廣千載之遠者矣. 而文章不見其本而采色聲音而已, 經綸不見其體而金穀城壕而已. 道而德, 德而言, 言而文. 文章之設, 豈欲如彼哉, 彼可笑也. 順天之生, 理地之成, 使神鬼人物各得其宜, 此之謂經綸. 豈欲規規於細事如彼哉, 彼可笑也. 有謂文章外餙可笑, 經綸末務可笑, 而儼然爲聖賢之學者矣. 凝於表, 或缺於裏, 尋其枝, 或棄其幹, 而餂有爵吸有志. 曰吾得石潭華陽之眞學矣, 石潭之如日月, 華陽之如嶽瀆, 豈其如是乎. 是可笑也. 邇伯乎, 子之笑, 恐不可笑也. 其笑此五者之可笑乎?"

邇伯仰天而笑曰: "吾豈笑人者乎, 受人之笑者也. 吾於此菴, 閉門獨臥, 不干於人, 不知有富貴之可圖, 文章之可尙, 經綸之可講, 聖賢之學之可爲. 凡世之顯名厚利隆權重勢, 顧挤之於一枕之外, 世人皆笑之. 看山而山禽得得如也, 吾則開一笑而已. 臨水而水魚潑潑如也, 吾亦開一笑而已. 漁者之多術, 獵者之多勇, 又皆笑吾之癡劣不能謀食, 吾皆欣然受其笑, 而實亦自笑也. 故笑而命菴名以笑. 嗚乎! 以吾之不暇於自笑, 而受笑于人也, 顧奚暇笑人."

余灑然不覺斂笑而曰: "子其過人乎哉! 人之多可笑而笑之者無可笑, 則子初不以爲笑. 子之無可笑而笑之者乃可笑, 則子安而受其笑. 子其過人乎哉! 眞可謂得笑之道矣. 向吾之言, 吾其受子之笑." 遂笑而書之, 爲笑庵記.(『雪橋集』卷4)

雪橋漫錄序 274쪽

余之在雪橋也. 山谿深僻而無客擾. 故經鋤之餘, 漫錄平日與人之語. 隨記隨筆, 無有次第, 而亦已成數冊. 有見而笑之者曰: "大小錯列, 精粗雜陳. 何不刊粗而取精, 捐小而存大乎?"

余謝曰: "皆小也, 何大之有. 皆粗也, 何精之有. 抑自道而言之, 則無大小無精粗. 皆人所當知而當行者也. 顧精義之用, 大德之施. 有非人人之所能, 而事事之皆然也. 蓋每人而可能, 每事而宜然, 則小與粗者, 實爲多焉. 嗟乎! 熊掌蝸髓,稀登於鼎俎. 而豚魚之小, 則無不之食者. 重錦細綺, 罕入於刀尺. 而褐絡之粗, 則無不之衣者. 此古聖賢所以邇言必審, 而愚慮必察. 小物之勤, 而庸行之愼, 亦以之爲法於天下後世. 欲其常常濟人而無不周也乎. 余之此錄, 其取諸人者. 大小精粗, 皆不可小. 而其自爲之言, 則大歟實小, 精歟實粗. 況謂之粗者小者, 寧有可論者乎. 然未必無益於入學之昧, 在位之賢能矣."

笑者斂容曰: "子言有理. 然亦筆此言也, 以諭後人如吾之笑者." 余曰: "笑之何害." 漫題冊首.(『雪橋集』卷3)

遠遊篇序 277쪽

東陽申君敬志士也. 而才氣翩翩, 高視一世. 能潛心經典, 將學聖賢. 其讀書之餘, 發之詠歌者, 皆穎然秀發. 有遠擧之勢, 其稿若干冊. 名之曰遠遊篇, 要余爲之序. 嗚呼! 是亦可以見其志也.

古者丈夫生, 而桑弧蓬矢, 以射四方, 則爲之願者, 固已在遠矣, 及其入學也. 歌宵雅之三, 則鹿鳴之賓, 皇華之使, 四牡之勞. 爲之期者, 又在於遠矣. 生而爲之願也. 學而爲之期也. 旣皆如是, 則丈夫之志. 欲無遠焉, 其可得乎?

蓋天之所覆也, 地之所載也, 莫非丈夫之所有事也. 或佐天子巡諸侯, 運用九州, 和撫萬方. 聲明文物, 焜熿四逈. 或將王師, 南征北伐, 剪剔戎蠻, 掃灑天下. 白旆彤弓, 萬里肅然, 冠盖偃偃. 使於四方, 禮容可觀. 言辭有光, 興文寢武, 天下忻合. 將以我之明, 明天下之昏, 以我之正, 正天下之邪, 天下之責, 在我一心. 則文無所不可施矣, 武無所不可加矣. 門庭五岳, 溝渠四海, 而提車策馬, 無所不可遊矣. 今君敬之志於遠遊也. 必將居於三者矣. 不亦偉哉.

嗚呼, 牛溲馬勃, 充滿華夏, 四海之內, 五岳之間, 旣無足以玉帛羔鴈, 揖讓進退者. 而眞帝不作, 英雄縮手. 未有能開除日月, 洗濯山河者, 則雖使稷契而在, 方召復起, 亦將閉門窮谷, 潔身守死耳. 然則遠遊之志, 君敬於三者之事, 恐亦無一之可遂矣.

雖然朝鮮以小邦僻遠, 而獨存冠帶, 尙有先王之風. 今上以英謨毅烈, 而用數千里人物. 或者慨然以天下之恥爲恥, 而赫然有征, 煥然有施, 則禮樂征伐, 其自朝鮮出, 而行於天下乎. 此實王國需才之日, 而人士用才之時也. 使君敬而果才也, 則雖以龍旗鐵馬, 爲王前驅, 蹂躪遼薊, 馳騖秦隴可也. 雖以玄冕赤舃, 左右聖人, 冠帶天下, 煥若三代可也. 雖以輶軒四牡, 周遊四海, 廣其仁義, 萬國和寧可也.

君敬之遊, 可以遠矣, 可以成其志矣, 獨未知君敬之才, 果可以足君敬之遠志乎. 願君敬加勉於學, 厚養其才, 早有以自明, 而可大於明人之昏也. 早有以自正, 而可廣於正人之邪也. 以應天下之事, 而以盡丈夫之職也. 以達天下之遊, 而以滿丈夫之志也. 嗚呼! 其勉之哉.(『雪橋集』卷3)

한국 산문선 전체 목록

이희경(李喜經)
중국어 공용론(漢語)

김재찬(金載瓚)
방아 찧는 시인 이명배(春客李命培傳)

유득공(柳得恭)
발해사 저술의 의의(渤海考序)
일본학의 수립(蜻蛉國志序)
평화 시대의 호걸(送洪儉使遊北關序)

박제가(朴齊家)
재부론(財賦論)
나의 짧은 인생(小傳)
백탑에서의 맑은 인연(白塔淸緣集序)

이명오(李明五)
향(香) 자로 시집을 엮고(香字八十首序)

이안중(李安中)
인장 전문가(金甥吾與石典序)

이만수(李晩秀)
책 둥지(書巢記)

정조(正祖)
모든 강물에 비친 달과 같은 존재(萬川明月主人翁自序)
문체는 시대에 따라 바뀌는가(文體)

이서구(李書九)
바둑의 명인 정운창(某客小傳)

정약전(丁若銓)
소나무 육성책(松政私議)

8권 — 책과 자연 · 서유구 외
순조 연간

권상신(權常愼)
나귀와 소(驢牛說)
봄나들이 규약(南皐春約)
정릉 유기(貞陵遊錄)
대은암의 꽃놀이(隱巖雅集圖贊)

서영보(徐榮輔)
물결무늬를 그리는 집(文漪堂記)
자하동 유기(遊紫霞洞記)
통제사가 해야 할 일(送人序)

장혼(張混)
고슴도치와 까마귀(寓言)

심내영(沈來永)
되찾은 그림(蜀棧圖卷記)

남공철(南公轍)
광기의 화가 최북(崔七七傳)
둔촌 별서의 승경(遁村諸勝記)

성해응(成海應)
안향 선생 집터에서 나온 고려청자(安文成瓷尊記)
백동수 이야기(書白永叔事)

신작(申綽)
자서전(自敍傳)
태교의 논리(胎教新記序)

이옥(李鈺)
소리꾼 송귀뚜라미(歌者宋蟋蟀傳)
밤, 그 일곱 가지 모습(夜七)
걱정을 잊기 위한 글쓰기(鳳城文餘小敍)
북한산 유기(重興遊記)

한국 산문선 6

말 없음에 대하여

1판 1쇄 펴냄 2017년 11월 24일
1판 3쇄 펴냄 2021년 9월 3일

지은이   이천보 외
옮긴이   정민, 이홍식
발행인   박근섭, 박상준
펴낸곳   (주)민음사

출판등록 1966. 5. 19. (제16-490호)
주소   서울시 강남구 도산대로1길 62
          강남출판문화센터 5층 (06027)
대표전화 02-515-2000─팩시밀리 02-515-2007
홈페이지 www.minumsa.com

ⓒ 정민, 이홍식, 2017. Printed in Seoul, Korea

ISBN 978-89-374-1572-2 (04810)
     978-89-374-1576-0 (세트)